창비신서 136

신경림 문학의 세계

구중서 · 백낙청 · 염무웅 엮음

창 작 과 비 평 사

1995

책머리에

요즘은 환갑이 되고도 그 나이가 실감 안 되는 사람을 만나는 일이 자
못 흔하다. 하지만 그중에도 신경림 시인만큼 '환갑노인'이란 말이 안 어
울리는 경우도 드물 것이다. 본인 말대로 '속이 없어서' 그런지, 아니면
리영희 선생이 언제 말씀했듯이 '농축 우라늄'을 그 작은 체구 속에 담고
있어서인지, 아무튼 혈색좋게 발그레한 그의 동안부터가 환갑 나이하고
는 전혀 딴판이다.

반면에 문학적 행로를 돌이켜본다면 그야말로 언젯적 신경림인가! 등
단한 것이 1956년이니 40대 이전의 독지들은 이에 태어나기 전의 일인
데, 초기의 10년 가까운 공백기를 빼고도, 이미 고전이 된 시집『농무』
를 낸 뒤로 줄기차게 이어온 활약이 벌써 20년이 넘었다. 더구나 시에
국한되지도 않고, 평론·수필·기행문·논문·시사칼럼 등에 걸쳐 거의
'전방위적인' 활약을 해온 것이다. 이는 그가 자기 세대에서는 몇 안 되는
전업문필가 생활을 해온 사실과도 무관하지 않은데, 인기 소설가도 아
닌 시인이 그런 생활을 감당해온 일 자체가 하나의 업적이 아닐 수 없다.

게다가 신경림 시인 같은 문학관과 인생관의 소유자일 경우 세금처럼
따라오는 것이 문학운동가·사회운동가로서의 경력이다. 70년대에 문단
의 자유실천운동이 시작된 이래 그의 분주한 참여는 필연적인 것이었다.
탄탄한 작품의 뒷받침에다 일찌감치 등단한 관록, 예의 농축우라늄적 정
력에다 좋은 일이라면 거절을 못하는 성품마저 합쳐, 여기저기서 신선생
을 모셔가는 사태가 7,80년대 내내 벌어졌다. 그러다보니 그 자신 옥고
와 연행, 감금의 시련을 심심찮게 치렀음은 물론, 때로는 모셔간 데서도
좀더 강력하고 집중된 영도를 바라는 축의 불만을 사는 일이 없지 않았

4

다. 그러나 헝클어지고 찢긴 상태가 심해져서 모두가 마음 편히 따를 중재자가 필요해지면 영락없이 다시 찾는 것이 '신형'이요 '신선생'이다.

이렇게 살아온 선배가 아무리 안 어울리더라도 환갑을 맞은 이상 그냥 넘길 수는 없다는 생각으로 편자들과 주변 벗들이 뜻을 모은 결과가 이 책이다. 마침 '창비신서'에 선례도 있는지라, 통상적인 화갑논문집을 만들어 헌정하는 대신에 '신경림 문학의 세계'를 다소나마 체계적으로 점검하는 신작평론집을 꾸미기로 한 것이다. 대담에 응해준 시인 자신을 포함하면 모두 열일곱 사람의 시인·소설가·평론가·국문학자가 1, 2, 3부에 걸쳐 참여했다. 1부는 '시인과의 대담'을 포함한 총론의 성격이고, 2부는 개별 시집 중심의 각론들이며, 3부에는 시인의 각종 산문과 사람됨에 관한 글을 모았다.

뒤에 붙인 '참고문헌 목록'에서도 보듯이 신경림 문학에 관한 이제까지의 비평적 논의는 무척 소략한 편이다. 목록 자체가 철저한 조사에 의한 것이 아니므로 빠진 항목이 더러 있겠지만, 철저한 서지적 조사를 포함한 학위논문 하나가 아직 안 나왔다는 사실은 문단으로서나 국문학계로서나 자랑할 일이 못 될 터이다. 실정이 그러하니만큼 이만한 필진과 내용을 갖춘 신경림론집을 엮어낸 것이 독서계와 학계에 필요한 자극을 주는 바 있으리라고 자부한다.

정식 화갑기념논문집은 아니더라도 시인의 갑년을 계기로 삼은 평론집이 얼마만큼의 공정성을 지닐지 의심하는 독자도 있을지 모른다. 물론 책의 성격상 애당초 신경림 문학의 의의를 인정 않는──그 자체가 공정성이 의심스러운──견해까지 망라하려는 노력은 생략하였다. 문제는 그런 식의 '균형'이 배제되었다는 것보다, 각론의 경우도 해당 필자가 특히 부정적으로 보는 작품은 굳이 맡지 않았을 것이 당연할 테니 저절로 상찬에 치우치게 되었을 가능성이다. 하지만 총론이든 각론이든 찬사 일변도의 글은 거의 없지 싶다. 게다가 칭찬도 각자 나름의 구체적 근거를 제시하는 칭찬일 때 독자의 냉정한 검증 앞에 스스로를 내맡기게 될뿐더러 다른 작품에 대한 상대적 비판을 명시하거나 함축하게 마련이다. 실제로 이 책에 실린 글들을 모두 읽은 독자는, 『농무』의 성과를 가장 높이 보는 평자들이 대다수이고 그후의 '한결같음'이 저자의 힘이자 약점이라는 판단을 여럿이 공유하고는 있지만, 최근 시집 『쓰러진 자의 꿈』이나 그에 앞선 『길』에서 신경림 문학 최고의 성취를 발견하는 근거의 제시도 만만찮음을 느낄 것이다.

끊임없는 자기부정과 자기갱신의 필요에 대해서는 누구보다 신선생 자신의 발언이 단호하고 구체적이다. 또한 평자들이 이런 지적을 시인의 몫으로 넘겨버리고만 있는 것도 아니다. 쓰러진 자들의 "대행자 혹은 대변자의 자임이 실은 자기탐구 포기의 한 형식은 아닌가?"라는 원로 평론가(겸 가까운 친구) 유종호 교수의 물음으로부터 신예들의 날카로운 추궁에 이르기까지, 잔칫날의 의례적 덕담과는 거리가 먼 발언이 적지 않은데, 이들 발언은 서로 비슷한 듯하면서도 조금씩 관점을 달리함으로써 더욱 독자들의 주체적인 판단을 북돋는다. 여기에 개인적인 소견을 하나 덧붙인다면, 신경림 문학의 진행에 대한 평가 문제를 나 자신은 1987년 6월항쟁 이후 새로운 단계로 진입했다고 믿는 민족문학의 시기적 성격 문제와 결부시키는 방법도 있지 않을까 한다. 그렇게 할 때 시집 『농무』를 비롯한 십수년간의 업적과 활동이 그 부분적 문제점에도 불구하고 우리 문학에 얼마나 결정적이고 때맞춘 이바지가 되었던가를 새삼 실감할 것이며, 아울러 그후의 신경림 문학이 이룩한 자기갱신의 성과를 폄하함이 없이 '새 단계'의 질적으로 달라진 요구에 부응할 더욱 눈부신 비약을 주문할 수 있지 않을까 하는 것이다.

너무도 젊은 신선생이기에 이런 주문을 하는 우리 마음은 그를 대할 때 늘상 그렇듯이 편안하고 유쾌하다. 부족하나마 이 책이 이미 달성된 찬연한 업적에 대한 독자들의 인식을 넓힘과 동시에, 우리 모두가 좀더 눈밝고 정성스러운 독자로서 그의 지속되는 노고에 보답하도록 일조할 수 있기를 바란다. 끝으로 이 책을 꾸미는 데는 이름을 내건 세 사람의 편자 외에 창비사의 이시영, 김이구 두 문우의 애정어린 간여가 있었고 실무를 맡은 김정혜씨의 수고가 컸음을 밝혀둔다.

1995년 7월　백낙청 삼가 씀

6

차   례

제 1 부

신경림 시인과의 대화

삶의 길, 문학의 길

참석자

정희성
시인, 숭문고 교사

최원식
문학평론가, 인하대 국문과 교수

때: 1995년 4월 17일
곳: 창작과비평사 회의실

최원식　우리 민족문학의 가장 든든한 원천 가운데 한분이신 신경림(申庚林) 선생님께서 어느덧 갑년을 맞이하시게 되었습니다. 솔직히 말해서 정희성 선배나 저보다도 오히려 젊음의 활기를 구가하고 계신 선생님께서 벌써 회갑이라니까 믿어지지가 않습니다. 나중에 좌담이 끝난 후에 기념으로 그 비결을 저희에게 전수해주시면 고맙겠습니다만, 먼저 선생님의 회갑을 전 문단적 경사로서 경하드립니다. 아시다시피 창작과비평사는 선생님의 회갑에 즈음하여 선생님의 문학세계를 본격 조명하는 신작 평론들을 모아 간행하기로 하였습니다. 『농무』 이후 지금까지 거의 모든 개인 시집을 창비에서 내실 만큼 선생님과 창비의 인연은 정말 깊음을 실감하게 됩니다. 우리 평단을 대표하는 쟁쟁한 평론가들이 참여해서 선생님의 문학세계를 다각도로 조명하는 이 책의 머리에 선생님을 모시고 좌담을 하게 된 저희로서는 여간 생광스러운 일이 아닐 수 없습니다. 모쪼록 오늘의 좌담이 선생님의 삶과 문학의 이면의 결에 좀더 생생히 다가가는 화기애애한 자리가 되기를 기대합니다. 나아가서 나라 안팎의 상황변화 속에서 새로운 도전에 직면한 민족문학이 나아갈 길을 안내하는 지혜까지 빌려주시면 너욱 고맙겠습니다.

신경림　이제 겨우 문학을 시작한 느낌인데 회갑이라니 실감이 나지 않습니다. 많은 글을 쓰지도 않았는데 다각도로 조망해볼 만한 무엇이 있겠는가 싶고, 기대만큼 좋은 결과가 나올 것 같지 않아서 걱정이 됩니다. 그리고 사실 저는 이론이라고 할 만한 것을 가지고 있지도 않아요. 시에 대한 견해를 논리적으로 밝힌 글도 별로 없고, 그때그때 시를 쓰다가 이렇게 쓰는 게 옳지 않을까 혹은 이렇게 생각하는 게 옳지 않을까 해서 이것저것 말하기는 했지만, 무슨 큰 이론을 가진 것은 아니고…… 또 저는 이런 것을 많이 느꼈어요. 제가 무슨 얘기를 해놓고도 내 시가 제 이론과는 엉뚱한 데로 나간다, 그러니까 실제로 시인에게 이론이라는 게 중요할지도 모르지만 시를 쓰는 데 오히려 거추장스런 면도 있는 것이지요. 시란 스스로 살아서 움직이는 거니까요. 따라서 제가 살아온 얘기, 대단한 것은 아니지만 그런 것을 주고받는 것으로 시작하면 좋겠어요.

정희성 회갑 얘기가 나왔지만 선생님 시에선 좀처럼 나이를 느끼기가 힘들었어요. 저 같은 후배들이 시를 쓰다 보면 나이 타령을 하는 경우가 더러 있는데 좋아 보이지는 않았어요. 평소 선생님을 대할 때는 나이를 느끼지 못하다가 『쓰러진 자의 꿈』이라는 시집을 보니 '아, 이분도 어느덧 나이가 드시는구나' 하는 작품이 발견되더군요. 「산성(山城)」 같은 시가 그런데, 한대목 읽어볼게요. "재고 날랜 너희들의 춤 속에／나는 끼여들 수가 없다／억센 노래 함께 부를 수도 없다／너희들 입가에 부서지는 붉은 꽃잎들과／발끝에 흩어지는 찬란한 별조각들을／물끄러미 보고만 서 있는 나를 그러나／세상 일 다 잊고 멀찍이 물러선／외로운 산성인 줄만 여기지는 말라…"

신 역시 시는 거짓말을 못하니까 아무리 숨기려고 해도 나이가 나타나게 마련이죠.

시인의 어린시절

정 나이 얘기를 하다 말았는데, 어린시절에 대한 추억으로 되돌아가서 얘기를 나눠보면 좋겠는데요. 선생님의 집안 내력이랄까, 이런 것과 초기 시와의 관련성에 대해서 얘기해주시죠.

신 집안 내력에 대해서는 별로 내세울 게 없고, 자라기는 시골에서 자랐어요. 농민의 아들, 이렇게 알려져 있지만 순수하게 그런 것은 아니고, 또 제가 자란 곳도 아주 농촌은 아니지요. 우리는 집성촌에 딸린 마을에 살고 있었는데 장터를 끼고 개울 하나 건너서 뒤로는 광산이 있는 곳이었어요. 그러니까 일반 농촌에서 자란 사람의 경험과는 다른 경험을 가지고 있지요. 내 시에도 그런 게 좀 나타났을 테고. 가령 주위의 다른 문학하는 사람들은 어릴 때 대개가 등잔불 밑에서 자랐는데 저는 전깃불 밑에서 자랐지요. 그러니까 제가 산 고장이 충주 읍내에서 60리쯤 떨어진 곳인데, 광산 때문에 전기가 일찍 들어와가지고 저는 등잔불의 추억이 별로 없습니다. 지금도 생각하면 전깃불이 환하게 켜져 있는데 풀벌레 날아다니고 하던 생각이 나지 등잔불의 기억은 없어요.

최   정확하게 어디입니까?

신   충북 충주시 중원군 노은면 연하리라는 데예요. 새로 생긴 동네였지요. 연하리라는 동네는 원래 있었지만 우리가 살던 작은 마을은 입장(立場)인데 장이 선다는 뜻이에요. 그러니까 장이 새로 서면서 생긴 동네였지요.

최   그것 참 재미있네요. 원래 자기 토착 이름을 갖고 있지 못한 새로운 장터라——

신   그렇지, 새로운 장터라는 뜻이지요. 우리는 집성촌에서 떨어져 나와서 그 앞 동네에서 산 거지요. 우리 집안은 아주(鵝洲) 신가로, 드문 신씨예요.

최   아주가 어디지요?

신   거제도지요, 옥포, 조선소가 있는 곳. 두 마을 합쳐서 신씨가 100여 호 남짓 했는데 집안에서 제일 잘사는 사람이 100석을 넘겼으니까 집안 전체가 가난했죠. 그럼에도 불구하고 재당숙, 삼당숙 되는 사람 가운데는 일본 유학생도 많고, 형제 항렬의 사람들은 거의 고등학교를 졸업하지 않은 이가 없어요. 굉장히 일찍 공부를 시작해서 말하자면 출세지향적인 집안이었다고도 할 수 있지요.

최   출세지향적이라기보다는 개명한 집안이네요. 집성촌이라는 건 아주 신씨 집성촌인가요?

신   그렇지요. 우리가 중학교 다닐 무렵해서는 종중에서 충주 읍내에다 대지 500평짜리 집을 사서 집안 사람이면 누구든지 거기에 와서 먹고 잘 수 있게 해서 다들 학교를 다녔죠. 자랑거리라면, 일제시대 때 우리 집안이 끝까지 양력 설을 쇠지 않고 음력 설을 쇘다는 거예요. 못 쇠게 하는데 숨어서 몰래 쇤 거지요. 그때 거기는 광산지대니까 칸델라불이라는 것이 있었어요. 전기가 들어온 건 해방 직후나 돼서였으니까 칸델라불을 켜놓고서 차례를 지내고 나면 새벽이 되죠. 다 새 옷 입고 있다가 헌 옷 입고 학교 가고 그랬죠. 해방되고 나자마자 우리 집안은 전부 양력 설로 바뀌었어요. 그러면서 하던 얘기가, 양력 설을 쇠는 게 옳기야 하지만 일본이 강제하니까 안했던 거다, 이것이 그 고장에서 아주 유

14

명한 얘기가 됐어요. 그런 집안이니 행세깨나 하는 양반하고는 좀 거리
가 있었지요. 우리 할머니도 장터에 가서 국수장사를 했으니까요. 옛날
의 국수장사라는 게, 광산이 생기고 큰 마을이 되고 하니까 사람들이 인
스턴트 식품을 요구할 것 아니에요? 그러니까 할머니가 국수틀 기계를
하나 사다가 국수를 눌러서 팔았지요. 아버지도 그냥 농사꾼이 아니라
시골에서 농업학교를 나와서 금융조합 서기도 하고 또 광산에서 연상(鉛
商), 분광 같은 일도 하고.

최　　분광이 뭐예요?

신　　광산을 일부 하청받아서 하는 것, 그걸 분광이라고 해요.

최　　무슨 광산이에요?

신　　금광이에요. 굉장히 큰 광산이었지. 일제시대 때도 남조선 일대
에서는 손꼽히는 큰 광산이었죠. 광산이 가장 번성하던 시기에는 광부들
이 천오백명 가량 되었다고 해요. 그러니 전기도 일찍 들어오고. 아버지
는 물론 광산업하고 관계가 많으시고, 돈 벌려고 애도 무척 쓰셨습니다.
금장사도 하고, 몰래 금을 사다가 서울 가서 파는 거죠. 그리고 금을 제
련하는 사설(私設) 제련소를 차려서 집안에서 금분석도 했습니다. 금에
서 불순물을 제거하고 순금을 만드는데, 이게 얼마나 심한 공해작업이냐
하면 집안에 있는 나무가 다 죽어버려요. 그게 그렇게 엄청난 일인 걸
우리는 몰랐죠. 그리고 또 금방앗간도 하시고 그랬어요.

최　　금방앗간이 뭐예요?

신　　금을 빻는 거지요. 돌을 찧어서 금을 빼내는 거예요. 그리고 화
약장사도 했는데, 일제시대 마지막에는 그런 걸 못하게 했으니까 몰래
하는 거지요. 화약을 집안의 윗방 구석 같은 데 몰래 쌓아놓는데 고모부
가 와보고 기절을 하는 거예요. 성냥 하나 잘못 그었다가는 다 날아간다
고. 이렇게 무모한 면도 있던 아버지였고, (웃음) 어머니는 시골의 일반
아낙네와는 달리, 신학문·신교육은 안 받았지만 상당히 교양있는 집안
의 딸이었어요. 그래서 아버지가 아마 어머니하고의 갈등이 있었을 거예
요, 컴플렉스 같은 것도 없지 않았을 거고. 어머니 집안은 연씨(延氏)인
데, 한때 충북 일대에서는 널리 알려진 토호였달까, 명문에 속하는 집안

이어서 상당히 재능있고 교양수준도 높고. 그러니까 우리 집은 여러가지로 아주 시골 사람들과는 또 달랐어요. 국민학교 때 당숙네 집에 놀러가보면 일본말로 된 『전쟁과 평화』 세 권이 있어서 그런 것도 보고, 책이라고 하니까 몰래 훔쳐다 읽으려고 하다 무슨 소린지 모르겠어서 도로 갖다 놓기도 하고 그랬지요. 춘원(春園)이니 김동인(金東仁)이니 하는 사람들은 집안 누이들, 고모들이 대개 다 읽고 있었으니까요.

최   그런 집안 분위기로 문학에 일찍 눈뜨신 셈이네요?

신   그때 저는 어려서 잘 몰랐지만 하여튼 집안에 책을 좋아한 사람이 많고 신학문 한 사람도 많았어요. 재당숙 가운데는 일본 가서 대학 나온 사람이 더러 있고, 의사도 있고, 고등학교 교사 하는 사람들도 있고 했으니까. 할아버지 항렬 중에도 일본 유학생이 있고, 서울에 가서 사범학교 다닌 사람도 있었어요. 하여튼 시골에서는 희한한 집안이라고 소문났었어요. 돈도 없는 사람들이 공부는 다들 악착같이 했으니까 말이죠.

최   말씀을 들어보니까 민촌(民村) 이기영(李箕永) 소설에 나오는 분위기 그대로네요.

정   어렸을 때는 집안이 그렇게 가난하다거나 하는 느낌은 못 받으셨습니까?

신   가난하긴 가난했죠. 하지만 일반 시골 사람들의 가난과는 또 달랐어요. 격이 높은 집안은 못 됐지만.

'경림'이라는 필명으로 등단하기까지

최   이문구 선생님이 맨날 저보고 필명을 가지라고 하시거든요. 식(植)자가 촌스럽다고. (웃음) 신선생님의 본명이 응(應)자, 식(植)자이신데 저는 참 반가워요. 필명은 언제 어떻게 지으셨는지 그 유래를 이 기회에 밝혀주시죠.

신   대단한 사연이 있는 것은 아니고, 집안에 비슷비슷한 이름이 많아요. 집안에 식자 돌림이 많고, 더구나 한동네에서 삼십명 이상의 같은 항렬 사람들이 바글바글 살다보니까 비슷비슷한 이름이 많아서 밖에서 누가 부르면 우르르 다 나가고. (웃음) 그런데다가 내가 겁이 많아서, 투고를 했다가 당선도 안 되고 하면 어떻게 하나 하다가 갑자기 생각해낸 이름이 경림(庚林)인데, 큰 뜻이 있는 건 아니에요. 별 뜻은 없어요.

정　'응식'이라는 이름도 그렇지만 '경림'이라는 이름도 그렇게 세련된 이름은 아닌데, 필명으로……(웃음)

최　아니, '경림'은 시원한 느낌을 줘요.

신　실은 제가 붓글씨를 잘 못 쓰는데, 붓글씨로 신응식(申應植)이라는 이름을 쓰니까 도저히 안 되겠어요. 그래 그 이름을 변형시켜서 글자 모양이 아주 다르진 않고 좀 비슷한 걸로 써보니까 경림(庚林)으로 쓰는 게 제일 잘 되는 거예요. 그래서 지금도 붓글씨로 신경림이라는 이름을 쓸 때 제일 잘 씁니다. 그런 유래가 있어요.

최　언제 지으신 거예요?

신　문단에 나올 무렵이니까 1955년쯤 되겠네요.

정　그러니까 처음 등단할 때부터 '경림'이라는 이름을 쓰신 거지요?

최　투고하자마자 당선되셨으니 겁먹었다는 건 엄살이시네요, 엄살. (웃음)

신　저는 문학친구들이나 함께 문학공부를 한 사람도 별로 없어서 문단에 나오기 전에 내 작품을 보여준 사람이 유일하게 동년배로 유종호(柳宗鎬)씨밖에 없었어요. 저하고는 어렸을 때부터 친하게 지냈는데, 1년 선배지요. 시골에서 사실 한 해 위라는 것은 상당한 차이였다고요. 1년 선배가 무섭지요. 그런데 유종호랑 어떻게 그렇게 친하게 됐냐 하면 유종호 아버님이 유촌(柳村) 선생님이라고 우리 국어선생님이셨어요. 제가 학교 교지에 시를 한번 써낸 적이 있어요. 그때 그 선생님이 그걸 보시고서 나한테 시를 한 열 편 써와봐라 해가지고 써서 갖다 드렸는데, 선생님이 크게 칭찬하시는 거예요. 그리고 곁들여 얘기하기를 '우리 아들도 굉장히 좋다고 하더라'는 거예요. 그렇게 간접적으로 알았다가 친해진 것은 그 뒤지요. 문단에 나오기 직전에 유종호씨를 우연히 길거리에서 만나서 「갈대」라는 시를 보여준 적이 있어요.

최　데뷔작이죠?

신　그렇지요. 그걸 보더니 너무 좋다고 하면서 다방에 끌고 들어가서 차 마시면서 얘기를 했지요. 그것이 친해진 결정적인 계기가 되었어요. 그러니까 문단에 나오기 전의 문우라고 한다면 유종호씨밖에 없었던 셈이지요.

정　추천 당시에 추천인이 이한직(李漢稷) 시인인데 추천 뒤에 사사받았다거나 하신 일은 없었습니까?

신　그 뒤에 별로 찾아가지도 못했지요. 한두 번 찾아갔는데 그 양반이 후배들과 곰살궂게 얘기하고 그런 사람이 못 돼요. 우리는 촌놈들이고 시골서 자란 사람들인데 이한직씨는 귀족적이고 해서 친해지지 않더군요. 조지훈 시인도 만나봤는데 그 양반도 터놓고 얘기하는 사이는 못되고, 별로 사람들과 사귀지를 못했지요.

최　이한직이라는 분은 끝이 어떻게 됐습니까?

신　5·16이 나고 나서 일본으로 망명했지요.

최　왜 망명했습니까?

신　장면 정권 때 문정관으로 일본에 가 있었는데 그게 지금의 홍보관 비슷한 거지요. 그때 망명한 것은 아니고, 여기에서 박정희 군사쿠데타가 일어나니까 일본에서 그분이 외신 기자들을 모아놓고 군사쿠데타에 반대하는 성명서를 읽었어요. 그래서 못 들어왔지요. 그러다가 10년 넘어서 한두 번 들어왔다가 일본서 타계했지요. 사람은 아주 신사였어요.

최　정지용(鄭芝溶)의 제자죠?

신　정지용이 제자 중에서 제일 좋아했던 사람이 이한직씨지요.

최　그것도 참 재미있어요. 정지용의 제자인 이한직 시인의 추천으로 등단하셨다──

신　이한직씨가 직접 나한테는 얘기를 안했지만 굉장히 저를 좋아했다고 해요. 그분이 제일 먼저 추천한 사람도 저고요. 그런 면에서 그 양반하고는 특별한 인연이 있는 셈이지요.

정　추천하면서 그분이 한 말씀 가운데 귀담아들을 만한 것이 있으면 들려주시죠.

신　별로 그럴 만한 것은 없어요. 신선하다든지, 자기와는 경향이 다르지만 자기가 보기에는 이런 시가 참 좋더라든지 하는 얘기를 했을 뿐이죠.

등단 무렵의 문단 풍경

정　선생님의 「갈대」라는 시만 하더라도 그 당시 시단 분위기에서는 신선하게 느껴진 것 아닙니까? 그런데 언젠가 선생님이 그런 말씀을 하신 것이 기억나는데, '나를 틀 속에 제한시키고 있는 서정시라는 장르는 몹시 불만스러운 것이었다'라는 술회를 하신 적이 있지요.

신　「갈대」쓸 그 무렵 문단의 상황이라는 게 좀 답답하고, 이런 식의 시를 써서 무엇을 하나, 회의 같은 것을 느끼면서 뭔가 다른 시를 쓰고 싶었는데 그게 잘 뜻대로 인 되고……

최　당시 문단에서 통용되던 서정시와는 다르지요?

신　그렇지요. 당시의 서정시라고 하면 사는 것과는 아무런 관계도 없는 것, 이런 것만 서정시로 취급하는 분위기가 있었는데, 그런 것이 싫었지요.

최　그 당시 여러 잡지들이 있었을 텐데 『문학예술』지에 투고하게 된 동기가 있으십니까?

신　그때만 해도 이런 느낌이 있었죠. 그때 유일한 문학친구였던 유종호하고 둘이 얘기할 때 『현대문학』이, 그 전의 『문예』라는 잡지를 이어받은 것으로 경영주도 같은 사람이었는데, 『현대문학』에 대해서 그때 대개의 젊은 사람들이 좀 비판적이었다고요. 고등학교의 늙은 국어선생들만 그 잡지를 끌어안고 다닌다, 이런 얘기들도 많이 했어요. 그래서 그때 대학을 다니던 젊은 사람들은 『문학예술』쪽을 선호하는 경향이 많았어요. 지금 문단에서 보면, 좀 다른 쪽으로 나간 사람들이지만, 이어령(李御寧)이라든가 이호철(李浩哲)·유종호 등이 다 『문학예술』 출신들이지요.

최   문협 정통파인 『현대문학』지에 대해서는 일정한 거리를 두는 그런 선택을 하신 거로군요. 그러면 『문학예술』이 그 다음에 어디로 이어진다고 생각하세요?

신   『문학예술』은 없어진 거지요.

최   혹시 『자유문학』과 연결된다고 볼 수 있나요?

신   『자유문학』과는 전혀 다르지요. 『자유문학』도 『문학예술』이 있을 때 나왔거든요. 그러니까 『현대문학』이 문협 정통파 중견들이 중심이라면 『문학예술』은 월남한 사람들이 주축이 되어 오영진(吳泳鎭)·박남수(朴南秀) 같은 사람들이 하던 거지요. 월남한 분들 얘기가, 자기들은 이제 겨우 신인 딱지를 떼었는데 동료들이 예술원 회원이다 뭐다 해서 대가가 되어 있더라는 거예요. 그래서 새로 만들게 된 것이 『문학예술』이었지요. 자연스레 『현대문학』이나 『문학예술』은 각기 문학적으로 자기네들이 한국문학의 최고라는 자부심이 있었는데, 거기에서도 소외된 원로들, 이 양쪽에서 다 인정해주지 않는 분들이 중심이 되어 새로 만든 것이 『자유문학』이죠.

최   『자유문학』도 문협 정통파에 대한 반발로 떨어져나간 것 같은데요.

신   문협 정통파에 대한 반발이라기보다는, 『현대문학』이 서정주(徐廷柱)·김동리(金東里)·조연현(趙演鉉)·황순원(黃順元) 같은 사람들만 우대하니까 늙은이들을 우습게 보지 마라, 우리들도 한다면 한다 하고 나가 만든 것이 자유문협이고 『자유문학』이지요. 이하윤(異河潤)·이헌구(李軒求)·김광섭(金珖燮)·유치진(柳致鎭) 이런 분들이지요. 유치진은 나중에 김광섭하고 친일문제를 가지고 싸우기도 했지만.

최   아, 『문학예술』은 『자유문학』과 또 다른 거예요? 50년대 중반에는 『현대문학』『자유문학』『문학예술』이 서로 경향을 달리하고 있었군요.

신   내용상 가장 진보적이라고 할 수 있는 것이 『문학예술』이고 외국의 새로운 경향도 많이 받아들였죠. 『현대문학』에 소개되는 것을 보면 늘 고전이고, 새로운 문학표현 같은 것은 없었는데, 『문학예술』이 어떤 면에선 당시의 문학에 기여한 게 많지요.

해방 직후와 6·25

최   선생님은 해방 직후와 6·25 같은 격동기를 지나셨는데 그때 어떤 고민을 하고 어떤 생각을 하셨는지 궁금하거든요.

신   6·25 때는 우리 집안도 굉장히 복잡했지요. 좌익으로 맹활약한 사람도 있고 우익으로 나간 사람도 있고요. 종중에 월북한 사람도 있고, 가까운 당숙들도 여럿 빨갱이라고 당하고, 빨갱이한테 당하고 그랬어요. 어느 집안이나 마찬가지겠지만, 6·25 때 앞뒤로 다 당한 게 우리 집안이죠. 좌익한테도 당하고 우익한테도 당하고. 6·25가 났을 때 한동안은 피난 못 가고 집에 있다가 이듬해 겨울에 피난을 갔죠. 1·4후퇴 때는 피난을 따라가다가 미군 하우스보이로 들어가서 몇달 동안 실제로 전쟁도 경험했지요.

최   충주사범에 들어가신 것이 1948년이지요?

신   예, 한데 3학년에 올라가자마자, 그때는 4월에 학년이 올라갔는데, 6월에 6·25가 났지요.

최   그 당시 양심적인 지식인들은 좌익에 대해 매우 공감적이었다는데, 6·25 때 실제로 그런 치하도 경험하시면서는 어떻게 생각하셨는지요?

신   그때는 어려서 잘 몰랐지요. 다만 제가 사범학교 다닐 때 가장 좋아하던 두 영어선생님이, 그때는 내가 영어공부를 열심히 했는데, 1학년 때와 2학년 때 가르치던 두 선생님이 6·25와 함께 다 사라지셨어요. 한 분은 의용군으로 나갔다 변을 당하셨고, 한 분은 뒤에 들으니까 부역을 했다고 해서 10년 징역을 살고, 10년 뒤에 나와서는 저하고 친구가 되어 함께 술 마시며 돌아다니고 했죠. 그때는 그런 것에 대한 의식이 별로 없었어요.

최   실망 같은 건 안 느끼셨나요?

신   실망이랄까…… 글쎄, 그쪽 사람들에 대해서는 실망보다 공감하

는 게 더 많았습니다. 나도 열심히 따라다녔으니까요. 철없을 때였고요. (웃음)

정　집안에 좌우익이 다 있었다고 한다면 그 무렵 돌아가신 분은?

신　돌아가신 분이 엄청나게 있지요. 특히 생각나는 일은, 우리 집안 형 중에 서울공대에 다니던 사람이 있었는데 그 형이 나를 좋아했어요. 그때 제가 책을 꽤 읽고 제법 말도 통하고 하니까 더 그랬던 거지요. 원래 집성촌이 개울하고 산 하나를 넘어서 있었는데, 그 형이 늘 와서 북으로 나를 데리고 가려고, 같이 가면 좋겠다고 여러가지로 꾀고 그랬어요. 그래 저도 가려고 준비를 했는데 어떻게 하룻밤 다른 데 가서 자고 나와보니까 그날 벌써 가버린 거라. 지금은 아마 죽었겠지요. 그리고 6·25 때 또 집안의 삼당숙뻘 되는 이가 당시에 문학책을 많이 갖고 있었어요. 그때는 책이 그리 많지 않을 때니까, 문학서적 이삼백 권 정도면 대단한 거지요. 이분은 전쟁이 났거나 말거나 대포소리 들리고 인민군 들어오고 싸움이 벌어지는 데서도 책을 읽던 사람이에요. 나는 싸움이 나건 말건 책이나 읽겠다고. 그래 나도 그분한테 몇권 빌려 읽고, 그런 것 중의 하나가 김남천(金南天)의 『맥(麥)』이었지요.

정　기왕 책 이야기가 나왔으니까 독서편력에 대해서 말씀해주시죠.

다양한 독서편력

신　책은 어릴 때부터 꽤 읽은 셈이지요. 이광수·김동인, 이런 사람들은 대개 중학교 1, 2학년 때 읽었는데 집안에 책이 잔뜩 있었으니까 그게 가능했지요. 육촌누이네, 당숙네 집에 가보면 늘 책이 굴러다니니 집어다 보기만 하면 되었어요. 그래서 읽은 게 현덕(玄德)·이기영 같은 사람들 작품이죠. 시를 읽은 것은 좀 늦었던 것 같아요.

최　아무래도 소설이 먼저죠.

신　그렇지요. 김내성(金來成)의 탐정소설 같은 거, 그때 많이들 읽던 것도 읽으면서 이런 거 어머니한테 들키면 안된다 해서 몰래 읽고. 아버지는 내가 책만 붙잡고 있으면 그래 공부 열심히 해야지 하시고. (웃음) 다만 고등학교 졸업반 때 시험공부 대신 열 권짜리 일역판 도스또예프스끼 전집을 읽은 것은 지금까지도 자산이 됐다는 생각이에요.

정　그때 문단이면 50년대가 되겠는데, 당시 문단 분위기에서 최고의 시인이라면 누구를 꼽을 수 있을까요?

신　서정주씨로 꼽혔죠. 정지용·이용악(李庸岳)·백석(白石) 같은 사람들이 다 북쪽에 있거나 안 보였으니까. 1940년대 후반 단독정부가 수립된 후, 그때는 유일하게 『문예』라는 잡지가 있었죠. 아마 1950년 1월에 창간호가 나왔을 텐데 그 무렵엔 문단이 순수문학으로 완전히 평정이 되었어요. 서정주·김동리 이런 분들이 헤게모니를 장악하고, 박태원(朴泰遠)·정지용은 아직 월북을 안하고 보도연맹에 들어가 있었지만 작품활동을 제대로 못했지요. 가끔 보면 잡지에 겨우 끼워주는 정도였으니까요. 당시에 우리 집안에서는 『문예』지를 보았는데, 저도 이걸 읽었어요. 그리고 백석과 김기림(金起林), 이런 사람들 작품도 이때 읽었어요. 정지용은 물론이고, 기본 필수니까요. 그때만 해도 정지용 작품은 중학생 가운데서도 문학을 좋아하는 사람들은 다 읽었어요. 백석이나 이용악, 이런 사람들 작품은 별로 많이들 안 읽었는데, 제가 백석을 먼저 읽은 것은 사실 박목월(朴木月)씨 덕이지요. 박목월씨가 학생잡지에다 시 창작 강의를 했는데 백석의 시를 굉장히 많이 인용했어요. 그때만 해도 백석의 작품은 금서였는데도 박목월씨가 시를 보는 안목이 있었던 것 같아요. 그래서 저도 백석의 시에 재미를 붙였죠. 그런데 6·25가 나던 해 하루는 서점에 갔다가 『학풍(學風)』이라고 대학생들이 보는 잡지를 뒤적이다 보니까 백석의 시가 있어요, 「남신의주 유동 박시봉방(南新義州 柳洞 朴時逢方)」이지요. 그래 제가 책을 떨어뜨릴 정도로 깜짝 놀라서 그걸 사가지고 왔지요.

정　그때까지는 서정주를 가장 평가할 수밖에 없는 분위기였죠. 그런데 선생님 마음속으로 가장 좋아하시는 시인을 꼽으신다면?

신　어릴 때 가장 좋아한 시인은 그 「남신의주 유동 박시봉방」을 읽고 나서부터 백석이지요. 백석의 다른 시들을 다시 읽고, 지금까지도 나는 백석을 이용악보다 훨씬 좋아합니다.

최 지용은?

신 정지용하고 같이 놓고 비교하기는 좀 어렵지만, 지용은 역시 대단한 시인이지요. 지용의 시는 다 달달 외다시피 읽었어요. 그리고 처음 시를 알면서 임화(林和) 시를 여러 편 읽었어요, 앤솔로지 같은 데서. 그리고 제가 학교에 들어가기 전 교과서에는 임화의 시가 들어 있었어요. 「우리 오빠와 화로」라는 게.

최 교과서에요? 해방 직후에요?

신 해방 직후죠. 우리가 학교에 들어가고 나니까 교과서에서 그 시가 없어졌어요. 그런데 당시 국어선생님이 그걸 다 베껴줬어요. 이게 참 좋은 시인데 빠졌다, 이걸 읽어봐라 하면서. 처녀인데 아주 비판적인 분이셨지요. 누구냐 하면 박경원이라는 시인 어머니인데, 몇년 전에 한 30여년 만에 전화가 왔어요. 제가 무척 따랐고 아주 친했거든요. 만나자고 해서 처녀로만 생각했더니 할머니가 나타났더라고요. 제가 너무 당황하니까 그 선생님이 '야, 안 만날 걸 그랬다' 하시더라고요. 그 할머니 그때 말씀이 김대중씨의 중요한 참모 중의 한사람이라는 것 아닙니까? 그래서 그때나 지금이나 중요한 일 많이 한다고 웃었지요.

정 선생님 시가 서정적인 독백 형식보다는 서사적인 얼개를 가지고 있는 점이 눈에 띄는데요. 이런 게 아무래도 선생님이 백석이나 이용악 시를 즐겨 읽고 마음에 두셨다는 것과 관련되는 것 같네요.

신 그것도 있고, 소설을 많이 읽은 것과도 무관하지 않을 거예요. 어릴 때는 소설도 써보기도 하고 그랬으니까 그런 여러가지에 같이 영향을 받은 거겠지요.

최 외국 시인들은?

신 외국 시인들은 좀 늦게 읽었는데 가르시아 로르까(F. G. Lorca)를 제일 좋아했어요. 사변 직후에 일본말로 번역된 그 사람 시집을 우연히 구해가지고, 문고판이었는데, 열심히 읽었지요. 그리고 역시 저 릴케(R. M. Rilke), 릴케는 그때 우리나라 사람들이 다 좋아했으니까요. 일본 시인으로 나까노 시게하루[中野重治]도 좋아했지요.

최 영문과를 다니셨는데 영미 시인들은?

신   영시들은 별 재미가 없데요. 열심히 학교를 안 다녀가지고.

정   어떻게 영문과에 가실 생각을 하셨습니까?

신   이유는 간단한 거지요. 제가 하우스보이를 하느라고 왔다갔다 하다가 학교를 가니까 남들보다 복교가 4개월쯤 늦었어요. 수학은 도저히 따라갈 수가 없고, 그런데 하우스보이를 한 덕에 영어는 좀 했으니까.

최   영어 회화도 잘하세요? 그건 지금 처음 알았네요.

신   잘 못해요. 지금은 생각도 나지 않아요. 영어래도 완전히 하우스보이 영어였지요. 그러니 갈 데가 어디 있겠어요? 그리고 문학을 하려면 외국어 하나쯤은 해야 된다 하는 얘기들 많이 하고. 게다가 유촌 선생이 '괜히 좋은 대학 갈 생각 마라. 시인은 좋은 대학을 나와도 소용 없는 거다' 해가지고. 하여튼 영문과는 영어를 한 밑천이 있으니 그것을 안 버리고 써먹으려고, 세상을 경제적으로 살려고 간 거지요. 그런데 얻은 게 하나도 없어요. 대학에 들어가면 문학을 공부하는 사람들과 같이 얘기도 하고 좋겠다 생각했는데 영문과라는 데는 소설 하나 제대로 읽은 친구들이 없어요. 그러니 실망도 하고 학교에 재미를 못 붙였지요. 학교도 가다 말다, 공부에 관심을 잃었지요.

최   그때는 취직하려고들 영문과에 많이 갔지요?

신   취직하려고 갔던 것도 아니고, 먹고 사는 거야 어떻게 안 되겠느냐 해서 취직 같은 것은 생각도 안했으니까요.

정   영문과의 분위기와 선생님의 시의 분위기는 전혀 안 어울린단 말이죠.

신   그래도 영문과 덕을 전혀 안 본 것은 아니에요. 영문과를 다닌 덕에 책을 많이 읽었어요. 특히 영미 소설 같은 것은 열심히 읽었으니까.

최   이제 등단 무렵 전후를 대강 알았네요.

시작 중단, 낙향 후의 체험들

정   57년 작품이 그 시기 마지막으로 되어 있는 것 같은데, 그렇지요? 57년 작품이 마지막이고, 그 다음에 나온 작품이 65년인데, 그러면

8년 정도의 공백이 있은 셈이네요.

신   그것도 57년은 초고, 65년은 말이고 하니까 거의 10년이라고 봐야 할 겁니다.

정   시작을 중단하게 된 원인은 어떤 것이 있으신지요?

신   큰 의미가 있는 것은 아니고 제 나름대로 그때까지 문단에 나와서 써온 것과 같은 시를 계속 쓴다는 게 신명이 안 나더라고요. 글이라는 게 신명이 나야 쓰는 건데 말이에요. 소설이라도 한편 써볼까 생각했죠. 그래서 시골에 가서 소설을 쓰는데, 소설이란 것이 갑자기 되는 것도 아니고, 누구한테 보이니까 너는 역시 시가 낫겠다 하는 소리도 들었어요. 그때 내가 장편소설을 한 2천여 매 써가지고 응모를 했는데 그게 결선까지는 올라갔었죠.

최   어디에다 내셨어요?

신   한국일보에요. 1957년도인데, 결선에서 떨어졌지요. 그게 대구매일에 실렸어요. 그 상금을 가지고 등록금도 하고 양복 두어 벌 해입었어요. 그런데 그걸 보고서 '소설보다는 시가 낫겠다'는 충고를 여러 친구가 했지요. 그런 영향도 있고, 또 하나는 당시에 나랑 다른 대학에 다니는 친구들 10여 명이 모여 독서회 비슷한 것을 했는데 거기에 괜찮은 친구가 하나 있었어요. 아무리 분단상황이라고 해도 우리가 읽지 말란다고 안 읽을 수 있느냐 해서, 동대문시장에 가서 뒤지면 얼마든지 책을 찾을 수 있을 때니까, 거기서 백석을 사고 그랬어요. 전석담(全錫淡)의 책 같은 것도 얼마든지 있고. 그런 것을 중심으로 수요일마다 모여서 책을 읽고, 읽은 것 가지고 토론도 했어요. 내가 「공산당 선언」을 읽은 것도 그때가 처음이에요. 레닌의 농업정책도 무슨 소리인지도 모르고 읽고 그랬으니까요. 그리고 그때 우리가 조봉암(曺奉岩)을 좋아해서 따라다녔지요. 그러고 있는데 진보당 사건으로 우리와 책을 같이 읽던 친구가 하나 들어갔어요. 그러니 충격을 받았지요. 내가 겁이 얼마나 많아요? 서울로 왔다갔다 하다가는 귀신도 모르게 죽겠구나, (웃음) 큰일나겠구나 생각이 들더라고요. 그것도 낙향 이유 중의 하나였죠. 한번 내려가니까 서울로 올라오기가 쉽지 않아요. 처음에는 농사도 지어보고, 광산이나 공사

장에 가서 일하고, 장사도 하고 하여간 별걸 다 했어요. 그렇게 하다 보
니 금방 10년이 흘렀지요. 평창·영월·문경·춘천 이렇게 돌아다니다
보니까. 무슨 큰 의미는 없었어요. 그냥 뭐, 한번 내려가니까 기회가 영
안 되었던 거지요. 그리고 오기 같은 것이 있어서 이제 글은 안 쓴다,
하면서 거의 10년 가깝게 글을 한줄도 안 썼어요. 물론 도저히 못 견뎌
가지고 메모를 몇번 한 게 있긴 하지만.

최　도저히 못 견뎌서 메모를 해요? (웃음)

신　그런 것 있잖아요? 여하간 일체 문학잡지도 안 보고, 당시 읽
은 책이라는 것은, 그때는 시골에도 헌책방이 많았는데, 사회과학책이
대개였어요. 그래서 서울에서 독서회 할 때하고 시골로 돌아다닐 때 사
회과학책을 좀 읽었죠. 문학책이나 시는 거의 안 읽었고요.

정　그런데 들어보니까 광산일도 하시고, 아편 거간일, 방물장사도
하셨다는데?

신　그저 길안내 해달라고 해서 한 것도 있고요. 방물장수까지는 아
니고 아는 장사꾼 친구를 따라다닌 거지요. 곁다리 끼여서 월급도 못 받
고 그저 막걸릿잔이나 얻어마시고. 한번은 공사장에서 일을 할 땐데, 그
공사장에 제 시골 친구가 깡패로 공사장을 휘어잡고 있는 거예요. 그러
니까 나를 제 밑에서 일할 수 있게 거기 서기한테 '얘는 공부하는 애니
까 체크를 시켜라' 하고 얘기를 한 거지요. 거기는 서서 한번 리어카로
밀면 그 한번 한 것에 대해서 얼마씩 나오는 거예요. 나는 그걸 체크하
는 일을 했지요. 그러니 노동했다고 하지만 실제로 노동을 한 것은 아니
지요. 공사장 서기나 인부들이 나한테 시비를 걸면 그 친구가 나서서
'야, 임마, 너 대학 나왔어? 이 사람 대학 나왔으니 까불지 마' 하는 거
예요. 그때는 아직 대학도 못 나왔을 때인데. 말하자면 광산이나 공사판
에서 건달 비슷하게 돌아다닌 거지요, 제대로 일한 것은 아니고. 그 생
활에서도 얻은 것이 많았어요.

정　「목계장터」에도 방물장수 얘기가 나오고 하는데, 그게 뒷날 새
로 문학을 시작하시는 데 밑천이 되신 거죠?

신　밑천이 되기도 했겠지요.

최   그러니까 50년대의 사회분위기 속에서 일단 등단은 하셨지만 낙
향을 해버리고, 밑바닥 체험을 하면서 사회과학 공부를 하셨군요. 그렇
게 잠행을 하시다가 다시 올라오신 중요한 계기가 된 게 4월혁명인가
요?

신   그 후에 올라왔지요.

최   그러면 4·19는 어디에서 맞이하셨습니까?

신   시골에서 맞이했어요. 그때는 우리도 뭔가 해봐야겠다고 생각했
는데 사실 뭔가를 할 길이 없었지요. 시골서 사람들 만나서 가만있으면
안된다, 뭔가 해야 된다 이런 소리를 하고 다니고, 괜히 막걸리 먹고 쓸
데없는 소리 했다가 고생도 했지요. 막걸리 먹고 무슨 소리를 했는지 모
르겠는데 아침에 일어나니까 경찰서에 와 있는 거라. (웃음)

최   그 다음에 5·16 나고 하니까 또 역시 올라오실 분위기가 안 되
고.

신   5·16 이후 다시 또 하는 일 없이 불온분자로 찍혀서 뭘 할 수
있는 상황도 안 되니까 불평만 하고 돌아다녔어요. 영어학원에 가서 아
이들을 가르치기도 하고. 그런데 내가 시골에서 가르치는 건 인기가 없
고 애들이 잘 안 와요. 왜냐하면 시험문제를 잘 가르쳐야 하는데, 시험
문제는 안 가르치고 영어 5형식 문장 같은 것을 「공산당 선언」에서 뽑아
서 가르치거든요. 아이들이 집에 가서 우리 선생님이 「공산당 선언」 가
르쳤다고 하면 부모들이 아이들보고 그 학원 가지 말라고 하는 거지요.
그래 희한한 놈이 되어서 학원선생으로 장사도 못하고요.

최   그래도 용케 살아남으셨네요.

신   살아남았지, 어수룩한 세상이었으니까.

최   그러면 다시 올라오신 게?

신   다시 올라온 데는 김관식(金冠植) 시인의 덕이 있어요. 65년 겨
울일 거예요. 어느날 제가 충주 시내의 길거리를 지나다 만났어요. 웬
거지 같은 사람이 앉아서 "야, 신경림이, 이 나쁜 자식" 하고 나를 부르
는 거예요. 그때는 신경림이라는 이름이 안 알려졌을 때인데. 반가워서
같이 술을 마시고 헤어지는데 그 사람이 내 시 「갈대」니 뭐니 몇개를 큰

소리로 외우더라고요. "야, 네가 시를 안 쓰면 안된다. 네가 안 쓰면 나도 안 쓰겠다, 가자" 하면서. 그 소리를 들으니 나도, 그때는 객기가 남아 있어 그랬는지, 내가 시를 안 쓰면 안되겠구나 생각이 들고. 그래서 "가자, 그런데 당장 가면 있을 자리가 없잖느냐?" 했더니 자기네 집에서 살라는 거예요. 그래 그 사람 집에 6개월 동안 세를 들었는데, 공짜로 있은 셈이지요. 쌀도 얻어먹고 김치도 얻어먹고 살다가 직장을 갖게 되었지요.

자비출판한 『농무』

정　그런데 『농무』라는 시집이 처음에는 아무래도 식자층들한테 많이 읽혔을 텐데요. 당시 서울이라면 산업화의 폐해 같은 것이 점차 눈에 드러나는 시기이고 그래서 농촌 정서에 대한 향수 같은 것을 가진 서울 사람들을 중심으로 읽혀졌겠지만……

신　어떻게 보면 서울의 대학생이나 지식인 계층도 산업화의 피해자들이니까 『농무』의 정서를 가지고 있다고 말할 수 있겠지요. 당시 서울 변두리는 이농민으로 들끓었는데, 결국 그 후예들이 다 대학생이 되고 지식인이 된 것 아닙니까.

정　그러니까 우리가 하기 좋은 말로 산업화라고 하지만 사실은 70년대 초라는 상황이 폐해가 심각할 만큼 드러난 시기는 아니죠?

신　심각했지요.

최　우리나라 자본주의라는 게 6·25를 한 단층으로 하고 전쟁으로 폐허가 된 뒤에 새로 건설된 거죠. 6·25는 전통적인 것을 완전히 해체함으로써 자본이 자유롭게 활동할 수 있는 공간을 본격적으로 만들어준 계기인데, 그것을 대대적으로 활용하기 시작한 것이 5·16 이후라고 볼 수 있습니다. 그 때문에 자본의 공세에 처음으로 직면한 그 당시 사람들이 느낀 것은 지금 우리가 느끼는 단층보다 훨씬 더 경악스러웠을 것이라는 생각이 들어요.

신　그때는 변두리에 살던 사람들이 공장에 들어가 싼 인건비로 노동력을 팔고, 라면 같은 것이 나와서 배고픔을 겨우 면하게 해줄 때였어요. 재미있는 것은 지금 강남의 빌딩가에 사는 사람들이 당시 변두리에 살던 사람들이었는데, 이런 사람들이 요즘 와서 40평, 50평짜리 아파트에서 살고 있죠. 그만큼 세상이 변한 거라고 할 수도 있고요. 그때는 거의 모두 실업자였고 또 공장에 들어가는 것이 큰 행운이었지요. 서울 중심부를 빼놓고는 대개가 그렇게 살았으니까. 다 시골에서 올라온 사람들이었어요.

정   산업화의 폐해가 심각하게 드러나고 있던 상황이지만 아직 독자들은 농촌 정서에 상당히 친숙해 있다고 얘기해야겠죠?

신   대학생이고 지식인이고 모두 농촌적 정서를 바탕에 가지고 있었다, 이것이 『농무』가 꽤 읽힌 까닭이라고 말하면 될까요?

정   70년대 초라면 서정주 시인 같은 사람도 천 부 한정판 시집을 냈는데요. 그래서 작은 서점에 가면 먼지 뒤집어쓴 책이 있었지요.

신   그때는 출판사에서 시집을 출판한다는 개념이 없었지요. 그래서 모두들 자비출판으로라도 시집을 냈어요.

정   중복되는 얘기가 될지 모르겠는데, 70년대 초의 문단 분위기에서 문인들에게 『농무』를 보냈더니 반응이 시큰둥했다는 얘기를 했지만, 시단의 분위기가 모더니즘 쪽으로 기울고 그쪽이 주류처럼 되어 있던 시대 아니겠습니까?

신   모더니즘만은 아니었고 전통 서정시랄까, 그랬을 거예요, 『현대문학』을 중심으로.

정   그러던 판에 『농무』라는, 제목부터가 촌스러운 시집이 나와가지고 독자를 크게 확보해간다는 것이 기이한 현상처럼……

신   자비출판을 했을 때 처음에는 거들떠도 안 보았는데 조금 지나자 서점에서 찾는다고 연락이 왔어요. 그런데 책이 없으니……

『농무』의 시사적 의의

정   왜 그걸 얘기하느냐면, 저도 70년에 등단했지만 60년대 시인들의 시의 분위기를 공부하면서 등단을 했기 때문에 선생님 시를 볼 때 처음에는 이런 것도 시가 되나 하는 느낌을 가졌죠. 그러다가 '이게 시구나' 하는 쪽으로 생각이 기울었습니다만, 그때 생각이 그랬단 말이죠. 이게 정말 놀랄 만한 거예요. 『농무』라는 시집이 시에 대한 인식을 크게 바꿔놓는 계기가 된 것 아닙니까?

최   『농무』가 갖고 있는 시사적인 의미는 정말 획기적이라고 봐요. 그런데 그것도 60년대 문학이 새로운 자신의 징후들을 가지고 있던 데서 나온 것 같아요. 60년대 시인들이 대개 모더니즘인데 50년대의 엉터리 모더니즘하고는 확실히 달라요. 그것은 4월혁명이 직간접적으로 60년대 모더니즘에 관계하고 있기 때문입니다. 5·16으로 일단 좌절됐지만 4월 혁명으로 일깨워진 민중적인 의식들이 다시 각성하는 사회적·문학적인 변화에 직면해 있을 적에 선생님 시집이 나왔고, 또 선생님 시집이 그런 우리 문학의 새로운 변화를 모색하는 분위기나 사회적인 분위기와 맞아떨어졌던 것 같아요. 아주 제대로 맞아떨어진 거죠. 그리고 여기에는 6·25로 인해서 우리 시단의 주류에서는 하강해버렸지만 일제시대 이래 우리 시의 뛰어난 전통이 있단 말이죠. 말하자면 선생님의 시도 그 전통 위에서 새롭게 나온 것이거든요. 남한의 새로운 현실에 즉해서, 남한의 민중적 현실에 즉해서 창조적인 변화를 보여준 것이라고 하겠죠.

신   『농무』가 나왔을 무렵 참석했던 한 좌담회에서였는데, 제 시가 갑자기 툭 튀어나온 것처럼 얘기들을 하더군요. 그러나 실상 제 시는 백석이나 이용악 등등 그전부터 있다가 끊어진 맥을 다시 이은 거거든요. 그래서 그런 얘기들을 했지요. 그게 『대학신문』에 실린 좌담이었는데 당시는 백석이나 이용악 들을 모를 때예요. 그 사람들 이름도 못 들먹일 때니까 그런 이야기가 다 빠져버렸지만.

최   그런데 선생님, 모더니즘 쪽과는 어떠셨어요? 가령 김수영이라든가……

신   사실 저는 그때까지만 하더라도 김수영(金洙暎)이나 신동엽(申東曄)의 시를 못 읽어봤어요. 시골에 있는 동안에 서울에서 활약하는 시인에 대한 거부감도 있고, 읽으나마나 나하고는 다르다라고 생각해서 시

에 대한 비평도 전혀 안 읽어봤어요. 제가 문단에 다시 나와 본격적으로
활동하기 시작하고 신동엽씨가 돌아가신 뒤에야 시를 읽었지요. 김수영
시도 마찬가지예요. 크게 고무되었지요. 그리고 모더니스트 중에서는 김
기림을 좋아했고 그밖에는 김광균(金光均) 시를 좋아했어요. 한때 모더
니스트로 자처하면서 김기림이며 40년대 모더니스트 흉내도 열심히 냈지
요.

최   백석도 어떻게 보면 진짜 모더니스트지요.

신   그런데 『농무』의 시도 어떤 사람들은 모더니스트의 시라고 말하
는 사람이 있습디다.

최   모더니즘과의 고투가 없이는 그런 시가 나오지를 않거든요.

신   제 자신 옛날의 전통적인 서정시에서 거부감을 느끼고 내 속에
서 새로운 형식을 추구하려는 생각이 있었어요.

최   김지하 시인도 마산사시 아닙니까? 그의 시도 바로 김수영 모
더니즘과의 투쟁을 통해서 나왔거든요. 사실 김지하 시의 바탕의 하나인
이용악조차도 모더니즘과 고투하면서 나온 시지 그냥 사회시는 아니거든
요. 저는 신경림 선생님의 『농무』를 비롯한 뛰어난 민중시들을 그냥 단
순히 사회시의 부활로만 봐서는 안된다고 생각합니다. 그것이 바로 선생
님 시와 아류적인 사회시들을 구분하는 점이 되겠지요.

신   박남수 선생이 언젠가 나를 두고 "신경림을 잘 몰라서 그렇지
이 사람은 모더니스트다"라는 얘기를 했었지요. 시라는 게 나오는 대로
쓰는 건 아니거든요. 전통적인 서정시는 말하자면 정(情)을 그린다는 것
인데, 그것만 그려서 시가 되겠나 하는 생각은 50년대부터 많이 했어요.
그 나름대로의 테크닉이든 무어든 갖출 건 갖추어야 한다, 또 저는 시어
에서도 외래어도 적당히 쓰고, 한자어도 상당한 정도로 씁니다.

최   우리가 한자를 갖고 있다는 것은 시인들에게 자산이죠.

신   그리고 제가 한자어 쓰는 법을 배운 사람이 박목월인데, 박목월
시를 잘 봐요. 한글을 전용으로 쓰면서도 한자를 적당히 잘 쓰는 사람이
지요. 그 다음으로 잘 쓰는 사람이 이형기(李炯基) 시인이고요. 나도 한
자어를 적당히 써야겠다는 생각을 늘 갖고 있어요. 한자어가 암시하는

특수한 정서나 문화를 빼면 시가 빈약해진다는 느낌은 어쩔 수 없어요.

최　정지용이나 김소월 역시 노출할 한자는 정확하게 노출하잖아요. 한자가 갖고 있는 상형성까지 활용하는 겁니다.

신　이런 고민도 한 적이 있어요. 저도 이를테면 한글전용을 주장하는데 꼭 필요한 경우에는 부득이 괄호를 하고 한자를 넣었지요. 그런데 이렇게 하면 두 번을 읽게 되죠. '사막(砂漠)'이라고 쓰면 사막을 두 번 읽게 되고, 그러면 시가 얼마나 늘어지는지 몰라요. 그래서 괄호 안에 한자를 넣는 것은 안하고, 꼭 넣어야 할 경우는 한자를 노출시켰지요.

최　지금 말씀하신 대로 시에서 한자를 괄호 안에 넣으면 시가 늘어지지요. 그런데 잠깐, 목월을 말씀하셨는데 ──

신　나는 청록파 중에서 목월이 가장 뛰어나다고 생각해요.

최　시인으로선 그렇죠.

신　그 사람은 미당에 버금가는 시인인데, 여러가지 행적을 문제 삼기도 하지만 시 자체가 탁월합니다. 미당 서정주와 박목월, 두 사람이 그 뒷세대에 가장 큰 영향을 미친 시인입니다. 미당은 좀 덜 그렇지만 목월은 너무 폄하되는 느낌이 있는데, 행적이 문제여서 그렇지 시 자체는 정말 뛰어나요. 이 사람이 말을 참 귀하게 잘 쓰는 사람이에요. 초기시는 좋고 후기시는 나쁘다고 말하는 사람도 있지만 후기시, 생활시도 좋은 게 아주 많아요. 아주 가볍게 쓰면서도 날렵하게 삶의 세목을 짚고 넘어가는 점이 놀라워요. 그분한테서도 시를 많이 배운 셈이지요.

최　후기시도 좋은 게 많지요. 경상도 말도 얼마나 잘 써요.

신　그럼요. 아무것도 아닌 것으로도 시를 만들 줄 아는 사람이에요.

최　그러니까 직접 사숙을 하신 것인가요?

신　아니, 그 사람 시를 좋아했지요. 청록파 시인 세 사람 가운데서 박목월이 가장 뛰어나다고 봐요.

정　실제로 선생님 시에 목월시의 운을 기억하게 하는 작품들이 있죠. 「목계장터」 같은 시는 목월과의 영향관계에 의해서라기보다는 그 자체가 민요가 되어버린 것 같아요. 유원지 같은 데로 놀러가보면 수건에

「목계장터」 비슷한 시들이 많이 씌어 있어요. 지은이도 없고, 그렇다고 해서 선생님 시도 아닌 그런 것들이.

신 그게 선시(禪詩) 비슷한 것을 「목계장터」 투로 번역을 해낸 거예요.

정 선시에 그런 게 있어요?

신 있어요. 그러니까 꼭 같은 것은 아닌데 하여튼 그 분위기를 「목계장터」의 어투로 번역해놓으면 그렇게 되는 게 있더군요.

'민중'의 모습, 그리고 80년대 문학

정 선생님 시의 독자이기도 하고 대상이기도 할 그 민중, 선생님 자신은 정작 민중이라는 표현보다는 괴롭고 슬픈 자들, 쓰러지고 짓밟히는 자들, 이런 말들을 즐겨 쓰시는데, 『길』의 '후기'를 보아도 "어차피 시는 괴롭고 슬픈 자들, 쓰러지고 짓밟히는 것들의 동무일진대 …"라고 쓰셨더군요. 선생님의 시를 보고 선생님을 만날 기회가 있는 독자들은 선생님 시와 선생님이 똑같다는 얘기를 하거든요. 시인으로서는 매우 듣기 좋은 말이 되겠는데요. 대개 글과 사람이 다르다는 얘기는 글은 좋은데 사람은 못됐다는 뜻으로 하는 경우가 많지 않습니까? 그런데 선생님의 경우는 글과 사람이 같다는 얘기가 되겠습니다. 어떻게 보면 선생님의 촌스럽고(웃음) 어리숙해 보이는 면을 사람들이 매우 좋아한다는 느낌도 들고요. 선생님의 시 한구절을 보면 "못난 놈들은 서로 얼굴만 봐도 흥겹다"라는 것이 있는데, 선생님이 그 슬프고 억울하고 짓밟히는 사람들의 편에 서서 시를 써야겠다는 생각을 하시게 된 동기를 말씀해주시겠습니까?

신 그런 편에 서서 시를 써야겠다는 것을 구체적으로 생각한 것은 아닌 것 같고, 원래 사람을 참 좋아했어요. 어릴 때부터 사람들이 우리집에 많이 와 있고, 어울려 다니기를 좋아하고 그랬어요. 우리는 농사도 지었으니까 집에 머슴을 두었을 땐 나는 머슴방에 가서 같이 자고 그랬지요. 굳이 안 그래도 되는데 거기 가서 사람하고 노는 게 재미있었어

34

요. 무엇보다 첫째는 제가 사람을 좋아한 탓이고요. 사람을 좋아하는 건 어떻게 보면 병적이었던 것 같아요. 아무나 따라다니고, 놀고, 특히 못난 사람들과. 그것이 참 즐거웠어요. 누굴 위해서라기보다 저 자신이 그런 사람의 하나라고, 꼭 그렇게 생각한다는 것보다는 같이 놀다 보면 그렇게 되는 거고, 시도 그런 가운데서 나오는 것이겠지요. 아마 그런 성격 때문인 것 같은데, 시집 뒤에다 그런 말을 쓴 것은 또 이유가 있어요. 독자나 평자 들의 요구가 조금 무리한, 뭔가 마땅치 않게 느껴지는 것, 이 시대의 시인이라면 마땅히 통일의 문제를 다루어야 한다든가, 노동시나 그런 문제를 다뤄야 이 시대의 시인이다라는 얘기들을 많이 했거든요. 그런데 시인이라는 것이 그 시대의 가장 중요한 얘기만 하는 것이냐? 그 시대에 가장 앞장서서 모든 사람들의 의식을 끌고 나가는 것이냐? 저는 그렇게 생각지 않아요. 시라는 것은 앞장서서 나갈 수도 있지만 그보다는 오히려 앞장서서 나가지 못하는 사람들과 함께 그 사람들을 다독이고 위로해주고 그런 것이라고 생각합니다. 또 한가지는 시뿐만 아니라 문학이라는 게 가장 잘난 사람, 모든 조건이 충족되고 잘생기고 돈 많고 그런 사람보다는 뭔가 그런 삶에서 조금 비켜 있는 사람들이 하는 것이 아니냐, 또 그런 사람들을 위한 것이 문학이 아니냐는 생각이 들었습니다. 그래서 그런 얘기를 썼던 거지요. 가령 통일문제를 시로 다루지 않으면 안된다고 하는데, 그렇게 딱부러진 시가 과연 좋은 시냐? 80년대에는 그런 시들이 너무 많아서 역겨웠죠. 무슨 특별한 생각이 있는 것은 아니고요. 또 저는, 아까도 얘기했지만, 써놓고 보면 정리할 때 '아, 이렇게 해서 썼구나' 하는 것은 있지만 내가 이러이러한 시를 써야겠다, 그래서 쓰는 것은 아니에요. 『길』이라는 시집에서 그런 얘기를 했죠. 그건 원래 시골 여행이나 민요기행을 다닐 때 사람 만나고 특별한 사건이나 상황을 만나서, 시로 꼭 쓰고 싶은 것은 메모해놓은 것을 『한국문학』의 조정래하고 술먹고 얘기하다가 그걸 정리해서 써보자 해서 엮인 거예요. 그러니까 돌아다니면서 대개 못난 사람을 만나고, 못난 짓거리 하는 사람들과 놀고 그런 것들이지요. 말하자면 그 '후기'는 그 시집에 대한 변명인 셈이죠.

정   우리 학교에 지리선생님이 한분 있는데, 선생님을 모르는 독자인데 언젠가 텔레비전에 선생님이 나오신다길래 화면을 유심히 봤대요. 여행을 많이 다니시고 노래를 배운답시고 사람 만나는 것이 좋아서 다닌다는 말씀을 하셨다는데, 그 양반 생각으로 자기는 사람을 피하고 서울살이의 복잡함을 피해서 사람 없는 데를 주로 찾아서 다녔었는데, 선생님이 사람 찾아다닌다는 소리를 듣고 아주 감탄을 하더라고요. 선생님의 민중시라는 것은 의도적인 것이라기보다는 천성적인 것이라고 봐야겠네요.

최   80년대 문학에 대해 비판하셨는데, 이런 측면도 있을 것 같아요. 선생님 자신은 의도하지 않았지만 80년대 문학, 특히 80년대 시들, 그러한 대세에 선생님의 시가 큰 영향을 주었던 것은 아닌가.

신   그렇죠. 그런 면이 있어요. 나쁜 점도 있고. 저 자신이 그런 대세에 영합한 측면도 있죠. 지금 돌아보면 『길』을 정리할 때는, 말하자면 그러한 80년대 시적 흐름에 영합한 자기 자신에 대한 비판이라는 면도 있었죠. 내가 뭐가 잘났다고 통일이 어떠니, 민중이 뭐니, 이런 소리를 하고 있느냐? 이런 생각이 있었던 거죠. 노동시를 써야 한다 하니까 저도 노동시도 써봤고, 통일시를 써야 한다 해서 통일시도 쓰고, 그러나 그렇게 해서는 결코 좋은 시가 될 수도 없고 나 자신을 위해서도 도움이 안 된다는 것을 깨달은 거지요. 그러니까 80년대 시에 대한 비판은 남에 대한 비판일 뿐만 아니라 나 자신에 대한 비판이자 반성인 부분이 더 크지요.

「새재」 등 장시에 대하여

최   「새재」와 그 후의 장시 작업들을 요새는 스스로 어떻게 보시는지요?

신   말하자면 남한강 새재 일대의 한 시기의 민중의 삶을 긴 호흡으로 한번 재현해보자는 욕심으로 『남한강』의 장시들을 썼는데, 지금 생각하면 성공하지 못한 시라는 느낌이에요. 그리고 장시는 역시 현재로서는 그렇게 쉽게 접근할 수 있는 영역이 못된다는 생각이 들어요. 우선 독자가 있어야 하지요. 꼭 독자의 수가 많아야 한다는 것이 아니라 한두 사람이라도. 그리고 그런 장시가 중요한 것이 되려면 소설을 능가하는 감동과 호소력을 가져야 하는데 지금 그것이 소설을 능가하는 호소력을 가질 수가 없어요. 그러니까 장시는 문제가 있다는 생각이 드는 거죠. 언제 생각이 바뀌어서 또 한번 도전해보자는 생각이 들지 모르지만 현재로서는 그렇습니다.

정 염무웅 선생이 장시 얘기를 하면서 150행 정도가 적당한 길이라고 했는데, 그게 예를 들면 장편소설에 대한 단편소설 정도의, 시에서의 그런 길이가 되지 않을까 싶은데요. 한자리에서 처음의 감동을 지속적으로 유지하면서 읽을 수 있는 작품은 너무 길어서는 곤란하지 않느냐, 시간이 없어서 덮어놨다가 다시 읽으면 그 감동은 지속되지 않는 것이고, 그런 점에서 볼 때는 150행이 될지 100행이 될지 모르지만 어느정도 길이를 갖고 있으면서, 그러나 20행 내외의 시정시와는 다른 그런 것은 해볼 만한 것이 아닐까요?

신 그 서사적인 내용, 짧은 서정시에 담을 수 없다고 하는 서사적인 내용이랄까, 그게 장시의 형식을 빌리지 않더라도 짧은 시에 압축해서 담을 수 있다고 봐요. 그리고 그 안에서 얼마든지 감동을 줄 수 있고요. 제 시를 전체적으로 발전시켰다고 할까, 그런 면에서는 장시가 도움이 된 면도 있겠지만 그러나 지금 생각으로서는 성공했다고 말하기 어렵다는 느낌이에요.

정 장시 형식에 대해서 실패했다고 말씀하시는데 장시를 쓰실 무렵에 생각하신 게 민요가 아니겠습니까? 「새재」가 나온 것이 79년이니까 그보다 전부터 민요에 관심을 가지셨다고 봐야겠네요.

신 사실 민요를 좋아한 것은 아주 오래됐어요. 왜 민요를 좋아했냐 하면 우리 아버지가 금광을 하셨는데, 광산을 하는 사람들은 장날마다 쉬어요. 나흘 일하고 하루 쉬는 거예요. 쉬는 날은 돼지를 한마리 잡아가지고 노는데, 광산에는 전국 사람이 다 모이지요. 특히 거기는 함경도 사람이 많았는데 이 사람들이 처음에는 대중가요도 부르고 하다가 나중에는 민요가락으로 노래를 해요. 그래서 그때에 민요의 재미랄까 맛 같은 것을 알았어요. 또 한가지 민요에 대해 재미를 느낀 것은, 중학교 다닐 때에 늘 강가에 나가서 놀았는데 뗏목이 50미터씩 간격을 두고 20대씩 지나가요. 한 대에 두 사람씩 타고 있었는데 이 사람들이 심심하니까 앞사람이 노래하면 뒷사람이 받고 하면서 계속 돌아가면서 노래하는데 그게 매우 듣기 좋았어요. 그 노래가 '정선아리랑'이었지요. 「새재」에도 민요의 영향이 있어요. 민요가락을 듣고 저 가락과 함께 산 한 시대의 사람들의 삶을 재구성해보면 재미있을 것이다, 그 가락을 민요가락으로 써보자는 생각을 해서 본격적인 민요 채록은 그때부터 했던 거예요. 「새재」를 준비하면서 경상북도 일대, 강원도 일대, 충청도, 경기도 일대를 다녔어요. 그러다가 민요시라는 것에 대해서도, 시가 전통적인 서정시와는 구별이 되어야 한다, 그러나 그럼에도 불구하고 전통적인 정서가 시에 살아있는 좋시 않겠느냐! 그래서시고 생각해낸 것이 민요형식인데 한참 쓰다 보니까 시가 답답해져요. 『달 넘세』를 내놓고 제 시에 상당히 절망을 했어요. 시가 너무 답답해서 왜 그런가 생각해보니까 민요가락에 갇혀서 거기에 시를 맞추려고 하다 보니까 싱싱한 맛이 없어지는 거예요. 그래서 뒤에는 민요기행을 다니면서 시를 썼는데, 그때 쓴 시들은 오히려 민요가 가진 정서만을 따고 가락이 자유로워지면서 답답함에서 벗어난 것 같아요. 제 민요시 가운데서 「목계장터」「어허 달구」「씻김굿」 같은 십여 편을 빼놓고는 스스로 생각해도 재미없어요. 시로서 성공한 것이 많지 않다고 생각해요. 지금은 민요에 집착하지 않으려고 하지요. 제가 민요를 좋아하고, 그 좋아하는 점이 시에 어떠한 모습으로든 남는 것 그것이면 되지, 꼭 민요 정서와 가락에 묶일 필요는 없겠다고 생각하는 거지요.

민요시와 형식문제

최   한편 70년대부터 80년대까지 우리 민족문학에는 대규모로 민중으로의 귀의현상이 일어났고, 그 가운데 모더니즘에 대한 일체 거부, 그 속에서 새로운 형식을 찾다 보니까 민요 같은 민중적인 쪽으로 들어가게 되고, 그게 우리 문학이 새롭게 갱신하는 데 일정한 역할을 한 것도 있지만, 저는 선생님같이 그렇게까지 냉정하게 보지는 않아도 확실히 문제는 있었지요. 말하자면 『농무』 시대에는, 아까도 우리가 얘기했듯이 모더니즘과의 고투가 분명히 있거든요. 그냥 민요시가 아닌데. 선생님은 「목계장터」가 민요시라고 하는데 그건 절대로 민요시가 아닙니다. 그냥 시죠. 그런데 7, 80년대 이후에 이와같은 경향성 속에서 모더니즘에 대한 일체 부정이 우리 시를 한쪽 편향으로 몰아갔습니다. 물론 모더니즘의 추종도 곤란하지만 모더니즘을 완전히 배격하고 나서는 진정한 민족시도 나올 수 없다는 생각이거든요. 그 당시 운동도 마찬가지였던 것 같아요. 자본주의가 싫어서 자본주의를 건너뛰려는 레닌주의 모델로 나아가는, 그래서 자본주의를 제대로 이해하고 제대로 싸워서 이것을 넘어서려고 하기보다는 자본주의를 피해가는, 자본주의를 건너뛸 수 있다는, 일종의 농업사회주의적 경향이 있었어요.

신　그때 민요시를 추구한 데는, 그때는 그런 생각은 못했었지만, 지금 냉정히 생각해보면 새로운 형식을 추구하려는 것을 스스로 피해가는, 민요 속으로 숨으려는 측면이 있었던 것 같아요. 결국 형식만 그렇게 된 것이 아니라 내용상으로도 폐쇄적이 되고 복고적으로 되면서 농경사회로 후퇴하는 경향을 가져온 거죠. 말하자면 그것을 깨닫고 반성한 것이 그 뒤의 시라고 얘기할 수 있을 거예요. 그 뒤에 더 나아졌다는 것이 아니라 민요 속으로 들어가는 형식, 후퇴하는 형식, 닫아서는 아무것도 안된다, 내 시가 답답해져서는 안되겠다 이런 생각을 한 겁니다. 우리가 민요를 좋아하고 그것이 시에서 도움이 되는 것은 좋지만, 거기에 너무 얽매여서는 안되겠다, 이런 생각을 한 거죠.

정　우리가 민요를 생각할 때 형식도 있지만 거기에 짙게 배어 있는 우리 민중정서도 있다고 생각됩니다. 그 점을 깨달으신 것만도 큰 거죠. 그런데 20년대 시인들이 서구문학의 충격이 오면서 자기 것을 찾아야겠다는 의식 속에서 민요를 찾아냈는데 그런 것과 어떻게 관련이 되어 있는지, 20년대 민요시에 대해서 좀 말씀을 해주시겠습니까?

신　저는 그쪽 공부를 별로 안했어요. 사실 민요시를 썼다고 해도 민요시에 대한 공부는 별로 한 게 없지요.

정　참고로 주요한(朱耀翰)이 얘기한 구절을 읽어볼게요. "과거 우리 사회의 노래라는 형식으로 된 문학이 있었다면 대개 세 가지가 있었다고 하겠습니다. 첫째는 순전히 중국을 모방한 한시요, 둘째는 형식은 다르나 내용으로는 역시 중국을 모방한 시조요, 셋째는 그래도 국민적 정조를 어지간히 나타내는 민요와 동요입니다. 세 가지 중에서 필자의 의견으로는 셋째의 것이 가장 예술적으로 가치가 있다고 봅니다." 이것이 20년대 시인들이 우리 민요에 대한 관심을 가진 한 예가 되겠는데요. 그러면 20년대 시뿐만 아니라 민요시라고 할 수 있는 작품을 쓴 사람 가운데 가장 성공적인 시인이 있다면 어떤 시인을 꼽을 수 있을까요?

신　특정한 시인을 꼽을 수는 없지만 민요시 한 편을 든다면 민영(閔暎) 시인의 「엉겅퀴꽃」을 듭니다. 80년대에 나타난 가장 좋은 민요시라고도 생각해요.

정　소월(素月) 같은 사람은 어떻습니까?

신　소월시 역시 민요시가 많죠. 하지만 그를 민요시인이라고만 부르는 데는 반대합니다.

정　아무래도 민요시라면 형식을 먼저 생각하게 되는 면이 있지요?

최　육당(六堂)은 신체시 쓰다가 시조로 도망가버리잖아요. 말하자면 그나마 가지고 있던 모더니티를 포기하면서 시조로 간 것이지요. 파인(巴人) 김동환(金東煥)의 「국경의 밤」은 여러가지 한계도 있지만 시사에서 분명히 뛰어난 작품으로 남을 텐데, 결국 그도 민요시로 기울어 하나도 성공한 것이 없어요. 이용악은 파인의 영향을 많이 받았어요, 같은 함경도 경성 출신이기도 하고요. 파인과 용악이 다른 점이 있다면 파인은 모더니즘의 세례를 너무 안 받은 데 비해 용악은 파인을 이어받되 모더니즘과 고투했기 때문에 파인을 넘어설 수 있었던 거죠. 민요시로만 가는 것은 퇴각이거든요. 현대시가 되어야죠. 뛰어난 시인이라면 모든 형식에 관심을 가지되 정수만 뽑아서 자기 시를 만들어야죠, 당대의 현실과 부딪치면서.

신　그렇죠. 있는 형식 속으로 들어간다는 건 바람직하지 않다고 봐요. 제 경우도, 제 민요시 가운데서 성공한 것이 별로 없다고 생각하고 지금 제가 애착을 갖고 있는 것은 몇편밖에 없지만, 그것도 민요시 형식을 취했기 때문이 아니라 다만 민요적인 정서를 바탕으로 해서 썼기 때문에 성공했다고 보는 거죠.

농촌과 도시를 보는 눈

최　우리 문학에서 좋은 작품이라고 평가되는 것을 보면 대개는 농촌적인 데서 나왔어요. 재미난 것은 도시적인 것, 도시를 제대로 다룬 작품은 별로 없다는 점이에요. 여기에 문제가 없지 않습니다.

신　문제도 있지만 어쩔 수 없었다고 생각해요.

최　우리 문학이 근대적인 경험이랄까, 자본주의를 움직이는 기제에 대한 끈질긴 탐구에는 미흡하지 않았나 하는 생각입니다.

신　그게 더 쌓여야 되는 건데…… 이런 생각을 해요. 지금 노동자라 하더라도 노동자 정서를 가진 사람보다는 농민 정서를 가진 사람이 더 많아요. 아버지도 농민이고 할아버지도 농민이었던 사람이 많은 거죠. 그런데 외국만 하더라도 광부라고 하면 광부의 독특한 다른 정서가 있어요. 자기 아버지도 광부이고 할아버지도 광부여서 한두 해에 쌓인 것이 아니라 여러 대에 걸쳐서 쌓인 정서로, 말하자면 영국이나 서구의 도시 정서라는 것도 금방 자기 대에서 생긴 것이 아닌데 우리나라에서는 자기 대에 생긴 경우거든요. 요즘도 농촌드라마 같은 것은 다 보잖아요. 고층아파트에 살더라도 농민의 아들이거든요. 이게 한참 더 있어야 극복이 될 거예요.

정　저만 하더라도 의식적으로든 정서적으로든 농촌에 바탕한 문학의 정서라는 것이 대단히 진하게 오는데, 요즘 태어난 사람들은 어떨까요?

신　몇십년 후에는 물론 다르겠지요.

최　우리나라 자본주의가 이제는 본궤도에 올라간 것 같아요. 물론 그렇다고 해서 농촌적인 것을 완전히 괄호 속에 넣고 도시적인 것을 추구하는 것만을 최고로 삼는, 다시 말해서 자본에 즐거이 투항하는 문학은 진정한 문학이 아닙니다. 도시의 눈으로 농촌을 보고 농촌의 시각으로 도시를 파악하는 상호침투적 각도를 견지하는 것이 중요합니다. 그런 점에서 선생님께서 민요에 갇혔다는 생각을 하시고 이걸 새롭게 넘어서려는 여러 노력을 하신다는 것은 의미깊은 일이라고 봅니다.

신   농촌문제에 대해 여러가지로 생각해볼 때 지금 민족문학의 농촌을 보는 시각이라는 게 아주 답답한 데가 있어요. 최근 민족문학을 한다는 사람들의 시나 소설을 보면 어머니는 무조건 옛날식 어머니, 아버지는 술먹고 농사를 안 짓고, 오빠는 도시에 나가서 취직하려고 왔다갔다 하고, 하는 식의 틀이 있어요. 70년대식 농촌을 보는 틀이 그대로 굳어진 거예요.

정   전형이라는 말을 잘못 이해한 것이지요.

신   전형이 아니라 틀 속에 갇혀버렸어요. 그렇게 농촌을 가둬놓고 좁은 눈으로 보지 말고 자본주의의 큰 테두리 안에 조그맣게 들어 있는 농촌, 이걸 정확하게 보면 농촌 얘기도 그렇게 답답하지만은 않을 거라 생각돼요. 농촌을 통해서 도시도 볼 수 있고. 시에서도 마찬가지예요. 농촌이라고 하면 우리가 가서 쉬어야 할 곳이란 생각, 농민들은 지금 무조건 당하고 있고, 농협 직원이 나와서 두들겨부수고 어쩌고 다 머리에서 생각해낸 얘기, 이런 것에 갇혀 있는 시각에서 벗어나야죠. 저도 그런 사람의 하나인지 모르지만 그런 것을 극복하려는 노력을 스스로 해야 한다고 생각해요.

정   프란쯔 파농의 말을 떠올려보죠. 그는 "때때로 시인은 자기가 민중의 가장 친근한 벗이 될 수 있다는 의사표시로서 토속적 방언을 사용하는 데 주저하지 않는다. 그러나 이 경우에 그가 표현하는 사상과 그를 지배하는 관심사는 그 나라 대다수의 남녀들이 인식하고 있는 구체적인 상황과 아무런 공통점도 갖고 있지 못하다. 식민지 지식인이 민중에 밀착했다고 믿을 때 그가 붙잡은 것은 민중의 삶 자체가 아니라 삶의 곁가지에 지나지 않는다"는 얘기를 합니다. 선생님의 경우는 방언 같은 것은 많이 안 쓰시는 편이죠?

신　저는 방언은 가능한 한 안 씁니다.

정　아마 선생님의 경우에는 민중의 가장 친근한 벗이 될 수 있다는 의사표시로서 민요적인 틀을 생각하셨다가 그것이 형식의 문제가 아니라 결국——

신　내용까지도 속박한다고 생각한 거죠. 저는 방언도 시의 재미를 위해서 쓸 수는 있다고 보지만 방언에 지나치게 집착하는 것은 옳다고 생각하지 않아요. 고어(古語)를 굳이 쓰는 것도 마찬가지예요. 그리고 우리말 제일주의가 시에서 반드시 긍정적으로만 작용하는 것은 아니라는 생각이에요. 한문자도 우리말인데 다 배제하고 순우리말만 써야 민족시다 하는 생각도 백해무익한 거죠. 우리말의 폭을 넓히고 외래어도 받아들여서 우리말로 만드는 것이 중요하지, 지금 우리말에서 외래어를 안 쓰고 내버리면 그게 얼마나 뼈만 앙상하겠어요? 시도 역시 그런 점에서는 더욱 폭넓어지고 아량도 있고 열려 있어야지 좁은 시각이어서는 안된다는 생각이 들어요.

최근의 사회변화와 90년대 문학

최　최근의 나라 안팎 상황의 변화에 대해서는 어떻게 생각하시는지요?

신　달라지긴 달라졌지요. 김영삼 정부가 옛날 군사정부와 같다고 하면 잘못된 생각이에요. 그러나 다 양면성을 갖고 있지요. 옛날 군사정부 사람들 중에 이 문민정부를 창출해낸 사람들이 있고 이 사람들이 지금의 문민정부에서도 상당한 역할을 하고 있으니까요. 그 사람들을 전혀 생각지 않고 완전한 문민정부라고 할 수는 없겠죠. 이 정부는 과도정부와 같은 성격밖에 안 가지고 있다고 생각하는데, 그러나 그 과도정부로서의 역할을 충분히 해낼 수 있게 해주려면 우리가 이를 무조건 타도의 대상이다 할 것이 아니라 오히려 문민정부 안의 개혁적인 세력이, 아주 미미할지라도 맥을 좀 출 수 있게 만들어줌으로써 다음 진짜 민주세력한

테 무난하게, 좀 부드럽게 넘겨줄 수 있으면 얼마나 좋을까 하는 생각이
들어요. 물론 이건 전문적인 지식을 갖고 하는 소리는 아니지만요, 지금
의 이 정부는 비판의 대상이지 타도의 대상은 아니라는 거죠. 그리고 지
금 안고 있는 문제는 체제의 문제가 아니거든요. 실정(失政)입니다. 그
리고 사회주의에 대해서 얘기하자면, 요즘 젊은 사람들을 보면 사회주의
가 몰락한 것이 아니다라는 얘기를 하는 사람이 많은데 그건 무책임한
소리라고 생각해요. 몰락한 현실을 자꾸 아니라고 하면 안되는 거죠. 몰
락한 건 사실인데. 또 특히 지식인들 사이에서 사회주의가 본질적으로
옳은 것이지만 실천과정에서 문제가 있었다라는 얘기들을 많이 하는데
그 소리도 무책임하다고 생각해요. 실천과정에서 문제가 있었다면 그 이
념 자체에도 문제가 있는 거지요. 적어도 문학을 하는 사람이라면, 사회
주의에 너무 얽매이지 말았으면 해요. 시각이 고정되어 있는 한 살아있
는 문학은 불가능하니까요.

　최　우리 민족문학이라는 것이 처음부터 어느 한쪽을 따르고 어느
한쪽을 배격한 것이 아니라 양쪽을 다 비판하는 대안적인 운동이었기 때
문에 지금이야말로 운동을 제대로 할 수 있는──

　신　그렇지요. 오히려 더 활기있는 문학을 할 수 있는 기회가 왔다
는 거죠.

　최　그런데도 현상적으로는 어떤 위기라는 게 분명히 있거든요. 그
것은 어떻게 타개할 수 있을까?

　신　위기라면 사회주의의 몰락에 따른 것도 있지만 상업주의 문학의
위협, 이것이 더 강한 것 같아요. 상업주의 문학에 의한 위기. 글쎄, 이
것은 참 어려운 문제인데, 제 개인적인 생각으로는 문학이 더 고급화되
고, 정말 인간의 삶을 깊이 생각하고 더 고민하고, 그리고 지금까지 안
그랬던 것은 아니지만 문학을 통한 자기탐구, 문학이 할 수 있는 모든
것인 자기탐구를 해나가고, 세상이 좀더 나아질 수 있는 길을 찾고, 삶
의 환경에 대해서도 더 깊이 생각하고 수준높은 작품을 만들어나간다면
언젠가는 상업주의 문학도 극복이 되거나 함께 갈 수 있지 않나 하는 생
각을 하지요. 좋은 시, 좋은 글은 비록 베스트 셀러가 되지는 않지만 일

44

정한 양은 살아남아서 읽힌다고 봐요.

최   최근의 90년대 문학, 90년대의 새로운 시인들이나 작가들의 작품을 읽으신 감상은 어떻습니까?

신   글쎄, 남의 작품을 갖고 이렇게 얘기하기는 안됐지만 썩 만족스러운 작품을 보지는 못했어요. 한가지 좀 불만스러운 것은 젊은 사람들이 휩쓸리기를 좋아하는 것 같다는 거예요. 문학하는 태도로는 자기 고집 같은 것이 있어야 하거든요. 남이 읽어주건 말건 누가 좋다건 말건 그냥 꾸준히 자기 길을 가는 것, 그런 게 있어야 하는데 너무 그런 것이 없이 이 사람이 한마디 하면 거기에 따라가고, 저 사람이 한마디 하면 거기에 휩쓸리고 그런 모습이 보여요.

자기탐구와 끝없는 모색의 '길'

정   얘기가 지나간 것 같은데 『농무』 시집과 가장 최근에 내신 『쓰러진 자의 꿈』을 비교해보니까 달라진 점이 있거든요. 『농무』 시절의 시가 구체적 형상으로 말을 하면서 작가 자신은 별로 개입하지 않는 특징을 갖고 있는 데 비해, 『길』 쪽으로 오게 되면 객관적인 묘사를 하다가 끝에 가서 꼭 한마디 뭔가 개념화하려는 모습 같은 게 보여요. 그게 지금 선생님이 말씀하신 자기탐구와 관련된 얘기이고, 또 그만큼 살아오시면서 삶에서 얻은 지혜를 전해주려는 의도를 갖고 있는 것 같아요. 그것과 선생님의 한시(漢詩)에 대한 체험과는 어떤 관련이 있는지요? 근래 한시에 더러 관심을 갖고 계시지요?

신   한시를 공부하려는 노력은 했지만 많이 읽지는 못했어요. 지금 생각하면 『길』에서는 섣부르게 나섰던 면이 있어요. 제가 살아온 나이만큼 할 말이 있다고 해서 사물을 보면서 얻은 삶의 지혜 같은 것을 서둘러서 얘기하려고 했던 듯한데, 그 점도 이제는 극복할 점이 아닌가 싶어요.

정   독자의 상상력을 제한하는 측면이 있겠지요?

신   그렇지요, 제한하는 면이. 그러니까 앞으로는 그렇게 서두를 건 없다, 또 그렇게 하지 않아도 내가 살아온 만큼, 내가 아는 것만큼 독자가 다 알게 하는 방법이 있지 않겠나, 내가 나서지 않고도 나를 다 알릴 수 있을 것이다라는 생각을 하지요. 그리고 시에서는 어차피 그라는 게 나타나게 마련이지요. 나이는 어차피 속일 수 없는 거고 나이만큼 달라지는 게 정상이지요. 저는 『달 넘세』나 『가난한 사랑 노래』보다는 『길』을 더 만족스럽게 생각하는데, 지금 보면 『길』에서도 너무 서두른 것이 많고 뭔가 얘기하고 싶어서 목이 간질간질해서 못 참은 대목이 있어요. 그것은 그 뒤의 『쓰러진 자의 꿈』에서 상당히 극복되었다고 생각하지만, 앞으로는 더 극복해야겠다는 생각이에요.

정 어떻게 보면 80년대 민요에 관심을 갖고 계실 때 할 얘기를 못하신 걸 이제 하시려는 것 같아요.

신 말하자면 민요기행을 하면서 하지 못한 말, 민요시를 쓰면서 하지 못한 얘기를 『길』 속에 넣었는데 지금은 그것 가지고는 안된다, 더 극복해야 한다는 생각입니다. 물론 저는 시에서 자기자신에 대한 탐구라는 것이 없어서는 진실한 목소리를 갖기 어렵다는 생각을 해요. 그러나 자기에 대한 탐구가 섣부르게 자기가 나서서 떠드는 수준이어서는 안됩니다. 자기가 말하는 것 같지 않게 하면서 무슨 말인가를 할 수 있어야 좋은 시라고 생각하지요.

정 선생님 시의 앞으로의 지향점이 보이는 시로 「길」이라는 시가 있는데, 정작 시집 『길』에는 「길」이라는 작품이 없데요. (웃음) 그러니까 『쓰러진 자의 꿈』이라는 데서 비로소 길을 찾는 것 같은데요.

신 『길』이라는 시집을 다 마무리짓고 나서 쓴 시가 「길」입니다. 이 시 「길」을 쓰면서 앞으로는 시집 『길』 속의 것들 같은 시를 쓰지 않겠다는 생각을 표현한 거라고나 할까요.

정 무언가 아직도 끊임없이 길을 모색하시는 분위기 같은데……

신 시에서 역시 제일 중요한 것은 자기 문법, 자기를 어떻게 이해하는가, 자기 시를 둘러싼 세상을 어떻게 이해할 것인가, 이것이 문제일 텐데 그걸 찾으려다 보니까 민요 속으로 들어가서 허둥대기도 하고, 장시에 매달려서 세월을 보내기도 했어요. 그렇지만 앞으로도 여전히 내

46

시는 어제의 나, 그리고 어제의 내 시와 싸우는 과정이 있어야 한다는 생각이지요.

정 선생님 시가 어디에서 번역됐다는 얘기도 들리는데요?

신 계획대로라면 95년 10월에 프랑스에서 책이 나와요. 『농무』에서 부터 『쓰러진 자의 꿈』까지 뽑아서, 선집이죠.

정 국내에 알려진 만큼 외국에도 알려지게 되면 좋겠습니다. 선생님 자신의 시적인 편력을 돌이켜보시면서 이런 점은 후배들이 본받지 말았으면 좋겠다 하는 점이 있으십니까?

신 아까도 얘기했지만 후배들이 너무 한쪽으로 쏠린다랄지, 저 자신도 그럴 때가 많았지만 너무 휩쓸리지 말고 자기 고집을 가지고 자기 시세계를 닦아나가야죠.

정 현실정치의 변화에 너무 민감하게 대응하는 게 좋지만은 않다는 말씀이지요?

신 그뿐만 아니라 하나의 문학적 경향에 너무 휩쓸리는 것도 좋지 않고요. 또 하나는 자기가 정말 실감하는 것을 써야 한다는 거죠. 남이 이런 문제가 중요하다고 하면 그 문제를 가지고 쓰고 하는 것은 문제가 있어요. 저 자신도 그런 점이 없지 않은데 이 점 깊이 반성하고 있지요.

최 마지막으로 앞으로의 계획을 말씀해주시죠.

신 시가 너무 많이 생산되어 공해가 되고 있다는 말들도 하지만, 사람이 살아가는 데 진정으로 힘이 되고 위안이 되고 기쁨을 주는, 그런 시를 쓰고 싶습니다. 장편소설과 장편동화도 각기 한 편씩 쓸 계획이고요. 중국 민요기행에 대한 계획은 좀 시들해졌지만, 내년쯤엔 중국에 가서 한 석 달 정도 아무 목적 없이 살다 올 계획도 세워놓고 있습니다. □

서사 충동의 서정적 탐구

신경림의 단시

유 종 호

1. 선행 시편의 추문화

문학작품이 갖게 되는 의미 방식의 하나로 우리는 그 작품이 다른 선행 작품과 맺게 되는 관계를 지적할 수 있다. 가령 우리 근대문학 쪽에서 지치는 법 없이 반복적으로 거론되는 이상(李箱)의 「오감도」는 쓸만한 사례가 되어준다. 하나의 커다란 의문부호 같은 이 작품은 통상적인 독자의 의표를 찌름으로써 호기심을 자극하는 자력을 가지고 있다. 이해하기 어려운 소음의 불투명성은 호기심을 유발하고 영속화함으로써 글을 '새 소식'으로 남아 있게 한다. 속셈을 쉽게 드러내지 않음으로써 작품과 독자 사이의 외경과 경이의 거리를 날조해내는 것이다. 「오감도」가 일으키는 궁금증의 충동질은 소박한 독자에게일수록 강력할 것이다. 그런데 이 궁금증은 동시대 시인의 작품을 포함하여 한국의 선행 시편들이 「오감도」와 생판 다르다는 사실에서 온다. 통상의 독자들은 시라는 이름으로 조직된 말모음에서 「오감도」에서와 같은 기묘한 궁금증의 촉발이나

柳宗鎬: 문학평론가. 이화여대 영문과 교수. 저서로 『동시대의 시와 진실』 『사회역사적 상상력』 『문학이란 무엇인가』 등이 있음.

숨어있는 의문부호를 예기하지 않았다. 독자의 기대지평에 가하는 도발적인 충격과 의표를 찌르는 기대의 반전에서 「오감도」의 '시적인 것'이 충전되어 나온다. 김소월이나 김영랑의 서정적 음영이나 정지용의 언어 조탁과 같은 것을 기대하면서 접근해온 독자에게 안겨주는 턱없는 의외로움에서 「오감도」의 '시'가 발생하는 것이다. 그리하여 그때껏 있어온 감정이입에 의하여 쉽게 공감되는 단정한 시편들을 하나의 추문(醜聞)으로 만듦으로써 「오감도」는 시로 버티어갈 수 있었다. 따라서 「오감도」이후 비슷하게 기존 선행 시편의 추문화를 도모하는 작품들이 별로 성공하지 못하는 것은 이미 그 비슷한 기대감 반전만 가지고는 새로운 충격이 될 수 없기 때문이다.

「오감도」가 아직도 거론되고 있는 것은 호기심 촉발에 의한 영속화 이상의 사정이 있다. 발표된 지 60년의 세월이 흐른 오늘 「오감도」는 문학교육의 현장에서 일종의 가치보증을 받게 되었다고 할 수 있다. 교과서와 사화집 속에 으레 끼여 있다는 사실은 독자에게 보이지 않는 힘으로 작용한다. 작품에 대한 속물적 반응은 사람에 대한 속물적 반응과 크게 다르지 않다. 집안이나 학벌보다도 사람 위주로 보라는 충고가 있지만 재산이나 학벌이나 집안이 매개되지 않은 사람이란 없는 법이다. 세상의 충고와 관계없이 사람은 외부적인 것에 매개된 속에서 판단하고 판단된다. 정도의 차이도 현격하면 종류의 차이로 변질되게 마련이라는 점을 배제할 수는 없지만 속물적 판단 사이에서 다른 점이 있다면 정도의 차이일 뿐이다. 비평적 담론에 매개되어 있는 「오감도」가 그 취약성을 은폐하는 정도는 비평 담론의 양에 비례하여 더욱 두터워지는 것이다. 어느 사이에 「오감도」를 품질보증하는 문학 전통이 형성된 것이다. 이때 비판적 견해조차도 이 전통에 기여하고 흡수된다는 것이 불가사의한 대로 문화의 변증법이다. 「오감도」에 대하여 비평적 담론에 매개되지 않은 주체적인 관점을 유지하기는 매우 어렵게 된다. 그리하여 일단 자리 굳힌 신화는 좀처럼 깨어지지 않는다.

70년대와 80년대에 걸쳐서 대표적 민중시인 혹은 참여시인의 한사람이라는 세평을 얻은 신경림의 시편이 당대의 선행 시편에 대해서 갖는 관

계는 대범하게 말해서 50년대 이후의 모더니즘 계열 시편의 추문화라고
요약할 수 있다. 김수영과 같은 상대적 성공 사례가 있기는 하였지만 당
대의 모더니즘 시편은 표방 목적의 시적 성취에 있어 크게 미흡하였다.
당대 현실의 도입은 시를 통한 현실반영에 있어서도 현실비판에 있어서
도 기억할 만한 것이 못 되었다. 정당화되지 못한 난해성과 견고하지 못
한 시인으로서의 자각에서 말미암은 경박한 시풍은 독자와의 괴리를 야
기하고 시와 시인의 사회적 소외를 심화시켰다고 할 수밖에 없다. 이러
한 선행 시편에 대하여 한때의 담론적 상투어였던 '난해성'을 산뜻하게
극복한 『농무(農舞)』 시편은 끝내기 타종과 같았다 해도 지나치지 않다.
시가 사람끼리 주고받는 말의 형식이라는 자명한 그러나 홀대되어온 사
실이 재확인되는 계기가 마련되었다. 많은 독자들에게 시는 한결 친근하
고 부담없는 것으로 실감되었다. 거부감으로 맞서기에는 얼마쯤 외경스
러웠던 '난해성'에 대해서 좀더 의연할 수 있게 되었다. 또 그만큼 시의
세계가 독자들의 생활세계와 가까워지기도 하였다.

　『농무』는 난해성의 극복과 시세계의 생활 근접화를 통해서 선행 모더
니즘을 추문화하는 한편으로 한국 현대의 시적 현실주의 시편도 추문화
하는 데 크게 기여하였다. 시적 현실주의가 지향한 것의 하나는 가난한
사람들의 생활현장과 현장의 정감을 형상화하는 일이었다. 시적 현실주
의자에게 생활과 가난은 동의어와 진배없었고 생활의 탐구는 그대로 가
난의 탐구이기도 하였다. 가난의 탐구는 가장 줏대되는 현실모순의 전경
화(前景化)이며 모순극복의 모색이기도 하였다. 이러한 현실주의는 20년
대 이후 지속되어온 줄기찬 흐름이요 운동이었다.

　　눈 날리는 거리에는
　　여우목도리를 두른 아낙네들이 수없이 오고가는데,
　　비단옷에 향그러운 꽃 같은 아낙네들이 지나가는데,
　　어머니는 산촌에서 뜨뜻이도 못 입으시고,
　　'고려장'의 살림을 하시나이까,
　　가슴이 미어지고 서글프외다.

아 —— 산촌의 어머니여!

—— 박세영, 「산촌의 어머니」

님께서 진실로 불행하시외다
가난살이 십년에 또 가난한 사나이 만나셨으니
가난이 없는 세상이 없사오리까?
죄없는 사람 울리는 원수의 가난이외다.

—— 박팔양, 「또다시 님을 그리움」

　가난의 지적을 통해서 사랑의 감정이 표현되어 있음을 보게 된다. 가난만 아니라면 굳이 어머니나 님을 그리는 일은 없어도 될 것 같은 기이한 상황을 떠올리게 한다. 가난은 도처에 편재하는 생활의 항상(恒常)으로 제시되어 있다. 30년대의 소작이라는 사실을 참작하더라도 가난의 구체보다 가난이 촉발하는 탄식이 전경화되어 있는 위의 대목에서 우리는 공감보다도 영탄을 접했을 때의 곤혹스러운 유보감을 경험한다. 가난의 형상화는 지극히 가난하게밖에 이루어지지 않았고 여기서도 비인간화하는 가난의 팽창계수를 엿보게 된다.
　생활현장으로의 접근은 해방 직후 한결 서슴없게 전개된다. 구호 수준에서 머물고 만 많은 시편 속에서 그래도 삶의 세목과 그 정감이 소박하게 드러나 있는 경우를 보게 된다.

우리네 조선 농토산이야
언제 쌀밥만 먹고 살았능기요
쌀 팔아 비료 사고
쌀 팔아 메트리 신던 발에 고무신도 신어봤지요

三, 四月 기나긴 해
높지도 낮지도 않은 보리고개를
하냥 색거리로 목숨을 이어

한여름 곱삶은 보리밥 아니면
부황 나 죽는 놈도 부지기수죠

— 여상현, 「보리씨를 뿌리며」

 구체적 세목의 도입을 통해서 생활현장의 실감이 어느정도 포착되어
있다. 추상적인 가난에 대한 기계적인 영탄이 돋보이는 해방 이전의 가
난 시편과는 소홀치 않은 거리를 확보하고 있다. 우리는 절제를 통해서
성취된 간결한 서경과 결곡한 정감의 시편을 한 시인의 소작(所作)에서
발견한다.

사람이 살지 못할 곳에
사람이 산다

다 해어진 누더기에
거적을 쓰고

울음도 웃음도
잊어버린 얼굴들이

쓰레기 모양
밀릴 대로 밀려

방귀만 뀌어도
붙들려 가는

雪寒風 음산한
재빛 하늘 아래

쓰디쓴 한숨에
분노를 씹으며

짐승같이 산다
으르렁거리며 산다.

—— 최석두, 「빈민촌」

　오늘의 눈으로 볼 때 도식적으로 선택된 세목이요 정감이랄 수도 있
다. 또 대척적인 시적 좌표에서 가령 『청록집』의 시편들이 선보인 연후
라는 점을 상기할 때 굳이 놀랄 필요까지는 없다. 그렇지만 "황토 우에
굶어사는 동족이 있고/피를 빨아 지주는 자동차 사고/바람도 나무도
혁명을 부른다/합창을 하자! 가두에서 공원에서 공장문에서"(김상훈,
「합창」) 같은 시행이 현실주의 시편의 대종을 이루고 있었을 때 「빈민촌」
의 시적 성취는 일단 쓸만한 수준의 것이었다고 할 수 있다. 어설픈 과
장과 부자연스러운 대목을 지닌 채로 소재의 깔끔한 경제적 처리는 시의
체모를 엔간히 지켜주고 있다. 그 효과가 소품적 완결을 지향함으로써
이룩된 것도 사실이나 그 때문에 작품 전체가 훼손되는 것도 아니다.
　신경림의 시편이 가난한 삶과 그 정감의 처리에 있어서 선행 현실주의
시편을 추문화했다고 말할 때 우리가 염두에 두는 것은 대체로 위에서
훑어본 것과 같은 흐름의 시편들이다. 처음부터 추상적 구호 수준에 머
물러 있던 격문 흐름의 시편들은 우리의 고려에서 당연히 배제되어 있
다.

2. 고전적 순결

우리는 협동조합 방앗간 뒷방에 모여
목내기 화투를 치고
내일은 장날. 장꾼들은 와자지껄
주막집 뜰에서 눈을 턴다.
들과 산은 온통 새하얗구나. 눈은

펑펑 쏟아지는데
쌀값 비료값 얘기가 나오고
선생이 된 면장 딸 얘기가 나오고.
서울로 식모살이 간 분이는
아기를 뱄다더라. 어떡헐거나.
술에라도 취해볼거나. 술집 색시
싸구려 분 냄새라도 맡아볼거나.
우리의 슬픔을 아는 것은 우리뿐.
올해에는 닭이라도 쳐볼거나.
겨울밤은 길어 묵을 먹고.
술을 마시고 물세 시비를 하고
색시 젓갈 장단에 유행가를 부르고
이발소집 신랑을 다루러
보리밭을 질러가면 세상은 온통
하얗구나. 눈이여 쌓여
지붕을 덮어다오 우리를 파묻어다오.
오종대 뒤에 치마를 둘러쓰고
숨은 저 계집애들한테
연애편지라도 띄워볼거나. 우리의
괴로움을 아는 것은 우리뿐.
올해는 돼지라도 먹여볼거나.

───「겨울밤」 전문

　농한기 농촌 청년들의 밤시간 보내기를 말끔하게 그리고 있는 이 26행의 시편이 발표된 것은 꼭 30년 전의 일이다. 앞서 훑어본 해방 직후의 현실주의 시편과는 대충 20년의 시차를 두고 있다. 모더니즘 시편과 아울러 자아 없는 유아(唯我)주의적 심정 시편을 배경으로 하고 나타난 이 작품은 지극히 낯선 모습을 하고 있었다. 다루어진 세계는 도시적 일상이 아니고 화자 또한 도시 거주자나 지식인이 아니다. 도시의 이런저런 단편적 현상에서 현대문명의 징후를 감지했던 모더니즘의 감각으로서는 농촌을 소재로 한다는 것 자체가 그로부터 탈각하려는 사회 전체 흐름으로부터의 자기소외요 필경은 현대 현실로부터의 자기부과적 망명에 지나지 않았다. 서구 쪽을 모형으로 해서 어설프게 형성된 자아 없는 유아주의의 관점에서도 그것은 출구 없는 토착주의나 전근대적 후발성으로의 무기력한 회귀에 지나지 않았다. 그렇지만 「겨울밤」의 경우 무엇보다도 놀라운 것은 방치되어왔던 소재를 깔끔하고 환정(喚情)적으로 정리해놓은 작품 성취의 단아함이다. 작품의 됨됨이에 굳이 구애받지 않으련다는 듯이 공적 감정이나 도덕적 열의를 앞세워 자칫 복음주의적 자기도취에 빠지거나 일종의 부재증명 작성으로 끝나는 것이 지난날 현실주의 지향의 시들이 공유하고 있던 취약성이었다. 그러한 맥락에서 위의 작품은 도전이자 하자보수의 모형이 되어준 것이다.

　눈오는 밤 방앗간 뒷방에 모여 있는 젊은이들의 동태나 화제가 눈에 선하게 제시되어 있다. 얼마쯤 어두운 정경인데 마치 잘 짜여진 분위기 단편소설의 요약을 읽는 것 같다. 이런저런 세목이 혼란스럽지 않게 제시되어 있어 눈오는 겨울밤 시골 한복판에 있는 것 같은 환각을 안겨준다. 쓰인 어휘들이 정확하게 자리를 지키고 있는데 이 어휘선택의 조탁된 적정성은 신경림의 주요 자산이 되어주고 있다. 행갈이에 있어 한 소절의 주어나 술사를 떼어놓아 소격효과를 빚어내면서 읽기의 유창성을 도모하고 있다. 줄줄이 읽으면서 머뭇거리거나 주춤하게 하는 계기와 부딪치는 법이 없다. 한줄 한줄 떼어 보면 산문적 서술로 보이는 대목의 경우에도 매끄러운 리듬감이 느껴진다. 가령 "선생이 된 면장 딸 얘기가 나오고, /서울로 식모살이 간 분이는/아기를 뱄다더라. 어떡헐거나"의 대목은 서술이지만 "우리의 슬픔을 아는 것은 우리뿐"이라는 내면 표백과 똑같은 직접성으로 다가온다. 화자의 희망은 겨우 새해에 닭을 치거나 돼지 먹이는 일 정도이지만 절망적으로 어둡지는 않은데, 이것은 실제 농촌주민들의 일상적 심정에 근접한 것이라 할 수 있다. 사람들은 그렇게들 살아가는 것이다. 눈오는 밤이 설정되어 있지만 단순한 배경으로 남아 있는 것은 아니다. "들과 산은 온통 새하얗구나"라고 적을 때 그것은 실제 겨울밤 정경의 서술이지만 한편 풍요와 평등의 해방적 이미지

구실을 하고 있기도 하다. 색채 상징상으로 무구함과 순결을 상기시키기도 하지만 흰눈은 서설(瑞雪)로 표현되는 풍요와 풍년의 예고요 또 온세상을 평준화하는 평화와 평등의 이미지이다. 어두운 색조임에도 불구하고 이 작품이 가지고 있는 훈기는 농촌 젊은이들의 떠들썩한 어울림과 함께 이 풍요와 평등의 해방적 이미지에서 온다. 언뜻 비시(非詩)적인 것으로 보이는 것의 시적인 것으로의 변용은 낭만주의 이후 근대시의 기본동력의 하나가 되어왔다. 모더니즘은 그 나름대로 도회 뒷골목이나 기계문명의 산문을 시로 변용시키려는 노력을 중단하지 않았다. 우리의 경우에도 그 나름의 좌절된 노력의 계보가 있었다. 협동조합 방앗간 뒷방의 묵내기 화투판을 시로 끌어올린 위와 같은 작품을 농촌 일상의 최초의 시적 탐구라고 말하는 것은 어폐가 있겠으나 그 최초의 성공 사례라고 지적하는 것은 어폐가 없다. 산발적인 반대 사례가 거론될 수 있겠으나 가령 미당 초기시에 보이는 보리누름 때의 농촌은 그 일상 속에서가 아니라 관능적 자아의 매개되지 않은 욕망과 그 실현의 장으로 제시되어 있는 것이다.

우리는 또 작품의 서정성에 주목하게 된다. 감정표출은 흔히 장황하고 수다스러워지는 법인데 적절한 절제를 통해 압축과 직절성을 얻고 있다. "눈이여 쌓여／지붕을 덮어다오 우리를 파묻어다오" 하고 토로하는 정감은 "우리의／괴로움을 아는 것은 우리뿐"이라는 자각과 서정적 조화를 이루고 있다. 생활현장의 도입이 자칫 투박한 건조성으로 기울어지곤 했다는 사실을 떠올릴 때 그 서정적 자력(磁力)은 기억할 만한 것이다. 그러나 무엇보다도 이 시의 특장(特長)이 되어 있는 것은 아리숭한 모호성의 배제다. 불투명한 구석 없이 말끔하게 닦여 있는 유리창에서처럼 모든 것이 선명하고 명료하다. 따라서 이해과정에 불가피한 장애물이 끼여들지 않는다. 그렇지만 이 무구한 투명성이 쉽게 얻어지는 것은 아니다. 그것은 오랜 훈련과 기율과 조탁의 소산이다. 꿰맨 자국을 내보이지 않는 바느질솜씨처럼 복잡한 기량이 내장되어 있는 조탁의 결과이다. 이 시의 평명성과 명료성은 과교육(過敎育)으로 문제성을 안게 된 바 없는 농촌 청년을 화자로 삼고 있다는 사실과 함수관계에 있으며 또 시인의 기대독자의 성격과도 연관된다. 시의 투명성은 다시 선행 모더니즘 시편의 정당화되지 못한 '난해성'을 염두에 둘 때 돋보인다. 웅변술이나 변론술로 발달한 고전 수사학은 모호성을 윤리도덕적 배덕행위의 언어적 등가물로 간주하고 수상쩍은 것으로 판단하였다. 실용적 산문언어에 적용했던 판단기준을 일률적으로 시에 적용하는 것은 온당치 못하다. 그렇지만 언어적 배덕행위라고 판단해서 적정한 글의 사례는 얼마든지 있다. 또 도덕적 파렴치행위에 대한 언어적, 문학적 등가물이라는 혐의를 받아 마땅한 시편과 시행은 얼마든지 있다. 유독 실패한 모더니즘 흐름의 시편에서만 발견되는 것도 아니다. 그렇다 할 때 신경림 시의 명료한 평명성이 시종일관 유지되어왔다는 것은 주목에 값한다. 조탁된 단순성에 의존하고 있는 그의 평명성은 가령 『청록집』 시편들이 가지고 있는 고전적 순결성의 맥을 잇고 있다고 말해도 좋을 것이다. 독자가 저자보다도 더 잘 텍스트의 진정한 의미와 의도를 알 수 있다는 것은 해석학의 기본전제이다. 본인 자신은 업압하겠지만 신경림 시가 가장 많이 빚지고 있는 선행 시인이 있다면 그는 아마도 박목월일 것이다. 시의 고전적 순결성을 공유하고 있다는 점에서 시 언어와 리듬에 관한한 유사성은 현저하다. 청록파적 언어 조탁이 가난한 사람들의 생활현장으로 옮겨가서 이룩한 시적 성취가 「농무」와 그 이후의 시편들이라 할 수 있다. 선행 시인에 빚지지 않은 시인은 없다. 신경림 시가 『청록집』의 고전적 순결을 이어받고 있다고 말하는 것은 따라서 그의 영예이면 영예이지 누가 되지는 않는다.

뿐만 아니라 『청록집』의 시적 성취도 이 계제에 재음미해볼 필요가 있다. 응분의 평가를 받은 것도 사실이지만 한편으로는 일제 암흑기의 현실도피의 소산이라는 비평적 관용구에 무저항으로 노출되어왔던 것도 사실이다. 이러한 비판은 모더니즘과 현실주의 양쪽에서의 협공이라는 양상을 띠고 있었다. 그렇지만 '도피' 자체도 재검토되어야 할 것이다. 생존경쟁의 무자비한 갈등이나 입맛 떨어지는 공리성의 독주로부터 자유로운 삶의 이미지를 환기시키는 자연시편은 억압적이고 적대적이고 삭막한 사회상황에 대한 항의를 내포하고 있다. 억압적인 사회상황에서 동조와

순응의 거절이 얼마나 어려운 것인가를 체험한 사람들에게 있어 자연시
편은 도피보다도 항의시편으로 읽힌다. 자연시편이 현실사회로부터 떨어
져 있는 거리는 그만큼 사회상황의 저질성과 그 속에서의 삶의 질의 열
악성을 시사한다. 정지용의 「구성동」이나, 그것을 시적 원천으로 소급
설명하는 것도 가능한 『청록집』의 자연시편은 마땅히 달라져야 할 세계
에 대한 꿈을 표현하고 있다. 『청록집』의 자연이 갈등이나 결핍으로부터
의 해방과 평화의 이미지인 것은 「겨울밤」의 흰눈이 풍요와 평등과 평화
의 이미지인 것과 같다. 단순한 자연송가로서도 자연시편은 현대의 고전
으로 예우받아 마땅하다. 오늘날 전세계적인 규모로 진행되고 있는 자연
훼손과 환경파괴도, 자연시편에서 항의는 읽어내지 않고 도피만을 읽어
내는 것과 같은 피상적이고 도식적인 정신들의 암묵적 담합으로 이루어
지고 있다 해도 어폐가 없다. 자연시편 언어의 고전적 순결성과 평명성
을 이어받은 신경림 시는 모더니즘과 현실주의의 선행 시편을 성공적으
로 추문화시켰다. 자연시인들이 받은 핍박에 대해서 신경림 시가 대리
보복을 수행했다는 경개마저 띠고 있다. 잃어버린 균형의 회복이 격세유
전의 방식으로 이루어지는 것도 역사적 향상의 사소한 사례일지 모른다.
현대시에서 신경림의 시사(詩史)적 위치는 대체로 위와 같은 관점에서
정의될 수 있을 것이다. 시 언어라는 맥락에서 볼 때 그것은 평명성과
현실주의의 결합이기도 하다.

3. 서경과 서사적 충동

우리는 앞서 「겨울밤」이 잘 짜인 분위기 추구 단편소설의 요약을 읽는
것 같기도 하다는 국면에 주목한 바 있다. 서정적인 주조에 서경(敍景)
이 추가되고 그 속에 서사(敍事)적 충동을 내장하고 있는 것이 신경림
단시의 특징이다. 이러한 특징은 「시골 큰집」이나 「원격지」와 같은 비교
적 긴 시에서 잘 드러나 있다. 번잡을 피하기 위해 짤막한 시편을 읽어
본다.

58

아침부터 당숙은 주정을 한다.
차일 위에 덮이는 스산한 나뭇잎.
아낙네들은 뒤울안에 엉겨 수선을 떨고
새색시는 신랑 자랑에 신명이 났다.
잊었느냐고, 당숙은 주정을 한다.
네 아버지가 죽던 날을 잊었느냐고.
저 얼빠진 소리에 귀기울여 뭣하랴.
마침내 차일 밑은 잔칫집답게 흥청대어
새색시는 시집 자랑에 신명이 났다.
트럭이 와서 바깥마당에 멎었는데도
잊었느냐고, 당숙은 주정을 한다.
네 아버지가 죽던 꼴을 잊었느냐고.

———「잔칫날」 전문

　이렇다 할 행사가 없었던 전통 농경사회에 있어 이른바 명일로 불렸던 이름 있는 날이나 마을의 잔칫날은 그런대로 단조한 일상의 순환에 가하는 즐거운 폭력이나 탈선의 모습을 하고 있었다. 뒤돌아보는 눈길에서 명일이나 잔칫날은 회색의 과거 속에서 채색된 색동날로 돋보인다. 「잔칫날」은 이러한 농촌마을의 색동날을 다루고 있다. 언제나 그렇듯이 군더더기 없는 평명하고도 간결한 서정적 처리이다. "차일 위에 덮이는 스산한 나뭇잎. /아낙네들은 뒤울안에 엉겨 수선을 떨고/새색시는 신랑 자랑에 신명이 났다." 잔칫날의 소묘를 위해 많은 말을 하지 않고 있다. 그럼에도 능숙한 그림솜씨가 길지 않은 선으로 인물이나 사물의 윤곽을 또렷하게 그려내듯이 그리 야단스럽지 못한 잔치의 구체를 선명하게 드러낸다. "마침내 차일 밑은 잔칫집답게 흥청대어"란 시행은 "차일 위에 덮이는 스산한 나뭇잎"이란 시행과 조응관계에 있다. 잔치라고는 하나 아무래도 가난했던 시절 가난한 마을의 스산한 잔치인 것이다. 이렇게 보면 이 작품은 심상한 농촌 풍물시처럼 보인다. 그렇지만 언제나처럼 시인의 서사적 충동을 구현하고 있는 인물이 등장하여 농촌 풍물시에 사회역사적 차원을 부여한다. "네 아버지가 죽던 꼴을 잊었느냐고" 아침부터 주정을 하는 당숙이 등장하는 것이다. 당숙이라는 친척어는 핵가정 중심의 도시생활자 사이에서는 좀처럼 쓸 기회가 없는 말이다. 동족부락 같은 데서 빈번히 쓰이는 친척어의 등장은 다시 작품의 무대가 도회와 먼 시골 마을임을 실감케 한다. 그런데 화자는 당숙의 주정을 "얼빠진 소리"라고 말한다. 화자는 단순한 보고자일지도 모른다. "얼빠진 소리"라는 것으로 보아 '아버지'의 죽음이 먼 옛일이라는 것과 당숙의 주정이 상당히 습관적인 것임을 짐작할 수 있다. 언뜻언뜻 비치기만 하고 구체적인 언급을 삼가는 전략적 간결 서술은 독자들의 추정공간을 넓혀준다.

한 시인의 이해에 있어서 중요한 것은 작품 사이의 상호관련의 검토이다. 한 작품의 모호성이나 어휘의 불확실성이 다른 작품과의 상호조명 속에서 해명되는 경우가 많다. 「잔칫날」에서도 아버지의 죽음이나 당숙의 사람됨은 분명치가 않다. 다른 작품과의 교호성(交互性) 속에서 비로소 뚜렷이 밝혀진다. 그리하여 우리는 「잔칫날」의 '아버지'가 8·15와 6·25를 전후한 겨레의 수난기에 희생당한 인물임을 상상할 수 있다. 그리고 여기 나오는 '당숙'이 '아버지'의 사상적 동반자 혹은 이해자이며 그 또한 격동기의 어떤 사단으로 해서 실의의 인물이 되어 평소 술로 울분을 달래는 사람임을 짐작하게 되는 것이다. 그리하여 좀더 확실한 시사를 얻고 있는 시편을 통해서 우리는 "아우성 울부짖음 속에 세상 뜬 제 사내를" 기다렸던 먼척 고모(「나루터 일기」)나 "느티나무 아래/몰매로 묻힌" 친구(「개치 나루에서」)가 모두 겨레 수난기에 희생당한 인물들임을 알게 된다. 이러한 인물들의 불행한 개인사와 좌절의 궤적을 신경림 단시는 내장하고 있다. 이 사실을 간과할 때 그의 평명한 시도 모호해지고 어려워진다. 외국 독자에게는 이에 관한 주석이 필요할 것이다. 신경림 단시가 내장한 서사적 충동이 정공으로 전개될 때 그것은 「새재」나 「남한강」과 같은 장시로 구현된다. 그의 동정과 공감이 어느 쪽으로 향하고 있는가 하는 것도 이들 장시 속에서 더욱 분명히 드러난다.

서사적 충동과 함께 신경림 단시의 뼈대가 되어주고 있는 것은 앞서 비친 대로 많지 않은 구체와 세목으로 현장을 생생하게 재현하는 서경(敍景) 내지는 사생 능력이다. 근래의 작품을 하나 읽어본다.

꼴뚜기젓 장수도 타고 땅 장수도 탔다
곰배팔이도 대머리도 탔다
작업복도 미니스커트도 청바지도 타고
운동화도 고무신도 하이힐도 탔다
서로 먹고 사는 얘기도 하고
아들 며느리에 딸 자랑 사위 자랑도 한다
지루하면 빙 둘러앉아 고스톱을 치기도 한다
세상 돌아가는 이야기 끝에
눈에 핏발을 세우고 다투기도 하지만
그러다가 차창 밖에 천둥 번개가 치면
이마를 맞대고 함께 걱정을 한다
한 사람이 내리고 또 한 사람이 내리고……
잘 가라 인사하면서도 남은 사람들 가운데
그들 가는 곳 어덴가를 아는 사람은 없다
그냥 그렇게 차에 실려 간다
다들 같은 쪽으로 기차를 타고 간다

─── 「기차」 전문

기차를 타본 사람이면 누구나 낯익게 생각되는 정경이 길지 않은 16행의 시행 속에 재현되어 있다. 독자는 어느덧 기차 속의 동반자라는 환각에 빠져든다. 그만큼 진솔하고 그만큼 범상하다. 우리가 시인의 서경능력이나 사생능력을 말할 때 거기에는 범상하고 낯익은 정경을 깔끔하게 재현할 수 있는 재능에 대한 탄복이 섞여 있다. 낯익고 범상한 정황이나 인물을 재현하는 것은 소설가의 경우에도 아주 어려운 일의 하나이다. 다시 우리는 이 작품에서 분위기 단편소설의 요약을 읽는 것 같다는 감개에 빠진다. 단편 하나의 세계가 축약된 16행 속에 담겨 있는 것이다.

범상한 것 같으면서 이 작품은 신경림 단시의 특장을 구비하고 있다. 짐작컨대 기차는 새마을과 같은 특급이 아니다. 꼴뚜기젓 장수나 고무신도 타고 있는 완행열차 같아 보인다. 가난하고 탈 많은 보통 사람들이 타고 가는 기차다. 신경림 단시는 대체로 완행열차를 타고 다니는 보통 사람들의 삶을 그린다. 이들의 화제도 먹고 사는 얘기나 자식 자랑과 같이 보통 사람들의 보통 화제이다. 갈등과 시비가 없는 것은 아니지만 "이마를 맞대고 함께 걱정을" 하는 사이다. "잘 가라 인사하면서도…/그들 가는 곳 어덴가를 아는 사람은 없다." 이 대목은 양의적이다. 잘 모르는 사이면서도 인사를 주고받는 인정 같은 것을 시사하면서 한편으로 사람 사이의 만남이 표피적이고 피상적인 것일 수밖에 없다는 시사이기도 하다. 그렇지만 피상적인 수준에서라도 인사를 주고받는 것은 이승의 삶을 덜 삭막하게 한다. 잠시 동안의 동반자가 주고받는 이러한 인삿말에서 해체과정에 있거나 해체완료된 지난날의 농촌공동체의 관습과 인정을 상기할 수도 있을 것이다. 승객들은 "다들 같은 쪽으로 기차를 타고 간다." 이제 기차는 철로 위를 달리는 완행열차로 그치지 않고 우리가 더불어 사는 공동체의 축도가 된다. 기차는 우리 사회이다. 화자가 그렇게 말하지 않기 때문에 독자들은 그렇게 느끼는 것이다. 그리고 낯익은 기차를 사회의 축소판으로 변용시키고 있는 것은 범상한 정경을 범상 그대로 생생하게 재현할 수 있는 시인의 서경능력이다. 서경능력과 서사적 충동이 어울려 짧은 시편에 소설적 공간을 부여하고 있는 사례는 허다하지만 최근작을 골라 읽어본다.

떨어져나간 대문짝
안마당에 복사꽃이 빨갛다
가마솥이 그냥 걸려 있다
벌겋게 녹이 슬었다

잡초가 우거진 부엌바닥
아무렇게나 버려진 가계부엔

콩나물값과 친정 어머니한테 쓰다 만
편지

빈집 서넛 더 더듬다가
폐광 올라가는 길에서 한 늙은이 만나
동무들 소식 물으니
서울 내 사는 데서 멀지 않은
산동네 이름 두어 곳을 댄다

———「廢村行」전문

　이농현상으로 말미암아 마을이 공동화(空洞化)하고 주인이 팽개친 폐
가가 곳곳에 눈에 뜨이는 것은 요즘 궁벽한 산촌에서 낯익은 정경이 되
었다. 폐광으로 말미암은 폐촌은 전에도 더러 있었지만 이농으로 말미암
은 폐가·폐촌 현상은 근자에 생긴 것들이다. 이 작품에는 폐광이 언급
되어 나오지만 폐광과 이농이 어울린 것이라 짐작된다. 도입부의 넉 줄
이 황량한 빈 집을 눈에 선연하게 해준다. "잡초가 우거진 부엌바닥"이
란 심상한 한 줄이 다시 소규모 황성 옛터의 황폐를 돋보여준다. 콩나물
값 적혀 있는 가계부와 "친정어머니한테 쓰다 만／편지"는 다시 서사적
넓이를 시사하는 세목이요 '삶의 조각' 속의 토막조각이다. 집을 버린 옛
주인들의 새 주소가 화자의 거주지 근방의 산동네라는 것은 화자 또한
그들처럼 고향마을을 버리고 온 처지임을 시사하고 또 이 폐촌이 폐광과
이농의 복합적 원인의 산물임을 추측하게 한다. 불과 열두 줄로 궁벽한
산마을의 사회적·지리적 소멸이 극명하게 제시되어 있다. 화자는 감정
적 반응과 소회 표출을 제어하고 배제함으로써 소멸의 적막감과 애감을
독자들의 몫으로 유보해둔다.
　석유보급에 의한 석탄광 폐광현상을 비롯하여 이농현상, 농촌 공동화
현상 등이 모두 산업화와 도시화의 여파이다. 도시로의 지리적 이동 현
상은 적어도 젊은 세대에게는 하나의 기회일 수도 있다. 시인이 그렇게
도 원통하게 그리고 있는 가난에서 벗어나는 계기가 되지 말라는 법은

없다. 그러나 이러한 사회변화의 기호적 현장에서 화자는 옛집과 옛 마을의 소멸을 애도한다. 도시로의 거주지 이동이 이주자의 행복을 기약해 주지 못하리라는 예감을 선발 이주자로서 절감하고 있기 때문이라고 할 수도 있다. 한편 이에 대해서 옛집에서의 생활은 어떤 방식으로도 반복되어서는 안될 구차한 재앙이었다고 반론할 수도 있을 것이다. 그렇지만 옛 마을의 소멸을 애도할 때, 비록 모든 소멸은 그것 자체로 우리 자신의 명운의 예고라는 점에서 무감할 수 없는 것이긴 하지만, 그것은 의식적이든 심층적이든 옛 마을이라는 지역공동체와 그 구성원에 대해 가지고 있던 시인의 유대감과 애정을 재확인하는 것이다. 시인은 현대 도시 속에서 심정적 국외자로 남아 있고 폐촌에서 도리어 행복 가능성의 깨어진 파편을 보는 것이다. 그리고 이러한 관점은 옛 가락을 되살린 민요 흐름 시편의 관점이기도 하다.

4. 이순(耳順)에 부쳐

현실주의 생활시의 규격화된 원형(原型)을 서정과 서경과 서사적 충동이 조화된 생활시편으로 끌어올린 신경림 시가 꾸준히 보여준 것은 가난한 사람들과 눌려 지내는 사람들에 대한 공감적 관심이다. 빈민과 피억압자는 물질적 궁핍에 곁들여 심리적 학대와 홀대를 일상적으로 경험한다. 심리적 홀대에 따라서 자기표현을 억압할 수밖에 없었던 불행한 다수는 신경림 시편에서 심정 표출의 대리자를 발견했다고 할 수 있다. 그 불행한 다수가 실제로 신경림의 독자가 되어 있느냐 하는 것과는 별도로 대행자로서의 시인이 구비적 상상력에 기초한 민요가락으로의 경사를 보여주고 있는 것은 우연이 아니다. 제 목소리를 낼 수 없는 다수의 정한(情恨)의 대변자가 될 때 그것은 그의 시에 어떤 여백을 야기하게 마련이다. 시인 자신과 자아의 문제가 결락(缺落)부분으로 떠오르는 것이다. 소외된 다수의 대변자로서의 소명은 시인으로 하여금 사사로운 내면세계에 대한 서정적 탐구를 금욕적으로 억압하게 했다고 할 수 있다. 매개되지 않은 시적 자아의 직접성으로 사랑이나 죽음과 같은 이승의 보편적 필연이 노래되는 적은 없다. 죽음은 가령 「어허 달구」에서 "저녁 햇살 서러운 파장 뒷골목/못 버린 미련이라 좌판을 거두고/이제 이 흙 속 죽음 되어 누웠다"고 장돌뱅이의 마지막을 통해서 노래된다. 장돌뱅이가 공명(共鳴)과 내려다보지 않는 따뜻한 연민의 대상인 것은 사실이나 시적 자아에 대해서는 어디까지나 타자로 머문다. 또 위로받아 마땅한 삶이 노래되는 계기를 얻고 있을 뿐 죽음의 의미는 추구되어 있지 않다. 서정성이 진한 편이지만 신경림을 두고 서정시인이라는 호칭을 주저하게 되는 것도 그 때문이다. 어느 곳에서나 사정은 비슷하지만 현대사회에서 시인으로 산다는 것은 그것 자체가 막중한 곤경을 수락한다는 뜻이 된다. 이 곤경의 의식은 시인들로 하여금 비교적(秘敎的) 자폐의 세계나 절필을 통한 침묵의 세계로 밀려가게 하기도 한다. 신경림은 현대사회가 제기하는 시와 시인 소외의 문제에 대하여 목청 잠긴 불행한 다수와 제휴하고 그들의 대변자가 됨으로써 이 문제를 해소하려 했다고 볼 수 있다.

따라서 그가 서정시의 중요 영역인 삶의 보편적 국면에 대한 명상을 시도할 때 그것은 쉽게 교훈적인 우의성(寓意性)으로 드러난다. 그의 눈길은 여전히 다수를 향해 쏠려 있는 것이다. 가령 「강물을 보며」를 읽어봐도 좋을 것이다. 공자가 "가는 자 저와 같다. 밤낮으로 멈추지 않는다"고 하였던 계제에 신경림은 이렇게 말한다.

사람이 사는 일도 이와 같으니
강물을 보면 안다
온갖 목소리 온갖 이야기 온갖 노래
온갖 생각 온갖 다툼 온갖 옳고 그름
우리들의 온갖 삶 온갖 갈등
모두 끌어안고 바다로 가는
깊고 넓은 크고 긴 강물을 보면 안다

사람살이의 이모저모를 강을 통해 명상하고 있는 이 시는 원통하고 억울한 삶을 노려보며 주먹을 쥐는 여타 시편에서와는 전혀 다른 화자의 표정을 보여준다. 명상의 시작과 함께 삶의 복잡성과 현실의 중층성과 인간의 다양성의 인지를 시인하는 표정이 된다. 그러면서 쉬지 않는 강물의 동정을 통해서 도도히 흐르는 역사의 모습을 떠올리기도 하는 것이다. 우리는 똑같은 명상을 "사람이 다 크고 잘난 것만이 아니듯／다 외치며 우뚝 서 있는 것이 아니듯／산이라 해서 모두 크고 높은 것은 아니다"라고 적고 있는 「산에 대하여」에서도 발견하게 된다. 다양성과 중층성의 감각으로 이어지는 명상이다. 그리고 그 명상의 토로가 다수를 향해 있다는 것은 위의 대목에서 역력하다. 서경과 사생도 점차 우의성의 발견과 함께 제시되는 것이 최근의 중요한 변화이다.

> 서로 모르게 조금씩 빙가지고 허물이져
> 이제 허망하게 작아지고 낮아진 토성
>
> 지천으로 뵌 쑥부생이꽃노
> 늦서리에 허옇게 빛이 바랬다
> 큰 슬픔 큰 아픔 큰 몸부림이 없는데도
>
> ——「土城」부분

위의 대목은 작품의 끝머리다. 토성의 소묘이지만 이 작품이 첫머리부터 토성의 소묘로 시작된 것은 아니다. "잔돈푼 싸고 형제들과 의도 상하고／하찮은 일로 동무들과 밤새 시비도 하고"라는 도입부는 분명히 어떤 삶의 궤적을 보여주지만 어느 사이 그것은 토성의 소묘로 끝나는 것이다. 사람살이의 궤적과 토성이 겪게 되는 풍화작용이 동일시되어 있다. 서경이 그대로 우의가 되어 있는 것이다. 그리고 그 경계를 아주 지워버린 것이 이 작품의 특징이다. 또 거기 그려진 삶도 특정인의 특수한 삶이라기보다는 삶 일반의 보편적인 양상이다.

밤차를 타고 가면서 보면
붉고 푸른 빛으로 얼룩진
어둠이 덮은 산동네는 아름답다
　(…)
밤차를 타고 어둠이 덮은
아름다운 산동네에 그냥 취해 간다
거기 살던 사람까지도
거기 살고 있는 사람까지도

　　　　　　　　　　　　──「밤차를 타고 가면서」 부분

벌써 이것은 순수한 서경이 아니다. 어둠이 덮은 산동네는 아름답지만
거기 있는 것은 고달픈 삶이라는 상념이 전개되고 있다. 그리고 독자들
은 산동네의 고달픔을 말하기 위해서 산동네의 야경이 동원된 것이 아닌
가 하는 생각을 갖게 된다. 그리하여 그곳의 고달픈 삶에 대하여 혹은
무심하고 혹은 침묵하는 사람에 대한 책망의 눈길마저도 감지할 것이다.
풍경이 마음의 상태의 투영으로서 서정적 처리를 위해 동원되어 있거나
서사 충동의 일환으로 제시되어 있는 경우와는 다르게 일련의 근작시에
서 서경은 우의나 교훈의 계기로서 동원된다. 그리하여 「싹」은 "작은 빛
줄기만 보여도/…/재재발거리며 달려나가는" 것으로 그려지고 「다리」
는 "스스로는 강을 건너지 못하고/남만 건네주는" 견인주의적 봉사의
우의적 등가물로 파악된다. 그리하여 스스로 다리 되지 못함에 참괴감을
느낀다. 어떤 류의 상징주의자들에게 우주 만상이 '상징의 숲'으로 비쳤
듯이 근자의 시인에게는 자연현상이 모두 우의의 숲으로 비치는 것이다.

혁명은 있어야겠다
아무래도 혁명은 있어야겠다.
썩고 병든 것들을 뿌리째 뽑고
너절한 쓰레기며 누더기 따위 한파람에 몰아다가
서해바다에 갖다 처박는

보아라, 저 엄청난 힘을.

　　　　　　　　　　　　　　　——「홍수」 부분

　시집 『쓰러진 자의 꿈』을 채우고 있는 많은 시편들이 풍경과 자연현상의 우의적 해석을 시도하고 있다. 물론 우의적 해석은 명상의 산물이다. 사물과 자연에 대한 명상이 대상 속에 내장되어 있는 속뜻과 교훈을 읽어내는 것이다. 명상에서 얻은 속뜻과 슬기를 전해주고 싶은 유혹을 물리치기에 사람들은 누구할 것 없이 너무나 유하고 너그럽다. 그러나 슬기의 전달은 자칫 교훈으로 비쳐지고 교훈적인 작품을 대할 때 독자들은 정신적 조작의 객체가 되어 있는 게 아니냐는 의혹에 찬 유보감을 느끼게 마련이다. 그러한 유보감에서 자유롭지 못한한 전면적 호응도 불가능해질 수밖에 없다. 신경림 시의 특장인 평명성도 우의적인 시에서는 취약성으로 역전될 공산이 크다. 교훈이 너무나 명백히 드러나기 때문이다. 서정적 투명성과는 달리 우의적 명료성은 정서적 전염력이 취약하기 때문이다. 우의와 교훈은 작품으로부터 넘쳐나게 해서 독자들이 알아차리도록 일임하는 것으로 족할 것이다. 해실의 목소리는 없어도 좋은 잉여의 부위다. 적어도 『쓰러진 자의 꿈』 시편에서는 잉여의 부위를 노출하고 있는 경우가 산견된다.

　신경림의 회심작인 「겨울밤」이 발표된 후 30년이 흘렀다. 흔히 한 시대의 구획을 짓는 시간이다. 그동안 우리가 경험한 사회변화는 엄청난 것이고 그 규모와 성질은 우리의 역사뿐 아니라 세계의 역사에서도 보기 드문 것의 하나였다. 참으로 곡절 많은 변화였다는 것을 부정할 수는 없으나 경제력의 확장과 생활수준 일반의 향상도 엄청난 것이었다. 이러한 변화가 삶의 질과 삶 속의 인위의 고통을 근본적으로 변경시키지 못하였다는 점을 강조하는 관점도 있을 수 있을 것이다. 그러나 어쨌건 30년대나 40년대의 현실주의적 생활시의 원형을 생산하였던 시인들이 상상도 하지 못한 상대적 풍요 속에서 사람들은 생활을 영위하고 있다. 현실을 아무리 부정적으로 바라본다 하더라도 옛날로 돌아가자는 시각을 유지할 수도 없을 것이다. 어느 때보다 상대적 풍요를 누리는 시기에 가난한 삶

을 노래한 가장 충실하고 호소력있는 생활시편이 나왔다는 것은 역사에
서 흔히 보게 되는 반어적 사실이다. 없는 사람들에 대한 우리말로 씌어
진 가장 절실한 생활시편이 「겨울밤」 이후의 신경림의 변함없는 문학적
목표요 성취였다. 30년이 하루같다는 옛 수사가 그대로 들어맞는 한결같
은 방향이요 행보였다.

현실의 변화에 부응하는 현실관의 변화도 있어야 할 것이 아니냐는 요
청을 곁들이고 싶은 의사는 없다. 그렇지만 시인이 대변자 내지는 대행
자로 자임하는 '괴롭고 슬픈 자'들의 변모도 고려해볼 만한 사안이라는
것은 지적하고 싶다. 신경림 시의 사실상의 독자는 시 속에 등장하는 눌
리고 힘없는 가난뱅이들이 아니다. 신경림이 그리는 풍진세계에서 내국
적 엑조티시즘을 발견하는 젊은 세대들이 압도적으로 많다. 이들은 또
대체로 고학력 소지자들이기도 하다. 현실 독자의 구체에 대한 고려는
대행 '위탁자'의 성격과 함께 시세계에 대한 자아갱신적 고려로 이어질
수도 있을 것이다. "최근 나는 시는 궁극적으로 자기탐구요 시의 가장
중요한 주제는 자신일 수밖에 없다는 생각도 많이 하지만, 쓰러지는 자
들, 짓밟히는 것들의 상처와 아픔을 어루만지고 흩어지는 것들, 깨어지
는 것들을 다독거리는 일, 이 또한 내 시의 숙명인지도 모르겠다"고 『쓰
러진 자의 꿈』 후기에서 그는 적고 있다. 시인의 발언이 다 그렇지만 적
절한 자기해설이 되어주고 있는 대목이다. 쓰러지는 것과 짓밟히는 것에
대한 심정적 공감이나 상상적 이해 그리고 정신적 후원은 세상의 쓰디쓴
소금과 같이 귀하고 필요한 것이다. 그러나 쓰러지고 패배했기 때문에
옳았고 올곧지 못하기 때문에 끄떡없이 버티며 견디고 있다는 투의 묵시
적 이분법이 시의 음역(音域)과 시각을 한정적으로 고정시켜놓고 있다는
의혹을 금할 수 없다. 그리하여 비관론적 음색이 커지면서 박탈감을 느
끼는 사람들에게 참으로 위안이 되고 다독거리는 일이 될 터인 희망과
화해의 목소리는 들리지 않게 된다는 혐의가 짙다. 시가 궁극적으로 자
기탐구라고 믿는다면 쓰러지는 자들의 아픔을 쓰다듬는 것의 의미도 더
욱 냉혹하게 되물어야 할 것이다. 쓰러진 자에 대한 공감이 쓰러지지 않
았고 쓰러질 필요조차 없는 사람들을 쓰러짐으로 유도하는 것은 아닌

가? 대행자 혹은 대변자의 자임이 실은 자기탐구 포기의 한 형식은 아
닌가? 자기탐구가 제기하게 마련인 여러 문제의 결과적인 회피는 아닌
가? 쓰러진 자들은 진정 위로받아 마땅하며 위로에 값하는 대상인가?

이렇게 추가하는 것은 이순(耳順)이 이미 옛날의 예순이 아니라 새 전
기를 마련할 수 있는 중년의 생물학적 연령으로 변모한 시대에 우리가
살고 있기 때문이다. 『농무』 이후의 시편이 선행 근대주의 시편과 현실
주의 생활시편을 추문화했듯이 이순 이후의 시편으로 자신의 선행 시편
을 반(半) 추문화하겠다는 기개로 '자기탐구'를 지속할 때 신경림은 또하
나의 문학적 이정표를 마련할 수 있을 것이라고 생각한다. □

＊附記: 필자는 신경림 시에 대해 「슬픔의 사회적 차원」이란 글을 발표
한 바 있다(『동시대의 시와 진실』, 민음사 1982). 따라서 중복을 피하기
위해 「새재」 「남한강」 등의 장시와 「씻김굿」 흐름의 민요가락 시편의 언
급은 이 글에서 삼갔다. 또 시 인용도 중복되지 않도록 골랐다. 독자들
의 참고 있기를 바란다.

민중의 삶, 민족의 노래

염 무 웅

1

1970년 늦여름이던가, 그 무렵 허름한 여관 건물을 개조해서 사무실로 쓰던 신구문화사 건너편 다방 앞에서 누군가와 헤어지고 막 돌아서던 신동문 선생이 그 다방으로 향하는 나를 발견하고는 마침 잘 만났다는 듯이 내게 시원고를 건네주었다. 당시 신선생은 『창작과비평』의 발행인이고 나는 말하자면 편집장인 셈이었는데, 편집 실무를 온통 나에게 일임하고 있던 그가 원고를 건넨 것은 아주 이례적인 일이었다. 신선생이 작자에 대해 약간의 설명을 곁들였다고 기억되는 것으로 미루어 그때까지 나는 신경림이란 이름을 아직 잘 몰랐던 것 같다.

바람에 쏠리듯 일제히 오른쪽으로 기운 각진 글씨의 시들을 다방에 앉아 단숨에 읽은 나는 커다란 충격과 흥분을 느꼈다. 그것은 서정주나 김춘수와 다름은 물론이고 김수영이나 신동엽과도 다른 또 하나의 시세계의 출현을 목격하는 순간의 충격과 흥분이었다. 한국 현대시의 고전의 하나이자 신경림의 이름을 70년대 문학운동의 첫자리에 각인시킨 명편들,

廉武雄: 문학평론가. 영남대 독문과 교수. 평론집으로 『한국문학의 반성』 『민중시대의 문학』 『혼돈의 시대에 구상하는 문학의 논리』 등이 있음.

"아편을 사러 밤길을 걷는다/진눈깨비 치는 백리 산길"의 「눈길」, "젊은 여자가 혼자서/상여 뒤를 따르며 운다/만장도 요령도 없는 장렬"의 「그날」, 그리고 "못난 놈들은 서로 얼굴만 봐도 흥겹다"의 「파장」 등 다섯 편을 그해 가을호 『창작과비평』에 실은 것은 잡지 편집자로서 잊을 수 없는 행운이고 기쁨이었다.

얼마 후 신경림 시인을 만났고, 만나자마자 우리는 벌써 오래 전에 만났던 사람들처럼 즉각 친해졌다. 그 무렵 창비 사무실에 자주 드나들던 이호철·한남철·조태일·방영웅·황석영 들과 이틀이 멀다 하고 어울려 청진동을 누볐으니, 어느덧 4반세기에 이른다. 돌이켜보면 그동안 나는 그 누구보다 신선생과 가깝게 지냈다. 문학에 대해서 또 세상살이에 대해서 수없이 많은 이야기들을 나누어오는 동안 의견을 달리한 적이 별로 없었던 것 같다. 무슨 견해를 피력하기 이전에 감정적으로 벌써 일치해 있다는 것이 저절로 느껴져왔다. 여러 사람 앞에 나서서 화려한 조명을 받으며 큰 목소리로 떠드는 것을 몹시 쑥스러워하는 점에서나 엄숙하고 진지하게 토론하는 걸 싫어하는 점에서나 체질적으로 동류라는 느낌을 나누어 가졌다. 그런데도 신선생이 이런저런 재야 문화단체의 감투를 써온 걸 보면 사람이란 원하는 대로 살기도 어려울뿐더러 반대로 원하지 않는 방식으로 살지 않는 것도 마음대로 되지는 않는 모양이다.

늘 생글생글 동안(童顔)이어서 나이를 잊게 하곤 하던 신선생이 어느덧 회갑을 맞이한다니 그와 함께했던 수많은 날들이 아리게 떠오른다. 그의 산문들을 읽어보면 그는 젊은 시절 참으로 곤핍하게 살았던 것 같다. 그런데도 그는 조금도 그런 내색을 겉으로 드러내지 않고 주위 사람들을 즐겁고 편하게 해주었다. 74년쯤으로 기억되는데, 그해 추석 무렵 안양 산동네 그의 집을 물어물어 찾아간 적이 있다. 이때 나는 처음으로 그의 사생활을 조금 들여다본 셈이었는데, 상처한 지 얼마 안된 그는 병석에 누운 조모와 부친, 아직 자립의 기반을 다지지 못한 동생들, 그리고 엄마 잃은 세 아이들을 책임진 가장이었다. 그러니 부드럽고 명랑해 보이는 그의 겉모습이 실로 얼마나 강한 정신력의 소산인지 얼마간 짐작되었다. 흔히들 입에 올리는 민중의 삶이 그에게는 바로 자신의 절실한 체험적 현실이었던 것이다. 그러니까 이 자기 현실과의 정직하고도 치열한 대결을 통해 위장하거나 은폐되지 않은 민중 자신의 목소리가 긴밀한 시적 형상을 획득하는 곳에 신경림의 문학이 성립한다고 말할 수 있다.

2

널리 알려져 있듯이 신경림의 공인된 처녀작은 1956년 『문학예술』지에 추천된 「갈대」이다. 이 작품을 포함한 초기작 다섯 편은 첫시집 『농무』에 수록되기는 하였으나 65년 활동을 재개한 이후 발표된 시들의 강한 인상에 파묻혀 오랫동안 잊혀져왔고, 더러 언급되는 경우에도 이 시인이 일찍이 극복하고 떠난 청년기의 에피소드로 취급되었을 뿐이다. 신경림 본인도 자신의 초기 문학세계에 대해 상당히 부정적인 견해를 피력한 적이 있다. 단지 유종호가 「슬픔의 사회적 차원」(1982)에서 초기작과 근작 사이의 연속성——삶이란 쓸쓸하고 슬픈 것이라는 감개의 연속성——을 지적하였고, 또 김현이 「울음과 통곡」(1987)이라는 글에서 신경림 문학 전체의 특징을 맹아적으로 함축한 의미있는 출발로서 「갈대」를 독특하게 분석한 바 있다. 그렇다면 신경림은 「갈대」의 세계를 넘어서 그것과 전혀 다른 더 광활한 곳으로 갔는가, 아니면 김현이 시사하듯이 「갈대」의 '내면화된 정적 울음'을 외연적으로 확대하는 길을 걸었을 뿐인가. 우선 작품 자체를 다시 한번 읽어보기로 하자.

> 언제부턴가 갈대는 속으로
> 조용히 울고 있었다.
> 그런 어느 밤이었을 것이다. 갈대는
> 그의 온몸이 흔들리고 있는 것을 알았다.
>
> 바람도 달빛도 아닌 것.
> 갈대는 저를 흔드는 것이 제 조용한 울음인 것을
> 까맣게 몰랐다.

      —— 산다는 것은 속으로 이렇게
    조용히 울고 있는 것이란 것을
    그는 몰랐다.

  동시대의 민중현실을 소재로 한 강렬한 사회성과 비판정신의 영상 속
에 『농무』를 떠올리는 독자들이 보기에 과연 이 작품의 내면지향은 뜻밖
이라는 느낌을 주기도 한다. 그러나 신경림의 시들을 통독해보면 자기응
시에 의해 정직함을 지키려는 자세, 원통해서 억울해서 또는 쓸쓸해서
우는 모습, 그리고 자연의 변화와 계절의 순환에서 삶의 깊은 뜻을 읽어
내는 방식은 도처에서 발견된다. 근년의 시집들인 『길』과 『쓰러진 자의
꿈』에서 각각 한 대목씩 인용해본다.

    밤이 되면 그는 마을 안 교회로
    종을 치러 간다 그 종소리를 들으면서
    사람들은 오늘도 무사히 넘겼음을 감사하지만
    그 종소리를 울면서 듣고 있는 것들이
    따로 있다는 것을 그들은 모른다
    버려지며 풀 따위 아주 작고 하찮은 것들
    하지만 소중한 생명을 지닌 것들이
    종소리를 들으면서 울고 있다는 것을 모른다
                                    —— 「종소리」 뒷부분

    터진 살갗에 새겨진 고달픈 삶이나
    뒤틀린 허리에 배인 구질구질한 나날이야
    부끄러울 것도 숨길 것도 없어
    한밤에 내려 몸을 덮는 눈 따위
    흔들어 시원스레 털어 다시 알몸이 되겠지만
    알고 있을까 그들 때로 서로 부둥켜안고
    온몸을 떨며 깊은 울음을 터뜨릴 때

74

멀리서 같이 우는 사람이 있다는 것을

——「裸木」 뒷부분

　울음을 매개로 하여 삶의 인식에 이르는 발상의 동질성이 어렵지 않게 확인된다. 그러나 갈대의 울음은 자기 바깥의 어떤 대상(가령 '바람'이나 '달빛')과 연관된 대타적(對他的) 행위가 아니라 갈대 자신의 실존의 드러냄이다. 그런 점에서 그것은 존재 자체의 절대성 안에 갇혀 있다고 말할 수 있으며, 갈대가 자기의 "온몸이 흔들리는 것"을 알았음에도 불구하고 바로 "제 조용한 울음"이 그렇게 자신을 흔들고 있음을 몰랐다고 시의 화자가 서술하는 것은 매우 논리적인 전개라고 할 수 있다.
　그런데 「종소리」에서 울음은 자연발생적이고 자기폐쇄적인 행위가 아니다. 우선 여기에는 밤이 되어 마을 안 교회로 종을 치러 가는 서정적 주인공이 등장한다. 작품의 전반부에는 그 주인공의 가난하지만 질박한 삶이 묘사된다. 그것은 화려한 도시생활과 극명하게 대조되는, 극빈한 '생활보호 대상자'의 삶인 동시에 성자(聖者)의 그것과도 흡사한 해방된 삶이다. 이러한 사람이 치는 종소리이기에 그것은 울음이 된다. 그러나 그 울음은 저 혼자 속으로 삼키는 실존적 자기확인의 행위가 아니라 "버려지며 풀 따위 아주 작고 하찮은 것들"의 울음을 불러오는 거대한 공명(共鳴) 활동의 일부이다. 그리고 이러한 사실을 '모르는' 것도 우는 자 자신이 아니라 울음의 행위 바깥에서 무심히 살아가는 사람들이라고 이야기된다.
　「나목」에서 울음은 다시 한 차원의 깊이를 획득한다. 이 작품의 서정적 주인공은 나무들이다. 그들은 "실오라기 하나 걸치지 않고" "하늘을 향해 길게 팔을 내뻗고" 서 있다. 그들은 "밤이면 메마른 손끝에 아름다운 별빛을 받아" 그것으로 "드러낸 몸통에서 흙 속에 박은 뿌리까지" 말끔히 씻어낸다. 거의 동화적인 아름다움 속에 묘사된 이 나무들이 어떤 종류의 순결한 삶의 은유임을 독자들은 자연스럽게 감지하게 되는데, "… 씻어내려는 것이겠지"라고 하는 말투는 나무들 자신의 것이 아닌, 그러나 그 나무들과의 은밀한 교감 속에서 나무를 바라보는 제3자 즉 시인의 눈길이 있음을 깨닫게 한다. 면밀하게 예비된 이와같은 사전포석이 있기 때문에 이 작품의 마지막 부분은 그 강렬한 감정이입적 충격효과에도 불구하고 시의 전개과정에서 내적 필연성을 얻는다. 즉, 나무들이 "서로 부둥켜안고／온몸을 떨며 깊은 울음을" 터뜨리는 일이 이 망가진 자연과 오염된 세계에 대한 한없는 아픔의 감정으로 전해져오며 그 나무들의 울음에 멀리서 동참하는 사람이 있다는 사실 또한 강력한 공감의 힘을 발휘한다. 그것은 저 혼자 조용히 시작했던 갈대의 울음의 전 존재 세계로의 확대이며 자연과 인간의 일치의 순간에 발해지는 법열의 흐느낌인 것이다. 이렇게 살펴볼 때 「갈대」의 세계와 70년대 이후의 문학세계 사이에는 연속의 측면과 단절(또는 질적 비약)의 측면이 공존한다고 보아야 할 것이다.

그러나 어떻든 신경림의 문학이 '온몸을 떠는 깊은 울음'의 경지에 단박 이른 것은 아니다. "터진 살갗에 새겨진 고달픈 삶이나／뒤틀린 허리에 배인 구질구질한 나날"들의 갈피갈피마다 감추듯 숨기듯 운 울음들을 낱낱이 겪은 끝에 드디어 울어진 '깊은 울음'이기에 그것은 진정한 감동의 실체적 무게를 갖는다. 시집 『농무』에서 우리는 '터진 살갗' '뒤틀린 허리'를 끌고 험난한 시대의 굴곡 많은 역사를 살았던, 또는 사는 데 실패했던 수많은 삶과 죽음들의 울음소리를 듣는다.

장에 간 큰아버지는 좀체로 돌아오지 않고
감도 다 떨어진 감나무에는
어둡도록 가마귀가 날아와 운다.

———「시골 큰집」부분

바람은 뒷산 나뭇가지에 와 엉겨
굶어죽은 소년들의 원귀처럼 우는데

———「눈길」부분

그리하여 산 일번지에 밤이 오면

대밋벌을 거쳐 온 강바람은
뒷산에 와 부딪쳐
모든 사람들의 울음이 되어 쏟아진다.

——「山 1番地」 부분

그리하여 증언하는 자 아무도 없는가.
이 더러운 역사를, 모두 흙 속에서
영원히 원통한 귀신이 되어 우는가.

——「1950年의 銃殺」 부분

바람은 복대기를 몰아다가 문을 때리고
낙반으로 깔려죽은 내 친구들의 아버지
그 목소리를 흉내내며 울었다.

——「廢鑛」 부분

저 밤새는 슬프게 운다
상여 뒤에 애처롭게 매달려
그 소년도 슬프게 운다

——「밤새」 부분

빗줄기가 흐느끼며 울고 있다
울면서 진흙 속에 꽂히고 있다

——「江」 부분

메밀꽃이 피어 눈부시던 들길
숨죽인 욕지거리로 술렁대던 강변
절망과 분노에 함께 울던 산바람

——「邂逅」 부분

이 울음들을 두고 김현은 그것이 "학대받는 자들의 내면화된 정적 울

음"이라고 지적하였다. 그리고 그는 신경림의 시 속의 시간이 '보편적
시간'을 지향하며 보편적 시간이란 '일정한 되풀이의 시간'이라고 설명한
다. 그러나 내 생각에는 신경림 시의 울음들이 '학대받는 자'의 울음임은
분명하지만 '내면화된 정적 울음'이라고 말할 수는 없을 것 같다. 물론
「갈대」에 한정해서 살펴본다면 나 자신도 앞에서 언급했듯이 그렇게 말
할 수 있을 것이다. 하지만 이 경우에는 '갈대'가 '학대받는 자'의 표상이
아닌 것이다. 반면에 방금 인용한 작품들의 경우 울음은 구체적인 사회
적・역사적 상황 속에서 발해진 것이며, 따라서 결코 어떤 정적인 내면
성의 발로라고는 말할 수 없을 것이다. 가령 「시골 큰집」에서 시의 화자
가 본 것은 한 집안의 몰락이다. 짐작컨대 몰락의 계기는 "우리는 가난
하나 외롭지 않고, 우리는/무력하나 약하지 않다"는 좌우명에 새겨진
큰형의 이상주의가 좌우의 이념대립과 전쟁의 와중에서 겪었을 비극적
운명에 의해 주어졌을 것이다. 험한 풍파를 겪고서 큰아버지는 살림에
뜻을 잃고 사촌형은 허랑한 삶에 몸을 맡기고 가세는 더욱 기울어신다.
따라서 벽에 박힌 좌우명을 보고 우는 큰엄마나 짓무른 눈으로 한숨을
내쉬는 할머니가 있는 곳은 결코 단순한 반복과 순환의 시간, 어떤 추상
적이고 보편적인 시간 속에서가 아닌 것이다. 「눈길」에서의 서정적 주인
공은 시골 주막의 여주인이다. 남편이 '억울하고 어리석게' 죽었다고만
서술되어 있으므로 광산에서의 낙반사고 같은 것 때문이었는지 또다른
이유가 있었는지 알 수는 없다. 그러나 여하튼 남편의 죽음이 아낙의 현
재의 삶에 절실한 것은 아니다. 이 시에서 아낙의 상대역은 '우리'인데,
우리는 "낮이면 주막 뒷방에 숨어 잠을 자다/지치면 아낙을 불러 육백
을" 치고 어쩌다가 밤이면 산길을 걸어 아편을 사러 간다. 이 시의 기본
감정은 미래에 대한 낙관적 전망을 차단당한 자들의 체념과 자조(自嘲)
이며 울음은 그러한 삶을 에워싼 배경음이다. 「산 1번지」에서 울음은 자
연주의 소설에서와 같은 암담하고 처절한 사회사적 환경의 산물이다. 산
동네 빈민가에 바람이 불어 "집집마다 지붕으로 덮은 루핑을 날리고/문
을 바른 신문지를 찢고/불행한 사람들의 얼굴에/돌모래를 끼어얹는
다." 어버이는 모두 함께 죽어버리자고 복어알을 구해 오고 애기 밴 처

녀는 산벼랑에 몸을 던진다. 이 극한적인 절망의 상황 한가운데에서 모든 사람들의 통곡이 터져나오는 것이다. 이것은 존재론적 고뇌나 관념론적 해석 같은 것이 끼여들 여지도 없는 날것 그대로의 적나라한 현실 자체이다.

3

초기작 몇편으로 문단에 이름만 등록하고 서울을 떠난 신경림은 10년 가까이 고향 근처를 떠돌며 실의의 세월을 보내다가 65년부터 다시 시작 활동에 복귀한다. 그동안 그 자신도 어렵고 괴로운 생활전선을 전전해야 했지만 자기보다 더 가난하고 억울한 삶들을 목격하고서 그는 문학에 대한 좀더 의식적인 결의를 다지게 되었던 것 같다. "얼마동안 쉬었다가 다시 시를 쓰기 시작했을 때, 나는 내가 자라면서 들은 우리 고장 사람들의 얘기, 노래, 그밖의 가락 등을 시 속에 재생시킴으로써 그들의 삶이며 사상, 감정 등을 드러내겠다는 생각을 했었다"(「시집 뒤에」, 『새재』). "한때 시를 그만두려다 다시 쓰기 시작하면서, 고생하면서 어렵게 사는 내 이웃들의 생각과 뜻을 내 시는 외면하지 않겠다고 다짐한 바도 있지만"(「후기」, 『달 넘세』), "시골이나 바다를 다녀보면 모든 사람들이 참으로 열심히 산다. 나는 내 시가 이들의 삶을 위해서 조금이라도 도움이 되었으면 하고 생각을 한다. 적어도 내 시가 그들의 생각이나 정서를 담아내지 않으면 안된다는 생각을 한다"(「책 뒤에」, 『가난한 사랑 노래』). 시인 개인의 사사로운 감정이나 예술적 충동을 표현하는 일보다는 공적인 발언의 기회도 능력도 갖지 못한 사람들을 대신해서 그들의 생각과 정서를 자신의 시 속에 담겠다는 다짐을 그는 거듭하고 있는 것이다. 그런데 조심해서 살펴보면 그가 그 목소리를 대신하고자 하는 사람들의 범위가 조금씩 확장되고 있음을 간취할 수 있다. 즉, '우리 고장 사람들'에서 '고생하면서 어렵게 사는 내 이웃들'로 넓어지고 마침내 삶의 현장에서 열심히 사는 모든 사람들로 보편화된다. 다시 말해 민중시인으로서의 자각과 민중현실에 대한 관심은 그의 시창작의 일관된 그리고 점증하는 동력

으로 작용한다. 이제 실제의 작품적 성취를 통해 그가 우리 시문학의 영
토에 새롭게 기여한 창조의 업적을 구체적으로 분석해보자.

활동을 재개한 해인 65년에 신경림은 「겨울밤」「산읍일지(山邑日誌)」
「귀로(歸路)」등 세 편을, 그리고 이듬해에는 「시골 큰집」「원격지(遠隔
地)」「3월 1일」등을 발표했고 이어서 듬성듬성 서너 편을 더 선보인 다
음 마침내 70년 『창작과비평』에 「눈길」등 다섯 편을 묶어서 내놓았다.
그리고 보면 그의 활동이 본격화한 것은 70년대에 들어서부터라고 할 수
있는데, 그러나 드문드문 활자화된 60년대의 시들에도 이미 초기작과 구
별되는 신경림 특유의 장면과 화법이 오인의 여지 없이 드러난다.

> 우리는 협동조합 방앗간 뒷방에 모여
> 묵내기 화투를 치고
> 내일은 장날. 장꾼들은 왁자지껄
> 주막집 뜰에서 눈을 턴다.
>
> ──「겨울밤」 앞부분

작가의 서명이 없어도 알아볼 수 있는 바로 신경림의 시다. 장날을 하
루 앞둔 시골 장터의 분위기가 단편소설의 한대목처럼 사실적으로 서술
되어 있을 뿐이며 복잡하고 까다로운 시적 장치들이 의도적으로 배제되
고 있다. 그러나 그렇게 현대시적 기교를 배제하고 거의 산문에 가까운
평면적 진술을 하고 있음에도 불구하고 이 작품은 생생하게 살아있는 이
미지들이 순탄하게 흐르는 우리말의 가락에 빈틈없이 맞아떨어져 있어
완벽한 '시'의 경지에 도달하고 있다. 이 점이야말로 당시 우리 시단의
관행적 언어사용방식에 정면으로 도전하는 이른바 전복적 의의를 가진다
고 생각된다. 정지용·김기림으로부터 김수영·김춘수에 이르기까지 한
국 현대시는 표현의 대상과 방법에 있어서 어떤 독특한 관습을 발전시켜
왔다고 볼 수 있다. 모더니즘이라 통칭되는 이 흐름 바깥에도 임화·백
석·이용악·서정주·박목월 등 중요한 시인들이 자기 나름의 화법을 가
지고 있었다. 그러나 어떻든 시는 보통 사람들이 일상생활에서 말하듯이

하는 것과는 다른, 일정한 훈련과 학습을 통해 익혀야 하는 말하기 방식
이었다. 5, 60년대 시단에 횡행한 소위 '난해시'는 그러한 말하기 방식의
극단화된 형태로서의 시의 자기소외였으며, 대상을 낯설게 말함으로써
관습적 사유와 상투화된 감정토로에 충격을 가하는 시 본연의 기능으로
부터 이탈된 관념의 자기분비이자 언어유희였다. 신경림의 시는 작품 자
체를 통해 우리 시단의 이러한 일반화된 말하기 방식에 강력한 이의를
제기한 것이었고 난해시의 폐해에 시달린 독자들의 광범하고도 즉각적인
호응에 힘입어 70년대 한국시의 물줄기를 크게 바꾸어놓았던 것이다.

그러나 60년대 중엽의 신경림 시는 한편으로 민중현실을 구성하는 객
관적 세목들의 적확한 묘사를 통해 독자적인 자기세계를 선보이면서도
다른 한편 절망과 분노, 체념과 실의 같은 자포자기적 감정의 잔재를 극
복하지 못한 측면도 아직 가지고 있었다. 앞에 인용한 「겨울밤」을 예시
하면서 이시영은 이 작품의 '왁자지껄한 민중적 활기' '낙관적 삶의 정서'
야말로 김수영과 신동엽의 60년대를 뛰어넘는 신경림의 새로운 70년대적
시세계라고 지적하고 있는데(「70년대의 시」, 1990), 그러나 내 생각에는 시
집 『농무』가 부분적으로 활기와 낙관을 함축하고 있음에도 불구하고 전
체적으로는 그것을 압도하는 절망과 울분의 정서에 싸여 있는 듯하다.

어쩌면 그것은 그 무렵 신경림 자신의 생활의 솔직한 표현이자 당대
민중현실의 침체성의 반영인지도 모른다.

> 서울로 식모살이 간 분이는
> 아기를 뱄다더라. 어떡헐거나.
> 술에라도 취해볼거나. 술집 색시
> 싸구려 분 냄새라도 맡아볼거나.
> 우리의 슬픔을 아는 것은 우리뿐.
>
> ──「겨울밤」 부분

> 돌이 날으고 남포가 터지고 크레인이 운다.
> 포장 친 목로에 들어가

전표를 주고 막걸리를 마시자.
이제 우리에겐 맺힌 분노가 있을
뿐이다. 맹세가 있고 그리고 맨주먹이다.

　　　　　　　　　　　　──「원격지」 부분

아무렇게나 살아갈 것인가
눈 오는 밤에 나는
잠이 오지 않는다
박군은 감방에서 송형은
병상에서 나는 팔을 벤
여윈 아내의 곁에서
우리는 서로 이렇게 헤어져
지붕 위에 서걱이는
눈소리만 들을 것인가

　　　　　　　　　　　　──「산읍일지」 앞부분

온종일 웃음을 잃었다가
돌아오는 골목 어귀 대폿집 앞에서
웃어보면 우리의 얼굴이 일그러진다
서로 다정하게 손을 쥘 때
우리의 손은 차고 거칠다

　　　　　　　　　　　　──「귀로」 앞부분

　고달프고 지친 삶의 구체적 장면들이 설명할 필요 없는 직접성으로 제
시되어 있다. 그런데 위의 인용에서 보이듯 신경림의 시가 다루는 장면
들은 첫시집의 유명한 제목 때문에 오해되곤 했듯이 좁은 의미의 농민적
현실인 것은 아니다. 즉, 그가 단순한 농민시인인 것은 아니다. 그러나
따지고 보면 60년대 후반 이후 강압적으로 추진된 산업화정책으로 인해
전통적인 농촌, 전형적인 농민이 이 땅 어디에도 온전한 모습으로 남아
있지 못하게 된 것도 사실이다. 『장한몽』『관촌수필』의 이문구, 「돼지

꿈」「삼포 가는 길」의 황석영, 『정든 땅 언덕 위』의 박태순, 『농무』의 신경림, 『만월』의 이시영을 비롯한 70년대 한국문학의 빛나는 성좌들 가운데서 강력한 농촌적 기억과 농민적 정서를 간직했으되 고향과 도시 어디에서도 완전한 귀속감을 느끼지 못하는 수많은 뿌리뽑힌 존재들을 만나는 것은 그러므로 당연하다. 유행가 가락을 타고 우리의 뇌리에 선명하게 찍힌 "실패 감던 순이" "이름조차 에레나로 달라진 순이"들의 형상을 50년대 한국시가 외면했던 사실에 커다란 아쉬움을 맛본 우리는 "서울로 식모살이 간 분이는/아기를 뱄다더라. 어떡헐거냐"하는 소박한 탄식에서 오히려 한국시의 현실복귀를 목격하는 것이다.

그러나 거듭 암시하는 바이지만 『농무』에서 시인이 현실에 복귀하기는 했으나 충분히 현실을 장악한 것은 아니었던 것으로 믿어진다. 고통과 절망에 가득찬 현실을 직시하고, "우리의 슬픔을 아는 것은 우리뿐"이기에 맹세의 손길을 잡지만, 우리가 가진 것이라곤 '맨주먹'뿐이며 그나마 "우리의 손은 차고 거칠다." 그러니 우리의 일굴은 다시 '일그러'지며 "나는 잠이 오지 않는다." "눈이여 쌓여/지붕을 덮어다오 우리를 파묻어 다오"(「겨울밤」). "오늘밤엔 주막거리에 나가 섰다를/하자 목이 터지게 유행가라도 부르자"(「원격지」). "어디를 들어가 섰다라도 벌일까/주머니를 털어 색싯집에라도 갈까"(「파장」). 그러다가 다시 시의 화자는 "분노하고 뉘우치고 다시 맹세"(「귀로」)하는 악순환에 빠진다. 그리하여 마치 손창섭의 단편소설에서와 같은 참담하고 음습한 상황이 조금도 미화되지 않은 모습으로 재현되는 것을 우리는 「3월 1일 전후」「동면(冬眠)」「실명(失明)」 같은 작품에서 보는 것이다. 시의 화자는 밤새 마작판에 어울려 주머니를 털리고 새벽이 되어 거리로 나선다. 매운 바람이 불어 얼굴을 훑는다. 맨정신으로는 집에 돌아갈 용기가 나지 않는다. 술집에 들러 새벽부터 술에 취한다. 술청엔 진흙 묻은 신발들이 어지러이 흩어져 있고 도살장에 끌려갈 돼지들만 마구 소리지른다. 비틀대며 냉방으로 돌아가면 아내는 새파래진 얼굴을 들고 이 고장을 떠나자고 졸라댄다(「3월 1일 전후」). 아내는 궂은 날만 빼고 매일 길을 닦으러 나가서 몇 푼 벌어온다. 멀건 풀죽으로 요기를 한 나는 버스 정거장 앞 만화가게에서 하루해를 보낸다. 친구들이 몰려와 술을 먹이고 갈보집으로 끌고 가고 그러다간 트집을 잡고 발길질을 한다. 그렇게 파김치가 되어 돌아온 날이면 아내는 여윈 내 목을 안고 운다(「동면」). 다음 작품은 그 제목에서뿐만 아니라 절망적 광기를 뿜어내는 그 기괴성과 자연주의적 암담함에 있어서도 「광야」「비오는 날」의 손창섭을 연상케 한다.

> 해만 설핏하면 아랫말 장정들이
> 소줏병을 들고 나를 찾아왔다.
> 창문을 때리는 살구꽃 그림자에도
> 아내는 놀라서 소리를 지르고
> 막소주 몇 잔에도 우리는 신바람이 나
> 방바닥을 구르고 마당을 돌았다.
> 그러다 마침내 우리는 조금씩
> 미치기 시작했다. 소리내어 울고
> 킬킬대고 고래고래 소리를 지르다가는
> 아내를 끌어내어 곱사춤을 추겼다.
> 참다 못해 아내가 아랫말로 도망을 치면
> 금세 내 목소리는 풀이 죽었다.
> 윤삼월인데도 늘 날이 궂어서
> 아내 찾는 내 목소리는 땅에 깔리고
> 나는 장정들을 뿌리치고 어느
> 먼 도회지로 떠날 것을 꿈꾸었다.
>
> ──「失明」전문

　나는 이 작품을 거듭 읽으면서 어떤 문학적 평가를 시도하기 이전에 가슴을 저미는 아픔을 느꼈다. 그리고 날궂은 윤삼월 어둑한 마을길을 휘청휘청 걸으며 얼빠진 듯 넋나간 듯 땅에 깔리는 풀죽은 목소리로 아내를 부르는 한 초췌한 사나이의 모습을 눈앞에 그려보았다. 이것이 시를 버리고 서울을 떠난 한때의 신경림 그였던가.

물론 시인 자신이 작품의 화자 또는 주인공인 것은 아니다. 시 속의 '우리'는 "조금씩 미치기 시작"하지만, 그것을 관찰하고 묘사하는 시선은 냉혹하고 정확하다. 설사 한 시절의 시인의 낙백한 삶이 실제 그대로 여기 투영되어 있다 하더라도 이제 그는 그 질곡으로부터 빠져나와 그 시절을 명징한 의식 안에 떠올리고 있음이 분명하다. 그리고 그것을 묘사한 시는 독자의 심금을 울린다. 그러나 이때 그에게는 일말의 부끄러움이 찾아든다. "써늘한 초저녁 풀 이슬에도 하얀/보름달에도 우리는 부끄러웠다"(「어느 8월」). "마당에는 대낮처럼 달빛이 환해/달빛에도 부끄러워 얼굴들을 돌리고/밤 깊도록 우리는 옛날 얘기만 한다"(「달빛」). "밀겨와 방아 소리에 우리는 더욱 취해/어깨를 끼고 장거리로 나온다. /친구여, 그래서 부끄러운가"(「친구」). 그러나 이 부끄러움의 감정이 지친 심신을 불러 일으켜세울 때 전쟁과 학살의 체험은 다시 시의 화자를 두려움으로 떨게 만든다.

젊은이들은 흩어져 문 뒤에 가 숨고
노인과 여자들만 비실대며 잔기침을 했다
그 겨우내 우리는 두려워서 떨었다

―――「폭풍」 부분

문과 창이 없는 거리
바람은 나뭇잎을 날리고
사람들은 가로수와
전봇대 뒤에 숨어서 본다

―――「그날」 부분

빗발 속에서 피비린내가 났다
바람 속에서도 곡소리가 들렸다
한여름인데도 거리는 새파랗게 얼어붙고
사람들은 문을 닫고 집 속에 숨어 떨었다

―――「어둠 속에서」 부분

이런 귀절들의 배후에 깔린 것은 아마도 힘없는 민중들의 삶을 가로질러 지나간 역사의 암흑, 낭자한 곡소리와 임리한 피비린내로 이 땅의 거리와 산천을 뒤덮었던 정치적 폭력일 것이다. 그리하여 "잊어버리자 우리의/통곡"(「僻地」)이라고 중얼거리며 집에 돌아와 잠든 그날 밤에는 눈이 내리고, 그런 새벽이면 맨발로 피를 흘리며 찾아온 '그'가 눈 위에 서서 "안타까운 눈으로/나를 쳐다본다"(「그」). 마침내 시의 화자는 부끄러움과 두려움, 실의와 체념 같은 모든 엇갈리는 복합감정의 사슬에서 잠시 풀려나 돌연 "통곡하라/나무여 풀이여 기억하라 살인자의/얼굴을, 대지여." "부활하라 죄없는 무리들아, 그리하여/증언하라 이 더러운 역사를"(「1950년의 총살」)이라고 절규한다. 시 「1950년의 총살」은 신경림의 작품들 중에서뿐만 아니라 6·25전쟁을 다룬 한국시들 중에서도 가장 강렬한 고발적 목소리일 것이다.

4

알다시피 신경림은 시집 『농무』의 간행(1973)과 제1회 만해문학상 수상(1974)을 계기로 확고하게 한국시의 한 영역을 개척하고 70년대 민중문학의 개념에 참된 내실을 부여하였다. 물론 그것은 혼자만의 돌출적 업적이었던 것은 아니다. 한편으로는 김수영·신동엽의 준비작업에 이은 이성부·조태일·김지하·정희성·이시영·김준태 등의 각각 자기 방식으로의 기여와 고은의 합류를 꼽아야 할 것이고, 다른 한편 김정한·이호철·이문구·박태순·황석영·조세희·윤흥길 등 많은 동료 소설가들의 활약이 어우러졌음을 잊어서는 안된다. 무엇보다도 살벌한 이념적 제약과 정치적 탄압 및 사회경제적 소외의 온갖 악조건을 뚫고 민중세력 자신이 힘차게 성장했다는 사실 그리고 이에 기반하여 민족운동·민주화운동이 활발하게 전개되었다는 사실이 기억되어야 할 것이다. 신경림의 시 자체가 다름아닌 이러한 객관적 현실의 문학적 반영인 것이다. 어떻든 70년대 중반 그는 좀더 목적의식적인 민중문학의 형식 즉 민요의 가

86

락에로 관심을 돌린다. 이 관심은 대략 10여 년쯤 지속되는데, 이 기간 중에 나온 시집이 『새재』(1979) 『달 넘세』(1985)와 장편서사시 『남한강』(1987) 연작이다. 물론 그의 시가 민중들의 구체적인 생활현실에 기반하여 민중들이 알아들을 수 있는 말하기 방식으로서의 시적 화법을 개척한 것이었던만큼 처음부터 "민요를 방불케 하는 친숙한 가락"(백낙청, 「발문」, 『농무』)을 지니고 있었던 것은 사실이다. 다시 말해 그의 시에는 민요와의 친화성이 처음부터 내재되어 있었다고 말할 수 있다. 그러나 민요가 살아 있는 생활현장을 답사하고 민요의 정신과 형식을 연구함으로써 그의 시가 이룩한 문학적 성취는 좀더 적극적으로 평가될 필요가 있다.

짐작컨대 우리 근대시는 그 출발의 시점에서 극히 혼돈의 양상을 보였던 것 같다. 그것은 요컨대 하나의 문학장르로서의 정체성을 뒷받침해줄 만한 전통이 불투명했다는 사실에 관련된다. 양반 사대부들의 한시가 여진히 명맥을 잇고 있었고 시조와 가사(그리고 어쩌면 판소리나 잡가류)가 창조성의 쇠진에도 불구하고 재생산기반을 탕진하지 않고 있었으며 무엇보다도 일반 민중들 사이에 민요가 살아 있었지만, 이 모든 형식들을 하나의 장르적 틀로 통합하고 양식적 자기정체성을 강제할 만한 기반적(基盤的) 개념으로서의 '시'(또는 '서정시')가 있었는지 나로서는 의문이다. 신문학 초창기의 젊은 시인들이 서구의 '자유시' 형식을 그처럼 쉽게 받아들였고 또 일부 시인들이 일본 시가의 율격을 심각한 자의식 없이 모방했던 것은 서구의 근대시 전체와 맞설 만한 통일적 시장르의 전통이 우리에게 결여되어 있었던 사실을 반영하는 것이 아닌가 생각되는 것이다. 그런데 놀라운 것은 그럼에도 불구하고 이미 1920년대에 한용운이나 김소월처럼 그 자체로서 매우 안정된, 그리고 지금 읽어도 여전히 그 나름의 내적 완성을 이룩한 시세계가 산출되었다는 사실이다. 그러나 한용운과 김소월이 우리말 시의 형식문제를 해결하여 확실하게 의존할 만한 굳건한 틀을 만든 것은 아니었던 것으로 믿어진다. 그렇기 때문에 그들은 개별적 탁월성에도 불구하고 우리 시의 역사에서 어딘지 외딴 섬처럼 동떨어져 보이며 또 그들 시형식의 직접적 계승자가 없는 것 아닌

가. 그런 점에서 본다면 오늘의 시인들에게까지 규정적 힘을 발휘하는
우리말 근대시의 창시자는 정지용·임화·김기림·백석 같은 30년대 시
인들이었는지도 모른다. 어쨌든 내가 여기서 문제삼고자 하는 것은 제약
하는 힘이자 의존할 모범으로서의 확고한 시적 양식이 불투명한 가운데
서도 어떻게 한용운과 김소월 같은 그 나름의 안정적 세계가 가능했는가
하는 점이다. 이것은 별도의 논구를 요하는 중대한 사안이라고 여겨지는
데, 얼핏 떠오르는 생각을 말한다면 게송(偈頌)이나 선시(禪詩) 같은 불
교적 전통이 한용운에게, 그리고 민요(및 이시까와 타꾸보꾸(石川啄木)
같은 일본 근대 시가)가 김소월에게 시적 안정성의 개인적 기반이 되었
으리라는 것이다. 특히 유감스러운 것은 민요가 김소월 이후의 시인들에
게 창작의 원천으로서, 또는 벗어나야 할 형식적 제약으로서 지속적인
힘을 발휘하지 못했다는 사실이다. 그것은 바로 우리 민족이 겪었던 식
민지적 현실에 대응되는 우리 문학의 자기망각의 역사 그것이다. 여기에
민요시인으로서의 신경림의 중요성과 한계가 동시에 존재한다. 이제 작
품 자체를 통해 이런 점들을 검토해보기로 하자.

「목계장터」는 "이 땅의 근대시 개업 이후의 전시사(全詩史)에서도 이
만한 가락의 흐름과 언어 울림을 갖춘 시를 찾기는 어렵다"(「고은과 신경
림」, 1988)는 이시영의 격찬이 지나치다고 할 수 없는 완벽한 작품이다.
널리 회자되기 때문에 새삼스럽기는 하지만 그래도 여기서 다시 한번 읽
어보지 않을 수 없다.

　　　하늘은 날더러 구름이 되라 하고
　　　땅은 날더러 바람이 되라 하네
　　　청룡 흑룡 흩어져 비 개인 나루
　　　잡초나 일깨우는 잔바람이 되라네
　　　뱃길이라 서울 사흘 목계 나루에
　　　아흐레 나흘 찾아 박가분 파는
　　　가을볕도 서러운 방물장수 되라네
　　　산은 날더러 들꽃이 되라 하고

강은 날더러 잔돌이 되라 하네
산서리 맵차거든 풀속에 얼굴 묻고
물여울 모질거든 바위 뒤에 붙으라네
민물 새우 끓어넘는 토방 툇마루
석삼년에 한 이레쯤 천치로 변해
짐부리고 앉아 쉬는 떠돌이가 되라네
하늘은 날더러 바람이 되라 하고
산은 날더러 잔돌이 되라 하네

되풀이 읽어도 어느 한군데 흠을 잡거나 틈을 노릴 여유를 주지 않는
꽉 들어찬 작품이며, 안에서 솟구치는 정감과 바깥에서 물결치는 가락이
기막히게 조화를 이룬 절정적(絶頂的) 서정시이다. 우리는 이런 작품을
읽을 때 어떤 의미를 파악하기 이전의 강력한 '시'를 체험한다. 이 시가
우리에게 행사하는 자연스러운 친화성은 무엇보다도 이 시의 가락이 전
통 시가의 4음보 율격에 토대해 있기 때문임이 이시영에 의해 적절히 분
석된 바 있는데(「'목계장터'의 음악적 구조」, 1982), 4음보는 3음보와 더불어
민요의 기본율격이기도 하다. 다시 말해 이 작품은 우리 모국어의 가장
오래되고 안정적인 율격적 질서에 적극 호응함으로써 리듬감각의 파괴를
특징으로 하는 현대 자유시의 산문적 혼돈상태에 일대 실천적 이의를 제
기하며, 그 점에서 오히려 일종의 실험적 참신성마저 지닌다. 그러나 이
사의 형식적 완결성은 단지 율격에서 오는 것만은 아니다. 1, 2행의 하늘
—구름, 땅—바람과 8, 9행의 산—들꽃, 강—잔돌의 짝들은 각각 그
안에서 대(對)를 이루면서 후렴구처럼 되풀이되다가 마지막 15, 16행의
하늘—바람, 산—잔돌에 와서 변형적으로 결합하여 마무리되며, 그 후
렴구들 사이에 5행씩이 배치됨으로써 절묘한 대칭의 구도를 형성한다.
이러한 빈틈없는 구성은 적어도 「목계장터」에 관한 한 고도의 예술적 절
제로서 형식적 완벽성의 성취에 창조적으로 기여하지만, 다른 한편 파격
의 지나친 통제 즉 인간감정의 과도한 양식화로서 뜻과 울림의 자연발생
적 확산을 가로막는 질곡으로 될 위험도 없지 않다고 할 것이다.

그런데 잘 살펴보면 이 시는 전통적 율격의 활용에 의해 민요적 가락을 재생하는 데 뛰어난 성공을 이루는 반면 그 안에 들어 있는 의미의 움직임에 있어서는 『농무』의 그것으로부터 상당한 방향전환을 시도하고 있음이 눈에 띈다. 앞에서 살펴보았듯이 『농무』의 체험세계는 시인 개인의 것에 바탕을 두었으되 그의 고향사람·이웃사람과 공유하는, 넓은 의미에서 민중적인 것이었다. 그러나 「목계장터」에서 서정적 주인공은 풍진세상의 모진 세파('청룡 흑룡' '맵찬 산서리' '모진 물여울') 속에서 절망과 환멸을 경험한 개인으로서의 근대적 예술가이다. 다시 말해 "가을볕도 서러운 방물장수" "짐부리고 앉아 쉬는 떠들이"는 설움과 고달픔을 등짐 지듯 지고 팍팍한 인생길을 한없이 걸어가는 시인 개인의 예술적 투사인 것이다. 그러나 물론 이때의 시인은 사회적 단절과 고립을 자신의 명예로 내세우는 소외된 존재는 아니다. "아흐레 나흘 찾아 박가분 파는" "민물 새우 끓어넘는 토방 툇마루" 같은 신경림 특유의 토속적 장면에 있어서뿐 아니라 험악한 역사의 격랑을 숨죽이며 살아가는 왜소한 서민적 표상('풀 속에 얼굴 문은 들꽃' '바위 뒤에 붙은 잔돌')에 있어서도 시인과 민중은 근원적으로 일치한다. 그러나 어쩐지 내 느낌에 이 작품에서 시인은 민중으로부터 소외되지는 않았으되 일종의 예술적 간격에 의해 민중과 일정하게 거리를 두고 있는 것 같다. 그렇기 때문에 이 작품을 지배하는 기본정서는 절망·좌절·분노·공포에도 불구하고 왁자지껄한 활기에 넘쳤던 군중적 감정이 아니라 뜨내기이자 떠돌이로 자신을 의식하는 민감한 예술가의 고독과 애수 바로 그것이다.

고달픈 유랑광대, 낙백한 처사(處士)의 구슬픈 탄식은 다음과 같은 작품에서는 시인의 자전적 사연에 얽혀 더욱 처연하게 읊조려진다.

내 여자 숨이 차서 돌아눕는 시린 외풍
험한 산길 지나왔네 눈도 귀도 내버리고
엿기름 달이는 건넌방 큰 가마솥
빈내기 화투 소리 늦도록 시끄러운
내 여자 내 걱정에 피말리는 한자정

강 하나 더 건넜네 뜻도 꿈도 내던지고
험한 산길 또 지났네 눈도 귀도 내버리고

——「밤길」 뒷부분

이 작품에서 다루어진 것은 앞서 검토한 「실명(失明)」과 상통하는 세
계이다. 그러나 중요한 변화가 있음도 간과할 수 없다. 「실명」에서 우리
가 본 것은 광기에 가까운 자학이었다. 암울하고 음산한 분위기가 작품
전편을 압도하여, 시의 주인공들이 킬킬대고 웃건 소리내어 울건 그들의
삶을 막아선 것은 절벽 같은 현실의 악마적 위력이었다. 그러나 「밤길」
은 그 제목에도 불구하고 4음보 율격의 시적 리듬 자체에 의해 침통하고
암담한 상황적 절망성을 벗어나고 있으며 어떤 극한적 고비를 넘기고 난
안도감을 느끼게 한다. 아내를 '내 여자'라고 표현한 데서도 깊은 연민의
정과 더불어 그러한 심미적 거리감이 인지된다.
  민요의 가락 내지 전통적 율격에 대한 관심은 시집 『달 넘세』에서도
창작의 가장 중요한 동력으로 작용한다. 그런 면에서 뛰어난 시적 성취
를 이룩한 작품은 내 생각에 「씻김굿」 「가객」 「고향길」이다. 이제 이 작
품들을 간단히 살펴보기로 하자.
  '떠도는 원혼의 노래'라는 부제가 붙어 있는 시 「씻김굿」의 말미에는
'씻김굿'이 "전라도 지방에서 많이 하는 굿으로서, 원통한 넋을 위로해서
저 세상으로 편히 가게 하는 것이 목적"이라는 설명이 첨부되어 있다.
이 시집에는 그밖에도 '굿노래' 또는 '혼령의 노래'들이 꽤 실려 있는데,
알다시피 민요와 무가(巫歌)는 동일한 구비적 시가장르이면서도 여러모
로 대조적이다. 간단히 말해서 민요는 민중들의 구체적인 생활현장에서
민중들 자신에 의해 만들어지고 불려지는 노래이지만, 무가는 굿이라는
특수한 연행적(演行的) 상황 속에서 특정한 목적을 위해 전문적 창자에
의해 불리어진다. 물론 민요든 무가든 그 형식이 전문시인에 의해 차용
되어 창작의 기반으로 활용될 때에는 당연히 그 본래의 기능과 형태는
다양하게 변용될 수 있을 것이다. 어떻든 중요한 것은 동시대 독자대중
의 심금을 울리는 시적 창조가 제대로 실현되었느냐 아니냐일 터인데,

「씻김굿」은 바로 그 점에서 탁월한 성취에 이르고 있다. 우선 전문을 읽어보기로 하자.

> 편히 가라네 날더러 편히 가라네
> 꺾인 목 잘린 팔다리 끌고 안고
> 밤도 낮도 없는 저승길 천리 만리
> 편히 가라네 날더러 편히 가라네.
>
> 잠들라네 날더러 고이 잠들라네
> 보리밭 풀밭 모래밭에 엎드려
> 피멍든 두 눈 억겁년 뜨지 말고
> 잠들라네 날더러 고이 잠들라네.
>
> 잡으라네 갈가리 찢긴 이 손으로
> 피묻은 저 손 따뜻이 잡으라네
> 햇빛 밝게 빛나고 새들 지저귀는
> 바람 다스운 새 날 찾아왔으니
> 잡으라네 찢긴 이 손으로 잡으라네.
>
> 꺾인 목 잘린 팔다리로는 나는 못 가,
> 피멍든 두 눈 고이는 못 감아,
> 못 잡아, 이 찢긴 손으로는 못 잡아,
> 피묻은 저 손을 나는 못 잡아.
>
> 되돌아왔네, 피멍든 눈 부릅뜨고 되돌아왔네,
> 꺾인 목 잘린 팔다리 끌고 안고
> 하늘에 된서리 내리라 부드득 이빨 갈면서.
>
> 이 갈가리 찢긴 손으로는 못 잡아,
> 피묻은 저 손 나는 못 잡아,

골목길 장바닥 공장마당 도선장에
줄기찬 먹구름되어 되돌아왔네,
사나운 아우성되어 되돌아왔네.

이 시의 율격은 한눈에 명백히 드러나는 바와 같이 3음보이다. 그러나 한 음보 안의 음절수에 있어서나 한 행을 구성하는 음보들의 단위에 있어서나 매우 유연하고 유동적이어서 리듬의 기계적 반복성과 단조로움을 활연하게 벗어나고 있다. 가령, "밤도 낮도 없는 | 저승길 | 천리 만리" "꺾인 목 | 잘린 팔다리로는 | 나는 못 가" "못 잡아, | 이 찢긴 손으로는 | 못 잡아"에서처럼 한 음보가 6,7음절로 늘어나기도 하는가 하면, "햇빛 밝게 빛나고 새들 지저귀는" "되돌아왔네, 피멍든 눈 부릅뜨고 되돌아왔네" "하늘에 된서리 내리라 부드득 이빨 갈면서"처럼 3음보의 흐름에 거역하는 4음보적 변격(變格)이 나타나기도 한다. 어쨌든 이 시의 이런 독특한 율격적 질서는 서정적 화자인 죽은 혼령이 굿판에서 행하는 독백적 사설의 내용에 호응하면서 이 작품의 고유한 자기 형식으로 승화된다.

이 시의 화자는 설명의 여지 없이 명백하다. 즉, 그것은 5·18 광주민중항쟁 중에 '목이 꺾이고 팔다리가 잘려' 학살당한 원혼들이다. 광주의 참극을 일으켜 정권을 탈취했던 자들이 한때 '새 시대'니 '정의사회'니 하는 파렴치한 언설을 입에 담은 적이 있었거니와 "바람 다스운 새 날 찾아왔으니" 운운은 이를 가리킨다. 그런데 세상은 이제 그들에게 원통함을 잊고 저세상으로 가서 고이 잠들라고 권유하며 거짓된 화해의 손길을 잡으라고 달랜다. 이것이 이 시의 전반부이다. 후반부 4·5·6연은 전반부에 극명한 대조를 이루면서 통렬한 거부의 음성을 발한다. "줄기찬 먹구름되어 되돌아왔네,/사나운 아우성되어 되돌아왔네"라는 시적 주체의 현실귀환선언으로 이 시가 끝난다는 것은 극히 시사적이다. "원통한 넋을 위로해서 저 세상으로 편히 가게" 하기 위해 벌이는 '씻김굿'이 작품의 제목이라는 것은 시의 내용에 비추어 신랄한 역설일 뿐만 아니라 원혼을 달래는 일이 다름아닌 역사의 정의를 실현하는 사업 곧 살아 있는 자들의 현재적 과업임을 밝히는 것이다. 이 점에서 「씻김굿」은 「1950년의 총살」과 더불어 신경림의 드물게 직설적이고 전투적인 열정의 시이다.

80년대 민중시인 신경림의 공적(公的)인 목소리가 「씻김굿」에 표현되어 있다면 「가객」 「고향길」은 「목계장터」에 이어지는 고독한 예술가의 자화상을 쓸쓸한 음률 안에 담고 있다. 뱃길 따라 박가분 팔러 다니던 「목계장터」의 방물장수는 「가객」에서는 봇짐을 지고 장꾼들을 따라다니며 앵금을 부는 떠돌이 가객의 모습으로 나타난다. 안착할 곳을 끝내 찾지 못하는 영원한 표랑인의 헐벗은 삶, 물소리 들어가며 밤새 걷는 산골길, 이른 새벽 눈 비비고 일어나 한데서 먹는 시래깃국, 봇짐 얼른 챙겨 도망치듯 잔풀 깔린 성벽을 타고 걷는 새벽걸음——이 모든 영상들 속에 깊이 박힌 아픔과 외로움에 가슴이 저리지 않는 사람은 다음 시를 읽을 자격이 없다.

내 앵금 영 넘어가는 산새소리
내 젓대 가시나무 사이 바람소리

내 피리 밤새워 우는 산골 물소리

무서리 깔린 과일전
가마니 속 철늦은 침시

푸른 달빛에 뒤척이던 풋장꾼도
이른 새벽 눈 비비고 나앉아

골목 끝의 한뎃가마에
시래기국은 끓고

무서리 마르기 전 봇짐 챙겨

돌아가리라 새파란 하늘
잔풀 깔린 성벽을 타고
여기 한 개 그림자만 남겼네

내 앵금 이승 떠나는 울음소리
내 젓대 동무해 가는 가는 벌레소리
내 피리 나를 보내는 노랫소리

이 유랑의 예술가에게 돌아갈 '새파란 하늘'은 있었던가. 과연 그에게
는 예전에 살던 집이 있기는 있다. 그곳 뒷마루에 앉으면 "벽에는 아직
도 쥐오줌 얼룩져" 있는 것이 보이며 예전과 마찬가지로 담너머 늙은 수
유나무에서는 스산히 잎사귀가 날린다. 그러나 거기 어린시절의 꿈과 행
복이 희미한 얼룩처럼 남아 있는 고향에서도 시인은 결코 영혼의 안식을
발견하지 못한다. 그의 '고향길'은 다름아닌 고향을 떠나는 길이다.

두엄더미 수북한 쇠전마당을
금줄기 찾는 허망한 금전꾼되어
초저녁 하얀 달 보며 거닐려네
장국밥으로 깊은 허기 채우고
읍내로 가는 버스에 오르려네
쫓기듯 도망치듯 살아온 이에게만
삶은 때로 애닲기도 하리
긴 능선 검은 하늘에 박힌 별 보며
길 잘못 든 나그네되어 떠나려네

————「고향길」뒷부분

위에 보이듯이 「가객」 「고향길」 같은 작품들에서 3음보 민요율격은 독
자들에게 거의 의식되지도 않을 만큼 형식적 통제력을 잃고 각 작품의
독자적인 호흡 안에 녹아들어 있다. 아마도 그것은 민요의 집단적 정서

로부터의 시인의 미학적 거리를 반영하는 현상일지 모른다. 그리고 어쩌면 그것은 「달 넘세」「곯았네」「베틀노래」「네 무슨 변강쇠라」처럼 민요의 정형적 틀에 묶여 있는 작품들이 현대시로서의 활력을 제대로 발휘하지 못한다는 사실과 더불어 심각하게 검토되어야 할 사안일 것이다. 신경림 시인 자신이 이미 여러 산문들에서 민요형식의 가능성과 그 현대적 한계를 지적하고 있기도 하다.

물론 민요의 다양한 형식과 전통적 율격을 본격적으로 활용한 업적은 「새재」(1978) 「남한강」(1981) 「쇠무지벌」(1985)로 이어지는 거대한 규모의 서사적인 연작장시에서이다. 작가 자신은 이 세 편이 "서로 이어진 내용을 가지고 있지만, 한편의 장시로 읽어도 좋고 따로 떨어진 시로 읽어도 좋을 것이다"(「책 앞에」, 『남한강』)라고 말하고 있는데, 과연 각 편은 그 나름의 독자성을 유지하면서도 긴밀한 내적 연관을 지니고 있다. 그야말로 '연작장시'라 할 것이다. 나는 오래 전에 「서사시의 가능성과 문제점」(1982)이라는 글에서 김동환의 「국경의 밤」과 신동엽의 「금강」에 연속되는 중요한 서사시적 시도의 일환으로 「새재」와 「남한강」을 얼마간 검토한 바 있다. 그때 내가 주로 문제삼은 것은 이 작품들의 서사시로서의 문학적 성취와 그럼에도 불구하고 해결 안된 형식적 난관이었다. 물론 그 글에서 내가 사용한 '서사시' 개념도 서양문학의 정통적 서사시였던 것은 아니다. 의존할 만한 장르적 모범이 없는 문학사적 상황에서 이루어진 「국경의 밤」「금강」「새재」 같은 업적들을 귀납적으로 묶은 잠정적 내지 가설적 개념이 서사시였던만큼, 이 개념의 역사적 유효성은 순전히 이론적으로 입증되거나 반증되기보다 시인들의 창작적 실천에 의하여, 그리고 그것을 받아들이는 문단과 학계의 평가에 의해 결정될 일이다. 어떻든 최근 완성된 고은의 『백두산』까지 고려에 넣을 때, 그리고 서구 근대문학의 「황무지」나 「두이노의 비가」 및 우리 문학의 「기상도」 같은 장시들과의 명백한 장르적 변별성을 염두에 둘 때 「국경의 밤」부터 『백두산』까지를 묶는 단일한 문학사적 개념이 필요하다는 것이 내 생각이다. 이 가운데서도 『남한강』 연작은 근대 민중사를 꿰뚫는 그 역사의식에 있어서나 다채롭고 풍요한 언어감각 및 자유자재하게 무르녹은 민요

형식의 활용에 있어서나 단연 독보적인 작품이다. 이 작품의 본격적인 분석을 위해서는 따로 한편의 글이 있어야 할 것 같다.

5

80년대 중반을 넘기면서 신경림은 민요기행을 계속하면서도 민요형식의 창작적 활용을 그만둔다. 앞에서도 간간이 암시했듯이 민요나 전통시가의 정형적 율격에 얽매이는 것은 시적 상상력의 활달한 전개에 어떤 제약을 가하는 것이 사실이다. 그러나 그것의 형식적 가능성은 아직 완전히 탕진되지 않았다는 것이 내 생각이며, 그런 점에서 그의 민요형식과의 결별은 아쉽기도 하다. 모두 3부로 이루어진 시집 『가난한 사랑 노래』(1988)의 제1부는 온통 산동네에 관한 노래들인데, 시인의 솜씨는 여전하지만 갑갑하고 단조로움을 면치 못한다. 다른 부분에서는 민주세력의 분열을 개탄하거나 통일의 염원을 노래하는 방식으로 시사적인 관심을 보인다. 여행중에 만난 사람들의 사연과 각 지방의 풍물을 읊은 이른바 '기행시'가 선을 보이는 것도 이 시집에서이며, 「강물을 보며」「산에 대하여」처럼 자연을 매개로 인생을 관조하고 삶의 뜻을 사색하는 시들이 씌어지는 것도 이 시집부터이다. 단정하기 어렵기는 하나 대체로 『가난한 사랑 노래』는 신경림의 전기문학과 후기문학 사이에 끼인 과도기적 침체상태를 나타내는 듯하다.

『길』(1990)은 제목도 그렇거니와 표지에도 '기행시집'이라고 못박고 있다. 과연 이 시집에 실린 작품들은 모두 이런저런 여행중의 계기에 얻은 착상을 기초로 하고 있다. 여기에는 물론 평범한 메모의 수준에 그친 듯한 작품들도 없지 않지만, 그러나 더 많은 경우 시인의 원숙한 눈과 깊은 깨달음이 농익은 언어에 실려 형상화되고 있다. 순수한 우리말을 발굴하여 시어로 되살리려는 의식적 노력이 이루어지는 것도 새삼 눈에 뜨인다. 나는 이 시집을 읽으면서 『길』이 신경림의 문학 역정 가운데서도 가장 높은 시적 성취에 해당한다는 것을 깨달았으며, 특히 「초봄의 짧은 생각」「여름날」「산그림자」「우음(偶吟)」「도화원기(桃花源記) 1」「도화원기 2」「나무 1」「김막내 할머니」「종소리」 같은 작품들에서 커다란 기쁨과 쩌릿한 감동을 맛보았다. 한두 편 읽어보기로 하자.

버스에 앉아 잠시 조는 사이
소나기 한줄기 지났나보다
차가 갑자기 분 물이 무서워
머뭇거리는 동구 앞
허연 허벅지를 내놓은 젊은 아낙
철벙대며 물을 건너고
산뜻하게 머리를 감은 버드나무가
비릿한 살냄새를 풍기고 있다

──「여름날」 전문

싱싱하고 건강한 생명의 약동이 눈부신 그림이 되어 찬란하게 살아나고 있다. 자연과 인간의 원시적 교감이 피곤한 여행자의 ── 그리고 세대에 찌든 독자의── 니른한 시선을 소스라치듯 단숨에 저 황홀한 초월의 공간으로 인도하는 듯하다. 이 놀랍도록 충만된 시적 성취에 곁들인 '마천에서'라는 부제, 마천이 지리산 아래 마을 이름이라는 설명이 무슨 소용이 있으며 '비릿한 살냄새'가 이 시의 핵심이라는 지적이 무슨 쓸모가 있으랴.

이른 새벽 여관을 나오면서 보니
밤새 거리에 벚꽃이 활짝 피었다
잠시 꽃향기에 취해
길바닥에 주저앉았는데
콩나물 사들고 가던 중년 아낙
어디 아프냐며 근심스레 들여다본다
해장국집으로 아낙네 따라 들어가
창 너머로 우뚝 솟은 산봉우리를 본다

창틀 아래 웅크린 아낙의 어깨를 본다

하늘과 세상을 떠받친 게
산뿐이 아닌 것을 본다

──「산그림자」 전문

　여기에도 '영암에서'라는 부제가 붙어 있으나 오도송(悟道頌)이 어디서
읊어졌느냐가 덧없는 노릇이듯이 그 부제는 한갓 자그마한 장식이다. 이
른 새벽 길바닥에 주저앉은 처량한 중년 사내를 이끌어 해장국집으로 데
리고 간 중년 아낙은 필경 관세음보살이다. 손에는 비록 콩나물 바구니
가 쥐어져 있으나 그의 웅크린 어깨는 '우뚝 솟은 산봉우리'보다 더 우람
하고 힘차게 '하늘과 세상을' 떠받치고 있다. 시의 이름으로 우리가 기대
하는 지복(至福)의 경지가 여기 실현되고 있다 할 것이다.

길 잃고 헤매다가 강마을 찾아드니
황토흙 새로 깐 마당가에서
늙은 두 양주 감자눈을 도려내고 있다
울타리 옆으론 복사꽃나무 댓 그루
잔뜩 부푼 꽃망울들은
마지막 옷을 안 벗겠다고 앙탈을 하고
봄바람은 벗으라고 벗으라고 졸라댄다
집 앞 도랑에서 눈석임물에
달래 씻어 들어오는 아낙네
문득 부끄러워 숨길래 동네이름 물으니
여기가 바로 도화원이란다

──「桃花源記 1」 전문

　우릉[武陵]의 한 어부가 냇물을 따라 올라가다 길을 잃고 찾아들었던
낙원은 가공의 땅이지만, 이 시의 도화는 지도에 찾아보니 충주와 단양

중간쯤 충주호반에 붙은 작은 마을 이름이다. 그러고 보니 충주호 가장자리에는 도화와 멀지 않은 월악산 가까이에 바로 무릉이란 지명도 보인다. 하기야 나의 아버지가 태어나 자란 곳도 이름만은 강원도 고성군 토성면의 '도원리'이다. 도연명의 무릉도원이 본시 피난민의 땅이었듯이 도원리·선유리 같은 이름에는 전란과 학정에 시달린 민중들의 꿈이 반영되어 있다. 과연 이 작품에는 신경림이 발견한 낙원의 그림이 실로 전설적인 아름다움 속에 묘사되어 있다. 감자눈을 도려내고 있는 늙은이 내외의 모습이 만들어내는 평화스러움에 대비되는 것은 낯선 사내를 보고 뒤로 숨는 며느리의 부끄러움일 터인데, 이 부끄러움은 이유 없이 건성으로 여기 들어 있는 것이 아니고 잔뜩 부풀어 터질 듯한 복사꽃 꽃망울을 보는 시적 화자의 은근한 시선과 연관되어 있다. 그러나 이 시는 감자눈 도려내는 늙은이, 도랑에서 달래 씻어 들어오는 아낙네, 앙탈하는 꽃망울, 졸라대는 봄바람, 그리고 이 모든 것을 그렇게 보고 증언하는 화자의 존재를 "여기가 바로 도화원이란다"라는 마지막 행 안에 수렴해 들임으로써 마치 김수영이 좋은 시에서 "문갑을 닫을 때 뚜껑이 들어맞는 딸깍 소리"를 들었던 것과 같은 완벽한 딸깍 소리로써 마감하고 있다.

시집 『쓰러진 자의 꿈』(1993)은 제목이 시사하듯이 사회주의의 실패와 군사정권의 퇴진으로 대변되는 90년대의 변화된 현실 속에서 삶의 뜻을 다시 묻고 문학의 길을 새로 찾는 작업을 하고 있다. 민중적 생활현실과 토착적 정서의 구체적인 세목들을 평이한 듯하면서도 적확한 이미지와 친숙한 가락에 실어 노래하는 것이 그동안의 신경림 시의 특징이라 할 때 『쓰러진 자의 꿈』이 보여주는 명상적이고 관념적인, 때로는 우의적(寓意的)이고 잠언적(箴言的)인 성격은 사뭇 놀랍기까지 하다. 그러나 그의 시들을 돌이켜보면 87년 6월항쟁 이후 민주세력의 분열을 겪으면서 현실운동에 대한 얼마간의 비판적 체념과 내면적·자기반성적인 경향이 그의 문학에서 점점 더 강화되고 있음을 알아볼 수 있다.

산이라 해서 다 크고 높은 것은 아니다

다 험하고 가파른 것은 아니다
어떤 산은 크고 높은 산 아래
시시덕거리고 웃으며 나즈막히 엎드려 있고
또 어떤 산은 험하고 가파른 산자락에서
슬그머니 빠져 동네까지 내려와
부러운 듯 사람사는 꼴을 구경하고 섰다

　　　　　　　　　　──「산에 대하여」 앞부분

아무리 낮은 산도 산은 산이어서
봉우리도 있고 바위너설도 있고
골짜기도 있고 갈대밭도 있다
품안에는 산짐승도 살게 하고 또
머리칼 속에는 갖가지 새도 기른다

　　　　　　　　　　──「偶吟」 앞부분

　앞의 것은 『가난한 사랑 노래』에서, 뒤의 것은 『길』에서 뽑은 것인데,
이 시들에는 물론 우리나라의 높고 낮은 수많은 산들을 밑에서 쳐다보고
위에서 밟아보며 살아온 경험이 은은히 깔려 있다. 그러나 단순히 서경
(敍景)을 목표한 것이 아님은 너무나 분명하다. 여기서 산은 말하자면
이러저러한 인생살이의 비유인 것이다. 대체로 비유적인 시는 단조롭게
마련이고 노리는 바가 뻔해서 긴장감을 잃기 쉬운 법인데, 이 작품들을
그런 상투성에서 구해내는 것은 오랜 연륜과 깊은 사색에서 저절로 우러
난 지혜와 균형감각이 있기 때문이다. 시집 『쓰러진 자의 꿈』에는 그런
사색적인 작품들이 다수 실려 있으며, 그 중 어떤 것들은 시의 명품(名
品)만이 맛보게 하는 참된 감동의 경지에 이르고 있다. 「길」「파도」「초
승달」「댐을 보며」「다리」 같은 작품들이 그러하며, 특히 이 글의 앞부
분에서 「갈대」「종소리」와 비교하면서 약간의 분석을 시도했던 「나목(裸
木)」은 "아흔의 어머니와 일흔의 딸이／늙은 소나무 아래서／빈대떡을
굽고 소주를 판다"의 널리 거론되는 「봄날」과 더불어 투명하게 정화된

보석 같은 언어들로 숨막히게 충만된 최고의 '시'를 성취하고 있다.

　그러나 나 개인으로서는 신경림의 인생의 역정이 좀더 짙게 배어 있는 「담장 밖」「하산(下山)」 같은 작품이 실로 폐부를 찌른다. 먼저 「담장 밖」을 읽어보자.

　　　번듯한 나무 잘난 꽃들은 다들 정원에 들어가 서고
　　　억센 풀과 자잘한 꽃마리만 깔린 담장 밖 돌밭
　　　구멍가게에서 소주병 들고 와 앉아보니 이곳이
　　　내가 서른에 더 몇해 빠대고 다닌 바로 그곳이다.
　　　허망할 것 없어 서러울 것은 더욱 없어
　　　땀에 젖은 양말 벗어 널고 윗도리 베고 누우니
　　　보이누나 하늘에 허옇게 버려진 빛 바랜 별들이
　　　희미하게 들판에 찍힌 우리들 어지러운 발자국 너머.
　　　가죽나무에 엉기는 새소리 어찌 콧노래로 받으랴
　　　굽은 나무 시든 꽃들만 깔린 담장 밖 돌밭에서
　　　어느새 나도 버려진 별과 꿈에 섞여 누워 있는데.

　나는 이 시를 몇 차례 소리내어 낭송해보았다. 굳이 4음보니 뭐니 따질 필요도 없이 우리말의 흐름에 맞아떨어지는 호흡과 의미의 파동이 목젖을 떨게 만들었다. 물론 이 작품에도 어김없이 신경림 특유의 시적 소도구들이 등장한다. "구멍가게에서 소주병 들고 와"라든가 "희미하게 들판에 찍힌 우리들 어지러운 발자국" 같은 것들이 그것이다. 처음 두 행이 말하고 있는 것도 신경림의 시적 사유에서 낯선 것은 아니다. "못난 놈들은 서로 얼굴만 봐도 흥겹다"고 노래한 것이 벌써 언제였던가. 그러고 보면 이 시는 매우 신경림적이기는 하나 그밖에 아무 새로운 것이 없는 듯한 느낌을 주기도 한다. 그가 30년이 넘도록 고단한 발걸음을 해오던 삶의 자리에 다만 다시 돌아왔을 뿐인 것 같기도 한 것이다. 그러나 이 시가 주는 뼈저린 감회는 단순한 되풀이, 곤핍한 인생의 한없는 반복이 조성하는 체념적 정서만은 아니다. 물론 그는 "버려진 별과 꿈에 섞여 누워" 있기는 하다. 그것은 그가 처한 사실의 세계이고 그를 둘러싼 사물적 현실의 세계이다. 하지만 그는 느낀다, "허망할 것 없어 서러울 것은 더욱 없어"라고. 이것이야말로 어쩌면 그의 문학에서 처음 발언된 대가적 품격의 언명일지 모른다. 결국 그가 도달한 곳도 시인이 자기 자신과 행하는 그리고 이 세계와 이루어내는 화해인 것이다.

그러나 화해는 타협이나 절충이 아니다. 그것은 개인의 입장에서는 세속적 성공과 물질적 이익의 전면적 포기이기도 하며 깨달음을 지향하는 자리에서는 정신과 육체의 합일로서의 어떤 총체적 비약이기도 하다. 머리와 몸, 겉과 속, 얻음과 버림, 텅 비는 것과 꽉 차는 것 사이의 옳은 분별을 위해 평생 고심해온 시인이 마침내 다음과 같이 말할 때 그것은 우리에게 슬픔인가 위안인가 또는 다만 쓸쓸함인가. 삶과 문학의 길을 오로지 꼿꼿하게 걸으면서 자신과 같이 외롭고 힘없는 사람들에게 목소리를 빌려주고 그들의 꿈과 희망을 우리 문학세계의 한복판에 깃발처럼 우뚝 심어놓은 그가 이제 마침내 회갑의 나이에 이르렀으니, 그의 시의 주인공이자 그 자신도 거기 속해 있는 민중들이 애정과 경의를 표할 시간이다.

언제부턴가 나는
산을 오르며 얻은 온갖 것들을
하나하나 버리기 시작했다
평생에 걸려 모은 모든 것들을
머리와 몸에서 훌훌 털어버리기 시작했다
쌓은 것은 헐고 판 것은 메웠다

산을 다 내려와
몸도 마음도 텅 비는 날 그날이
어쩌랴 내가
이 세상을 떠나는 날이 된들

사람살이의 겉과 속을
속속들이 알게 될 그 날이

——「下山」 전문 □

토종의 미학, 그 서정적 감정이입의 세계

박 혜 경

  신경림의 시를 읽는 것은 산업화되어가는 사회변화의 흐름에 떠밀려 끊임없이 변두리에서 변두리로 밀려나기만 하는 사람들의 후줄근하고 을 씨년스러운 삶의 조각들과 만나는 일이다. 피폐해질 대로 피폐해진 농촌 에서 가난과 절망이 해진 빨래조각들처럼 스산하게 나부끼는 도시 변두 리의 산동네에 이르기까지, 시인은 화려한 도시문명 뒤에 가려져 있는 버려진 사람들의 버려진 삶의 그늘 속을 배회하며, 그 속에서 고통과 좌 절, 체념과 울분으로 얼룩진 그들의 힘겨운 삶의 이야기들을 읽어내려 애쓴다. 가난과 고통으로 얼룩진 이들의 삶에 대한 관심은 신경림의 시 세계를 지배하고 있는 일관된 시적 주제이다. 등단한 후 오랫동안의 침 묵 끝에 작품활동을 재개한 1965년 이후부터 지금까지 신경림은 이 일관 된 시적 주제로부터 크게 벗어나지 않는 작품세계를 보여주고 있다. 그 런 점에서 신경림의 시세계에는 거의 변화가 없다. 그 변화없음은 신경 림 시의 힘이기도 하고 또한 한계이기도 하다. 시대와 세태의 급속한 변 화의 흐름 속에서도 고집스럽게, 혹은 고지식하게 이른바 '토종의 미학'

  朴惠涇: 문학평론가. 동국대 강사, 국문학. 저서로 『비평 속에서의 꿈꾸기』가 있 고, 「자본주의 시대의 문학과 문명비판의식」 「80년대 비평문학에 대한 반성적 회고」 외 평론 다수.

이라 부를 수 있을 시세계를 고수하고 있는 신경림의 시는, 우리 사회가
그러한 급속한 변화의 대가로 지불해온, 그러나 그 현란한 변화의 흐름
에 취해 우리의 관심사로부터 차츰 멀어져가는 피폐한 변두리적 삶의 모
습들을 되풀이해서 우리 앞에 불러내온다.

  신경림의 시에서 도시적인 삶의 반경으로부터 밀려나는 우리의 재래의
삶, 재래의 풍물에 대한 강한 정서적 친화성은 근본적으로는 이른바 '촌
놈기질'이라고 일컬을 수 있는 시인 자신의 생래적인 정서에 그 바탕을
두고 있는 것처럼 보이지만, 그와 동시에 우리나라의 파행적인 현대 정
치사와 산업사회로의 급격한 재편의 과정에서 기반을 잃고 와해되어가는
농촌의 삶에 대한 어떤 결정화된 이념적 의식이 그와같은 정서와 함께
맞물려서 형성된 것이라고 할 수 있다. 다시 말해서 농촌적 삶에 대한
시인의 생래적인 친화감으로부터 비롯된 듯한 신경림의 시들은 점차 이
념화된 의식의 단련을 통해 이른바 민중의 삶에 대한 인식의 기반을 보
다 확고하고 명료하게 다져나가고 있는 듯이 보이는 것이다. 신경림의
시들이 기본적으로 서정시의 특징적인 언술방식, 즉 대상과 그 대상을
바라보는 주체의 정서적 동일시를 바탕으로 하는 감정이입의 언어들로
이루어져 있다는 것은 농촌의 삶과 관련된 시인의 그와같은 생래적 정서
와 긴밀한 연관을 맺고 있는 것으로 보인다. 실상 이러한 감정이입의 언
어는 이미 신경림의 데뷔작인 「갈대」에서부터 그의 시의 기본적인 언술
형태로 자리잡고 있던 것이었다. "언제부턴가 갈대는 속으로/조용히 울
고 있었다. /그런 어느 밤이었을 것이다. 갈대는/그의 온몸이 흔들리고
있는 것을 알았다"로 시작되는 「갈대」에서 시인은 객관적 대상인 갈대에
어떤 인간적인 내면을 부여함으로써 그 대상을 자신의 주관적 정서의 틀
속으로 끌어들이는 언술방식을 보여주고 있다. 신경림의 시세계가 이처
럼 대상을 정서적 동일시의 과정을 통해서 주관화하는 전통적인 서정시
의 문법에 그 바탕을 두고 있다는 것은 그의 시가 궁극적으로 인간과 사
물 사이의 정서적 일체감이 가능했던 시기의 언어적 문법에 기대어 서
있음을 말해주는 것이라고 할 수 있다. 신경림에게 있어 이러한 감정이
입의 정서는 거의 체질적인 것으로 보인다. 그의 언어는 대상과의 일정

한 정서적 거리감을 유지하면서 그 대상의 의미를 읽어내려 하기보다는, 그 대상을 자신의 주관적 정서 속으로 끌어들임으로써 대상과 인식주체 사이에 놓여 있는 거리를 무화시키려는 언어이다. 이처럼 주관성이 강한 감정이입의 언어들은 대상의 해체보다는 대상과의 통합을, 대상과의 정서적 긴장의 유지보다는 대상과의 정서적 습합을 추구하는 경향이 있다. 근본적으로 대상에 대한 어떤 주관화된 통합적 정서에 바탕을 두고 있는 감정이입의 언어들 속에서 그러한 감정이입의 정서적 주체는, 그 대상이 자신의 정서적 논리에 부적합하거나 적대적일 때, 그럼으로써 그 대상과의 어떤 내면적 긴장관계가 이루어지려 할 때, 그 긴장을 견디어내거나 그 긴장의 의미를 분석적으로 읽어내려 하기보다는 대상 그 자체를 주관화된 인식의 틀 밖으로 밀어냄으로써 그러한 긴장관계 자체를 해소하려는 경향을 더 강하게 보여준다고 할 수 있다.

신경림의 시가 별다른 변화 없이 하나의 일관된 시세계를 고수하고 있다는 것, 혹은 그의 시가 삶의 변화된 상황에도 불구하고 자신의 시적 주제를 일관되게 지켜나가고 있는 것은 그의 시가 근본적으로 대상과의 정서적 일체감에 바탕을 둔 전통적인 서정시의 세계에 그 뿌리를 내리고 있다는 점과 긴밀한 관련이 있을 것이다. 신경림의 시에서 그와같은 전통적인 서정시의 문법이란 그의 시의 근본바탕을 이루고 있는 농촌공동체적인 삶의 정서와 깊이 연결되어 있는 듯하다. 변화된 상황에 긴밀하게 대응하고, 변화된 상황과의 내적 갈등을 통해서 다양한 시적 전략을 이끌어내기보다는, 그 변화 자체를 거부하고 그 변화된 상황이 가해오는 힘을 주관적 서정의 틀 밖으로 밀어내려는 마음의 움직임은 결국 그러한 재래적인 농촌공동체의 정서를 자기 동일시의 서정시적 문법을 통해 고수하게 하는 주요한 심리적 바탕을 이룬다고 할 수 있다. 그것이 대상과의 자기 동일시를 바탕으로 하고 있다는 점에서 그러한 감정이입의 정서 내부에는 근본적으로 갈등이 존재하지 않는다. 갈등은 그 정서의 밖에 있다.

물론 신경림의 시에 대한 이러한 지적이 좀더 설득력있는 논리를 갖추기 위해서는 상당한 부분에 많은 유보와 전제가 덧붙여져야 할 것이다.

일례로 신경림의 시가 근본적으로 대상과의 긴장된 마찰보다는 대상과의
정서적 합일에 바탕을 둔 갈등 없는 주관적 감정이입의 세계에 바탕을
두고 있다는 지적은 곧바로 그의 시가 가난하고 고통받는 사람들의 삶과
그러한 삶을 야기시킨 외부 현실과의 첨예한 이분법적 대립과 갈등을 그
기본 구도로 하고 있다는 사실과 모순되는 것처럼 보인다. 실상 재래적
인 농촌공동체적 삶에 대한 정서적 친화감에 바탕을 둔 신경림의 시들이
감당할 수밖에 없었던 불행은 그의 시들이 씌어진 때가 바로 그 농촌공
동체적인 삶의 정서가 외부의 파괴적인 힘에 의해 뿌리째 흔들리고 있던
시기였다는 데 있다. 그러므로 대상과의 정서적 합일을 지향하는 서정성
의 언어들은, 자신이 서 있는 자리가 근본적으로 그러한 합일을 가능케
하는 삶의 기반이 끊임없이 위협받고 있는 상황이라는 자각 위에서 출발
할 수밖에 없다. 『농무』에 실린 대부분의 시들이 좌절과 울분, 체념과
부끄러움의 정서로 이루어졌다는 것은 그러한 외부 상황에 대한 적대적
인식이 신경림 시의 기본바탕을 이루고 있음을 잘 보여준다.

>   징이 울린다 막이 내렸다
>   오동나무에 전등이 매어달린 가설무대
>   구경꾼이 돌아가고 난 텅 빈 운동장
>   우리는 분이 얼룩진 얼굴로
>   학교 앞 소줏집에 몰려 술을 마신다
>   답답하고 고달프게 사는 것이 원통하다
>   (…)
>   보름달은 밝아 어떤 녀석은
>   꺽정이처럼 울부짖고 또 어떤 녀석은
>   서림이처럼 해해대지만 이까짓
>   산구석에 처박혀 발버둥친들 무엇하랴
>   비료값도 안 나오는 농사 따위야
>   아예 여편네에게나 맡겨두고
>   쇠전을 거쳐 도수장 앞에 와 돌 때

우리는 점점 신명이 난다
한 다리를 들고 날라리를 불거나
고갯짓을 하고 어깨를 흔들거나

——「농무」부분

이 시에서 농무의 신명나는 가락을 떠받치고 있는 것은, "답답하고 고달프게 사는 것이 원통하다"라는 울분어린 정서와 "산구석에 처박혀 발버둥친들 무엇하랴"나 "비료값도 안나오는 농사 따위야／아예 여편네에게나 맡겨두고"와 같은 자조어린 체념적 어투이다. 신명이 공동체적인 삶의 건강함과 풍요로움이 가능했던 시절의 농민들의 정서를 대변하는 것이라면, 그 건강함과 풍요로움이 사라진 자리에서 신명은 울분과 원통함을 삭이는 자조적이고 체념어린 가락이 되어버린 것이다. "한 다리를 들고 날라리를 불거나"에서 사용되고 있는 '～거나'와 같은 종결어미 역시 신명나는 가락 속에 깃들인 그와같읔 무력한 체념의 정서를 담고 있다고 할 수 있다. 이처럼 농촌의 본래적 삶 속에 내재된 신명과 허물어져가는 농촌의 삶에 대한 울분어린 체념적 정서를 대비시키는 구도는 자연스럽게 '우리'와 '우리 아닌 자들'을 가르는 이분법적 구도와 만나게 된다. 그 '우리'의 테두리 안에서 시인은 가난하고 고통받는 농민들과의 완전한 정서적 일체감을 지향한다. 앞의 시에서 시인이 농촌현실을 바라보는 것은 '우리'라는 이름으로 묶인 농촌사람들의 집단화된 정서를 통해서이다. "답답하고 고달프게 사는 것이 원통하다"나 "이까짓／산구석에 처박혀 발버둥친들 무엇하랴"라는 구절은 농민들의 집단적인 정서를 자신의 정서와 일치시키는 시인의 감정이입 상태를 잘 보여주는 구절들이라고 할 수 있다. 다음의 시도 역시 그런 면에서 예외가 아니다.

못난 놈들은 서로 얼굴만 봐도 흥겹다
이발소 앞에 서서 참외를 깎고
목로에 앉아 막걸리를 들이켜면
모두들 한결같이 친구 같은 얼굴들

호남의 가뭄 얘기 조합빚 얘기
약장수 기타소리에 발장단을 치다 보면
왜 이렇게 자꾸만 서울이 그리워지나
어디를 들어가 섰다라도 벌일까
주머니를 털어 색싯집에라도 갈까
학교 마당에들 모여 소주에 오징어를 찢다
어느새 긴 여름해도 저물어
고무신 한 켤레 또는 조기 한 마리 들고
달이 환한 마찻길을 절뚝이는 파장

———「罷場」 전문

이 시에는 '우리'라는 표기가 명시적으로 제시되어 있지는 않지만, 이
시의 화자는 분명 '우리'의 일원으로서 "모두들 한결같이 친구 같은 얼굴
들"을 바라보고 있다. 이 시에서도 시인은 농민들의 정서와 완전히 감정
이입이 된 상태에서 그들의 신명과 애환을 '우리'라는 주관화된 정서의
틀 속으로 풀어내고 있다. "못난 놈들은 서로 얼굴만 봐도 흥"겨운 그
'우리'라는 정서적 유대감의 내부에는 어떠한 분열이나 갈등도 존재하지
않는다. 민중적 삶의 고통에 대한 긴밀한 정서적 일체감은 신경림 시의
감정이입적 언술방식을 일관되게 지탱하고 있는 흔들리지 않는 안정된
기반이다.
　그러나 이러한 감정이입의 정서적 일체감을 바탕으로 하고 있음에도
불구하고, 신경림의 시들은 대상에 대한 그와같은 주관적 몰입이 불러올
수 있는 정서의 과잉이나 낭비에 빠지지 않는 탁월한 절제의 힘을 지니
고 있다. 이를테면 위의 시에서 시의 결미를 이루는 석 줄의 묘사적 문
장은 장이 파한 후 초라한 모습으로 귀가하는 농민들의 모습과 그 속에
깃든 스산한 삶의 한 단면을 간결하게 압축된 문장에 매우 효과적으로
담아내고 있다. 농민들의 정서를 자기 것으로 받아들이되, 그 주관화된
정서를 절제된 묘사적 언어로 걸러내는 힘은 신경림의 시들이 지닌 커다
란 미덕 가운데 하나라고 할 수 있을 것이다.

110

신경림의 시에서 주관적 정서에로의 몰입을 적절하게 제어하는 또다른
중요한 요인으로 작용하고 있는 것은 아마도 그의 시가 지닌 이야기적
요소일 것이다. 신경림의 시들이 지닌 이야기적 요소들은 그의 시의 서
정적 요소들과 적절하게 조화를 이루면서 감정이입에 의한 주관적 정서
의 과잉을 억제하는, 그럼으로써 그러한 서정성의 논리를 보다 견고하게
떠받치는 효과를 발휘하고 있는 것으로 보인다. 서사성과 서정성의 상호
보완적 조화라고 부를 수 있을 그러한 언술적 특성은 이후에 신경림으로
하여금 「새재」나 「남한강」과 같은 서사적 장시를 시도하게 하는 근본바
탕을 이루기도 한다. 신경림의 시에서 서사적 요소는, 이를테면 "어둠이
내리기 전에 산 일번지에는/통곡이 온다. 모두 함께/죽어버리자고 복
어알을 구해 온/어버이는 술이 취해 뉘우치고/애비 없는 애기를 밴 처
녀는/산벼랑을 찾아가 몸을 던진다"(「산1번지」)와 같이, 산동네 사람들
의 가난하고 비참한 삶을 보여주는 단편적이면서도 압축된 서사적 단위
들로 나타나기도 하고, 1인칭 화자 자신의 체험을 시의 주요한 소재로
취해오는 이야기시의 형태로 나타나기도 한다.

　　그 해의 그 뜨겁던 열기를 나는 잊지
　　못한다. 세거리 개울가에 모여 수군대던
　　농군들을. 소나기가 오던 날
　　그들은 뿔뿔이 흩어져 도망가고
　　도장갈보네 집 마당은 피로 얼룩졌다.

　　마침내 장마가 져도 나이 어린 갈보는
　　좀체 신명이 나지 않는 걸까
　　어느날 돌연히 읍내로 떠나버려
　　집 나간 삼촌까지도 영 돌아오지 않았다.
　　개울물이 불어 우리는 뒷산으로
　　피난을 가야 했고 장마가 들면
　　우리는 그 피비린내를 잊지 못한 채

다시 장터로 이사를 한다는 소문이었다.

——「장마 뒤」부분

이 시에서 시의 화자는 자신이 겪은 어느해 여름의 사건을 매우 절제되고 담담한 어조로 들려주고 있다. 이 시에서 두번 되풀이되고 있는 '잊지 못한다'라는 말 이외에 화자는 자신이 겪은 그 체험에 대한 자신의 개인적인 느낌을 거의 드러내지 않는다. 그러나 화자의 그와같은 절제되고 담담한 어조는 이 시 전체를 절망적이고 암울한 분위기로 이끌어가는데 매우 효과적인 힘을 발휘하고 있다. 이러한 담담한 이야기적 서술의 도입은 신경림의 시에 이념에 의한 정형화된 틀에 따라 민중의 현실을 바라보는 시들과는 구분되는, 서정적 침투력이 강한 리얼리티의 세계를 부여한다. 물론 이러한 이야기적 언술의 도입 역시 '우리'라는 이름으로 분류되는 집단과의 강한 정서적 유대감의 틀을 벗어나 있는 것은 아니며, 따라서 앞에서 말한 것처럼, 신경림의 시에서 서사성은 궁극적으로 고통받는 민중의 삶에 대한 주관적 감정이입이라는 서정시적 문법의 틀 안으로 귀속되는 것이기는 하지만, 그러한 언술을 통해서 드러나는 민중적 삶의 리얼리티는 신경림의 시들을 이념 이전의, 한층 생생한 체험적 정서의 영역 속에 살아있게 한다. 실제로 신경림의 시들은 민중의 삶에 대한 어떤 이념적 도식에 따라 씌어진 듯한 느낌을 주는 시들보다는 그와같은 체험적 리얼리티의 정서를 근본바탕으로 삼고 있는 시들에서 더욱 탁월한 미학적 성취를 보여준다고 할 수 있다. 그러한 체험적 리얼리티는 신경림의 시들이 지닌 주관성을 이념화된 목소리만 앞서는 시들이 지닌 인위적이고 선험적인 주관성과 질적으로 구분지어주는 중요한 요소들 가운데 하나일 것이다. 그 체험적 리얼리티는 또한 신경림의 시들이 지닌 또다른 미덕과도 긴밀한 연관을 맺고 있는 것으로 보인다. 신경림의 시 역시 '우리'와 '그들'이라는 이념적 편가르기의 구도에 그 바탕을 두고 있는 것이기는 하지만, 그의 시는 그 이분화된 구도의 내부에 작은, 그러나 신경림의 시에 어떤 진정성의 무게를 부여하는 데 매우 중요한 역할을 하는 '나'라는 또 하나의 공간을 마련해놓고 있는 것이다.

신경림의 시에서 '나'의 공간은 '우리'의 공간 내부에 있는 하나의 균열
과도 같은 공간이다. 그 균열된 공간은, 우리와의 정서적 일체감을 지향
하지만, 그 일체감이 우리를 파괴하는 세력에 대한 분노와 저항의 힘으
로 전화되어야 할 지점에서 끊임없이 주저하고 망설이는 시인 자신의 두
려움과 부끄러움을 담고 있는 공간이다.

> 그들의 함성을 듣는다
> 울부짖음을 듣는다
> 피맺힌 손톱으로
> 벽을 긁는 소리를 듣는다
>   (⋯)
> 쓰러지고 엎어지는 소리를
> 듣는다 그 죽음을 덮는
> 무력한 사내들의 한숨
> 그 위에 쏟아지는 성난
> 채찍소리를 듣는다
> 노랫소리를 듣는다
>
> ──「前夜」 부분

이 시에서 "그들의 함성을 듣는" 시의 화자는 '그들' 밖에 있다. 그 듣
는 행위는 '그들'과 화자를 하나의 정서적 유대감으로 이어주는 통로이면
서, 동시에 화자와 그들 사이에 놓인 현실적 삶의 거리를 드러내주는 행
위이기도 하다. 이 시에서 화자의 정서는 그들의 분노와 피맺힌 저항의
함성보다는 오히려 "무력한 사내들의 한숨"에 속해 있는 것으로 보인다.
'그들'의 분노와 저항 속에 '우리'의 일원으로 끼여들 수 없는 이 시의 화
자의 무력감은 신경림의 초기시에서 자주 나타나는 두려움이나 비겁함에
대한 부끄러운 자의식으로 이어진다. 시인이 "친구여 나는 무엇이 이렇
게 두려운가/답답해서 아이놈을 깨워 오줌을 누이고/기껏 페르 라세즈
묘지의 마지막 총소리를/생각했다 허망한 그 최초의 정적을"(「어둠 속에

서』)이라고 말하거나 "누군가 나를 지켜보고 있다／새파랗게 얼어붙은
비탈진 골목길／비겁하지 않으리라 주먹을 쥐는／내 등뒤에서 나를 비웃
고 있다／…／골목을 쓰는 바람소리에 몸을 떠는／내 등뒤에서 나를 꾸
짖고 있다"(『누군가』)라고 말하거나, 혹은

　　살아 있는 것이 부끄러워
　　내 모습은 초췌해간다

　　(…)

　　저 맵찬 바람 소리에도
　　독기 어린 수군댐에도
　　나는 귀를 막았다

　　　　　　　　　　　　　　　　　　──「대목장」 부분

라고 말할 때, 시인은 두려움으로 떠는 비겁한 자신에 대한 부끄러운 자
의식을 통해서, 완전한 '우리'가 될 수 없는, 그들과 나 사이에 놓인 현
실의 거리를 고통스럽게 드러낸다. 이러한 부끄러운 자의식은 곧 시인
자신의 소시민적인 삶의 기반에 대한 자각에 다름아닌 것일 터인데, 신
경림의 시가 지닌 미덕은 아마도 자신의 이러한 소시민적 삶의 기반에
대한 자각을 이념화된 이분법적 인식의 구도 속으로 소멸시켜버리는 것
이 아니라, 부정적인 현실에 대한 진지한 자기반성적 인식의 한 계기로
이끌어들임으로써, 그와같은 이분화된 이념적 구도의 내부에 어떤 체험
적 정서의 소통공간을 마련해놓았다는 점에 있을 것이다. 다시 말해 신
경림의 시는 이분화된 이념적 구도에 한층 내면화된 체험적 리얼리티의
공간을 부여하는 이러한 자기반성적 언술들을 통해서 좀더 폭넓은 정서
적 공감을 이끌어낼 수 있는 진정성의 무게를 지니게 되는 것이다.
　이념화된 인식의 틀을 견지하면서도, 그 이념화된 인식의 틀에 갇혀서
체험적 삶의 리얼리티를 추상화해버리지 않으려는 노력은 신경림의 시세

114

계에서 한동안 의욕적인 시도로 나타났던 민요조 가락의 수용에서도 엿
볼 수 있다. 민요는 "민중의 삶과 생활 속에서 살아가는 가운데 자연발
생적으로 생겨난 노래"라는 시인 자신의 말처럼, 농촌의 공동체적인 삶
의 정서를 바탕으로 민중의 체험적 삶의 애환을 집단화된 노래의 형태로
육화시킨 것이라는 점에서 추상화된 이념적 틀로는 끌어안을 수 없는 민
중적 삶의 생생한 숨결을 지니고 있다고 할 수 있을 것이다. 시인은 자
신이 민요에 관심을 갖게 된 이유에 대해서 "첫째는 내 시가 또한번 껍
질을 벗기 위해서는 민요에서 그 가락을 배워와야 하고 또 참다운 민중
시라면 민중의 생활과 감정, 한과 괴로움을 가장 직정적이고도 폭넓게
표현한 민요를 외면할 수 없다는 매우 의도적이요 실용적인 동기에서였
으나, 민요가 보여주는 민중의 참 삶의 모습, 민중의 원한과 분노, 지배
계층에 대한 비판과 풍자는 원래의 동기와는 관계없이 차츰 나를 깊숙이
민요 속으로 잡아끌었다"¹⁾라고 말하고 있다. 이러한 민요에 대한 '의도
적이요 실용적인' 관심에 의해 쓰어진 대표적인 시 가운데 하나가 바로
「목계장터」일 것이다.

하늘은 날더러 구름이 되라 하고
땅은 날더러 바람이 되라 하네
청룡 흑룡 흩어져 비 개인 나루
잡초나 일깨우는 잔바람이 되라네
뱃길이나 서울 사흘 목계 나루에
아흐레 나흘 찾아 박가분 파는
가을볕도 서러운 방물장수 되라네
산은 날더러 들꽃이 되라 하고
강은 날더러 잔돌이 되라 하네
산서리 맵차거든 풀속에 얼굴 묻고
물여울 모질거든 바위 뒤에 붙으라네
민물 새우 끓어넘는 토방 툇마루

1) 신경림, 「내 시에 얽힌 이야기들」, 『한밤중에 눈을 뜨면』, 나남 1985, 249면.

석삼년에 한 이레쯤 천치로 변해
짐부리고 앉아 쉬는 떠돌이가 되라네
하늘은 날더러 바람이 되라 하고
산은 날더러 잔돌이 되라 하네

— 「목계장터」 전문

   이 시는 민요조 가락을 빌려서 밑바닥 삶을 정처없이 떠돌면서 울분과
분노를 서러운 좌절과 체념의 언어로 삭일 수밖에 없는 무기력한 사람들
의 정서를 노래하고 있는 듯하다. 여기에서 이 시의 전문을 인용한 것은
신경림의 시에서 민요조 가락이 어떤 형태로 차용되고 있는가를 살피기
위해서이다. 이 시는 기본적으로 3·4조 내지는 4·4조의 리듬을 바탕으
로, '하늘은 날더러~/땅은 날더러~'라는 구절이 조금씩 변형되어 반복
되면서 시 전체의 규칙적인 리듬을 이끌고 가는 서술형태를 취하고 있
다. 아마도 이것은 민요가 대개 하나의 기본 가락이 규칙적으로 반복되
면서 메기고 받는 형태로 이루어져 있다는 점과 밀접한 관련이 있을 텐
데, 비단 민요조 가락의 차용이 두드러진 시들에서뿐만 아니라, 하나의
언술단위를 조금씩 변형시키면서 규칙적으로 반복해나가는 수법은 신경
림의 매우 두드러진 시작방법 가운데 하나라고 할 수 있다. 이를테면
「가난한 사랑 노래」와 같은 시에서는 "가난하다고 해서 외로움을 모르겠
는가" "가난하다고 해서 두려움이 없겠는가" "가난하다고 해서 그리움을
버렸겠는가" "가난하다고 해서 사랑을 모르겠는가"라는 구절들이 규칙적
으로 반복되면서 시의 전체적인 흐름을 이끌고 있으며, 「오월은 내게」와
같은 시에서는 "오월은 내게 사랑을 알게 했고" "다시 오월은 내게 두려
움을 가르쳤다" "마침내 오월에 나는 증오를 배웠다" "오월은 내게 갈
길을 알게 했다"라는 구절들이 규칙적인 반복의 리듬을 이루면서 시의
의미를 점층적으로 강조해나가는 언술형태를 보여주고 있다. 아마도 이
것은 전통적인 서정시의 문법에 기대어 있는 신경림의 시들이, 민요조의
가락을 본격적으로 차용해오기 이전에 이미 민요조 가락과 같은 유형의
규칙적인 율격에 대한 감각을 지니고 있었음을 말해주는 것이라고 할 것

이다. 그러므로 신경림의 시와 민요조 가락의 만남은, 시인 자신은 "의
도적이고 실용적인 동기"에서라고 했지만, 신경림의 시작 과정의 매우
자연스러운 귀결이라고도 말할 수 있다.

신경림의 시에서 민요조 가락이 지닌 민중적 삶의 한과 신명이 그의
시가 지닌 또다른 특징인 서사적 언술형태와 어우러져 씌어진 가장 대표
적인 시적 성과는 「새재」나 「남한강」 「쇠무지벌」과 같은 서사시 형태의
장시들일 것이다. 이미 앞에서도 잠깐 언급한 바와 같이, 이들 장시들은
서정적 요소와 서사적 요소가 길항적인 관계로 삼투하면서 일제 점령기
에서 해방기에 이르는 기간 동안 민중들이 겪은 고난의 역사를 통시적으
로 훑어나가는 내용으로 이루어져 있다. 각각의 시들은 서로 내용상의
연관을 지닌 연작의 형태를 취하고 있는데, 「새재」가 구한말에서 일제점
령 초기의 시대적 상황을 배경으로 돌배라는 인물의 행적을 쫓아가는 형
태를 취하고 있다면, 「남한강」은 돌배의 애인인 연이를 작품의 중심 인
물로 설정하여 일제강점기 하의 민중들의 삶을 그리고 있다. 그에 비해
「쇠무지벌」은 특정한 주인공을 내세우는 대신 민중들의 집단화된 목소리
를 통해서 해방 이후의 혼란스런 시대상의 한 편린을 그려낸다. 그러나
이들 각각의 장시들은 시대적 상황의 변화를 따라 그 내용상의 일관된
흐름을 견지해나가면서도, 기법적인 측면에서 시인의 치밀한 계산을 느
끼게 하는 어떤 변별성을 보여주고 있다. 이 연작 장시의 첫작품인 「새
재」는 돌배라는 주인공의 행적을 단선적으로 뒤쫓는 과정을 통해서 '빼
앗은 자'에 대한 돌배의 분노와 원한을 매우 직설적인 형태로 드러낸다.
자신의 삶을 둘러싸고 있는 상황에 대한 막연한 불만감에 사로잡혀 있던
돌배가 마침내 지주의 집을 습격하고 의병에 가담하게 되는 것 또한 뚜
렷한 서사적 계기 없이 다음과 같은 첨예하게 이분화된 직정(直情)의 논
리에 의해 이루어지고 있다.

벼랑에 걸린 달을 보고
그렇다 우리는 깨닫는다.
이 기름진 땅

강가의 모든 들판은
우리 것이다.
저 맑은 하늘도 별빛도
우리 것이다.
꽃도 새도 풀벌레 그 한 마리도
우리 것이다.

빼앗은 자
우리에게서 이것을 빼앗는 자
누구인가, 가자.
나는 삿대를 빼어들고
모질이는 곡괭이를 메었다. (21면)[2]

이 시가 시종일관 '빼앗긴 자'의 '빼앗은 자'에 대한 이분법적인 감성논리에 바탕을 둔 돌배의 단선적인 분노의 목소리에만 의존하고 있다는 것은 이 시가 지닌 중대한 미학적 결함이라고 할 수 있다. 작품 중간중간에 '빼앗는 자'에 대한 돌배의 분노를 표현하기 위해서 삽입되는 "백옥 같은 흰 살결/⋯/삼단 같은 머리채라/큰애기씨 나는 싫네"라는 구절 또한 돌배의 분노가 자신이 처한 상황에 대한 이성적 논리화 이전에 다분히 단선적인 감정논리에서 나온 것임을 말해준다. 이 작품은 일제를 등에 업은 지배계급의 계략에 의해서 돌배와 함께 싸웠던 의병들 사이에 심리적 동요가 일어나게 되고, 그 동요하는 의병들에게 끝까지 싸울 것을 독려하던 돌배가 마침내 관병에게 붙들려 처형을 당하는 것으로 끝난다. "가난만이 오직 우리들이 가진 것,/나라란 그들만의 일 그들만의 것"(35면)에서처럼 '우리'와 '그들'을 두 극단으로 밀어놓고, '그들'에 대한 배타적인 분노와 울분의 정서를 돌배라는 단 하나의 목소리에 실어보내는 이 시에서 우리가 느끼게 되는 것은, 이 시를 지배하고 있는 그 단 하나의 관점, 단 하나의 목소리가 지닌 어떤 억압성이다. 그와같은 독점적 언술이 지닌 억압성은 이 작품의 전체적인 서술이 거의 어조의 변

─────────
2) 『남한강』(창작과비평사 1987)의 면수를 가리킨다.

118

화가 없는 매우 단조롭고도 단일한 톤으로 이루어져 있다는 점과도 무관하지 않을 것이다. 결국 이 작품이 시종일관 돌배라는 인물의 단선적인 분노의 논리 속에 갇혀 있다는 것은 곧바로 이 작품이 지닌 미학적 성과의 빈약함을 초래하는 중요한 요인이라고 하겠다.

「남한강」과 「쇠무지벌」은 「새재」가 지닌 이러한 독점적 언술의 한계를 벗어나려는 시인 나름의 반성적 노력이 좀더 유연하고 다각적인 언술방식에 대한 시도로 나타나고 있는 작품들이다. 「남한강」은 「새재」에서 돌배의 연인으로 등장했던, 그러나 돌배의 일방적인 목소리에 의해 작품의 배면에 가려져 있던 연이를 전면으로 내세우면서, 억압적 현실에 대한 민중의 분노와 울분보다는, 그러한 현실 속에서도 삶의 원초적인 신명을 지켜나가는 민중의 분출하는 생명의 힘 쪽으로 시인의 관심의 방향이 옮겨감을 보여준다. 그러한 관심의 방향은 연이라는 인물의 성격 자체에서도 뚜렷하게 드러나는데, 처음에 돌배의 억울한 죽음에 대한 분노와 복수에의 일념에 사로잡혀 있는 듯이 보이던 연이의 모습이 점차 수완 좋고 거침없는 장사꾼, 혹은 돌배에 대한 변함없는 사랑에도 불구하고 다른 남자에 대한 애욕에 사로잡혀 괴로워하는 모습으로 변모하면서, 민중에 대한 추상화된 단선적 시각을 뛰어넘는 한층 다각적인 삶의 리얼리티를 얻게 되는 것이다. 이 작품이 민중의 삶 속에 내재한 원초적인 관능의 세계를 민요조의 거침없는 신명의 어조로 풀어내고 있는 것 역시 민중적 삶의 구체성을 표현하는 데 중요한 역할을 하고 있다.

산다는 일은 즐거운 일
사랑한다는 것은 더욱 즐거운 일.

넘어오소 넘어오소 문지방 성큼 넘어오소
넘어오소 넘어오소 뱃전 훌쩍 넘어오소
구리돈 한닢이면 손목이나 슬쩍 잡고
은돈 한닢이면 청치마 넌즛 여소
옥양목 속적삼은 첫물이 제일이고

   큰애기 감칠맛은 끝물이 제맛이라 (86면)

   이처럼 「남한강」은 신명어린 민요조의 가락과 관능적 욕망으로 충만한
표현들이 어우러져 「새재」에서는 찾아볼 수 없는 활기있고 기름진 언술
의 세계를 일구어내고 있다. 아마도 이 시에서 시인은 일제치하의 불행
한 현실에도 불구하고 끊임없이 역동하는 민중의 건강한 생명력과 신명
의 정서 속에서 그와같은 불행한 역사적 현실에 맞설 수 있는 보다 궁극
적인 힘을 찾고 있는 듯하다. 그러나 이러한 신명나는 민요조 가락의 내
부에 시인은 일제에 의해 쏟아져 들어오는 근대화된 물품들이나, 돈을
쫓는 개화꾼들의 모습, 혹은 민중이 지닌 원초적인 관능에의 욕구가 돈
에 의해 매매되는 현실의 모습들을 무심한 듯 끼워넣음으로써 전통적인
농경사회적 삶의 양식이 일제의 힘에 의해 변화되고 파괴되어가는 상황
을 보여주는 일 또한 잊지 않는다. 이 작품에서 특징적인 것은 그러한
변화된 삶의 현실에 대한 표현이 그에 대한 특정 화자의 부정적이거나
배타적인 가치판단의 틀 속에서 이루어지는 것이 아니라, 긍정과 부정의
이분화된 가치판단을 뛰어넘는 좀더 객관화된 서사의 논리 속에 포괄되
어 있다는 점이다. 그러한 객관화된 서사논리는 역사적 현실의 모든 부
정적인 힘과 긍정적인 힘을 함께 쓸어안고 흘러가는 민중의 집단화된 삶
의 도도한 흐름을 그려나가려는 이 작품의 기본적인 서술의도와 긴밀한
연관을 맺고 있는 듯하다. 처음에 이 작품의 중심 인물로 등장하던 연이
또한 작품의 후반부에 이르면서 이러한 집단화된 민중적 삶의 도도한 흐
름 속에 파묻혀버리고 만다. 이 작품에서 그 집단화된 삶의 도도한 흐름
을 안에서 떠받치고 있는 것은 민중의 원초적 신명이고, 그 신명을 실어
나르는 매개가 바로 민요조의 가락이다.

   들기름 등잔 들어가라
   솔표 석유가 예 나간다
   깨엿 콩엿 들어가라
   요깡에 알사탕 나가신다

담뱃대도 내버려라
하도 궐런이 여기 있다

떼이루 떼이루 떼이루얏다
왜놈의 물건 달기도 하고
조선의 여자 맵기도 하다
떼이루 떼이루 떼이루얏다
백두산 호랑이 어디를 갔나
팔도강산이라 곳곳에 왜놈   (74면)

인용된 구절에서처럼 이 시에서 농촌공동체적 삶에 바탕을 둔 민중의
원초적 생명력을 파괴하는 현실의 모든 부정적인 힘을 감싸고 있는 것은
바로 그 신명의 가락이다. 이처럼 파괴되고 훼손되어가는 현실의 부정적
인 변화의 양상들을 신명의 가락으로 담아내는 시인의 의도는 그와같은
부정적인 힘들이, 마치 강물 위에 떠가는 파편들처럼 종내에는 민중적
생명력의 흐름 속에 휩쓸려버리고 말 것이라는 믿음과 맞물려 있는 것으
로 보인다. 그러한 믿음을 잘 보여주는 것이 바로 이 작품의 결말 부분
을 이루는 줄다리기 장면이다. 동네사람들이 모두 쏟아져 나와 혼연일체
의 힘으로 줄다리기를 하는 장면에서 드러나는 역동적인 힘은 "산에 강
에 들에／능선에 저 하늘에／내뻗치고 솟구치는 힘. ／가득 차서 넘치는
정기. ／누가 이들을 힘없는／백성이라 비웃는가"(118면)라는 구절에 이
어, "두껍게 얼어붙은 얼음 아래／그래도 한강물은 흐르는구나"(120면)라
는 마지막 구절로 귀결되면서 시인이 이 작품에서 보여주고자 한 민중적
힘의 실체가 무엇이었는지를 좀더 분명하게 드러내준다.
「쇠무지벌」 역시 해방 이후 지주에게 빼앗긴 땅을 되찾으려는 마을사
람들의 싸움을 통해서 해방 이전과 이후의 조금도 변화되지 않은 억압적
현실에 대한 되풀이되는 절망과, 그럼에도 불구하고 그 속에서 희망에의
투지를 포기하지 않는 민중들의 힘에 대한 믿음을 시의 기본바탕으로 하
고 있다. 그러나 이 작품에서 시인은 그러한 작가적 신념을 관철시키는

방법으로서 다성화된 언술의 교직이라는 특징적인 표현방식을 빌려온다. 「새재」에서 「남한강」 「쇠무지벌」로 이어지는 서사적 장시들의 흐름 속에서 이러한 다성화된 집단적 목소리들이 어우러져 하나의 서사적 세계를 일구어내는 방식은 「새재」의 단성적 언술형태로부터 「남한강」의 적극적인 민요가락 차용의 단계를 거쳐, 「쇠무지벌」이 한층 다양하면서도 종합적인 언술의 차원으로 나아가고 있음을 보여준다. 이 작품에서 나타나는 집단화된 민중들은 "우리네야 똑같은 조선사람／흰옷 입고 노래 춤 좋아하는／못나고 순한 조선사람"(133면)이나, "세상은 사는 것, 이렇게도 저렇게도／사는 것, ／남정네 없으면 빗자루라도 안고 자지. ／일 잘하는 아낙네들／너름새 좋은 아낙네들, ／두레삼판 절로 넉살판 되는구나"(130면) 혹은 "주는 거야 먹고 취하면야 춤추지／그러나 우리한테도 깊은 속은 있다네. ／빼앗긴 만큼은 빼앗고／짓밟힌 만큼은 짓밟고"(134면) 등의 구절에서 나타나는 것처럼, 노래와 춤을 좋아하는 순하고 낙천적이면서 굴종적인 면과 거침없이 분출되어 나오는 저항적인 면을 동시에 지닌 다면화된 모습으로 그려진다. 이 시의 다성적인 언술형태는 이 시가 민중을 투쟁적 모습으로만 부각시키려는 단일한 이념적 틀을 벗어나 한층 탄력적이면서 복합적인 모습으로 그리려 한다는 점과 깊은 관련이 있다. 물론 이 작품이 지닌 그러한 탄력성 역시 작품의 말미에 이르러 지배계급과 피지배계급의 대립이라는 예정된 이분법의 논리로 귀결되기는 하지만, 그러한 이념적 틀을 민중들의 삶에 결정화된 형태로 들씌우지 않으려는 시인의 노력은 이 시가 지닌 주요한 미덕 가운데 하나이다.

이들 서사적 장시들에서 주요한 언술기법의 하나를 이루고 있는 민요조 가락의 차용은 이들 시에 이념적 틀에 갇힌 경직된 현실인식의 차원을 넘어서는 어떤 활기를 불어넣고 있다. 그것은 "민요부흥운동은 다른 문화운동과 함께 바로 이 민족적 동질성의 회복이라는 점에서 큰 몫을 해야 할 것입니다"[3]라는 시인 자신의 말처럼, '우리'와 '그들'의 단선적인 대립을 끌어안으면서도 그것을 넘어서는 어떤 공동체적인 삶의 동질성을 현대적 삶 속에 되찾아오려는 노력을 그 바탕에 깔고 있는 것이다.

---

3) 신경림, 「왜 민요운동이 필요한가」, 『한밤중에 눈을 뜨면』, 나남 1987, 225면.

신경림이 루카치에 의해 삶의 총체성이 가능했던 근대 이전의 서사양식
으로 규정된 서사시의 형태를 하나의 시적 양식으로 실험하고 있는 것도
결국은 그러한 공동체적인 삶의 회복이라는 명제와 긴밀하게 연관되어
있는 것이라고 할 수 있다. 신경림의 시적 언술의 주요한 특성을 이루는
전통적 서정시의 문법이나 민요조 가락의 차용, 혹은 서사시적 양식의
도입이 모두 근대 이전의 공동체적인 삶 속에서 가능했던 언술형태라는
점도 신경림의 시가 단순히 근대 자본주의 사회의 가진 자와 못 가진 자
의 이념화된 대립구도만이 아니라, 그러한 대립구도를 발생시킨 근대적
삶의 양식으로의 변화 그 자체를 거부하는 자리에 서 있음을 말해주는
것이다. 신경림의 시에서 그러한 변화에 대한 거부는 어떤 이성적인 논
리 이전에 그의 시의 내부에 하나의 완강한 체질적 정서로 자리잡고 있
는 듯하다. 아마도 신경림의 시가 시종일관 전통적 서정시가 지닌 감정
이입의 논리로부터 거의 벗어나지 않고 있다는 것, 그의 시가 그런 면에
서 거의 변화되지 않는 시세계를 보여주고 있다는 것은 이런 점에서 어
쩌면 당연한 일일는지도 모른다.

그러나 현대는 분명 민요가락이나 서사시적인 문학의 양식이 삶의 기
반으로부터 '자연발생적으로' 솟아나올 수 있는 시대는 아니다. 민중이라
는 말 자체가 어떤 이념에 바탕을 둔 관념화된 논리에 의해 구성된 개념
인 것처럼, 현대에 있어 민요가락이나 서사시적인 문학양식의 차용 또한
궁극적으로는 관념화된 욕망의 논리에 의해 인위적으로 구성된 언술형태
를 취할 수밖에 없는 것이다. 다시 말해서 그러한 개념이나 언술형태 자
체는 어떤 실체의 논리가 아니라, 그 실체가 부재하는 세계 속에서 그
실체를 관념적으로 재구성하는 욕망의 논리에 근거해 있는 것이다. (세
편의 장시를 발표한 이후에 신경림의 시들이 민요조 가락의 차용을 보다
풍성하고도 역동적인 시적 성과로 발전시키지 못하고, 다분히 산문적이
고 평면적인 언술형태에 안주해버리고 마는 듯한 인상을 주는 것도 그와
무관하지 않을 듯싶다. 신경림의 시에서 민요조 가락의 차용이 그 가락
속에 실린 내면화된 체험적 정서를 시의 언어로 풍부하게 육체화하는 단
계에 이르기 전에, 일시적인 실험으로 끝나버리고 마는 것은 민요조 가

락 속에 누적되어 있는 공동체적인 삶의 체험적 정서를 관념적으로 재구
성하는 욕망의 논리가 결국은 변화하는 현실의 논리와의 괴리를 뛰어넘
지 못한 결과일 것이다.) 거기에는 필연적으로 어떤 인위의 힘이 개입될
수밖에 없고, 그 인위의 힘이 그 욕망을 둘러싸고 있는 변화하는 상황의
논리에 대한 인식을 바탕으로 한 끊임없는 자기검증의 과정을 외면해버
릴 때, 그러한 관념화된 욕망은 그 변화된 상황의 흐름 속에 떠 있는 하
나의 밀폐된 섬으로 존재할 수밖에 없고, 필경은 그 상황에 대한 실질적
인 대응력을 상실해버리고 말 것이다. 이 지점에서 신경림의 시세계가
거의 변화를 보이지 않고 있는 점이 그의 시의 힘이기도 하고 한계이기
도 하다는 앞에서의 지적을 다시 한번 상기할 필요가 있다. 신경림의 시
에서 민족동질성의 회복이라는 명제에 바탕을 둔 일련의 언술적 특성들
은 그 자체로서 파편화되고 고립된 근대적 삶의 양식에 대응하는 중요
한 문학적 전략의 의미를 지닐 수 있다. 그러나 그의 시들은 그러한 문
학적 전략을 변화하는 삶의 양식에 대한 긴장과 갈등의 논리로 이끌기보
다는, 그 자체로서 자족적인 위안의 논리로 한정시켜버리는 측면이 더
강한 것 같다. 다시 말해서 근대적 삶의 양식에 대한 배타적인 정서 속
에서 행해지는 공동체적인 삶의 양식에 대한 감정이입의 논리가 그 자체
로서 충족되고 고립된 세계 속으로 기울어져버릴 때, 거기에는 위안만이
남고, 외부 현실에 대한 내적인 갈등은 그 충족되고 고립된 세계 밖으로
밀려나버리고 말 것이기 때문이다. 물론 그 충족된 감정이입의 세계는
감정이입이 가능한 세계와 불가능한 세계 사이에 놓인 근본적인 갈등구
조에 그 바탕을 두고 있다. 그러나 그 속에서 갈등은 그 대립의 구조를
정형화되고 관념화된 차원에 놓아둠으로써 실질적으로는 계속 유보되고
있을 뿐이다. 선택해야 할 대상과 거부해야 할 대상이 너무나 분명한 구
도 속에서 행해지는 갈등은 더이상 갈등이 아닌 것이다. 남아 있는 것은
그 사이에서의 갈등이 아니라, 그 갈등을 넘어서는 결단과 투지, 혹은
그 결단과 투지를 향한 확고한 자기 신념의 언어이다.

『농무』를 중심으로 한 초기의 시들에서 훼손되어가는 농촌의 삶 속에
깃들여 있는 울분과 분노, 좌절과 체념의 정서를 내면화된 언어로 그려

내던 신경림의 시들은 80년대를 지배했던 이분화된 이념적 구도의 압력
을 보다 뚜렷하게 의식하기 시작하면서 어떤 정형화된 대립의 틀 속에
점차 스스로를 가두어버리는 듯한 경향을 보여준다. 신경림의 시들 가운
데서 더러 어떤 관성화된 언술의 차원에 안주해버리는 듯한 시들이 섞여
있는 것도 그와 무관하지 않을 것이다. 이념이 이념에 대해서 반성하지
않을 때, 언술이 언술에 대해서 반성하지 않을 때, 그것은 변화하는 현
실에 대한 탄력적 대응의 힘을 잃고, 스스로 박물관의 어둠 속에 갇혀버
릴지도 모른다. 이제 변화하는 현실은 서정적 감정이입의 틀 밖으로 밀
어낼 대상이 아니라, 그 속에서 정면으로 부딪쳐야 할 대상이 되어가고
있다. 중요한 것은 기존의 이념을 배타적으로 고수하거나, 그 이념의 상
실을 안타까워하는 것이 아니라, 변화하는 현실에 맞게 그 이념적 전략
을 변화시켜나가는 일일 것이다. 그런 의미에서 지금 더욱 필요한 것은
'우리'와 '그들' 사이의 완강한 대립의 논리보다는 '나'의 반성적 논리의
공간일는지도 모른다. 그 '나'의 공간으로부터 시작된 의식의 반성적 균
열이 다른 '나'의 균열과 만나 그 균열의 소통공간을 조금씩 넓혀나가는
것, 그것이 바로 이 시대의 '쓰러진 자의 꿈'이 아니겠는가? □

제 2 부

열린 공간, 움직이는 서정, 친화력
시집 『농무』를 중심으로

조 태 일

1

시집 『농무』가 발간되기 전 70년대 초, 그때까지만 해도 드문드문 발표된 신경림의 몇몇 시편에 대해 필자는 "소위 현대시라는 것에 막연히 들떠 있고 또한 시달림을 받아온 독자들은 이것이 시일까 하는 기막힌 의구심마저 갖게 되리라"[1]며 그의 시에서 받은 신선한 충격의 침으로 필자를 포함한 다른 시인들과 독자들에게 반성의 일침을 놓은 적이 있다.

60년대 내내 그랬었지만, 당시까지도 존재탐구라느니 내면탐구라느니 언어탐구라느니 하면서 사뭇 심각한 척하는 표정의 시들이 유행하던 터였다. 잘라 말하면, 우리 선조들이 눈물겹고도 모질게 살아왔고, 우리들이 지금도 그렇게 살고 있고, 우리 후손들이 나름의 방식대로 살아가야 할 이 땅의 사연들에 관해서는 애써 눈돌리고 남의 사연이나 정서에 흠뻑 젖어 허둥대던 시기였다. 설혹 우리들의 사연이나 정서를 우리말의

趙泰一: 시인. 광주대 문예창작과 교수. 시집으로 『국토』 『가거도』 『산속에서 꽃속에서』 『풀꽃은 꺾이지 않는다』 등이 있고, 저서로 『고여 있는 시와 움직이는 시』 『시 창작을 위한 시론』 등이 있음.

128

아름다움에 실어 써낸 시들이 더러 있었다 하더라도 치장한 여인네들의
거시기한 모습처럼 마음 두기에는 내키지 않는 시들이 대부분이었다. 민
중의 삶에 뿌리내린 일상어들의 건강한 아름다움과 활력이 있는 시들이
극히 드물었던 당시에, 신경림의 시들은 우리들의 삶에서 얻어진 정서를
독자들이 알아들을 수 있는 쉬운 말로 표현함으로써 필자나 독자들에게
신선한 충격과 감동을 안겨주었던 것이다.

그 1년 후 시집 『농무』가 출판되고[2] 그 다음해인 1974년 이 『농무』로
제1회 만해문학상을 받게 되는데 그때 심사위원이던 이산(怡山) 김광섭
(金光燮) 선생은 "… 현대시에 이르러 시를 모르겠다는 소리가 시 독자
의 일부만이 아니라 심지어 시인 자신들의 입에서도 나오고 있다. 시를
알 만한 인사들까지도 시가 철학이냐 심리학이냐 하며, 당신들이 쓰는
시를 안 읽어도 좋다는 듯 오히려 반감마저 가지고 시를 외면하게 되었
다. … 어려운 것이 어려운 대로 방치되어 있으니 시와 독자들은 더욱
유리되기만 한다. 이러한 중에서 신경림씨의 시집 『농무』는 새 가광을
받는다. … 그는 시의 리얼리즘에서 바탕을 두고 있으며 리얼한 데서 시
의 감동을 찾는다. 진실로 리얼한 데는 산문에도 시와 같은 감동이 있
다. 그의 시의 감수성이나 언어구사가 그런 데 기조를 두고 있다"[3]며,
괜히 어렵기만 했던 당시의 시들을 꼬집고 낡은 것 같지만 리얼리즘에
바탕을 둠으로써 친화력이 강한 새로운 시의 출현을 환영한 바가 있다.
백낙청 교수도 "시도 역시 사람이 사람한테 하는 말이요, 또 사람이면
알아들을 수 있는 말이어야 한다고 믿는 우리들에게 신경림씨의 작품들
이 한묶음 되어 나온다는 것은 참으로 반갑고 든든한 일이다. … 더구나
전천후적으로 양산되는 모조품들과 구별하는 일이 몹시도 고달픈 마당
에, 신경림씨의 작품처럼 난해하지도 저속하지도 않은 시들을 대하는 기

1) 졸고 「민중언어의 발견」, 『창작과비평』 1972년 봄, 84면.
2) 1973년 월간문학사에서 자비로 출판되었는데 여기에는 30여 편의 시가 실려
   있었다. 1974년 이 시집으로 제1회 만해문학상을 받게 되고 같은 해 5월에 창
   작과비평사에서 2쇄를 찍어냈으며, 1975년 시 60편으로 창작과비평사에서 증보
   판을 발행했다. 이 글에서 『농무』는 이 증보판을 지칭한다.
3) 김광섭, 「시집 『농무』에 대하여」, 『농무』, 창작과비평사 1975, 117~18면.

뿜이란 특별한 것"[4]이라며 '나'의 이야기가 아닌 '우리' 이야기로서 친근하고 정겹기만 한 그의 시에 매료되어 '민중적 경사'로까지 받아들였다. 또 유종호 교수도 『농무』가 발간된 지 20년 가까이 흐른 뒤 "가난하고 힘없는 사람들의 생활의 세목과 생활감정의 무늬를 진술하고도 경제적으로 처리하여 보여줌으로써 기존의 시들을 부분적으로 추문화시켰던 것이다. 특히 모더니즘이란 이름으로 한때 창궐하던 시 경향을 복귀불능의 지경으로 추문화시켰다"[5]고까지 평하기도 했다.

이처럼 영문학도로서 세 분의 『농무』에 대한 발언은, 섣부른 외국이론 추종의 폐해로 인한 당시의 난해한 시들이 얼마나 흉물스럽고 쓸데없는 것들이었나를 날카롭게 지적한 것이었다.

2

역시 대학에서(당시의 사회적 분위기로 보아 그럭저럭 다녔다 하더라도) 영문학을 공부했던 신경림의 시집 『농무』에 수록된 시들은 대부분 우리 민족정서의 바탕인 농촌을 배경으로 하여 이 땅에서 가장 끈질긴 생명력으로 버티며 살아온 대다수의 사람들, 즉 농민들의 삶과 그 이야기를 서사적 기법으로 표현하고 있다. 따라서 『농무』는 '남'의 이야기가 아닌 바로 '우리'들의 이야기이기에 어떠한 독자라도 마음과 정신이 비정상적이지 않은한 친근감에 빠져든다. 이것은 기존의 농촌시들이 심심찮게 보여주던 그 흔한 범실(凡失)들, 즉 감상적이고 복고주의적인 틀 안에 갇힌 피상성·관념성·소극성들을 말끔히 씻어내고 정물화 또는 박제화된 대상으로서의 농촌이 아니라 그들의 현실생활이 뿜어낸 정서를 살아 움직이도록 묘사하기 때문이다.

그렇다면 우리 민족의 정서적 바탕이 되어온 농촌의 농민들은 과연 누구인가. 간단히 말해서 이 땅에 살고 있는 전형적인 민중들이라고 할 수 있다. 신경림 자신이 말하고 있듯이 "전 역사를 통해서 단 한번도 시민

---

4) 백낙청, 앞의 책, 113~14면.
5) 유종호, 「고향의 노래」, 신경림 시선집 『여름날』, 미래사 1991, 147면.

130

으로서의 정당한 권리를 행사함이 없이"[6] 살아온 사람들이다. 그렇기 때문에 그런 농민들의 삶의 터전인 오늘의 농촌현실은 "곧 한국 현실의 집약적 표현이라는 사실이 우리에게 많은 것을 시사해준다. 농촌현실에 대한 본질적인 파악이 없이는 한국 현실에 대한 이해가 있을 수 없다"[7]고까지 말한다.

그러나 신경림은 처음부터 이러한 농민과 농촌의 현실인식에서 시를 쓴 것은 아니었다. 그의 등단작인 「갈대」「묘비」 등의 시세계는 당시 50년대를 풍미했던 여느 시들과 별 차별 없이 관념적·내면적·폐쇄적 세계의 '고여 있는 정서' 속에 갇혀 있었다. 시 「갈대」는 인간존재의 근원적인 물음과 통찰을 간결한 언어구사로 표현하고 있는데, 오늘날까지도 신경림의 시 전반에 걸쳐 배어 있는 인간에 대한 이러한 따뜻한 서정은 그의 시에서 빼놓을 수 없는 덕목 중의 하나다. 그러나 이러한 서정은 신경림만의 독특한 인식의 결과는 아니었던 것 같다. 1950년대 씌어진 시의 흐름이 전쟁으로 인한 삶과 죽음의 문제 즉 인간존재의 문제에 대하여 불안이니 좌절이니 슬픔이니 고독이니 하는 따위의 기미가 농후하였던만큼, 신경림도 여기에 관심을 쏟았던 것은 그것이 비록 한 시대의 유행이었다 해도 자연스러운 현상이었을 것이다.

언제부턴가 갈대는 속으로
조용히 울고 있었다.
그런 어느 밤이었을 것이다. 갈대는
그의 온몸이 흔들리고 있는 것을 알았다.

바람도 달빛도 아닌 것.
갈대는 저를 흔드는 것이 제 조용한 울음인 것을
까맣게 몰랐다.
—— 산다는 것은 속으로 이렇게

6) 신경림, 「농촌현실과 농민문학」, 『창작과비평』 1972년 여름, 269~70면.
7) 같은 글, 269면.

조용히 울고 있는 것이란 것을
그는 몰랐다.

———「갈대」전문

갈대의 울음과 흔들림을 통해 인간의 존재문제와 인간실존의 근원적인
아픔과 외로움을 노래한 「갈대」는 '인간은 생각하는 갈대'라는 당시에 유
행했던 어느 철인의 명제에 근거해서 씌어진 것이었다. 이를 확인하기
위해, 신경림의 「갈대」보다 5년 앞서 씌어진 천상병의 「갈대」를 살펴보
자.

환한 달빛 속에서
갈대와 나는
나란히 소리없이 서 있었다.

불어오는 바람 속에서
안타까움을 달래며
서로 애터지게 바라보았다.

환한 달빛 속에서
갈대와 나는
눈물에 젖어 있었다.

——— 천상병, 「갈대」전문

우리들은 우선 제목부터가 같고, 시간적, 공간적 배경이 일치할 뿐만
아니라 시에 나타난 정서까지도 느끼기에 따라 거의 일치함을 확인할 수
있다. 고독이나 슬픔은 인간들이 떨쳐버릴래야 떨쳐버릴 수 없는 근원적
이며 숙명적인 것들이다. 그것들은 인간의 내면에 깊숙이 자리잡고 실존
이니 존재니 하는 문제로 우리의 의식 속을 떠돌면서 우리들을 괴롭혀왔
다. 위에 인용한 두 편의 「갈대」도 인간존재에 대한 근원적 물음에서 씌

어진 것들이다. 이처럼 1950년대는 전쟁의 후유증이 많은 시인들을 정서의 단순화에 머물게 했던 시대였다. 위의 「갈대」들에서 '밤' '달빛' '울음' '흔들림' '속에서' 등의 어휘들이 빚는 정서는 '고여 있는 정서'인 것이다.

그러나 신경림은 이내 시쓰기를 중단한 채 10여 년의 세월을 방랑, 방황으로 보낸다. 그는 말한다. "56년에 나는 「갈대」「낮달」 같은 작품을 가지고 『문학예술』지를 통해 소위 문단이라는 델 나왔다. 나는 그때까지 문우라는 것이 별반 없었는데 비로소 문우들과 어울려다니며 술을 마시고 잡담을 하는 즐거움도 알게 되었다. 그것도 잠시였다. 신이니 존재니 하는 알쏭달쏭한 시만이 판을 치는 시단에 나는 설 자리가 없었고……"[8] 라고. '설 자리가 없었다'는 시인의 고백은 당시 문단의 시류(詩流)인 실존주의풍의 시나 모더니즘풍의 탁류 속에서 헤엄쳐나올 수밖에 없었다는 이야기다. 어쩌면 그것은 당연한 결단이었는지 모른다. 왜냐하면 그는 생리적으로 개인적인 정서보다 민중들의 삶이나 정서에 친근했기 때문이다. 그는 한데 어울려 북적대는 공간, 그래서 여러 사람들의 삶의 냄새가 흠뻑 배어 있는 공간, 즉 장터나 봉놋방, 조합공판장, 운동장, 골목 등을 어렸을 적부터 좋아했다고 한다.[9] 이러한 유년기의 체험들이 훗날 시인이 되었을 때 한창 유행하던 실존주의나 모더니즘의 급류 속을 오래 견디지 못했던 이유 중의 하나가 되었으리라는 생각이다.

아무튼 「갈대」 이후 고향으로 돌아간 그는 지독한 가난 속에서 농삿일, 날품팔이, 아편장수 길안내, 등짐장수, 학원강사 등의 체험을 하는데 이 체험들은 훗날 문학적 정서로 훌륭하게 승화되어 민중들의 생활과 삶을 실감나게 그려내게 되지만, 그가 다시 시를 쓸 수 있기까지 절망은 끝간 데가 없었다. 제대로 사람노릇하며 살 날이 올 것 같지 않은, 더구나 전혀 시를 쓸 수 없으리라는 절망감은 증오심으로 들끓기 시작했다고 한다. 잘사는 사람을, 높은 자리에 있는 사람을, 학식 있는 사람을, 가난한 사람을, 무지한 사람을, 특히 성실성이 없는 시인들을 증오했는데, 이 증오심만이 자신을 간신히 지탱해주었다고 한다.[10]

---

8) 신경림, 「나의 시 나의 길」, 『시와 시학』 1993년 봄, 96면.
9) 같은 글, 94면.

그러나 증오어린 방황, 방랑 속에서도 자신을 정리할 수 있는 계기를
마련해주었던 사람들은 한결같이 가난했고, 세상에 대해서 원한을 가지
고 있었으며 복수심과 체념으로 조금씩 비뚤어진 사람들이었는데, 이 모
두가 그들 자신의 탓이 아니라 '남의 탓'이거나 '사회 탓'이었음을 깨닫고
정신적으로 안정을 되찾아 다시 시를 쓰기 시작했다고 한다. [11]

3

시인이 자기 자신의 시에 대해 갖는 산문적 신념이 시 자체의 실상과
꼭 맞아떨어진다고 볼 수는 없지만 위와 같은 시인의 직접적인 진술 속
에서 그의 시가 갖는 최소한의 근본적 지향성만은 엿볼 수 있을 것이다.
이를 받아들인다면 시집 『농무』의 주된 시세계는 숙명으로 받아들이는
'자신의 탓'에 머물러 있는 고여 있는 정서의 세계가 아니라, '남의 탓'
'사회의 탓'으로 일그러진 농촌의 실상을 서사적 기법으로 리얼하게 묘사
해내는 움직이는 정서의 세계라고 할 수 있다. 우리들이 지금 도시화,
산업화의 한복판에 살고 있고, 거기에다 아무리 개방화·국제화·세계화
라는 구호 속에서 숨쉴 새도 없이 살고 있다지만 농촌은 우리 정서의 바
탕이요 고향이라는 생각은 여전히 유효하다. 진부한 이야기로 들릴지 모
르나 우리는 고향으로서의 농촌을 떠올리며 따사로운 정감, 편안함, 안
정감, 친근감 같은 것을 느낀다. 비록 가난하고 고달픈 삶의 현장이었을
지라도, 또한 남의 탓, 사회의 탓으로 힘써볼 겨를도 없이 무너져 황폐
화된 농촌일지라도 그리움의 대상으로 남아 있는 것은 우리들이 고향에
대해 갖는 일반적인 마음쓰임이리라. 그런데 이렇듯 우리들 마음속에 다
소 낭만적인 향수의 대상으로 농촌의 모습이 떠오르는 까닭은, 현대의
우리들 삶의 방식이 도시화됨에 따라 인간소외를 비롯한 온갖 현대적 병
폐들이 우리의 삶을 사면초가로 위협하는데, 인간에게는 "인정미 넘치는
순박한 삶의 방식, 나아가서는 자신의 잃어버린 본성을 되찾고

---

10) 신경림, 「내 시에 얽힌 이야기들」, 『나의 시, 나의 시학』, 공동체 1992, 209면.
11) 같은 곳.

134

싫어하는 인간적 욕망이 숨어" 있고, "농촌에의 향수가 한편으로는 자본
주의적 현실의 타락상에 대한 부정의식을 내포하고 있기"[12] 때문이다.
　아무리 농촌이 아픔과 체념과 고통들을 만나게 되는 곳이요, 그래서
"따뜻한 인정과 소박한 유대관계도 팽개치게" 되는 곳이요, "땅에 대한
애착의 허무감에 빠지는" 곳이요, 그래서 "절망적인 허무주의에 몸을 맡
기"는 곳이라 하더라도[13] 아직 타락하지 않고 가까스로 지니고 있는 인
간의 순수한 본성과 인간적인 삶을 농촌에서 찾고자 하는 희망을 우리는
버릴 수 없다. 그러므로 인간의 본성과 삶을 농촌에서 찾고자 할 때 우
리는 우려와 함께 밝은 전망을 갖게 되는 것도 사실이다. 『농무』의 시세
계는 이러한 우려와 밝은 전망을 짚고 넘어간다는 점에서 주목할 수밖에
없다. 향수나 그리움의 대상으로 낭만적이고 전원적인 시각에서 농촌을
바라볼 때, 우리는 이상향으로서의 농촌을 꿈꿀 뿐 실제 농촌의 현실이
나 진실을 전혀 보지 못하는 잘못을 범하고 만다. 그것은 진실이 은폐·
왜곡된 채 묘사된 농촌문학의 허상이 농촌의 참모습인 것처럼 비추이질
수 있기 때문이다. 그러나 우리는 앞에서 예시했던 농촌의 덕성스러운
것들을 포기할 수도 없을 것이며 오히려 지켜내야 할 가치임을 알기에
농촌에 대한 우리들의 올바른 시각은 반드시 필요하다. 신경림은 시집
『농무』를 통하여 우리들의 이러한 간절한 의지들을 절절히 형상화해냈
다. 농촌현실에 대한 적극적이고 올바른 이해로써 농촌의 참모습과 민중
의 정서를 불필요한 꾸밈없이 리얼하게 그려놓은 것이다.

4

　『농무』의 곳곳에서 절망하고 체념하며 고통스러워하는 민중들의 모습
을 자주 만난다. 그 무엇 하나도 이루어내지 못하는 그들은 '노름'과 '술'
로써 고통을 어루만지려 한다.

---

　12) 윤지관, 「농촌비가를 넘어서」, 『민족현실과 문학비평』, 실천문학사 1990, 218면.
　13) 염무웅, 「농촌현실과 오늘의 문학」, 『창작과비평』 1970년 가을, 477면.

못난 놈들은 서로 얼굴만 봐도 흥겹다
이발소 앞에 서서 참외를 깎고
목로에 앉아 막걸리를 들이켜면
모두들 한결같이 친구 같은 얼굴들
호남의 가뭄 얘기 조합빚 얘기
약장수 기타소리에 발장단을 치다 보면
왜 이렇게 자꾸만 서울이 그리워지나
어디를 들어가 섰다라도 벌일까
주머니를 털어 색싯집에라도 갈까
학교 마당에들 모여 소주에 오징어를 찢다
어느새 긴 여름해도 저물어
고무신 한 켤레 또는 조기 한 마리 들고
달이 환한 마찻길을 절뚝이는 파장

—「파장」 전문

"못난 놈들은 서로 얼굴만 봐도 흥겹다"는 구절은 어느 장거리의 시끌
버끌한 풍경을 구체적으로 묘사한 것보다도 더욱 실감나고 활달하다. 대
개 시골의 5일장들이 그러하듯이 그곳에서는 농촌민중들의 밝고 건강한
모습을 발견할 수가 있다. 왠지 모르게 흥겹고 기분 좋고 농삿일 때문에
서로 바빴던 사람들이 그날만은 서로 얼굴들을 맞대고 온갖 소문이나 세
상 돌아가는 이야기를 나눈다. 위의 시에서도 1~4행까지는 그러한 즐거
움이 역력하다. 그래서 목로에서 들이켜는 막걸리의 심상은 어떤 근심이
나 시름보다도 반가움, 흥겨움의 정서를 느끼게 한다. 그러나 그것은 잠
시뿐 "호남의 가뭄 얘기 조합빚 얘기"라는 걱정이 태산인 답답한 현실
속으로 시의 화자는 돌아온다. 현실로 돌아온 화자는 곧바로 그 현실을
벗어나려 한다. "왜 이렇게 서울이 그리워지나"라는 구절은 현실로부터
벗어나고픈 몸부림의 점잖은 표현이다. 그러나 또한 현실을 벗어나기란
현실적으로 그리 쉬운 일이 아니다. 그러니까 '섰다'를 생각하고 '색싯집'
을 떠올린다. 그러나 그 짓 역시 주머니 사정으로 여의치 않은 일이다.
그러니까 또한 '막걸리'보다 독한 '소주'에 긴긴 해가 저물도록 취해버린

136

채 절뚝이며 집으로 돌아가는 것이다.

국수 반 사발에
막걸리로 채워진 뱃속
농자천하지대본
농기를 세워놓고
면장을 앞장 세워
이장집 사랑 마당을 돈다
나라 은혜는 뼈에 스며
징소리 꽹과리소리
면장은 곱사춤을 추고
지도원은 벅구를 치고
양곡증산 13.4프로에
칠십 리 밖엔 고속도로
누더기를 걸친 동리 애들은
오징어를 훔치다가
술동이를 엎다
용바위집 영감의 죽음 따위야
스피커에서 나오는
방송극만도 못한 일
아낙네들은 취해
안마당에서 노랫가락을 뽑고
처녀들은 뒤울안에서
새 유행가를 익히느라
목이 쉬어
펄럭이는 농기 아래
온 마을이 취해 돌아가는
아아 오늘은 무슨 날인가
무슨 날인가

———「오늘」전문

겉으로는 온 마을이 잔치분위기에 휩싸여 있는 듯 보인다. 그러나 한 사발도 아닌 겨우 반 사발의 국수와 막걸리로 배를 채우고 징소리, 꽹과리소리, 벅구소리에 장단 맞춰 곱사춤을 추어대고, 사내들이건 아낙네들이건 모두 취해 있는 (처녀들은 유행가에 취해 있다!) 이들의 심정은 심란하고 비감스럽다. 취하면 취할수록 체념적이고 비관적인 그러나 독이 잔뜩 오르는 농민들의 속마음을 우리는 읽을 수 있어야 한다. 마치 억지 춘향이격으로 속으로 울고 겉으로는 좋은 듯이 웃고 춤추는 이 반어적 상황은 이들의 삶을 더욱더 비감스럽게 한다. 어른들은 말할 것도 없거니와 누더기를 걸친 애들까지도 무엇 하나 제대로 이루지 못하는 (전체적인 문맥으로 보아 오징어 한마리도 못 훔치고 술동이만 엎었다고 보아야 이 시의 맛이 난다) 답답한 현실이 빚는 울분과 비애, 체념과 자학은 술이나 노름에 기대게 되는데, 이는 현실 순응이나 굴복이 아니라 현실을 변화시켜보려는 역설적인 몸부림인 것이다.

① 술에라도 취해볼거나. 술집 색시
　싸구려 분 냄새라도 맡아볼거나. (「겨울밤」 중에서)

② 오늘밤엔 주막거리에 나가 섰다를
　하자 목이 터지게 유행가라도 부르자. (「원격지」 중에서)

③ 우리는 분이 얼룩진 얼굴로
　학교 앞 소줏집에 몰려 술을 마신다
　답답하고 고달프게 사는 것이 원통하다 (「농무」 중에서)

④ 십촉 전등 아래 광산 젊은 패들은
　밤 이슥토록 철 늦은 섰다판을 벌여
　아내 대신 묵을 치고 술을 나르고 (「경칩」 중에서)

⑤ 막소주 몇 잔에도 우리는 신바람이 나
방바닥을 구르고 마당을 돌았다. (「실명」 중에서)

『농무』에 수록된 시는 모두 60편이다. 이 중 거의 절반에 가까운 25편
에 술(막걸리, 소주) 마시는 이야기가 나오는데 그 가운데 아무렇게나
골라본 구절들이다. 모두가 답답하고 고달픈 정서로 현실로부터 도피하
거나 순응하거나 자학해버리는 모습들로 보일지 모른다. 그러나 우리는
'술'이라는 사물에 대해 좀더 본래의 의미를 캐볼 필요가 있다. 다 알다
시피 술은 원래 농경사회에서 공동체적인 삶을 형성하던 제천의식에서
빠질 수 없는 소중한 것이었다. 술은 신에게 바치는 거룩한 음식이었으
며 공동의 화합과 결속을 다지는 역할을 했던 것이다. 이러한 본질적인
의미를 『농무』에서도 찾아볼 수 있다. 비록 술을 마시는 분위기가 울
분·비애·고통·자학 등의 어두운 정서를 동반하고 있지만 그것은 억눌
리며 원통하게 사는 사람들끼리의 공동체적인 연대감을 느끼게 하기 때
문이다. 어느 시를 보아도 혼자서 술 마시는 자리보다는 한데 어울리는
장소에서 그들의 울분과 함께 술을 서로 주고받는 모습이다. 이는 독자
들로 하여금 술이 퇴폐·향락·파멸의 의미가 아니라 어렵고 암담한 현
실을 살아내기 위한 민중들의 발버둥거림의 한 모습이라는 것을 느끼게
하는 것이다. 이런 발버둥거림의 처절한 역동성이 궁극적으로는 역사적,
사회적 상황으로 연결되어 확산되는 것이다. 이것은 『농무』가 민중들의
삶, 그 절망의 현장을 끊임없이 노래하면서도 이러한 절망을 극복하려는
하나의 움직임을 보여주는 것이라고 할 수 있다.

5

삶에 대한 열정과 관심은, 삶의 이면이라 할 수 있는 죽음에 대한 관
심과 동궤에 있다고 하겠다. 왜냐하면 한 인간의 삶이란 것이 궁극적으
로는 죽음에 의해서 완성되고 또다른 탄생들을 예비하기 때문이다. 그렇
기에 우리들의 일상생활 속에서 죽음에 관련된 표현을 흔하게 쓰고 있는

것을 볼 수 있는데 문학은 이 죽음에 관한 여러 형태들이나 인식을 가장
잘 반영하고 있다. 그러므로 작가나 시인들이 죽음에 관해 관심을 갖는
일은 삶에 대한 또다른 인식이다. 문학에서 죽음에 관한 문제는 우리나
라 최초의 시가라 불리는 「공무도하가」에서도 나타나고 있는데 그것이
'자연사'가 아니라 '자살'(넓은 의미에서 타살)이라는 점이 매우 의미심장
하다. 「공무도하가」의 죽음은 그 나름대로 타당한 이유와 신화적인 요소
들을 겸하면서 많은 해석들을 낳았지만 그 중 하나가 현실과 이상 사이
의 갈등 속에서 발생한 비극적 죽음이라는 해석은 결국 죽음의 의미가
삶을 떠나서는 생각할 수 없는 것이란 점을 새삼 깨닫게 한다.

『농무』에서도 우리는 이 죽음에 관한 이야기가 심심찮게 나오는 것을
볼 수 있다. 억울하게 또는 원통하게 맞아 죽었거나 미쳐 죽은 타살적
죽음이 무려 15편을 넘어서고 있는데 초기시와 그 이후의 시에서 죽음의
인식 문제가 서로 다르게 나타남을 볼 수 있다.

> 쓸쓸히 살다가 그는 죽었다.
> 앞으로 시내가 흐르고 뒤에 산이 있는
> 조용한 언덕에 그는 묻혔다.
> 바람이 풀리는 어느 다스운 봄날
> 그 무덤 위에 흰 나무비가 섰다.
> 그가 보내던 쓸쓸한 표정으로 서서
> 바람을 맞고 있었다.
> 그러나 비는 아무것도 기억할 만한
> 옛날이 있는 것은 아니었다. 어언듯
> 거멓게 빛깔이 변해가는 제 가냘픈
> 얼굴이 슬펐다.
> 무엇인가 들릴 듯도 하고 보일 듯도 한 것에
> 조용히 귀를 대이고 있었다.
>
> ──「묘비」 전문

한 사람의 쓸쓸한 죽음과 그 죽음을 더욱 외롭게 만드는 나무비의 묘
사로 해서 시의 분위기는 매우 처량하고 애상적이다. 또한 죽음에 관한
인식을 너무 피상적인 차원에서 바라본 나머지 모호하다는 느낌을 떨쳐
버릴 수 없다. 쓸쓸한 삶이었기에 죽음 또한 그러했다고 해도 독자들이
그의 삶이나 죽음을 실감나게 상상할 만한 근거나 단서를 제공받지 못한
다. 그러기에 시인의 내면 세계에서만 머물게 되는 것이다. 이와같은 현
상은 다음과 같은 시에서도 볼 수 있다.

쓸쓸히 죽어간 사람들이여.
산정에 불던 바람이여.
달빛이여.
지금은 모두 저 종 뒤에서
종을 따라 울고 있는 것들이여.

이름도 모습도 없는 것이 되어
내 가슴속에 쌓여오고 있는 것들이여.

———「심야」 부분

구체성이 부족한 죽음을 노래한 이런 시의 정서는 우리에게 어떠한 현
실적 인식을 요구하지 않은 채 관념으로 떨어지고 만다. 위에서 인용한
시 두 편이 모두 1956년에 발표된 시로서 죽음에 대한 그의 인식이 매우
추상적이며 1950년대 시의 흐름에서 벗어나 있는 것이 아니다. 따라서
「갈대」에서 나타났던 '고여 있는 정서'의 수준에 머물러 있던 시라는 급
을 알 수 있다. 그러나 그후 그는 죽음의 문제를 현실적, 역사적, 사회
적 토대 위에서 인식하고 있음을 놓쳐서는 안된다.

나는 죽은 당숙의 이름을 모른다.
구죽죽이 겨울비가 내리는 제삿날 밤
할 일 없는 집안 젊은이들은

초저녁부터 군불 지핀 건넌방에 모여
갑오를 떼고 장기를 두고.
남폿불을 단 툇마루에서는
녹두를 가는 맷돌소리.
두루마기 자락에 풀 비린내를 묻힌
먼 마을에서 아저씨들이 오면
우리는 칸데라를 들고 나가
지붕을 뒤져 참새를 잡는다.
이 답답한 가슴에 구죽죽이
겨울비가 내리는 당숙의 제삿날 밤.
울분 속에서 짧은 젊음을 보낸
그 당숙의 이름을 나는 모르고.

───「제삿날 밤」 전문

　우리는 위의 시 마지막 2행을 통해서 당숙의 죽음이 어떤 사회적, 현
실적 사건과 관련된 죽음이란 사실을 금방 알아차릴 수 있다. 비록 그
죽음의 구체적 상황이 드러나지 않으나, 적어도 한 인간의 죽음이 자신
이 살고 있는 시대와 관련된 것으로 인식된다. 따라서 개인적 차원에서
가 아니라 역사적, 사회적 의미를 띠고 있는 죽음이 우리로 하여금 얼마
나 심각한 문제냐를 일깨워주기도 한다.

　① 그 유월에 아들을 잃은 밥집 할머니가
　　 넋을 잃고 앉아 비를 맞는 장마철 　(「장마」 중에서)

　② 어둠이 내리기 전에 산 일번지에는
　　 통곡이 온다. 모두 함께
　　 죽어버리자고 복어알을 구해 온
　　 어버이는 술이 취해 뉘우치고
　　 애비 없는 애기를 밴 처녀는
　　 산벼랑을 찾아가 몸을 던진다. (「산 1번지」 중에서)

142

③ 전쟁통에 맞아죽은 육발이의 처는
아무한테나 헤픈 눈웃음을 치며 (「경칩」 중에서)

④ 나는 그녀의 아버지를 안다.
자전거를 타고 술배달을 하던
다부지고 신명 많던 그를 안다.
몰매 맞아 죽어 묻힌 느티나무 밑
뫼꽃 덩굴이 덮이던 그 돌더미도 안다. (「친구」 중에서)

⑤ 창돌애비가 죽던 날은 된서리가 내렸다
오동잎이 깔린 기름틀집 바깥마당
그 한귀퉁이에 그의 시체는 거적에 싸여 뒹굴고
그의 아내는 그 옆에 실신해 누웠다 (「친구여 네 손아귀에」 중에서)

위의 시구절엔 제 수명껏 혹은 제대로 살아보지 못한 사람들의 억울하고 불행한 죽음이 구체적으로 혹은 암시적으로 그려져 있다. 그리고 거기에는 한결같이 한이 서려 있다. 즉 원통함이다. 그러기에 이러한 죽음들은 사람들의 기억 속에 오래 남는다. 왜냐하면 한은 죽은 사람에게나 살아 있는 사람에게나 항상 함께 있기 때문이다. 또한 죽음을 당한 사람이나 그 죽음을 목격하고 기억하는 사람은 모두 민중이기 때문이다. 민중은 끊이지 않는 세월과 같고 물줄기와 같은 것이어서 어느 누구도 막고 끊을 수 없는 도도한 존재다. 그러므로 역사적, 사회적으로 억울하게 희생당한 민중은 역사의 반칙에 의한 죽음이라는 점을 다시 한번 생각해 보게 된다. 이러한 죽음의 비극성은 역설적으로 이 땅 민중들의 끈질긴 역동성으로 부활하는 재생의 희망에 다름아니다.

6

『농무』를 읽어보면 겨울을 배경으로 한 시들이 25편이나 되고 밤을 배
경으로 한 시들도 20여 편이나 됨을 알게 된다. 이렇듯 겨울이나 밤의
잦은 등장은 농촌민중들의 절망적인 삶을 드러내는 배경적 의미와 함께
변화와 희망을 꿈꾸는 기다림의 시간적 의미를 내포하고 있기도 하다.

우리나라는 사계가 뚜렷하다. 그만큼 우리들의 문화나 행동, 의식 등
은 계절에 민감한 반응을 보인다. 더구나 예로부터 농경사회였던 우리나
라에서는 자연의 순환질서인 계절의 추이에 따라 삶을 적응시켜왔다. 따
라서 그 무엇보다도 인간 개체의 본질이나 인간끼리의 관계 즉 '인간의
삶'에 대한 탐구를 목적으로 하는 문학에서는 이 사계가 표상하는 의미
와 함께 삶의 모습들을 그려낸다. 일반적으로 사계가 표상하는 의미는
그 계절 속에서 느끼는 우리들의 생리적인 현상 혹은 감각적인 것과 관
계가 깊다. 겨울은 대체로 고난·죽음·비정·혼돈 등을 표상하며 문학
적 원형으로는 아이러니와 풍자의 의미를 갖는다. 계절의 이러한 계절적
의미는 『농무』에서도 뚜렷하게 나타나고 있다.

> 아편을 사러 밤길을 걷는다
> 진눈깨비 치는 백리 산길
> 낮이면 주막 뒷방에 숨어 잠을 자다
> 지치면 아낙을 불러 육백을 친다
> 억울하고 어리석게 죽은
> 빛바랜 주인의 사진 아래서
> 음탕한 농지거리로 아낙을 웃기면
> 바람은 뒷산 나뭇가지에 와 엉겨
> 굶어죽은 소년들의 원귀처럼 우는데
> 이제 남은 것은 힘없는 두 주먹뿐
> 수제빗국 한 사발로 배를 채울 때

144

아낙은 신세타령을 늘어놓고
우리는 미친놈처럼 자꾸 웃음이 나온다

――「눈길」 전문

겨울은 가난한 사람들에게는 더없이 견디기 어려운 계절이다. 위의 시
에서도 초라하고 궁상맞은 사람들의 겨울나기의 모습이 그려져 있는데,
이 겨울의 계절감이 나타나 있는 곳의 대부분에는 '눈' 또한 빠지지 않는
단골 사물이다. 그러나 '눈'의 의미는 각 작품 속에서 달리 나타나는 것
을 볼 수 있는데 여기서는 겨울이 주는 고난·고통·절망의 심상과 동일
하게 나타난다. 무엇보다도 반어적으로 느껴지는 것은 이 시에서 풍기는
'웃음'의 의미이다. 그것은 '진눈깨비 치는 백리 산길'에서 암시하듯이 시
적 화자의 삶, 그 고달픔, 자신의 신세에 대한 절망이 자학으로까지 치
닫고 있음을 보여준다.

우리는 협동조합 방앗간 뒷방에 모여
묵내기 화투를 치고
내일은 장날. 장꾼들은 왁자지껄
주막집 뜰에서 눈을 턴다.
들과 산은 온통 새하얗구나. 눈은
펑펑 쏟아지는데
쌀값 비료값 얘기가 나오고
선생이 된 면장 딸 얘기가 나오고.
서울로 식모살이 간 분이는
아기를 뱄다더라. 어떡헐거나.
술에라도 취해볼거나. 술집 색시
싸구려 분 냄새라도 맡아볼거나.
우리의 슬픔을 아는 것은 우리뿐.
올해에는 닭이라도 쳐볼거나.
겨울밤은 길어 묵을 먹고.

술을 마시고 물세 시비를 하고
색시 젓갈 장단에 유행가를 부르고
이발소집 신랑을 다루러
보리밭을 질러가면 세상은 온통
하얗구나. 눈이여 쌓여
지붕을 덮어다오 우리를 파묻어다오.
오종대 뒤에 치마를 둘러쓰고
숨은 저 계집애들한테
연애편지라도 띄워볼거나. 우리의
괴로움을 아는 것은 우리뿐.
올해에는 돼지라도 먹여볼거나.

─── 「겨울밤」 전문

겨울밤에 펑펑 쏟아지는 눈과 농민들의 울적한 심사와는 사뭇 대조적이다. 세상의 온갖 것들은 새하얀 눈에 덮여서 제 모습을 감춘 채 편안하게 휴식하거나 모든 갈등이나 번민에서 벗어나 있는 상태다. 그러나 온갖 근심걱정으로 들끓고 있는 농민들의 모습은 그렇지 않다. 눈이 그 깨끗한 빛깔로써 어떤 평화의 경지를 보여줄 수 있는 것은 인간 이외의 사물들에 대해서일 뿐이지 결코 인간의 비애를 덮어주지는 못한다. 그래서 그들은 차라리 자신들 삶 자체를 그 눈이 파묻어주기를 갈망하게 된다. 앞에서 인용한 「눈길」의 진눈깨비가 겨울과 함께 절망과 고통을 의미하고 있는 반면 이 「겨울밤」에서의 겨울과 눈은 농민들이 지니는 체념과 비애의 또다른 면을 의미하는 것으로 보인다.

아무렇게나 살아갈 것인가
눈 오는 밤에 나는
잠이 오지 않는다
박군은 감방에서 송형은
병상에서 나는 팔을 벤

146

여윈 아내의 곁에서
우리는 서로 이렇게 헤어져
지붕 위에 서걱이는
눈소리만 들을 것인가
　(…)
눈오는 밤에 가난한 우리의
친구들이 미치고 다시
미쳐서 죽을 때
철로 위를 굴러가는 기찻소리만
들을 것인가 아무렇게나
살아갈 것인가 이 산읍에서

──「산읍일지」 부분

　자신의 삶에 대한 반성과 함께 동시대를 살고 있는 친구들의 고통스런
삶에 관심이 모아진다. 이러한 시적 화자에게 '눈'은 깨어있는 의식을 가
능케 하는 매개물이라고 할 수 있다. 그리고 그것은 앞날의 전망을, 앞
으로 살아갈 일을 화자로 하여금 생각하게 만든다. 절망과 고통으로서의
계절인 겨울이 농촌민중들의 삶 그것과 다른 바 없다는 인식을 보여주는
예는 『농무』의 여러 시편에서 흔하게 만나게 되는데 이와 아울러 '밤'의
시간적 심상도 많이 겹쳐 나타나는 것을 볼 수 있다. 앞에서 인용한 세
편의 시 모두가 시간적 배경은 '밤'이었다. 그것은 겨울의 의미와 밤의
의미가 서로 일치하는 부분을 많이 갖기 때문이다. 겨울이 절망을 넘어
서서 탄생·부활·재생·기쁨·희망으로 상징되는 봄을 기다리는 계절이
라면, 밤은 어둠이 물러가고 여명의 빛, 새벽을 기다리는 시간이기 때문
이다. 이런 의미에서 밤은 고통의 상징이며 암담한 상황의 배경이 되지
만 한편으로는 인간들의 화합과 친화 혹은 그리움 같은 서로의 애정을
나누는 시간이라는 점에서, 가난하고 소외당한 민중들의 것이 된다.

　밤늦도록 우리는 지난 얘기만 한다

산골 여인숙은 돌광산이 가까운데
마당에는 대낮처럼 달빛이 환해
달빛에도 부끄러워 얼굴들을 돌리고
밤 깊도록 우리는 옛날 얘기만 한다
누가 속고 누가 속였는가 따지지 않는다
산비탈엔 달빛 아래 산국화가 하얗고
비겁하게 사느라고 야윈 어깨로
밤새도록 우리는 빈 얘기만 한다

——「달빛」 전문

　늦은 달밤과 산골 여인숙의 사람들, 그들은 자신들의 이야기를 하며
그 환한 달빛 때문에 구차하게 혹은 억척스럽게 살아온 삶의 때묻은 흔
적들을 부끄러워한다. 이 부끄러움 속에는 그들의 소박하고 때묻지 않은
심성이 들어 있는 것이다. 그런데 왜 그들은 지나간 과거의 이야기만 하
고 있는 것일까? 그것은 지나온 삶에 아픔의 흔적들이 크게 남아 있기
때문이다. 이러한 아픔의 흔적들은 이들의 공통적인 삶의 잔영들이었고
그러기에 밤늦도록 이야깃거리는 줄어들지 않는다. 서로의 삶에 대한 쓰
다듬음과 이해로써 밤은 이렇게 이들을 결속시키고 화합하게 한다.
　우리는 『농무』의 계절이나 시간적 배경들이 민중들의 고통과 슬픔을
더해주고 있다는 사실과 더불어 오히려 그것들은 역설적으로 미래에 대
한 희망을 노래한다는 점을 확인할 수 있었던바, 계절의 순환질서가 그
러하듯이 혹은 밤낮의 바뀜이 그러하듯이 민중들의 삶에 대한 전망, 미
래를 향해 '움직이는 정서'를 다시 한번 신뢰하게 된다.

7

　『농무』의 시의 공간은 '열린 공간'이 지배적이다. 여기서 열려 있다는
의미는 한 개인의 의식세계 또는 내면세계보다는 사람들이 살아가는 현
장성이 우월하다는 이야기이다. 우리가 『농무』를 통하여 한폭의 풍경화

나 목가풍의 자연미 정도로서의 농촌의 모습이 아니라 농민들의 생동감 있는 움직임, 그 삶에 뿌리내린 정서들을 만날 수 있는 것은 시의 공간이 농민들의 생활과 의식을 고스란히 펼쳐보일 수 있는 '열린 공간' 예컨대 협동조합 구판장, 주막집, 장바닥, 학교마당, 가설무대, 이장집 사랑방, 안마당, 사랑마당, 씨름판, 봉당, 방앗간 등 농민들 즉 '우리들'의 생활장소이기 때문이다. 여기에는 무수한 사람들의 움직임이 있고 이 움직임 속에는 사람들이 살아가는 구체적인 이야기와 표정들이 있다. 그러기에 『농무』는 여러 사람이 적절하게 지적하듯이 서사적 요소가 자연스럽게 끼여 있는 시편들로 대부분 채워져 있다. 이러한 점들은 시에서의 리얼리즘 문제와도 깊은 관계가 있다. 이 글의 서두부분에서 "신경림의 시는 리얼리즘에 바탕을 두고 있다"는 김광섭 선생의 말을 빌려 잠깐 언급한 바 있지만 이런 이야기풍의 시는 또한 "사회적, 역사적 현실로부터 도피하지 않고 사람살이의 문제를 본격적으로 취급하기 위해서는 시 속에서 이야기를 제대로 구사할 필요가 있다. 즉 서사지향성의 문제는 시의 현실 대응력 문제이고 시에서의 리얼리즘 실현 문제에 연결"[14] 된다는 얘기와도 관련지어 생각해볼 수 있다.

> 흙 묻은 속옷 바람으로 누워
> 아내는 몸을 떨며 기침을 했다.
> 온종일 방고래가 들먹이고
> 메주 뜨는 냄새가 역한 정미소 뒷방.
> 십촉 전등 아래 광산 젊은 패들은
> 밤 이슥토록 철 늦은 섰다판을 벌여
> 아내 대신 묵을 치고 술을 나르고
> 풀무를 돌려 방에 군불을 때고.
> 볏섬을 싣고 온 마차꾼까지 끼여
> 판이 어우러지면 어느새 닭이 울어
> 버력을 지러 나갈 아내를 위해 나는

---

14) 최두석, 「이야기시론」, 『리얼리즘의 시정신』, 실천문학사 1992, 20면.

개평을 뜯어 해장국을 시키러 갔다.
경칩이 와도 그냥 추운 촌 장터.
전쟁통에 맞아죽은 육발이의 처는
아무한테나 헤픈 눈웃음을 치며
우거지가 많이 든 해장국을 말고.

———「경칩」 전문

　경칩은 개구리도 겨울잠에서 깨어 세상 밖으로 뛰쳐나오는 때라 한다.
즉 길고 긴 겨울이 가고 봄이 오고 있음을 알리는 때이니 겨우내 움츠리
고 살았던 사람들의 삶도 기지개를 펴며 봄날을 맞을 채비를 해야 한다.
그러나 시 속의 사람들은 하잘것없는 개구리도 겨울잠에서 깨어 세상 밖
으로 나오는 이러한 절후도 아랑곳하지 않고 밤 이슥토록 노름과 술판을
벌이는 모습이다. 그러므로 아무런 변화도 없이 "경칩이 와도 그냥 추운
겨울의 촌 장터"는 그들에겐 '춘래불사춘'처럼 어둡고 추운 긴 겨울의 모
습으로 보일 것이다. 이처럼 사람들이 살아가는 모습이 짙은 음영으로
어른거리는 '열린 공간'은 전반적으로 민중들의 태산 같은 걱정이 난무하
는 공간이며 이 걱정을 잊거나 극복하기 위해 술판과 노름판을 벌이는
곳이다. 그런데 『농무』를 보면 이 걱정 또한 다양하다. 물론 가난 걱정,
농사 걱정, 빚 걱정, 억울한 죽음에 대한 걱정, 진실이 통용되지 않는
썩은 세상에 대한 걱정이 압도적이지만 식모살이 간 처녀애들에 대한 걱
정, 나이 어린 갈보에 대한 걱정, 심지어 바람기 있는 남의 여편네에 대
한 걱정에 이르기까지 『농무』에는 온갖 걱정으로 채워져 있다.

　징이 울린다 막이 내렸다
　오동나무에 전등이 매어달린 가설무대
　구경꾼이 돌아가고 난 텅 빈 운동장
　우리는 분이 얼룩진 얼굴로
　학교 앞 소줏집에 몰려 술을 마신다
　답답하고 고달프게 사는 것이 원통하다
　꽹과리를 앞장 세워 장거리로 나서면

150

따라붙어 악을 쓰는 건 쪼무래기들뿐
처녀애들은 기름집 담벽에 붙어서서
철없이 킬킬대는구나
보름달은 밝아 어떤 녀석은
꺽정이처럼 울부짖고 또 어떤 녀석은
서림이처럼 해해대지만 이까짓
산구석에 처박혀 발버둥친들 무엇하랴
비료값도 안 나오는 농사 따위야
아예 여편네에게나 맡겨두고
쇠전을 거쳐 도수장 앞에 와 돌 때
우리는 점점 신명이 난다
한 다리를 들고 날라리를 불거나
고갯짓을 하고 어깨를 흔들거나

———「농무」 전문

   농무는 농민들의 풍요로운 공동체적인 삶의 의미를 인식시키고 그들의 활력과 신명을 위해서 추는 군무다. 겉으로 화자는 활력과 신명이 넘치는 것처럼 그 흔한 쉼표나 마침표 한점 없이 그야말로 숨가쁘게 시의 분위기를 이끌어가고 있다. 그러나 농무를 추고 있는 농민들의 마음은 신명은커녕 걱정들로 짓눌린 채 실의와 체념과 허탈과 비애에 젖어 있다. 삶이 죽음으로 바뀌는 참담하고 극한적인 장소인 도수장에 와서야 신명이 극에 달하고, 그래서 한다리를 들고 날라리를 불고 고갯짓을 하며 어깨춤을 춰야 하는 이 눈물겹고 참담한 역설과 반어의 극치가 이를 뒷받침해주고 있다.
   이미 농무는 그들의 신명나는 축제 속의 유희가 아니라 하나의 허탈한 거짓 몸짓에 지나지 않는다. 그것은 그들의 삶이 갖는 절망감에서 온다고 보아야 할 것이다. 그러나 이러한 거짓의 춤, 몸과 마음이 따로 움직이는 농무의 거짓 신명을 극복하고 원래 그것의 참모습을 되찾을 수 있게 할 사람들은 '농민'과 '우리'라는 공동의 주체밖에 없다. 왜냐하면 그 어느 누구도 농무의 신명을 되돌려주지 않을 것이기 때문이다.

8

시집 『농무』가 꿈꾸며 전망하는 세계는 농민(민중)들이 '자기 탓'이 아
닌 '남의 탓' '사회의 탓'으로 빼앗긴 '농무'의 신명을 스스로 되찾는 데로
나아가려는 적극적인 움직임 바로 그것이다. 다시 말하면 '움직이는 정
서'로 '움직이는 서정'을 보여주는 세계다. 앞서 지적했지만 초기의 고요
하게 머물러 있던 정서는 10여 년의 열린 공간에서의 방랑과 방황을 감
내하면서 현장체험으로 다져진 다부진 현실인식과 그 현실인식에서 싹튼
증오심이 '움직이는 정서'로 전환하게 되었다. 그는 이러한 '움직이는 정
서'의 시름어린 손길로 가난하고 억눌리면서 사람답게 살아보려는 민중
들의 서러운 마음과 맨살을 어루만지는 '움직이는 서정'을 아주 쉬운 언
어로 이야기하듯 펼쳐 보여주었다. 이렇듯 시를 구성하고 있는 언어는
과연 얼마만큼 그 시대상황의 체험적 정서를 바탕으로 하고 있느냐, 다
시 말하면 시인이 얼마만큼 역사·사회·문화에 대한 깊은 통찰과 반성
속에 선택한 것이냐에 따라 쉬운 언어와 어려운 언어로 판가름이 나며
이 언어 중 어떤 언어가 시에 참여했느냐에 따라 '고여 있는 시(서정)'와
'움직이는 시(서정)'로 그 차별성이 나타난다는 것이 필자의 평소의 생각
이다.

진지한 현실적 체험의 욕망도 없이 한가하게 현실에서 비켜서 있는 세
계, 사람살이의 짙은 냄새가 풍기지 않는 세계, 나 몰라라 하며 자기도
취에 빠져 있는 내면의 세계에 참여한 언어는 오직 '썩음'이 예약되어 있
는 어려운 언어로 '고여 있는 시'의 세계를 보여주며 친화력이 없는 반
면, 현실감각이 이룩한 세계, 민중의 의지가 있는 세계, 열린 공간에서
사람살이의 냄새가 물씬거리는 세계에 참여한 언어는 '움직이는 시'의 세
계를 보여주며 친화력이 강하다. 이와같은 '움직이는 시'의 한 모습으로
서 시집 『농무』의 세계는 농촌민중들의 삶의 실상을 생생하게 보여준다.
절망하며 비관하고, 자학하며 실의에 빠지면서도 바람직스럽지 못한 현
실을 극복, 변화시키려는 의지가 담겨 있는 시집이 『농무』이다. □

현실의 바닥에서 일어나는 노래

시집 『農舞』론

구　중　서

1. 시집 『농무』의 출현

한국 현대문학사의 70년대는 고난의 절정기이며 동시에 문학의 내부 비축이 힘을 가지고 분출하기 시작한 때이다. 60년대는 4·19 민주혁명이 5·16 군사쿠데타에 의해 좌절한 속에서 이른바 참여문학이 추진된 시기이다. 그 참여가 작품으로 육화되면서 시에서는 신경림이 『창작과비평』 70년 가을호에 「눈길」 「파장」 「산1번지」를 발표하였다. 소설에서는 황석영이 『창작과비평』 71년 봄호에 470여 장 분량의 「객지」를 발표하였다. 신경림과 황석영의 이 작품들은 창작면에서 한국 70년대 리얼리즘 문학의 분출을 여유있게 증명한 기념비적 작업이었다. 이 시점은 마침 70년대 리얼리즘 논의의 출발점이기도 하였다. 1970년 4월호 『사상계』지가 마련한 좌담 「4·19와 한국문학」에서 리얼리즘 논쟁이 발단되어 김현·김양수가 리얼리즘을 반대했고 김병걸·임헌영·염무웅·구중서가 리얼리즘을 지지했는데 사실상 그 파장은 더 넓게 번져 있었다.

具仲書: 문학평론가. 수원대 국문과 교수. 저서로 『한국문학사론』 『한국문학과 역사의식』 등이 있음.

그리고 이에 앞서서 4·19 민주혁명은 60년대의 문학계뿐 아니라 사회 전반에 시민의식을 드높였다. 이 시기에 김수영은 시와 평론을 통해 참여문학을 추진했고 신동엽은 장편서사시 「금강」을 발표해 갑오 농민전쟁, 기미 독립운동, 4·19 민주혁명을 민족의 근대 정신사 흐름으로 엮어놓았다. 1966년 1월에는 계간 『창작과비평』지가 창간되었고, 이 잡지에 연재된 A. 하우저의 「문학과 예술의 사회사」를 통해 19세기 시민민주주의 대두 단계의 발자끄 리얼리즘이 소개되었다. 69년에 백낙청이 발표한 평론 「시민문학론」은 60년대 한국 현실의식 문학의 풍성한 활력을 과시한 것이었다.

이와같은 바탕 위에서 신경림의 시가 『창작과비평』지에 발표되기 시작한다. 신경림은 1956년에 『문학예술』지를 통해 시단에 나왔다. 그의 등단기 대표작은 「갈대」로 꼽힌다. 이 시는 얼핏 보기에 한편의 서정시라 할 수 있다.

바람도 달빛도 아닌 것.
갈대는 저를 흔드는 것이 세 조용한 울음인 것을
까맣게 몰랐다.
── 산다는 것은 속으로 이렇게
조용히 울고 있는 것이란 것을
그는 몰랐다.

──「갈대」 부분

「갈대」는 신경림의 한낱 감상적 발상이 아니다. 그는 시 「갈대」에 관해 다음과 같이 말하고 있다. "내 고향 마을 뒤에는 보련산이라는 해발 8백여 미터의 산이 있다. 나는 어려서 나무꾼을 쫓아 몇번 그 꼭대기까지 오른 일이 있다. 산정은 몇만 평이나 됨직한 널따란 고원이었다. 그 고원은 내 키를 훨씬 넘는 갈대로 온통 뒤덮여 있었다. 발 아래로 내려다 보이는 강에서 불어 올라오는 바람에 갈대들은 몸을 떨며 울고 있는 것처럼 생각되었다. 갈대들의 울음에서 나는 사람이 사는 일의 설움 같은 것을 느끼곤 했었다. "[1] 이 느낌을 뒷날 그가 시로 썼다는 것이다. 고향의 자연에서 그는 서정을 얻었다. 그리고 소년시절에 그는 이미 '사람이 사는 일의 설움'을 알았다. 6·25전쟁의 학살, 마을 가까이에 있는 광산 노동자들의 삶, 시골 장터 풍경, 무엇보다도 절망에 가까운 농촌경제의 파탄을 그는 몸으로 겪어 알고 있었다. 루카치가 "서정시도 시대의 큰 흐름을 드러내는 수가 있다"고 한 말이 시 「갈대」에도 해당되는 것으로 보인다. 그리고도 '서정성'은 그것대로 중요하다. 그것은 시의 원초적 정서이며 또한 자연을 모태로 하는 감수성이기 때문이다.

이렇게 시를 쓰기 시작한 신경림은 바로 낙향하여 약 10년 동안 시를 멀리하며 지낸다. 여기에는 그의 의식세계에 밀어닥친 어떤 고뇌의 흔적이 있다. 낙향 시기에 그는 소읍 서점의 진열대도 쳐다보기를 싫어했다고 한다. 그가 실의에서 벗어나 다시 삶의 현장으로 나서는 계기는 어디에 취직이 되었다든가 그런 것이 아니다. 어느해 가을 그는 들로 나가 어느새 벼가 누렇게 익은 것도 모르고 장터 뒷골목에서 술이나 마신 자신을 부끄럽게 여긴다. 그는 '이렇게 살아서는 안된다' 생각하고 남들이 사는 삶의 현장을 보러 나서서 문경·제천·원주 등지의 장터를 둘러본다. "어디서나 열심히 사는 사람들의 모습이 보였고, 그것은 내게 언제나 새롭고 싱싱한 감동을 주었다. 이렇게 나는 여행이랄 것까지는 없는 나들이를 하면서, 죽음과 같은 실의에서 벗어나 삶의 현장으로 되돌아올 수 있었다. "[2]

이렇게 삶의 현장과 구체성 속의 생동감을 통해 비로소 그는 재기하게 된다. 이것은 그가 일상적 삶의 표피에 머물지 않고 그 이상의 정신차원을 갖는다는 것을 의미한다. 삶의 구체성과 생동감에 의거하느니만큼 그 정신차원은 어떤 초월적 신비주의에 흐르지 않고 진취적 이데올로기 성향을 띤다. 그리하여 1965년부터 그 다음해에 걸쳐 서울의 여기저기 지면에 시를 다시 발표하는데 이 작품들은 사회의 총체적 구조에 관련해 어두운 탄식 아니면 격렬한 분노를 드러낸다.

---

1) 신경림, 「내 시에 얽힌 이야기들」, 『한밤중에 눈을 뜨면』, 나남 1985, 256면.
2) 같은 책, 99면.

더욱이 이러한 시들이 여성잡지인 『여원』이나 『여상』에 발표된 데에
주목하게 된다. "눈 오는 밤에 가난한 우리의／친구들이 미치고 다시／
미쳐서 죽을 때／철로 위를 굴러가는 기찻소리만／들을 것인가 아무렇게
나／살아갈 것인가 이 산읍에서"(「산읍일지」), "전표를 주고 막걸리를 마
시자．／이제 우리에겐 맺힌 분노가 있을／뿐이다. 맹세가 있고 그리고
맨주먹이다"(「원격지」). 시와 잡지의 성격이 다소 어울리지 않는다. 이와
같은 작품 발표는 신경림이 10년 전 등단 무렵 명동 주점가에서 사귄 벗
들이 여성지 편집을 맡고 있었던 데에서 가능하게 된 일이다. 잡지의 편
집자는 마지못해 발표해주었을 것이고 시인 신경림은 요령이 없는 체질
이었던 셈이다.

1966년에 신경림은 서울로 이사해 홍은동 막바지에 살게 된다. 이곳은
전국 각지에서 온 가난한 실향 농민들이 모여서 사는 곳이었다. "이곳이
야말로 이 시대의 삶의 온갖 모습들이 모여 범벅을 이루고 있다는 느낌
이었다. … 가령 홍은동에서의 4년여의 삶이 없었다면 시골서 겪은 일들
을 형상하는 일이 쉽지 않았을는지도 모른다"[3]고 신경림은 생각한다. 홍
은동 생활을 시작하면서 신경림은 이 산동네를 소재로 하여 「산1번지」
를 썼다. 마침 어느 신문사로부터 청탁을 받았었다.

해가 지기 전에 산 일번지에는
바람이 찾아온다.
집집마다 지붕으로 덮은 루핑을 날리고
문을 바른 신문지를 찢고
불행한 사람들의 얼굴에
돌모래를 끼어얹는다.
해가 지면 산 일번지에는
청솔가지 타는 연기가 깔린다.
나라의 은혜를 입지 못한 사내들은
서로 속이고 목을 조르고 마침내는

3) 신경림, 「나의 시, 나의 길」, 『시와 시학』 1993년 봄, 102~3면.

칼을 들고 피를 흘리는데

——「산 1번지」 부분

이 시는 "신문에 나가기에는 너무 어둡다"하여 발표되지 못했으며, 다른 잡지사에서도 청탁이 있어 신문사로부터 찾아다가 주었더니 그 잡지에서도 발표를 하지 않았다. 그리하여 이 시는 1970년 가을호 『창작과비평』지에 발표되기까지 5년 동안을 묵혀야 하였다. 이때 신경림을 『창작과비평』에 소개한 것은 동향 출신의 문학평론가 유종호였다.

이렇게 시작된 신경림의 시와 『창작과비평』의 만남은 결국 필연이었다. 그 뒤 신경림의 시는 더욱 활력과 여유를 가지면서 『창작과비평』 71년 가을호에 「농무」 「전야」 「서울로 가는 길」 「폐광」 「오늘」 등 5편을 발표한다. 그리고 74년에 시집 『농무』가 창작과비평사에서 재간행되는데 이때까지 발표된 신경림의 시 전부가 이 시집에 수록되었다. 시집 『농무』가 지니는 의의에 대해서 백낙청의 발문이 적절히 말해준다. "이제 우리는, 보아라 이런 시집도 있지 않은가, 라고 마음 놓고 말할 수 있게 되었다. 그리고 이 말을 무슨 시론상(詩論上)의 논전을 하려는 기분에서보다, 이제까지 시로부터 소외되어온 대다수 독자들과 민중 앞에 겸허하게 묻는 마음으로 할 수 있는 여유마저 갖게 된 것이다." 이 발문에서는 '여유'라는 말에 강한 함축이 담겨 있다. 신경림 시의 재대두가 문학사적으로 다행한 일이라는 뜻을 절제하며 드러내고 있는 것이다. 얼마 뒤 신경림은 이 시집으로 제1회 만해문학상을 받는다. 이렇게 하여 시집 『농무』의 출현 의의는 더욱 널리 더욱 튼튼히 정착되었다. 이 글은 시집 『농무』에 실린 작품들의 범위에서 신경림 시세계의 형성과 정착을 밝히고, 그 작품들의 의미와 예술적 성취에 대해 평가하고자 한다.

2. 인간과 현실에 대한 정직한 애정

신경림은 가난한 농촌에서 자라났지만 삶의 체험으로 보면 풍요하고 다행한 여건을 지녔다.

  내 고향 마을은 여느 농촌은 아니었다. 10여 호 가운데 우리들 대소가 몇 집을 빼고는 모두 여남은 마지기 논밭을 얻어 농사를 짓는 소작농들이었지만, 농한기에는 광산에 나가 금을 캐었다. 바로 마을 뒷산뿐 아니라 멀고 가까운 산 여러 군데 금광이 있어, 이것이 적잖이 벌이가 되었던 것이다. … 우리집은 늘 광부들로 들끓었는데 대부분 북쪽에서 피란 온 사람들이었다. 특히 파수마다 하는 돼지도리기 때는 얼근히 취한 광부와 그 아내들이 냄비 따위를 두드리며 신바람나게 한판 놀아, 보는 우리들까지 즐겁게 했다. 그들은 그 무렵 유행하는 대중가요가 아니면 「어랑타령」이니 「궁초댕기」 같은 관북 민요를 많이 불러 나로 하여금 먼 곳에 대한 그리움에 들뜨게 만들었다."[4]

  이와같은 성장환경은 단순하고 폐쇄된 두메산골과 달리 개방된 복합사회로서 일찍부터 신경림에게 민중적 정서를 익히게 하였다. 또한 그의 할머니는 읍내 장터에서 국수틀집을 내고 있었고, 아버지는 여러 식구의 생계를 도모하느라고 농사, 광산일, 농협 근무, 상업에 전전하다가 끝내 파산이나 다름없는 지경에 이른다. 신경림이 서울에서 대학에 다니며 문단에 나올 당시 시단은 신이니 존재니 하며 알쏭달쏭한 시들이 판을 치는 상황이었으므로 숫된 민중정서가 몸에 밴 그로서는 끼여들기가 어려웠다. 그때 설상가상으로 시골집으로부터 학비 조달이 어렵게 되니 결국 그는 낙향하고 말았던 것이다. 이리하여 가난과 실의의 체험이 또한 그를 단련시켰다.

  다른 한편으로 신경림은 시골 고등학교 재학 시절에 훌륭한 두 은사를 만난다. "국어선생님이 문학평론가 유종호 형의 부친이신 유촌(柳村) 선생님으로서 30년대에 신문이나 잡지에 글을 발표한 일도 있는 기성 시인이었다. 유선생님은 때때로 나를 교무실로 부르기도 했다. 최근에 어떤 잡지에서 좋은 시를 보았는데 그것을 읽었는가, 그는 대개 이런 것을 물

---

4) 앞의 글, 93면.

었다. … 선생님은 나를 제자라기보다 친구처럼 생각하시는 듯 많은 애기를 하시기도 했다. … 나이 차가 유선생님에 비해 훨씬 적은 정춘용 선생님은 더욱 나를 친구처럼 대해주셨다. 그는 문학에 대해서뿐 아니라 세상 돌아가는 일을 이것저것 얘기하고, 때로는 그가 지금 겪고 있는 어려움을 털어놓기도 했다."[5] 정춘용 선생은 뒤에 변호사가 되었다. 그는 사회과학적 안목으로 신경림에게 영향을 미쳤을 것이다. 특히 유촌 선생은 시단에 나온 후 신경림이 찾아갔을 때 대견해하면서도 "시시한 소리나 하려면 아예 글을 안 쓰는 것이 낫다"는 그의 지론을 들려준다. 이러한 충고도 신경림의 문학적 지조에 영향을 미쳤을 것이다. 이와같은 은사들을 가졌던 것은 성장기의 신경림에게 있어 큰 행운이었다. 가난한 집안 살림, 광산촌의 민중정서, 은사들의 넉넉한 사랑을 거치고 서울 이사 후 60년대 말 서민사회의 전형적 상황이라고 할 홍은동 생활에서 신경림 시세계의 알맹이들이 영글었다고 보여진다. 특히 홍은동에서 산 4년 여의 체험은 비교적 짧은 기간에 삶의 여러 모습을 알게 하였다. "사람 하나하나가 때로는 크고 위대한 우주같이 느껴지기도 했고, 또 때로는 지푸라기처럼 하잘것없고 허약한 존재처럼 생각되기도 했다"는 것이다. 어려운 생활 속에서 얻은 사람 하나가 '위대한 우주' 같았다는 깨달음은 매우 중요하다. 이 깨달음의 큰 창을 활짝 열어젖혔을 때 신경림은 시골 시절의 풍요한 삶을 시로 형상화할 수 있었다. 그 농촌의 삶은 실상 형상화의 대상이 되기에 족하고도 남을 만큼 그 자체로서 생동하고 있는 것이었다. 거기에는 아픔과 절망만 있는 것이 아니었다. 이 점에 대해 신경림은 어느 강연 원고를 통해 다음과 같이 말한 바 있다.

  뙤약볕이 내려쬐는 담배밭에서 수건으로 얼굴을 싸매고 담배잎을 따는 여인에게서, 메나리를 부르며 김을 매는 농부들에게서, 쇠전에서, 광산에서, 공사장에서, 백중날, 잔칫날, 혹은 운동회날, 끈질기고 꿋꿋한 생명력을 볼 수 있었던 것은 제게 더없는 기쁨이었습니다.
  저는 생각했습니다. 이러한 현실, 이러한 삶이 사상되어 있는, 빠져 있

5) 신경림, 「나의 첫 글동무」, 『한밤중에 눈을 뜨면』, 나남 1985년, 107~10면.

는 시가 어떻게 참다운 시가 될 수 있겠느냐고 생각했습니다. 이러한 현실 이러한 삶이 시로 이어지고 형상화되어야만 그 시가 정말로 살아있는 시, 살아있는 글이 될 수 있다고 생각했습니다.

바꾸어 말하면, 저는 다른 자리에서도 여러 번 얘기한 바 있습니다만, 우리의 시는 민중의 삶 속에 깊이 뿌리박은 것이 아니어선 안된다고 생각합니다. 6)

가난과 부조리에 대해 아파하는 마음과 더불어, 삶의 대지에 뿌리박은 끈질긴 생명들에 대한 긍정과 찬미에서 비로소 '신명'이 가능하며 시 「농무」가 형상화될 수 있었다.

징이 울린다 막이 내렸다
오동나무에 전등이 매어달린 가설무대
구경꾼이 돌아가고 난 텅 빈 운동장
우리는 분이 얼룩진 얼굴로
학교 앞 소줏집에 몰려 술을 마신다
답답하고 고달프게 사는 것이 원통하다
꽹과리를 앞장세워 장거리로 나서면
따라붙어 악을 쓰는 건 쪼무래기들뿐
처녀애들은 기름집 담벽에 붙어 서서
철없이 킬킬대는구나
보름달은 밝아 어떤 녀석은
꺽정이처럼 울부짖고 또 어떤 녀석은
서림이처럼 해해대지만 이까짓
산구석에 처박혀 발버둥친들 무엇하랴
비료값도 안 나오는 농사 따위야
아예 여편네에게나 맡겨두고
쇠전을 거쳐 도수장 앞에 와 돌 때

6) 신경림, 「나는 왜 시를 쓰는가」, 『삶의 진실과 시적 진실』, 전예원 1982, 45면.

우리는 점점 신명이 난다
한 다리를 들고 날라리를 불거나
고갯짓을 하고 어깨를 흔들거나

——「농무」 전문

시집 『농무』가 나올 때까지 발표된 신경림의 시 전반에 걸쳐 있는 여러가지 요소가 모여 하나의 작품으로 성취된 것이 신경림의 대표작이라 할 「농무」이다. 농무는 음악과 춤의 연속 안에 있다. 징이 울리는데 막이 내렸다는 것은 끝판에 다시 일어나는 음악이다. 오동나무에 전등이 매어달린 것은 어설픈 소읍의 서경적 구체성이다. 꺽정이처럼 울부짖는 것은 억압과 소외에서 인간을 해방하려는 정감적 격동이다. 비료값도 안 나오는 것은 파탄된 농촌경제의 현실이다. 농사는 여편네에게나 맡겨둔다는 것은 고난 속의 인간신뢰이며 애정의 표현이다. 철없이 킬킬대는 처녀들은 천진한 생명력이다. 날라리를 불며 "한 다리를 들고" 여기에 설명이 생략된 의미의 단계, 섬광 같은 리듬의 거동, 이것을 '신명'이라고 해도 좋다. 다단한 '현실'을 함축한 신명에 신경림 시의 특징이 있다.

현실을 가지고 신명을 만드는 데엔 인간에 대한 '정직한 애정'이 있어야 한다. "못난 놈들은 서로 얼굴만 봐도 흥겹다"(「파장」). 이 한 행은 신경림 시의 '핵'이라고 할 만하다. 여기에 맥락을 같이하는 두 편 「친구」와 「산읍기행」도 되새겨 보지 않을 수 없다.

봉당 멍석에까지 날아오는 밀겨.
십 년 만에 만나는 나를 잡고 친구는
생오이와 막소주를 내고
아내를 시켜 틀국수를 삶았다.
처녀처럼 말을 더듬는 친구의 아내.

나는 그녀의 아버지를 안다.
자전거를 타고 술배달을 하던

다부지고 신명 많던 그를 안다.
몰매 맞아 죽어 묻힌 느티나무 밑
뫼꽃 덩굴이 덮이던 그 돌더미도 안다.

그래서 너는 부끄러운가, 너의 아내가.
그녀를 닮아 숫기없는 삼학년짜리 큰자식이.
부엌 앞의 지게와 투박한 물동이가.

—— 「친구」 부분

장날인데도 어디고 무싯날보다 쓸쓸하다.
아내의 무덤을 다녀가는 내 손을
뻣뻣한 손들이 잡고 놓지를 않는다.

—— 「산읍기행」 부분

　인간에 대한 정직한 애정이 더욱 곰삭으면 연민이 될 수 있다. 이 경우 연민은 상대만 가엾게 여기는 것이 아니라 자신까지도 가엾게 여기는 것이다. 이것은 곧 인간에 대한 한없는 관대함이다. 그러면서 이것은 병적으로 도취하는 감정이 아니라 낙관적으로 일어서는 마음이다. 이 경지에서는 폭풍우가 지나간 다음의 평온이라든가 현실도피가 아닌 것으로서의 한적함이 긍정될 수 있다. 이러한 연민은 동양인의 심성에서 더욱 능숙해진다. 그것은 아리스토텔레스가 말한 카타르시스 다음의 순수한 기쁨보다 더 느긋하고 풍부할 수 있다. 그리고 그 안에서 사람들은 약하고 겁 많으면서도 함께 어깨를 걸고 흐뭇하게 살 수 있다. 문학에 있어서 인식의 큰 틀이라고 할 '총체성'도 그것이 양적인 규모일 수만은 없다. 어디에서나 사람들이 마음 편히 낙엽을 깔고 앉을 수 있는 검은 흙의 대지 같은 것, 거기에서 역사의 총체성을 보아야 한다.
　신경림의 짤막한 에쎄이 「낙엽에 대하여」는 어린시절 시골집에서 산수유 고목의 가을 낙엽 무더기가 밤바람에 요란한 소리를 내며 밀려다니던 데 대한 기억으로 시작된다. 그는 그 낙엽 소리가 무서워서 이불을 뒤집

162

어썼다. 결혼 후 아내와 함께 서울로 이사 온 뒤에도 그는 낙엽에 관한 정서를 끌어안고 있다. 홍은동 단칸방에 살 때 시인 김관식이 소주병을 들고 찾아왔다. 그때의 광경을 신경림은 다음과 같이 쓰고 있다.

  우리는 등나무 아래 낙엽 위에 주저앉아 술판을 벌였다. 해가 넘어가기 전서부터였다. 해가 넘어갔을 무렵에는 동리 사람 몇이 동석했다. 역시 고인이 된 시인 백시걸도 우연히 자리를 같이하게 되었다. 술병이 비면 아내가 십분도 더 걸리는 구멍가게로 달려가서 다시 술을 가지고 오곤 했다. 우리는 엉망이 되도록 취했고, 끝내는 그 자리에 쓰러져 낙엽 위에서 낙엽에 덮여 잠이 들고 말았다.
  김관식도 백시걸도 갔고, 술 심부름을 하던 나의 아내도 갔다. "어느새 나는 아내도 없어지고……"라는 어느 시인의 시를 생각하며, 나는 새삼스럽게 올 가을의 나뭇잎 소리를 들을 것이 두렵다.[7]

이 에쎄이는 신경림이 1972년에 쓴 것이지만 1977년에 낸 그의 첫 산문집인 『문학과 민중』에 수록하였다. 책 제목이 '민중'을 표방했고 대체로 이론투의 글들인데 그 속에 이 '낙엽' 이야기가 들어 있다. 낙엽을 두려워했고 낙엽이 덮인 흙 위에서 다시 낙엽을 덮고 취해 누워 있다. 그러나 혼자가 아니라 친구들과 함께. 그리고 그 사람들은 차례로 흙 속으로 갔다. 이러한 경로를 밟으며 신경림의 시는 현실세계의 총체성에 참여하고 있다. 감상이 아니면서 또한 도식적 계산이 아닌 데에 그의 시가 있다. 인간에 대한 애정과 연민의 시로써 그는 역사와 현실의 가운데를 걸어 나아가고 있다.
  총체성, 즉 역사와 사회의 전체적 구조 복판으로 들어가는 일은 또한 애정과 연민만으로 보장되기는 어려울 것이다. 마음이 순수했던 다른 어느 시인은 그야말로 연민에 겨워 울기를 밥먹듯 했다고 한다. 그러나 신경림은 다르다. 그는 바람에 휩쓸리는 낙엽의 소리를 두려워하기도 하지만 결코 울고만 앉아 있는 형이 아니다. 보통 사석에서 그는 흔히 농조

7)신경림, 「낙엽에 대하여」, 『문학과 민중』, 민음사 1977, 145면.

의 사투리로 "냅둬" 소리를 잘한다. 그냥 내버려 두라는 뜻이다. 그만큼 관대하고 달관한 듯하다. 그러나 꼭 그러고만 있는 것도 아니다. 간혹 못 참을 대목에서 그는 어스름 달빛 속의 죽창처럼 분연히 일어선다. 그곳이 비록 주석이라 하더라도 그는 흐물흐물 풀어져 있는 것만은 아니다. 가령 5공 독재 시절에 어느 선배 시인이 문제의 한 검사를 가리켜 "그도 사람은 참 좋은 사람인데……" 한 데 대해 신경림은 참지 못하고 대들었다. 또 한 후배가 돈내기 바둑에서 이기기만 하는 한 노인을 가리켜 천재라고 평한 데 대해 그는 "그것이 천재냐, 사기꾼이지 ! " 하고 일갈을 하였다. 또다른 어느 자리에서 후배 두 사람이 처세에 관해 격 높은 담론을 주고받았다. 그러다가 그 중의 선배격인 사람이 국내에서 사람들이 고생하고 있을 때 너는 외국에 가 있었다고 하였다. 그 중의 후배격인 사람이 불복하고 대드는 자세를 취하였다. 이때 더 큰 선배인 신경림이 번개 치듯 튀어 일어서며 자기가 앉아 있던 의자 다리가 일단 바닥에서 뜰 정도로 집어들었다. 곧 던져버릴 수도 있는 기색이었다. 그러나 그 찰나에 그는 착한 본성을 회복해 미처 의식하지 못한 행동을 눙치고 앉으며 자기가 공격하려던 후배를 따스히 타일렀다. 그 후배는 충심으로 자성하고 분위기는 원만히 풀렸다. 신경림은 시에서도 때로는 불끈 일어서고 있다.

  "녹슨 삽과 괭이도 버렸다／읍내로 가는 자갈 깔린 샛길／빈 주먹과 뜨거운 숨결만 가지고 모였다／아우성과 노랫소리만 가지고 모였다"(『갈길』). 시인은 이기는 일에만 불끈 일어서는 것도 아니다. "깡마른 본바닥 장정이／타곳 씨름꾼과 오기로 어우러진／상씨름 결승판. 아이들은／깡통을 두드리고 악을 쓰고／안타까워 발을 동동 구르지만／마침내 나가떨어지는 본바닥／장정. 백중 마지막 날"(『씨름』). 이렇게 지면서 도전하는 한판도 시가 된다. 심지어 신경림은 가난에 못 이겨 아편 장수의 길 안내를 한 것도 시로 썼다. "아편을 사러 밤길을 걷는다／진눈깨비 치는 백리 산길"(『눈길』). 이것은 남들에 대해서뿐 아니라 자신에 대해서도 가지는 정직과 여유이자, 너나를 가리지 않고 삶의 밑바닥에 부여하는 끝없는 관대함으로서 역시 연민이다. 이만한 여유가 어디에서 나올까. 그는 현실을 과학적으로 아는 데서 힘을 얻고 있다.

한국의 농촌은 1910년에서 시작하여 1919년에 끝난 토지조사사업에 의해
서 완전히 유형지어졌다. 이 토지조사사업은 농민을 마침내 토지 그 자체로
부터 분리시켰으나 지주와의 봉건적 착취관계는 자유계약이라는 형태로 그
겉모양만 달리한 채 여전히 계속되었다. 토지를 잃은 농민의 대다수는 외국
에서의 예와 같은 공업노동자나 농업노동자로 전신하지 못하고 종래의 봉건
적 영세농적 생활양식 아래 순전한 소작농으로 재편되었다. 한국의 근대적
산업이 그들을 받아들일 만큼 성장해 있지 못한 까닭이었다. … 농촌에 있
어서의 계급적 대립의 첨예화——이것을 빼놓고는 한국의 농촌은 결코 파
악될 수 없다. [8]

시집 『농무』가 나오기에 앞서서 신경림은 위 논문을 썼다. 그는 이미
오래 전에 이런 정도의 구조적 파악을 하고 있었으며, 실상 이 논문에서
는 경제사학 분야의 면밀한 통계마저 인용하고 있다. 일인들의 이른바
토지조사사업이 빚은 한국 농촌의 결정적 파탄은 알 만한 이들은 다 아
는 사실이다. 그러나 서정적 가락으로 농촌을 노래하는 시인이 식민지
시절의 경제사학자 전석담(全錫淡)이라든가 일본인 조선사학자 하따다
〔旗田巍〕의 연구를 참고하면서 본격적으로 한국 농촌현실의 본질을 꿰뚫
어본 예는 드물 것이다. 신경림의 이러한 측면이 그로 하여금 '한 다리
를 들고 날라리를 부는' 한의 농무를 쓸 수 있게 하였다. 그리고 해방
후 반세기를 지나면서 한국 농업경제의 부조리는 계속되어오고 있다. 이
제는 이른바 개방화니 세계화의 추세에서 가장 시달리고 희생되는 몫이 또한
농촌에 돌아오고 있다. 그러나 바로 이러한 현실의 오늘과 내일에 있어
서 농촌은 아직도 민족문화의 고향이라는 당위적 인식이 우리에게 필요
하다. 시집 『농무』와 거기에 이어지는 신경림 시의 주된 흐름은 이와같
은 역사의식 위에서 우리에게 계속 소중하다.

---

8) 신경림, 「농촌현실과 농민문학」, 『창작과비평』 1972년 여름, 273면.

3. 쉬움과 가락에 관하여

신경림의 시는 쉽고 가락을 담고 있다는 것이 특징이기도 하다. 이 점
에 대해서는 신경림 자신이 원래 의식하고 있다.

표현이 쉽다는 것이 수준이 낮다는 것은 되지 않습니다. 쉬운 표현 속에
얼마든지 깊고 넓은 뜻이 담길 수 있음은 다시 말할 것도 없습니다. 이것은
좀 우스운 얘기지만 어려운 표현으로는 얼마든지 거짓말을 할 수도 있다는
사실도 덧붙여 말씀드리고 싶습니다. 이것은 제 경험에 의한 깨달음입니다.
… 여기서 저는 구체적으로 시가 민중으로부터 사랑을 받기 위해서 시 속에
우리 고유의 민요적 가락을 되살리는 것이 어떻겠느냐 말씀드리고 싶습니
다. … 아직도 농민들 사이에 전승되어오고 있는 민요 가락처럼 저에게 커
다란 감동을 준 것은 없었습니다. 결코 정교하게 다듬어진 것은 아니었지만
거기에는 우리의 어떠한 현대문학작품도 형상화하지 못했던, 이 민족의 한
과 설움, 견딤과 참음, 끈질긴 생명력이 넘치고 있었습니다. [9]

신경림이 민요에서 무엇보다도 '생명력'을 느낀 것이 중요하다. 시에
있어서 가락은 한낱 정서적 충동 이상의 것이다. 시는 원래 생명이 동요
하는 리듬에서 시작되며, 시의 마지막 행이 끝나는 데까지 바닥에 깔려
있는 것이 리듬이다. 신경림의 시 「씨름」을 다시 본다.

난장이 끝났다. 작업복
소매 속이 썰렁한 장바닥.

　(…)

상씨름 결승판. 아이들은

---

9) 신경림, 「나는 왜 시를 쓰는가」, 『삶의 진실과 시적 진실』, 전예원 1983, 49,
　52~53면.

　　깡통을 두드리고 악을 쓰고
　　(…)
　　마침내 나가떨어지는 본바닥
　　장정. 백중 마지막 날.

　　　　　　　　　　　　　　　　　　　　——「씨름」 부분

　　의미가 이어지는 행의 대목들을 뽑은 것인데, 각 행에 담긴 낱말들은
산문으로도 손색이 없이 이어진다. 때로 종지부가 행의 중간에 들어앉기
도 하면서 어디에선가 행은 끊어져 별행으로 넘어간다. 이것은 시의 호
흡 단위가 거기에서 끊어지곤 한 것이다. 이렇게 하여 작품의 마지막 행
을 읽었을 때 독자는 이것이 산문이 아니고 시임을 저절로 깨닫는다. 이
과정에 계속 리듬이 깔려 있었던 것이다. 그러면서 시의 주제가 강대국
외세에 밀리는 민족주체의 허전함을 환기시킬 때 '씨름'은 그 이상의 정
신 차원으로 계속 동요하는 음악이 된다.
　　우리나라 민요에서는 고려속요나 김소월의 시에서처럼 3음보가 더 원
형질에 가깝다고 하지만, 2음보나 4음보 등 짝수 음보도 많이 있다. 좀
더 정감이 짙을 때엔 3음보가 되고 의식이나 의지가 내포될 때엔 4음보
가 되는 것 같다. 같은 자연에 대해 쓴 시의 경우 3음보를 많이 지닌 박
목월의 시는 다음과 같은 대목을 보인다. "산이ㅣ날ㅣ에워싸고∥그믐달처
럼ㅣ살아라ㅣ한다"(박목월, 「산이 날 에워싸고」). 신경림은 민요를 의식하지
만 그의 시에는 4음보가 많다. 가장 음악성이 높은 「목계장터」의 경우도
그러하다. "산은ㅣ날더러ㅣ들꽃이ㅣ되라 하고ㅣ…ㅣ물여울ㅣ모질거든ㅣ바위
뒤에ㅣ붙으라네". 박목월의 시에는 '그믐달처럼 사위어지는 목숨'이라는
슬픈 감정이 있고, 신경림의 시에는 맵찬 산서리나 모진 물여울도 견뎌
내라는 의지가 있다. 의식과 형식의 조화에 있어서 이와같은 차이는 별
도로 살펴볼 만한 내밀한 이치이다. 전통 민요의 음보도 변모 발전할 수
있으며, 정체가 아닌 발전 속에 오히려 전통의 참뜻이 담겨 있는 것이기
도 하다.
　　그러나 시에 있어서 리듬은 음보만으로 헤아릴 일도 아니다. 또 한국

시에서는 압운이나 각운의 형태가 잘 나타나지 않는다. 인간과 자연, 그 존재의 원초적 상태에서 생명감이 싹터나는 동요의 리듬에서부터 시는 시작된다. 이 단계는 어떤 느낌의 해방이기는 하지만 아직 귀에는 들리지 않고 가슴으로만 들리는 음악이다. 또한 아직 설명이나 개념 이전의 상태이다. 그 다음 단계가 낱말들로 분출되는 음악이다. 느낌의 해방 단계 즉 창조적 직관의 리듬과 사회적 메시지를 담을 수 있는 낱말들의 리듬이 행복한 조화를 이룰 때 우수한 시가 탄생한다고 자끄 마리땡은 말한다. 이만한 시는 그야말로 시 이상의 그 무엇이다. 이러한 시는 빛과 그림자, 알맹이와 껍데기를 함께 알아차리며, 인간들의 가슴속 분단의 벽을 허물 수도 있는 것이다.

신경림은 타고난 자질로써 자신을 에워싼 여러가지 역경을 감당해 오히려 활용할 수 있었다. 또 다행하게 주어진 여건들도 그것대로 선용할 수 있었다. 그리하여 한국 현대시의 단계에 나름의 독보적 경지를 이루고 시집 『농무』로써 평론가 유종호의 말처럼 '현대의 고전'이 되게 하였다. 이 경지에 대한 평가를 위해 필자는 신경림의 작품 자체와 그의 이론들 스스로가 의미체계를 조직케 하는 방법을 취해보았다. 중요한 것은 한 시인의 시세계 자체이며, 증명의 자료들도 되도록 그 자체에서 제시될 필요가 있기 때문이다.

끝으로 한가지 덧붙일 말이 있다. 쉬움과 가락은 신경림의 시가 대중에 소통되는 마지막 성취이다. 이 단계에서 그 농민 속의 민중적 생명력을 보면서, 거기에 더하여 인간존재의 근원으로부터 들려오는 음악도 더욱 귀기울여 듣기를 바란다는 것이다. 여기에서 그의 시는 더욱 보편적 의미의 풍요와 결실을 지니게 될 수 있지 않을까 생각한다. 시집 『농무』에 이어 벌써 많이 전개되었고 앞으로 더 전개될 그의 작업이 민족통일의 자리에서도 시 이상으로 역사에 이바지하는 창조적 실질이 되고, 바로 그러한 기여 때문에 그의 시가 계속 빛날 수 있기를 바란다. □

농민공동체 실현의 꿈과 좌절

『남한강』론

윤 영 천

1

신경림의 『농무(農舞)』(1973)는 여러모로 당시 시단에 매우 신선한 자극제로 작용하였다. 첫째는 순수의 명분 아래 양산된 기왕의 사이비 난해시를 강하게 충격, 시와 독자 간의 바람직한 관계에 대한 근본적인 성찰의 계기를 마련했다는 점을 들 수 있다. 그의 '쉬운 시'는 작품이 시인의 단순한 사적 소유이기를 거부하고 그 시적 경험을 독자와 더불어 공유하고자 하는 신경림 득의의 시적 책략의 소산이다. 따라서 그의 시는 일반 독자의 접근을 예사롭게 허용하는 넉넉한 시적 미덕으로 하여 더이상 시인만의 내밀한 사적 담화 또는 난해한 개인적 어법으로 비쳐지지 않는다.

둘째, 서정시의 기존 통념을 크게 창신하였다는 점이다. 서정성이란 과연 무엇인가. "비현실적·관념적으로 곱고 아름다운 것이 아니라, 삶과 밀착되어 있는 것, 삶에서 생기는 때와 얼룩이 묻어 있는 것"(신경

尹永川: 문학평론가. 인하대 국어교육과 교수. 저서로 『한국의 流民詩』, 편서로 『이용악 시전집』 등이 있음.

림·김사인 대담, 「신경림의 시세계와 한국시의 미래」, 『오늘의 책』 1986년 봄)으로서, 신경림은 이를 재래의 그것과 구별하여 '민중적 서정'이라 명명한다. 그의 시적 성취가 대개 튼튼한 서사적 뼈대를 지닌 이야기시에서 돋보이는 것은 이와 긴밀한 연관을 맺는다.

셋째, 시의 소재를 민중적 차원으로 확대시켰다는 것인데, 이는 주로 여행하는 시적 퍼스나를 통해 이루어진다. 농민의 궁핍상, 피폐한 광산촌 이야기 등을 시화함으로써 "더불어 사는 이웃들의 얘기를 쓰지 않고는, 또 그들의 아픔을 노래하지 않고는 시를 쓴다는 것이 무의미"(위의 대담)하다는 것을 그는 몸소 실천해 보인 것이다. 요컨대, 『농무』의 출현은 뒤미처 도래할 '쉬운 민중적 서정시'의 시대를 선포한 하나의 문학적 사건으로 되었던 것이다.

그러나, 이 때문에 신경림의 시인적 입지가 확고해졌을 뿐 아니라, 그의 시가 뒷날 상당수 시인들에게 시적 모범으로 되었다는 것은 분명 기이한 아이러니에 속한다. 훌륭한 예술에 항용 내재돼 있기 마련인 날카로운 사회적 통찰이나 고도의 정치적 함축 등을 고려할 때 특히 그러하다. 그 무렵 한국시의 반역사성을 가히 짐작케 하는 대목이 아닐 수 없다. 곰곰 되돌려보면 역설적이게도 이 시인은, 1950, 60년대를 거치면서 냉전이데올로기의 비옥한 토양 아래 온존되어온 '순수시' 프리미엄을 누구보다 톡톡히 누린 셈이다.

『농무』에서 또렷이 부각된 위의 세 측면은 이후 『새재』(1979) 『달 넘세』(1985), 그리고 장시집 『남한강(南漢江)』(1987)에서 보다 발전된 형태, 가령 민요나 무가(巫歌)의 창조적 수용을 통한 민중현실의 깊이있는 탐색으로 이어진다. 그런가 하면 『가난한 사랑 노래』(1988)에서는 화자의 발길이 수몰지구 이농민, 영세 어민, 도시 재개발지구 철거민, 민통선 부근 농민 들의 막막한 삶의 현장으로 확장되고, 시적 주제 또한 정치적 민주화·반외세·통일 문제 등을 광범하게 포괄하는 데까지 나아간다.

그러나 90년대에 들어 신경림 시는, 기본적으로는 여행하는 시적 자아를 통한 이야기시 형식을 견지하면서도 상당한 질적 변모를 겪게 된다.

170

이러한 흔적은 '기행시집'이란 이름을 달고 있는 『길』(1990)에서는 미세한 편이지만, 『쓰러진 자의 꿈』(1993)에 오면 사정은 크게 달라진다. 시적 자아의 내면탐구, 사물시의 집중적 모색, 균제된 시적 어조 등의 측면에서 종래 작품들보다 현저히 진일보한 모습을 보여주고 있기 때문이다. 이전 작품들에서 간간이 내비쳤던 문제점들, 즉 민요나 무가에의 집착, 인간사 위주의 소재주의 편향, 과도한 서사로 말미암은 서정성의 약화, '미학적 거리'를 일탈한 직정적 토로, 현실의 기계적 반영 또는 그 단순추수적 경향 따위가 눈에 띄게 극복되고 있는 것이다. 무엇보다 주목할 것은, 과거엔 시적 치장물쯤으로 격하되곤 했던 자연과 사물의 모습이 생채를 띠고 있다는 점이다. 특정 계층에 대한 극도의 냉소적 시각이 크게 가셔졌다는 것 또한 대단히 흥미로운 현상이다. 시인 자신도 솔직히 인정했듯, "스스로 이 세상을 끌고 나간다고 생각하고 있는 것들에 대한 미움"(「후기」, 『길』)이 종전의 작품들에서는 실로 역력했던 것이다. 음울하기만 했던 지난날의 단색적인 시적 정조와는 판연히 구분되는, 밝고 다양한 채색이 풍부히 가미된 『쓰러진 자의 꿈』에 와서야 비로소 삶의 전체상을 대하는 듯한 느낌마저 든다.

신경림에게 있어 시는 "괴롭고 슬픈 자들, 쓰러지고 짓밟히는 것들의 동무"(「시집 뒤에」, 『쓰러진 자의 꿈』)로 인식된다. 그가 시의 본령을 "작고 하찮은 것, 못나고 힘없는 것, 보잘것없는 것들을 돌보고 감싸안고, 거기에 그치지 않고 스스로 낮고 외로운 자리에 함께 서고, 나아가서 그것들 속의 하나가 되는"(「후기」, 『길』) 데에서 추구하는 것은 그러므로 극히 자연스런 일이다. '쉬운 민중시'가 그로선 결코 회피할 수 없는 일대 공안(公案)으로 되는 진정한 소이연(所以然)이다. 이때 그 시적 상상력의 원천은 정히 맹자의 '측은지심(惻隱之心)'에 다름아니다.

세 편의 연작 장시로 이루어진 시집 『남한강』(1987)은 신경림 시의 전개과정에서 일종의 중간 결산의 의미를 지닌다. 『농무』 시절에는 아직 미흡했던 고향 사람들의 '얘기와 노랫가락'으로부터 한단계 나아간 것이 『새재』(시집 표제작인 장시 「새재」는 1978년에 발표되었다)라면, 이를 한층 심화 확대시키고자 한 것이 「남한강」(1981) 「쇠무지벌」(1985)이요, 이 일련

의 장시에서 미처 거두지 못한 고향 사람들의 곡절 있는 이야기와 사무
친 노랫가락들의 총집(叢集)이 『달 넘세』(1985)이다. 말하자면, 『남한
강』은 신경림의 시세계를 양분하는 분수령 같은 존재인 셈이다. 서정과
서사 및 서경의 효과적 배합, 민요·무가의 도입에 따른 득실, 시적 화
자의 적실성, '듣는 시와 읽는 시'의 경계 문제 등을 실험하는 시금석의
성격을 띠고 있는 까닭이다. 여기서는 『남한강』의 이런 측면에 착안하여
그 성과와 미흡점들을 살펴보려 한다.

2

 신경림이 즐겨 사용하는 시적 형식이 이야기시임은 주지의 사실이다.
시인 자신도 술회한 바이지만, 아마도 이는 1930년대의 백석·이용악·
오장환 등의 영향과 무관하지 않을 것이다. 그가 이 시적 방법에 얼마나
깊이 매료되었는가는 데뷔작 「갈대」(1956)에서 이미 그 단초를 드러낸
다. 시대의 구체적 삶과 절연된 '순수 서정'으로서의 존재론적 슬픔을 노
래하고 있는 이 작품조차도 갈대의 개인사를 서술하는 방식을 취하고 있
다. 아직은 그 슬픔이 삶의 구체성에 매개되지 않아 그러할 뿐, 일단 그
현실적 계기가 주어지기만 하면 억제된 서사적 욕구가 쉽사리 표면화할
형국이다. 어찌 보면 이는 당시 시단이 강제한 서정시적 관습, 즉 순수
서정의 강조나 실존주의적 지향 등과의 갈등과 타협을 동시적으로 예민
하게 반영한 것이라 할 수 있다.
 기존 서정시와의 이같은 양식적 갈등은, 외형적으론 10여 년간의 휴식
기를 거쳐 시작활동이 재개되는 60년대 후반의 '생활 서정'을 담은 이야
기시로써 웬만큼은 해소된다. 그러나, 이야기(또는 서사성이 강한 생활
서정)의 무게에 짓눌려 서정은 증발하고, 종종 서사의 형해(形骸)만 있
는 기형의 서정시로 떨어진다는 것은 결코 간과할 수 없는 문제이다. 행
구분을 무시하고 보면 영락없는 산문적 이야기인데 거기에 무리한 행갈
이를 감행, 시행의 길이가 고만고만한 서정시의 외양을 갖추기는 했지
만, 형태적으로는 극도의 불안정성을 띠고 있는 「시골 큰집」(1966)은 극

단적인 예에 불과할 뿐, 「겨울밤」(1965) 「원격지(遠隔地)」(1966) 등이 모두 이 범주에 드는 것들이다.

백낙청의 지적처럼 『농무』의 성공작들, 예컨대 「파장(罷場)」(1970) 「농무」(1971) 「폐광(廢鑛)」(1971) 등은 거의 예외 없이 훌륭한 "리얼리스트의 단편소설과도 같은 정확한 묘사와 압축된 사연"(「발문」, 『농무』)을 담고 있다. 이는 무엇을 의미하는가. 서사적 골격이 허술할 경우 신경림 시의 호소력이 그만큼 반감된다는 것을 반증해주는 것이다. 그의 시적 면모가 한동안 담보와 정체를 감수해야 했던 근본 원인은 필시 이 어름에 있을 터이다. 사실 『농무』에 각인된 농민적 삶의 세부라는 것도 따져보면 지식인 부류에 속한 퍼스나의 시선에 잡힌 시적 대상으로서의 그것이지, 깊은 '정서적 울림'으로서의 진짜 농민적 서정에 기초한 것은 아니었다.

민요와 무가를 통한 새로운 시형식의 실험은 이러한 침체를 벗고 다양한 문학적 활로를 모색하기 위한 하나의 돌파구로서 적극 채택된 것이다. 1976년에 잇달아 발표된 「목계장터」 「어허 달구」 「백주(白晝)」는 그 구체적인 시적 반영이라 하겠는데, 향후 장시의 세계로 나아가는 중요한 길목에 자리하는 작품들이다.

연작 장시 『남한강』은 이야기시의 구조적 확장물이다. 시집 서문에서 신경림은 "내 고장에 흩어져 있는 닳은 얘기와 노래를 … 시로 만들어보자는 것이 내 꿈"이었다고 토로한 바 있는데, 장대한 서사의 본격적 전개 및 민요 도입의 필요를 절감했던 저간의 사정을 잘 일러준다. 이것이 곧 장시 제작의 근본 동인으로 작용하였음은 물론이다. 그러나 이에 못지않게 중요한 것은, 이 일련의 장시를 통해 그가 서사와 서정의 화해로운 공존을 겨냥했다는 점일 것이다. 아마도 『농무』에서 장시 「새재」에 이르는 시기의 신경림에겐 민요적 정서와 그 가락에 기대어 밀도 높은 농민적 서정을 실현하는 일이 가장 절실한 현안이었던 듯하다.

『남한강』(앞으로 작품의 인용은 그 면수만 밝히기로 한다)은 주인공·시대·서술방식 등이 각기 다른 세 편의 독립된 장시들로 이루어졌지만, 그렇다고 그 단순 집합은 아니다. 우선, 서사 전개에 있어서 그것들은 비록 느슨한 형태로나마 유기적인 상호관련성을 유지하고 있다. 양반 거스른 죄목으로 처형당한 주인공 '돌배'의 넋을 통해 뒷이야기가 '연이' 중심으로 서술됨을 일정하게 암시하고 있는 「새재」 마지막 연은 그 좋은 예이다. 「남한강」에서도 속편 「쇠무지벌」과의 연관을 명시하는 대목을 군데군데 삽입하여 서사의 유기성을 살리는가 하면

> 언제 우리가 나라 덕으로 살았다냐,
> 메꽃이 덮인 돌무덤을 가리키며
> 쳇, 저것은 도둑의 무덤이니라. (59면)

에서처럼, 돌배를 짐짓 도둑으로 또 한번 반어화하여 그 영웅적 죽음을 기리는 방식으로 시적 주제의 연속성을 꾀하기도 한다. 단지 전편과의 서사적 단절을 메우는 데 만족하지 않는다는 뜻이다.

『남한강』은 일제강점기 초엽에서 해방 직후 시기에 이르는 동안의 남한강변 농민들이 겪는 삶의 애환을 주요 얼개로 해서 전개된다. 이 연작 장시에서 서사적 총체의 기본축을 이루는 것은 '농민운동'이다. 이를 매개고리로 하여 『남한강』은 하나의 연속적인 흐름 속에 놓이게 된다. 따라서 이 작품의 서사구조는 그 시대배경을 한국 근현대사의 일대 전환점이 되는 한일합방, 3·1운동, 해방 직후 2~3년간에다 차례로 설정, 당대의 첨예한 사안이었던 의병투쟁·독립운동·토지개혁 문제들에 대한 농민적 대응을 추적하는 방식을 취하고 있다. 『남한강』의 발표 연대가 유신 말기에서 5공 전성기에 해당하는 엄혹한 군사통치 시절이었음을 감안한다면, 이런 시적 구도는 자못 문제적이라 할 수 있다. 신경림 시의 리얼리즘적 성취를 가늠하는 중요한 지표로도 되겠기 때문이다.

『남한강』의 시적 주인공들도 이 연속성 문제로부터 벗어나지 않는다. 「새재」의 '돌배'와 「남한강」의 '연이'(뒤에서 다시 언급하겠지만, 이 경우는 '앵금쟁이'와의 결속을 통해 매우 은밀하고도 우회적인 방식으로 처리된다) 그리고 「쇠무지벌」의 '새 통수'는 그 전력과 행동 유형의 상이점에도 불구하고 모두 체제에 반하는 변혁적인 안타고니스트들이다.

『남한강』의 장시들은 그 서술방식의 차이로 하여 상호 비견되는 몇가지 공통적 특점들을 보여준다. 「새재」「남한강」「쇠무지벌」로 내려갈수록 단일한 시적 화자는 집단화자로, 단수 주인공은 익명의 복수 주인공으로 바뀌는가 하면, 이야기의 뼈대는 점차 취약해지는 반면 시행의 숫자나 민요·무가의 등장 빈도는 늘어나는 방향으로 작품의 전반적 구도가 전이된다. 요컨대, 특출한 영웅적 서사에서 이름없는 민중의 노래로 탈바꿈하는 것이다.

3

「새재」(1,032행)의 시대적 배경은 조선이 일제의 식민지로 떨어진 1910년부터 1913년경까지 약 3년간이다. 서장(序章)은 시인 자신임이 거의 분명한 내레이터가, 진달래 흐드러진 4월 남한강변의 나루터와 그 근동의 옛 장터를 돌아본 감회를 몇마디 읊조리는 것으로 시작된다. 그런데 이 극도의 언어적 절제 속에 깊이 감추어진 함분축원(含憤蓄怨)의 한과 설움은 대체 어디서 연유하는가. 고향의 산천과 이웃들이 여전히 그에겐 과거 식민지시대와 전혀 다를 바 없는 '서러운 땅', 구부러진 형상으로 다가온 때문이다.

누가 알리 그들의 원한을,
누가 말하리 그들의 설움을. (8면)

여기서 문득 화자는 고향 사람들의 간난한 삶의 내력을 밝히는 역사의 정직한 증언자이기를 결단하고, 나아가 그 충실한 대변자를 자임하고 나선다. 이는 다름아닌 시인 신경림의 모습이기도 한데, 이러한 시인적 사명감을 한층 예리하게 촉발한 것이 하나 더 있다. 봉건적 질곡과 외세에 맞서 싸우다 효수당한 젊은이의 묘비명에 기록된 사실과, 이 영웅적 행적을 줄곧 은폐한 채 오히려 그를 '도적'이라 가르쳐온 억압적 지배체제가 그것이다.

「새재」는 뒷이야기의 대강을 해설하고 있는 짤막한 서두와, 묘비명의
주인공 돌배를 중심으로 전개되는 본격적인 서사가 합성된 액자소설적
면모를 보여준다. 적잖은 형식적 균열을 감수하면서까지, 서장을 제외한
작품 전편이 거의 돌배의 시점으로 일관한 까닭을 이로써 쉽게 짐작할
만하다.

돌배의 형상은 이 작품에서 "워이워이 승천 못한 이무기"로 그려진다.
약간의 변주를 가하면서 몇차례 되풀이되는 일종의 간주곡, "이 억센 가
슴을 어디에 쓰랴" 등은 바로 이러한 사정을 실감케 해준다.

어머니는 내가 두렵다 한다.
내 이 억센 힘이 두렵다 한다.
한밤중에 뛰쳐나와
강변을 한바퀴씩 휘돌아치는
내 미친 짓이 두렵다 한다.
먼 산을 향해 늑대처럼 짖는
내 울음이 두렵다 한다. (11~12면)

전래의 「아기장수 전설」을 떠올리게 하는 장면인데, 이미 주인공 돌배
의 험난한 삶의 역정이 운명적으로 예고되고 있는 듯하다. 넘쳐나는 힘
과 열정, 세상을 향한 억누를 길 없는 분노와 적개심 등이 일찌감치 그
의 순탄치 못한 미래를 암시해주고 있는 것이다. 말하자면, 가족부양의
짐으로부터 아직은 자유로운 열혈청년 돌배는 사회계급적 견지에서도 농
민해방전사(戰士)의 조건을 구비한 일종의 '농민 무법자'(outlaw)인 셈이
다.

구전민요나 전설 형태로 이런 인물에 관한 이야기가 여항간에 계속 끊
이지 않는 것은 무엇 때문인가. E.J. 홉스봄이 명쾌하게 지적했듯이, 문
명사회에서는 이미 상실한 '순진함'과 모험, 자유와 정의, 영웅적 행위
등에 대한 갈망과 동경 등이 복합적으로 투사된 결과이다(『義賊의 社會史』
황의방 역, 한길사 1978). 아마도 시인 신경림이 창조한 돌배의 형상도 이

176

와 동일한 맥락에서 이해될 수 있을 터이다. 신경림의 "구전적 전통에 대한 동경은 고향 상실로 특징지어진 근대화, 부락공동체나 씨족공동체의 해체를 불가피하게 한 근대화의 동력에 대한 반작용"이라 지적한 유종호의 견해(「슬픔의 사회적 차원」, 『동시대의 시와 진실』, 민음사 1982) 또한 같은 연장선상에 놓인다.

돌배 아버지는 본디 떠돌이 방물장수였으나 홀연 집을 나가 돌아오지 않고, 어머니는 장터를 돌며 개피떡을 팔아 구차한 삶을 연명해나간다. 끔찍한 돌림병이 창궐했던 저 러일전쟁의 회오리를 용케 이겨낸 그의 두 이복형은 무신년(1908년) 물난리 때 지주 정참판네 첩 세간살이를 건지다가 급류에 휩쓸려 죽는다. 강물 따라 장짐 나르는 사공 일을 걷어치운 돌배는 장터 씨름꾼으로 전전하다 귀향길에 올라 귓결에 망국의 소식을 듣는다.

그러나 돌배에게 나라란 오로지 "땅에서 쫓아내고 집을 빼앗는 곳/지아비를 빼앗아가고 지에미를 짓밟는 곳"으로 인식될 뿐이다. 「다시 남한강 상류에 와서」(1978)에 명료하게 형상화되고 있지만, 신경림 시의 뿌리 깊은 국가허무주의는 여기서도 약여하다. 이제 돌배에게 더욱 소중한 존재로 되는 것은 사랑하는 연인이다.

봉당에 쭈그리고 앉아
달래 다듬는 터진 손
팽팽한 손목.

그의 몸에서는 비린 물내음
그의 몸에서는 신 살구내음
취할 듯 진한 살구꽃 내음. (10~11면)

장터 국밥집 외팔이의 딸 연이에 대한 시적 스케치인데, 그 서정적 처리가 사뭇 빼어나다. 아무튼, 이러한 돌배가 어느 봄날 "주린 배 안고/오줌독 옆에" 우두커니 서 있는 아이들의 가엾은 모습을 통해 봉건체제

의 불합리를 깨닫고, 가난한 사람들끼리 활갯짓하고 모여 사는 삶을 소
망하게 된다. "우리끼리 땅 일구고, 씨 뿌리고, /거두고/밤에는 모여
앉아 옛얘기"하는 저 싱싱한 원시 농경사회로의 복귀를 꿈꾸는 것이다.

> 오늘밤 달 뜨걸랑
> 연이 보러 갈거나.
> 문경 새재 넘어가면
> 새세상이 있다는데,
> 가난하고 억울한 사람 모여 사는
> 새세상이 있다는데. (17면)

  연이를 보듬고 '새세상'에서 살려 하는 열망이 사무치고 있는 위의 부
분은, 특히 그 가락이나 지배적인 시적 정서가 이병철의 「나막신」(1946)
을 쉽사리 연상시켜 준다. 무르녹은 서정적 분위기, 흡사 출영(出營) 직
전의 농민 병사가 느낌직한 비장감이 기묘하게 엇갈리면서 강렬한 시적
흡인력을 발하고 있는 것이다. 이 처연한 민중적 정한(情恨)은, 돌배 무
리가 강을 건너는 대목에 삽입된 절절한 신민요 가락에 안받침되어 더더
욱 고조된다.

> 물 위에 한 세월
> 구름 위에 한 세월
> 물억새나 휘젓는
> 들오리로 한 세월
> 잠 설치는 갈대밭
> 빈 바람이 되어 가세
>
> 어기야디야 어기야디야
> 새세상 찾아가세 (27면)

이 노래에 실린 뜨내기 인생의 한과 슬픔이 가위 인상적이다. 여기서의 '새세상'은 단지 봉건적 모순의 혁파를 통한 농민공동체의 실현을 뜻할 뿐이지만, 뒤의 의병전쟁 과정에서 그것은 제국주의 외세의 격퇴로써만 비로소 완결될 성질의 것으로 전화된다.

> 어머니 불쌍한 우리 어머니
> 이틀장 닷새장
> 개피떡 파는 어머니
> 모내기 전에 돌아오리라.
> 굶주려 눈만 있는 모질이 동생들,
> 애기낳이 잘못해서
> 다리 저는 근팽이 형수,
> 말 많다 논밭 떼었네
> 짚신 삼아 파는 팔배 아범,
> 떡보리 나기 전에 돌아오리라. (25면)

주인공 돌배가 친구들과 운동의 대오를 조직, 정참판네 쌀곳간을 털고 헌병 보조원을 때려눕힌 뒤 고향을 뜨기 직전에 토로된 구절이다. 그런데 눈길을 끄는 것은, 그 인물들이 대체로 '불구적 형상'으로 점묘돼 있다는 점이다. 돌배 일행이 새재에서 만난 패잔 의병들 역시 "팔 없는 사람 외눈박이/알몸뚱이에 절뚝발이/하릴없는 떼거지"로 그려져 있다. 물론, 이때 '불구'란 정치경제적 함축을 강하게 내포하는 것이다. 여기서는 '돌아오리라'에 집약되어 있지만, 그들의 일거수 일투족이 철두철미하게 고향에 긴박되고 있다는 사실도 간과할 수 없다. 마을에서 도망쳐 나와 충주 근방 금점판과 음성의 철길 공사판을 떠돌면서도 그들이 "새우젓배 오기 전에 돌아가리라" 절규하고, 연풍·풍기·문경·영해·괴산·가은 등지를 거치면서 힘겨운 의병투쟁을 벌인 끝에 외톨이가 된 돌배가 "이 눈이 녹기 전에/고향 다녀오리라,/새 싸움 벌이기 전에/내 연이 보고 오리라"고 다짐하는 것이 모두 그러한 예이다.

철로 공사판의 일본인 기사가 한 아낙네의 야윈 젖가슴에 손을 넣는 사건이 발단되면서 「새재」는 새로운 국면에 접어든다. 이 장면을 목격한 돌배가 그 기사놈을 곤두박질시키자, 공사판은 돌연 싸움판으로 화한다. 왜놈들은 잠시 최부자집으로 피신하지만, 쌀곳간을 기습한 군중들의 힘에 떠밀려 다시 향회당에 숨는다. 이 와중에서 동네의 양반과 지주들은 왜놈 편에서 되레 그들을 회유하려 드는 자기모순을 드러낸다. 이윽고 사태의 심각성을 깨달은 왜놈 헌병이 들이닥치고, 마침내 돌배 무리는 간신히 총격을 피해 새재를 찾는다. 그들은 이 산채에서 양반 부류는 모두 자진이탈하고 지금은 도적으로 잔류하고 있는 일군의 의병들과 조우한다. 이런 일련의 과정을 통과하면서 돌배의 의식은 명징하게 각성되고, 새로이 수습된 의병 대오를 총괄하는 지도자로 우뚝 발돋움한다.

> 지까다비 화약 냄새 저리 치워라
> 양반님네 썩은 상투도 저리 비켜라
>   (…)
> 목덜미에 매달리는 피멍든 원한
> 밝아오는 동녘 찾아 꽃길을 열고
>
> 캥매캐캥 캥매캐캥 한바탕 달려가세 (46면)

두 무리는 이처럼 한데 어우러져 술마시고 노래하며 춤판을 벌인다. 새 세상을 전취하기 위해 새삼 반제·반봉건의 결의를 굳게 다지는 한편, 버려진 총으로 전열을 가다듬고 충청·경상도 지역에서 의적투쟁을 활발히 전개한다. 팔배와 근팽이가 각기 풍기·영해 전투에서 죽고, 전선이 지리멸렬해지자 이반(離叛)자가 속출한다. 대다수 병사들은 양반 토벌대에 투항하고, 급기야 외톨이로 남은 돌배는 총에 맞고 체포된다. 결국 그는 연풍고을의 향회공당에 얼마동안 갇혀 있다 '도둑의 괴수 화적떼 두목'이란 죄명으로 효수당하는 비극적인 운명을 맞는다.

앞에서 「새재」의 서술이 주로 돌배의 시점에서 이루어졌음을 잠시 언급한 바 있다. 그러나 단형 서정시가 아닌 장시에서 감정의 세류(細流)를 곡진하게 드러내면서 동시에 모든 시적 대상들을 통괄해나가기란 무척 난망한 일이다. 그러므로 시인은 돌배를 중심으로 서사를 전개하면서도, 다채로운 서정의 묘미를 극대화하기 위한 시적 방법을 적극 도모한다. 시점의 일관성을 파기하는 위험을 아랑곳하지 않고 자신이 곧 돌배로 되는 방법적 모험을 감행한다. 그러므로 엄밀히 말하자면, 돌배 중심의 서술이란 시인의 섬세한 감수성을 투과한 그것일 뿐이다. 가령, 돌배가 목계·가흥·입장·안반내의 씨름판을 쓸고 귀향하는 다음 정경은 어떠한가.

> 송아지 네 마리를 먹고 마시고
> 되 이무기 되어 돌아온 강가는
> 쓸쓸한 가을
> 왜가리떼 억새풀 속에서
> 잔 고기 찾고 있었다. (14면)

늦가을 강변에서 호젓이 잔 고기 찾는 왜가리떼의 형상이 실로 생생한데, 간명한 서경을 통한 서정의 강력한 환기에 능한 신경림의 시적 책략이 단연 돋보인다. 언뜻 그 무렵의 농민들이 겪어야 했던 이른바 '풍년 기아(豐年飢餓)' 현실을 마주하는 듯하다.

그러나 여기에 문제가 없는 것은 아니다. 잘 톺아보면, 돌배의 눈길에 잡힌 이 선연한 시적 풍경은 사실상 시인의 감각을 그대로 옮겨놓은 것에 불과하다. 따라서 그 자체로서 뛰어난 서정성을 확보하는 데는 성공했을지 모르지만, 독자로 하여금 시인과 화자의 괴리로 인한 형식적 불균형을 느끼게 함은 어찌할 수 없는 것이다. 농민운동 지도자로서의 면모가 점차 두드러지는 작품 후반으로 갈수록 그 형식적 간극은 더욱 벌어지게 마련이다. 모든 시적 대상을 일일이 주인공 돌배의 시점에 맞출 겨를이 없기 때문이다. 이뿐만이 아니다. 출중한 서정적 처리가 서사의 급속한 진행이나 자잘한 디테일의 처리, 위기 국면에서의 극적 갈등의

제시 등을 도리어 저해할 수도 있는 것이다. (서정성 실현에 지나치게 집
착할 때 양식적 파탄은 필연적이다. '장편 서정시'라는 장르적 명칭 아래
발표된 김해강의 1937년작 「홍천몽(紅天夢)」이 바로 그런 경우이다.)
　이 문제에 관한한 「새재」는 아직은 자유롭다고 할 수 있다. 서정 단시
의 맛도 곁들이면서 서사전개에서 드러나는 특유의 재미도 함께 즐길 수
있다는 점에서도, 양식적 파탄을 운위한다는 것 자체가 무리인 것이다.
이 양자의 화해로운 공생에 대한 양식실험의 성격이 그만큼 강하다는 의
미이다.
　똑같이 서경을 통한 서정적 환기력의 강화를 의도하면서도 다음의 경
우는 위의 '왜가리'와는 질적으로 구분되는 처리방식을 보여주기도 한다.
여기서도 그 시적 대상은 돌배의 시점에 의해 파악되고 있는데, 그것 역
시 충분한 미학적 거리 조정의 결과보다는 시인의 섬세한 촉수를 거쳐
나온 것이기는 마찬가지이다. 다른 것은 시적 대상으로서의 모든 자연물
에 감정이 이입되고 있는 점이다.

　　밤중에 눈을 뜨면
　　문을 때리는 눈바람,
　　산등성이를 쓸고 골짜기에 몰렸다
　　되올라오는 눈바람,
　　박달나무 팽나무가 울고
　　시무나무 흑느릅나무가 흐느낀다.　(51면)

　양반 토벌대와의 마지막 일전을 앞둔 주인공이 독백처럼 읊조리는 장
면인데, 마치 시인 신경림의 모습을 대하고 있는 듯한 착시현상을 경험
하게 된다. 그만큼 시인이 돌배의 의중을 철저히 장악하고 있다는 이야
기이다. 서정성 발현의 차원에서 볼 때, 여기서 자연 물상들을 통해 미
묘한 시적 정서를 고양시키는 힘은 놀라운 것이다. 유정(有情)한 자연
물, 즉 감정이 짙게 착색돼 있는 음산한 눈바람 소리와 나무들의 흐느낌
이 유발해내는 다면적인 시적 효과가 예사롭지 않은 까닭이다. 그것들은

돌배가 겪는 내면적 갈등의 심각성, 사건의 비극적 전개, 시적 주제의
강화 등을 일정하게 암시해준다. 이같은 서정적 처리가 시인의 치밀한
계산에 의한 것임은 물론인데, 후속되는 장시의 주요 장면에서도 일관되
이 동원되는 시적 기법이기도 하다.

　이러한 시적 장치에다 일종의 전위주의적인 형식을 가미한 것이 「새
재」의 마지막 장면이다. 신경림 시에서 이는 서정·서사 및 서경이 절묘
하게 통합된 보기 드문 시적 성취에 해당한다.

　　가까운 숲에서 늑대가 운다.
　　빈 들판에 바람이 흙먼지를 일으키고
　　산 위에 조각달이 파랗게 걸려 떠는
　　섣달 그믐.

　　　(…)

　　새재 가파른 벼랑에선가
　　멀리서 늑대 울음이
　　낭군 찾아 객지땅
　　주막거리에 얼쩡대는
　　피엉킨 연이의 통곡이 되어
　　높이 걸린 내 머리에 와
　　부서지고 있다. (55~56면)

　목 잘려 높은 종대에 동그마니 매달린 돌배의 혼이 처절하게 뇌까리는
대목이다. 늑대의 울음, 흙먼지 일으키는 바람, 섣달 그믐밤 산 위에 걸
린 파란 조각달 등이 얼크러져 자아내는 비극적인 정조가 돌배의 원통한
죽음에 정확하게 상응하고 있다. 비장한 서정의 극치와 뭉클한 서사적
감동을 동시에 맛보게 하는 장면이라 아니할 수 없다. 염무웅의 지적처
럼, 여기에 이르러 시인은 "서술의 초점문제에 대한 일체의 합리주의적

배려를 초월 … 크게 형식을 부숨으로써 형식문제에 대한 작은 논의를
침묵"시켜버린다(염무웅, 「서사시의 가능성과 문제점」, 『한국문학의 현단계 I』,
창작과비평사 1982). 어느 의미에서 이는, 장시의 형식문제에 대한 시인의
남다른 고투에 따른 값진 성과라 하겠다.

4

「남한강」(1,341행) 이야기는 돌배가 참수된 지 3년 뒤부터 시작된다.
'치마소 바위'에서 투신하려다 마음 돌린 연이가 수소문 끝에 "쇠전 높은
막대에 덩그마니 달린/시커먼 머리통, /눈조차 까마귀에게 쪼아먹힌/
처참한 몰골"의 돌배를 보고 까무라쳤다가 정신을 수습하고 외팔이 아버
지와 목계장터에다 술청을 벌여 장사에 나서는 시점이다. 그러나 그 본
격적인 시대배경은 「새재」에서 꼭 10년이 경과한 1920년부터 대략 3년간
이다. 무단통치의 철퇴에 꿋꿋이 맞선 3·1운동의 민족적 열기가 다소
주춤해지자 '문화정치'의 슬로건을 내건 일제가 실질적으로는 이전보다
더욱 강력한 무력주의로 내달으려 한 시기이다. 이런 사정은 작품 첫머
리에서도 뚜렷하다.

　무심하구나 십년 세월
　원한도 설움도 잠재우는 것
　강물은 도도히 흘러가누나
　물 위에 잔 물놀이만 일구면서.

　(…)

　허물어진 성벽 곳곳에서
　남포가 터지고
　꾀꼬리새 두려워 이 골짝 저 골짝으로
　피해서 우짖는데도. (57~58면)

184

「새재」서두와 너무나도 흡사한 장면이다. 여행하는 시적 자아가 바로
그 남한강변 나루와 옛 성터를 다시 둘러보고 새삼스레 비감(悲感)을 술
회하는 것이 그렇고, '남포' '꾀꼴새'를 통해 식민지 조선 민중의 막막한
삶을 넌지시 내비치는 능란한 시적 기교가 또한 그러하다.

이 작품의 서술방식은 전편과는 매우 다르다. 주인공 돌배가 자신의
이야기를 계기적으로 서술해가는 단일한 선형(線型) 구조에 입각해 있는
것이 「새재」이다. 이에 반해 「남한강」은 연이를 구심점으로 하여 서사가
전개되긴 하지만, 반드시 사건 발생의 순차를 밟고 있는 것은 아니다.
그 주변인물들을 포함한 모든 시적 상황이 전지적 화자에 의해 통괄되는
입체적 서술구조를 지니고 있는 것이다. 곳곳에 민요가 삽입되고 '치마
소 전설'이 차용되는가 하면, '대추나무 시집 보내기' 같은 민속놀이 장
면이 등장하기도 한다. 연이의 입을 빌려 자주 여러가지 사설을 풀어나
가게 하면서도, 다른 한편으로 시적 회지는 식민지시대의 왜곡된 근대화
과정, 다채로운 삶의 풍속도, '독립'에 대한 강렬한 민중적 소망 등을 골
고루 포착해낸다. 시적 화자가 전지적 작가 및 해설자 역할까지도 겸하
고 있는 셈이다.

　　뱃전에 왜놈 칼소리 절그럭대고
　　장바닥에 게다소리 시끄러워도

　　　(…)

　　그러나 우리는 본다,
　　온 누리에 새 힘이 솟구치고 있음을.　(59~60면)

에서는 절망적인 현실 속에서도 밝은 민중적 전망을 읽어내려는 시인 신
경림의 모습이 퉁겨진다. 무가 형식을 빌려 돌배의 혼백이

연이의 귓가에 속삭이누나.
못 가겠네 못 가겠네
분통해서 못 가겠네
도포 입고 갓 쓴 양반
팔자걸음 조선 양반
왜 은자 천냥에
내 중한 목 팔았구나 (66면)

라고 노래하는 대목에서는 이승과 저승을 넘나드는 전지적 화자·해설자
의 입장이 동시에 드러난다. 또한 "서속 섬이나 먹자고 산밭뙈기 일궜더
니/관가에서 하는 말 개오동만 심으라네"(109면) 같은 구절에서는 신민
요 가락을 원용, 일제의 '남면북양(南綿北羊)' 정책에 대한 농민의 저항
적인 목소리를 아무런 가감 없이 전달하기도 한다. 그런가 하면 20년대
초의 숨가쁜 세태 변화가 관찰자 견지에서 평명하게 점묘된다. 나라의
전역에서 마구잡이 벌목이 횡행하고, 국토 절단이 자행되는 식민지 근대
화의 왜곡된 행태가 눈에 잡힐 듯 선명하게 개괄되고 있는 것이다.

장마다 골목마다
새 지전 날고 뛰고 깝치고.
충주장엔 솔표 석유
제천장엔 가오리 인단
주덕장엔 쮸쮸 구리무

　　(…)

곳곳에 금점판이 벌어지고
산판이 벌어지고
계족산이 뚫리고 월악산이 뚫리고
금봉산이 깎이고 백운산이 깎이고 (68~69면)

전반부는 "충주 처녀는 담배 때문에 코끝이 노랗고／괴산 처녀는 숯을 만져 손이 검고"와 같이 지방 특유의 물산을 열거하는 전래민요 「큰애기 풀이」(고정옥, 『조선민요연구』, 수선사 1949에서 재인용)의 일절을 금세 떠올리게 한다. 일제의 상품시장으로 급속히 편입되는 당시의 조선 현실을 생생히 감득할 수 있을 듯하다.

「남한강」에서 연이를 서사 화폭의 중심에 놓은 것은 다각적인 형식적 고려에서 나온 것이다. 이는 전편과의 연관을 중시한 자연스런 결과이기도 하겠지만, 정작 중요한 이유는 좀더 다른 데 있다. 이렇게 처리함으로써 우선 독자에겐 유복자 딸린 아리따운 청상(靑孀) 연이의 후일담이 풍부한 실감과 재미로 다가올 수 있다. 연이의 술청이 갖가지 풍문을 매개하는 시적 공간이라는 점도 무시할 수 없다. 그러나 가장 핵심적인 것은, '독립의 쟁취'라는 시적 주제와는 전혀 무관한 듯한 연이를 전진 배치함으로써 역선적으로 시적 주제를 강화하려 한 점일 것이다. 이것이야말로 「남한강」의 리얼리즘적 성취를 담보하게 한 주요한 시적 방책이라 할 수 있다. 「남한강」에 반봉건의 내용을 담은 민중의 노래와 반제 항일 민요, 성희요(性戱謠) 등이 빈번히 나오는 것도 실은 이런 사정과 긴밀히 연관될 터이다.

'꽃배' 띄워 뗏목꾼 후리고, 금점판·산판 찾아드는 "산흙 묻은 지까다비"의 뜨내기들을 어르고 능칠 만큼 본때 있는 장사 수완을 보여주는 연이는 앵금쟁이와 사랑에 빠진다. 그럴 즈음, 대장간집 둘째아들은 자기 누이에게 아이 배게 한 나가야마를 찌르고 주재소로 끌려가 결국은 사흘간의 모진 고문 끝에 죽는다. 월악산 화적의 장본인으로서 뒤늦게 만주 독립군 자금책으로 밝혀져 체포된 정참판네 큰손주는 압송 도중 그 차량을 탈취한 동지들의 도움으로 마스막재에서 요행히 위기를 모면하고, 내내 신비의 베일에 싸여 온 문제의 "바람처럼 후리훌쩍／물길 따라 돌아오는／그 사람／앵금밖에 모르는 사내"는 바로 이 무리에 합류하여 산길을 오른다. 그러나, 이 작품의 끝대목 "바람이 일어 먼지가 일어"에서 충분히 암시되어 있듯이 시적 현실은 비극적인 대단원의 막을 내린다.

시인의 소망이 강렬하게 투영된, "두껍게 얼어붙은 얼음 아래／그래도 한강물은 흐르는구나"라는 마지막 한마디를 남겨놓은 채. 이른바 '열린 끝'(open closure)의 소설적 구성으로 마무리하고 있는 것이다.

이 단순하기 이를 데 없는 서사적 줄거리에서 가장 강력한 무게중심을 이루는 인물이 다름아닌 앵금쟁이이다. 연이가 「남한강」의 외형적 주인공이라면, 앵금쟁이야말로 작품 내적인 일차적 주인공이다. 연작 장시 세 편을 그 '운동적 삶'의 관점에서 독해할 때 그러하다.

    동산에 뜨는 보름달을 보면서도
    산울타리에 열린 올동부를 보면서도
    그이만 생각했네.

        (…)

    아아 그러나 나는
    피가 뜨거운 여자.
    강변에서 콩밭에서 어두운 메밀밭에서
    헐떡이며 딩굴며 살아온
    칠백년이라 노비의 딸.

        (…)

    험하고 매운 세상 독하게 헤쳤지만
    나는 불처럼 뜨거운 여자
    산꿀처럼 달콤한 여자. (78~79면)

돌배의 주검 앞에서 "갚으리다 갚으리다 낭군 원수 갚으리다"고 결의했어도, 애당초 '헐떡이며 딩굴며' 살아가게끔 운명지어진 연이의 저 야생화 같은 이미지가 인상적으로 형상화되어 있다. 이런 그녀에게 목로

잡화점 한구석에 고담책 펼쳐놓고 종일 앵금이나 타거나, 가끔 술청 봉
놋방에서 새우잠이나 자는 신원불명의 앵금쟁이가 문득 다가선다. 결국
이들은 "당버들 두어 그루／별빛 가린 아기늪"에서 합환(合歡)하기에 이
르는데, 다음은 화자에 의해 스케치된 자그마한 서정적 화폭이다.

　　　연이는 웃으며 옷고름을 풀었네.
　　　비녀를 뽑고 옥양목치마 벗었지.

　　　(…)

　　　치솟는 힘 하늘 끝에 뻗치고
　　　넘치는 기운 깊이 땅을 뚫네.
　　　숨막혀 숨막혀서
　　　뽕나무 왜닥나무도 땀흘리고
　　　힘겨워 힘겨워서
　　　물총새 할미새도 헐떡이면 (81~82면)

　'하늘'과 '땅'으로 각기 암유(暗喩)된 연이와 앵금쟁이의 격렬한 성적
행위가 실로 아름답게 아로새겨져 있는데, 얼핏 소월시의 주요 특장이기
도 한 '자연물에 의한 시적 정서의 표출'이라는 고도의 수법이 신경림에
게 고스란히 이월된 듯한 느낌이다.
　그럼 앵금쟁이는 대체 어떤 인물인가.

　　　서러운 가락에 오동잎 사이로 달이 지면
　　　절터에서 곳집에서 허물어진 향교에서
　　　저승길 늦은 원혼들
　　　우쭐우쭐 모여들어
　　　귀 기울이다 훌쩍이고 흐느낀다.

(…)

당신에게는 그의 혼이 씌웠구료.
목 잃고 저승길 못 찾은 원혼
구천계곡 헤매다가
앵금소리 구성진 가락 타고
당신에게 씌웠구료. (88~89면)

한마디로, 앵금쟁이는 돌배의 후신이다. 그러나 동시에 그는 돌배와 같은 처지의 "저승길 늦은 원혼"들을 달래고 위무하여 고통스런 지상적 삶으로부터 발길을 떼게 하는 중개자이기도 하다. 이런 관점에서 보자면, 「남한강」에서 시종 연이를 강력히 견인하고 있는 이 앵금쟁이야말로 명실상부한 작품 내적 주인공이라 해야 할 것이다.

5

「쇠무지벌」(1,661행)은 농민공동체 실현을 위한 '황밭들' 농민들의 순직한 꿈과 좌절의 기록이다. 해방 직후 몇년간 쇠무지벌 농민들이 본디 그들 공동의 소유였던 땅을 되찾기 위해 벌이는 눈물겨운 고투의 과정이 이 작품의 기본적인 줄거리이다. 그 첫머리의 작품명 '쇠무지벌'의 유래에 대한 시인의 설명이 차라리 구차하게 느껴질 만큼 이 시의 배경은 독자에겐 벌써부터 친숙한 것이다. 그 구체적 지명만 처음 대할 뿐, 이미 그것은 전편들에서 익히 보아온 바이기 때문이다.

시적 현실과 실제 역사사실과의 일치 여부를 가리는 일은 대체로 부질없는 노릇이다. 그러함에도 여기에 이를 적용해보면, 이 작품은 미군정기 남한(충북 중원군 금가면의 '쇠무지벌') 농민현실의 시적 탐색이라 할 수 있다. 그러므로 「쇠무지벌」에는 전재민(戰災民)·친일지주·빨갱이· 미군 들에 관련한 매우 중요한 시적 주제들이 총망라되어 나온다. 친일 잔재 세력의 척결, 토지의 평민적 소유에 대한 농민들의 열망이 분명하

게 형상화되어 있을 뿐만 아니라 좌우익의 첨예한 대결, 미군정의 무단
적 농민정책 등도 상징적으로 암시되어 나타난다.

「쇠무지벌」의 서술방식은 「남한강」과도 상당한 차별성을 지닌다. 똑같
이 전지적 화자를 내세우고 있으면서도 여기서는 가급적 내레이터의 주
관적 개입을 최소화하면서, 거의 모든 시적 대상들에 대해 균분적 시선
을 배려하는 일종의 '이동시점'을 취한다. 물론 「새재」의 돌배나 「남한
강」의 연이에 필적할 만큼 집중적 조명을 받는 인물은 찾아보기 어렵다.
그러나 그 농민운동적 삶을 특히 눈여겨보면, '새 통수'는 비상히 눈길을
끈다. 그를 제외하곤 대개의 경우 복수(複數)적인 형상, 즉 나라 밖으로
부터 귀향하는 유이민(流移民), 제 땅에 그대로 머물러 있던 사람들, 이
른바 '새양반' '새부자'로 불리는 지주 및 고급 관리, '군화발' '양잡귀' 따
위로 제시될 뿐이다. 한마디로, 「쇠무지벌」의 전반적 구도는 지배·피지
배계급 간의 첨예한 대립과 갈등의 양상을 띠고 있다. 그 시적 주제의
비중이 현저히 '나라'보다 '땅'에 쏠리고 있는 것은 이 때문이다. 이 작품
에 농민들의 집단적 노동과 놀이(두레·풍장·굿) 장면이 자주 눈에 띄
고, 민요·무가 등이 부쩍 늘어난 것도 전적으로 이와 직결된 것이다.

작품의 서장은 해방 직후의 혼란된 사회상을 선명하게 형상화한다.
'새세상'이 도래한 조국을 찾아 만주·일본 등지로부터 돌아온 유이민,
징용길에서 가까스로 풀려나온 전재민, 그리고 이들을 반가이 맞는 '잔
류파'의 모습을 보여주고 있다. 한결같은 '불구적 형상'이다.

> 귀가 찢어진 사람
> 코가 깨어진 사람,
> 도망하지도 못한 채
> 반등신이 다 된 사람들
> 그들을 맞는구나. (122면)

돌아오는 사람들도 이와 진배없으니, 등가죽에 맷자국이 남아 있는 사
람, 왜놈한테 맞아 곱추가 된 이가 모두 그러하다. 다른 한편에는, 이들

의 설움받던 이야기에는 아랑곳없이, "사람 잘난 게 죄인가/돈 많은 게 죄인가"라고 딴소리하는 친일 잔재세력의 기회주의적 면모가 명료하게 대비된다.

첫 장날, 두 편의 입장은 결정적으로 갈라선다. 결국 어렵사리 의견을 수습, 이십년 만의 굿판을 열기로 하고 젊은 갖바치를 제관으로 뽑는다. 장터에서 농민 회유에 실패한 지주들과 '왜군수·반쪽발이 검사·왜형사·왜면장' 등은 굿판에 헌물을 올리고 농민들과 함께 어우러진다. 걸립과 길굿이 행해지고, 열림굿판에선 동네 이끌어갈 '새 통수'로 제관을 다시 선출한다. 마지막으로, 나룻굿을 벌이어 흥취의 고조를 마감한다.

> 배메기라 소작료는 삼칠로 줄이고
> 비료값 금비값은 땅쥔이 물고
> 뒷목은 작인 차지라. (156면)

그러나 지주의 선심은 그냥 선심일 뿐, '십만 평 황밭들'은 결코 포기하지 않는다. 마침 바람결에 들려오는 토지개혁 소문에 마을 장정들이 울근불근하던 즈음 엉뚱한 데서 동티가 난다. 진샷골 새부자 면장 아들이 백주 대낮에 뱃사공 여편네 홑치마를 들췄다가 벼르고 있던 동네 젊은 패들에게 발각돼 조리돌림당하는 사건이 터지고 만 것이다.

이를 계기로 지주와 소작인의 못자리 싸움이 본격화된다. 이 과정에서 황밭들의 다섯 마을(흐르늪·사리울·새터·버드래기·가늧게) 장정 열다섯은 '빨갱이' 누명을 쓰고 개머리판에 휘둘려 줄초상 신세가 된다. 이 사이 조리돌림당했던 왜면장네 아들은 "권총 차고 벼슬 달고" 금의환향하는가 하면, 왜군수는 국장으로 등용된다.

이 소란통에도 오백년 대물림의 갖바치 '새 통수'는 "멀리 나라에서 소식이 들려올 때까지"만을 고집한다. 그러던 그가 실로 오랜 갈등 끝에 이윽고 투쟁의 진두에 선다. 그는 지난 이십년간 광산과 공사판, 대처 뒷골목과 바닷가 장바닥을 떠돌며 산전수전을 다 겪은 특이한 이력의 소유자이다.

빼앗긴 황밭들 찾으려다
단봇짐 싼 일 그 몇번이며
왜양반한테 대들다가
오라진 일 그 몇번이던가. (146면)

내·원한 내 통분 누구에게 지겠는가.
너르니 발치기한테 몸도둑 맞은 에미,
헌양반네 돌림계집 다 됐던 에미의 아들,
새부자한테 대들었다 장독 들어 죽은 애비. (162면)

그 가족사가 실로 참절무비하다. 사정이 이러함에도 그는 패배가 예정
되어 있는 투쟁임을 번연히 알면서도, "싸우리라 만년이라도 싸우리라"
고 외치며 일각일각 다가오는 죽음의 순간을 기다린다. 「남한강」의 경우
와 마찬가지로, 작품 결말의 추이를 독자로 하여금 반추하게 만드는 것
인데, 농민투쟁에 대한 시인의 확고한 믿음을 엿보게 하는 대목이다.
이 작품의 기본 서사는 이처럼 매우 간명한 것이지만, 외형상 분명한
주인공이 존재하지 않는 것처럼 보이는 까닭에 독자로선 시적 상황을 치
밀하게 재구성해야 하는 분외의 공력이 요구된다. 이것은 「쇠무지벌」의
지나칠 수 없는 형식적 결핍의 하나이다.
「쇠무지벌」의 시적 방법은 전편들에서의 그것을 충실히 따르면서도,
집단적 신명을 돋울 뿐 아니라 빠른 시적 템포에 적절히 상응하게끔 민
요 및 무가를 요소요소에서 매우 다채롭게 활용한다. "세상은 순리대로
살아야 하느니/왜모시 장구채가 물살에 쓸리듯"과 같은 살아있는 민중
적 비유도 주목할 만하지만,

익었구나 익었구나
중문 안 청치마 속이
축축하게 익었구나,

성났구나 성났구나
밭틀논틀 베잠방 속이
팅팅하게 성났구나. (163면)

에서 분출되는 탄력적인 성적 이미지 또한 인상적이다. 새부자네 철부지 귀둥딸을 본 총각 일꾼들의 답답하고 한맺힌 가락의 일절인데, 「쇠무지벌」의 삽입민요가 단순한 장식적 수사로 떨어지지 아니하고 시적 주제화에 유기적으로 관여하고 있음을 잘 일러준다. 다음은 '못자리 싸움'에 배치된 「가래 노래」의 일절이다.

어허 가래여
네 땅 내 땅 가래로 뜨고
네 님 내 님도 가래로 찾고
  (…)
어허 가래여
왜놈 되놈 가래로 쫓고
양반 부자도 가래로 잡고 (173~74면)

여기서 가래는 땅 파는 농기구, 강력한 남성 상징, 그리고 양반과 외세를 쳐부수는 무기로 되고 있는데, 과거 친일지주와의 '못자리 투쟁' 장면에 삽입됨으로써 주제의 강화에 큰 몫을 하고 있다. 매우 효과적이고도 적실한 민요 차용의 사례라 하겠다. 특히 「남한강」과 「쇠무지벌」에서 두루 산견되는 민요들, 가령 「두레삼 노래」 「늦어오네 노래」 「못방구 노래」 「지명풀이 타령」 「줄다리기 노래」 「배좌수 딸 박명가(薄命歌)」, 그리고 「김통인(金通引) 댕기노래」 등이 모두 이런 경우에 해당한다.

그러나, 간혹 민요의 수용 의욕이 지나쳐 시적 흐름을 오히려 차단하는 경우도 없지 않다. "소금에 절인 후줄근한 배추꼴"의 반둥신이 돼 돌아온 '열다섯 장정들'을 향해 그 아낙들이 통곡하는 다음 장면을 보자.

애고 애고 내 서방아

여주벌 황소처럼 기운 좋던 내 서방아

막흐레기 여울 잉어처럼 펄펄 뛰던 내 서방아

손발 다 꺾였으니 논밭 농사 누가 지며

허리병신 되었으니 아들 농사 누가 짓나

　　(…)

문경 새재 박달나무처럼 다부지던 내 서방아 (187면)

아무래도 침통하고 어두운 시적 분위기와는 크게 어긋나 있어, 서술 시점의 혼란을 느끼게까지 한다. 각도를 달리해 생각해보면, 이는 아낙 자신의 노래라기보다는 그 역할을 대신한 직업적인 노래꾼의 가락이라 할 수 있다. 『남한강』 서문에 밝혀져 있듯이, 이 작품을 쓸 때 특히 그 시적 방법 면에서 시인에게 크게 영향을 끼친 것으로 알려진 '반박수'가 바로 그런 인물일 듯싶다.

6

이미 앞서 언급했지만, 『남한강』은 일제강점기 초엽에서 해방 직후 시기까지 남한강변 농민들이 겪는 삶의 애환을 기본 서사로 삼고 있다. 그들 삶은 발랄한 생활어의 거침없는 구사, 그 고장 특유의 빛깔과 토속적 정취가 묻어 있는 지방어의 실감 있는 표현, 전래의 농경민요와 구한말·식민지시대의 신민요, 그리고 배따라기와 무가의 적절한 삽입 등으로 하여 아주 생동하게 형상화된다. 사실, 오늘날과 같은 급속한 산업사회에선 이미 그 흔적조차 찾기 어려운 고유의 우리말과 가락을 짚어가며 이 작품을 읽는 재미란 여간만 쏠쏠한 게 아니다. 농민공동체적 삶과 직결된 우리 본디말을 그 쓰임새별로 몇가지만 아래에 예시해보기로 한다.

1. 푸나무(식물): 가시여뀌, 검팽나무, 고주배기, 녹다래나무, 당버들, 보득솔, 시무나무, 올동부, 팥배나무, 흑느릅나무

2. 생활어(농기구·행위·자연물 등): 겨끔내기, 기직, 꼬꼬마, 너벅배, 닥
   걸이, 대궁, 뒷목, 돌메, 되매기질, 뜀장질, 등게미질, 만도리, 말강구,
   매지구름, 못방구, 물보낌, 배베기, 버덩, 산두벼, 살쭈, 섶에살이, 서드
   락질, 스슥, 시게전, 실퇴, 이내
3. 놀이: 맞받이춤, 새끼풍물, 새납, 세마치 장단, 쇠가락, 애기씨름, 얼뜨
   기춤, 조라치춤, 중씨름, 호미씻이
4. 기타: 길카리, 꽃배, 데림추, 발떠쿠, 울뚝밸, 자치동갑, 장기튀김

  이 살아있는 우리말들은 「남한강」과 특히 「쇠무지벌」에 그득하다. 아
마도 작품의 전반적 구도와 긴밀히 대응되는 현상일 터이다. 모름지기
시인은 모국어의 섬세한 아름다움의 기미를 포착하고 그를 통해 삶과 세
계에 대한 원초적 감응을 드러낼 줄 알아야 한다면, 신경림의 경우 『남
한강』이야말로 그 확실한 증표라 할 만하다. 그만큼 이 작품은 우리 모
국어가 이룩해낸 가장 휘황한 결실의 보고(寶庫)로서 오래도록 기억되어
야 할 것이다.
  그러나 이 작품은 석삲은 곳에서 '농민적 영웅주의'로 치달으려는 서사
적 충동을 어쩌지 못한다. 말하자면 과도한 전망을 내보인다는 의미이
다. 이는 시적 상황을 앞질러 나아가려는 시인의 관념적 낭만화의 소산
에 다름아닌데, 여타의 특점들이 집약해내는 시적 감동을 상당 부분 감
쇄시키는 결과를 초래하는 커다란 단처로 된다. 특히 「쇠무지벌」의 경
우, 민요나 무가의 빈번한 삽입으로 말미암아 서사 골격이 여러가지 시
적 주제들의 무거운 하중을 더이상 견뎌내지 못함으로써, 작품의 전반적
구도가 지나친 단순성으로 회귀하고 만 것도 문제이다. '읽는 시'보다
'노래하고 듣는 시'에 편향된 필연적 귀결이라 하겠다.
  이런 점에서 신경림이 『남한강』 이후 민요에 더욱 깊이 몰입한 것은
그의 시의 발전적 전개에 있어서 오히려 시적 퇴행이라 생각된다. '순수
서정'의 모처럼의 자재로운 분출이 단조롭기 짝이 없는 민요의 세계로
급전직하하는 형국으로 귀결되었기 때문이다. 이는 서정시를 자칫 '한과
슬픔'의 단순한 등가물로 생각케 하는 위험성도 함께 동반한다. 바로 이

런 측면에 대한 진지한 성찰이 요구된다 하겠는데, 이 점에서 『쓰러진 자의 꿈』은 매우 고무적이다.

신경림의 시적 성공과 실패는 시인 개인에게만 국한되지 않는 시사적 교훈을 우리에게 일깨워준다. 지난 7, 80년대의 저 암흑과도 같은 세월에, 과거 역사적 격동기에 우리 선배들이 진정한 농민공동체 실현을 위해 벌인 눈물어린 투쟁과 좌절의 자취를 서사적 대하장강 속에 생생하게 펼쳐 보임으로써 순결한 농경사회로의 복귀를 꿈꾸게 해준 것만으로도, 이 작품의 시사적 의미는 올연할 것이기 때문이다. □

극복되어야 할 현실과 만나야 할 미래

『달 넘세』를 중심으로

김 명 수

1

신경림의 문학적 출발은 그의 탁월한 시적 성취와는 달리 순탄치 않았
다. 연보에 의지해 그의 문학적 도정을 살필 때, 우리는 그에게서 등단
이후 10여년의 문학적 공백을 발견하게 된다. 1956년『문학예술』지에 시
「갈대」「묘비(墓碑)」 등이 추천되어 시단에 나온 이후, 그는 이내 서구
적 관념론에 물들어 있던 그당시의 시단풍토가 자신이 지향하는 시세계
와 현격한 차이가 있음을 발견한다. 그는 좌절 끝에 고향으로 낙향하여
문학활동과 상반된 삶을 살았다. 익히 알다시피 5, 60년대의 시단풍토는
전후 허무의식과 실존주의에 깊이 침윤되어 있어서 민중적 현실에 눈을
돌리고, 그것을 자신의 문학적 바탕으로 삼으려던 시인에게 깊은 좌절을
안겨주었으리라 짐작된다. 그가 절망하여 돌아간 고향은 그에게 문학의
꿈을 대신해줄 그 어떤 희망적 공간도 아니었고 오로지 깊은 갈등을 심
어주며 궁핍만을 요구하는 장소였다. 그러나 그는 시를 쓰지 않았던 그
10여년의 기간 동안 민중적 삶을 스스로 체득하고 그들의 정서를 내밀하

金明秀: 시인. 시집으로 『月蝕』『하급반 교과서』『침엽수 지대』 등이 있음.

게 탐색하여 1973년 출간한 그의 첫시집 『농무』의 내적 기반을 다지는 기회로 삼았다.

그의 첫시집 『농무』는 이미 여러 평자들에 의해 평가된 바처럼 해방 이후 가장 탁월한 시집으로 꼽혀지며 분단시대의 민중문학에 큰 분수령을 이룬다. 그것은 바로 시가 한갓 알 수 없는 암호로 전락하여 인간의 삶과는 무관한 유희를 일삼던 시절, 민중의 정서를 민중의 언어로 형상화시킨 미덕을 지니며 민중문학이 나아갈 길을 제시하고 있기 때문이다.

이후 신경림의 문학은 눈부시게 전개된다. 그는 그 무렵 창간된 『창작과비평』지를 통해 본격적 문학활동을 펼치며 자신의 고향 충주지방에 구전되던 이야기를 바탕으로 장시 「새재」를 발표하기에 이른다. 「새재」는 훗날 「남한강」 「쇠무지벌」로 이어지는 장편서사시의 제1부로서 구한말에서 일제에 의한 국가 상실의 격동기까지를 시대적 배경으로 하여 민중의 분노와 저항을 역사적 깊이에서 천착한 탁월한 서사시로 평가받는다. 이 시는 또한 서사적 구조 속에 민요적 가락을 절절히 도입하여 새로운 민중 예술 양식을 구현해 그로 하여금 70년대 이래 한국 민중문학을 대표하는 가장 탁월한 시인으로 평가받게 한다.

2

『농무』와 『새재』에 이어 1985년 세번째로 출간된 『달 넘세』는 신경림 문학의 개화기의 중심에 자리잡고 있는 시집이다. 『달 넘세』는 『새재』 이후 6년 만에 출간된 작품집이나, 『새재』가 장시집임을 감안할 때 실제로는 짧은 시들의 모음으로서는 『농무』에 이은 두번째 시집으로 기록된다. 이 시집은 기본적으로 『농무』에 드러나는 시의 발상과 어조를 그대로 계승하면서도 그 폭과 넓이가 한층 확대되고 심화된 인상을 전한다. 대체로 『농무』의 시적 공간은 시인의 고향이라 할 수 있는 피폐화된 광산과 인접한 특정한 농촌마을과 그 인근 면소재지와 산읍(山邑)에 한정되어 있었다. 그리고 『농무』에 드러나는 시적 주인공들은 특정한 농촌공간 속에서 자조적인 비애를 표출시키는, 소외되고 좌절하는 농민들이 대

부분이었다. 그러나 『달 넘세』에 이르러서는 시적 공간이 폭넓게 확산되
고 시인의 상상력 또한 농촌을 중심으로 한 민중문제에서 분단·외세와
같은 민족문제와 정치적 문제로 확대되는 기미를 보인다. 또한 『달 넘
세』에는 『새재』에서 삽입민요로 사용되던 민요조의 가락이 한편의 시로
독립되어 등장하기 시작한다. 그런가 하면 또 『달 넘세』에서 우리는 사
회의 총체적 문제를 바라보는 시인의 시각이 한층 더 날카롭고 예리해진
느낌을 받는다. 이런 여러가지 관점에서 놓고 볼 때, 자칫 『농무』나 『새
재』의 탁월한 시적 성취로 인해 상대적으로 소홀하게 취급되고 평가되기
쉬운 『달 넘세』가 신경림 문학에서 차지하는 비중은 결코 작지 않고, 그
속에 드러나는 시의 깊이와 변화는 신경림 문학의 성숙과 변모를 살피는
데 좋은 실마리를 제공하고 있다고 보여진다.
　시집 『달 넘세』에서 먼저 우리가 주목할 수 있는 점은 『농무』에서와는
달리 다양한 모습의 민중들이 시의 주인공으로 등장하며 그들의 세세한
삶이 시를 통해 펼쳐지고 있다는 점이다.

　　① 멀리 뻗어나간 갯벌에서
　　　어부 둘이 걸어오고 있다
　　　부서진 배 뒤로 저녁놀이 발갛다
　　　갈대밭 위로 가마귀가 난다

　　　오늘도 고향을 떠나는 집이 다섯
　　　서류를 만들면서
　　　늙은 대서사는 서글프다
　　　　　　　　　　　　　　　　　──「폐항」부분

　　② 묵밭에는 산쑥
　　　도깨비 엉겅퀴 칡넝쿨이 어우러졌다
　　　옛날처럼 우물에는
　　　하얀 구름이 떠 있고

노간주나무 아래 앉으면
바람 또한 시원하다

여기 살던 화전민들은
객지땅 어느 변두리에 가
떠돌이가 되었을까

———「산중」부분

③ 산다는 일이 때로 고되고
떳떳하게·산다는 일이
더욱 힘겨울 때

괴로울 때는
여인네들을 생각한다
아직도 살아서 뛰는
광주리 속의 물고기 같은
장바닥 여인네들의 새벽 싸움질을

———「외로울 때」부분

『달 넘세』에 수록된 여러 시편 중 임의로 골라본 이 세 편의 시는 『달 넘세』가 다양한 민중들을 시적 주인공으로 등장시키고 있음을 알게 해준다. ①의 시에서 우리가 만날 수 있는 것은 가난한 어민들과 그들의 삶이다. 어민은 농민과 더불어 우리 사회의 기층부를 이루는 대표적 기층민임에도 불구하고 지금껏 시의 소재로 소홀히 취급되어왔는데 시인은 이 시에서 바로 이들의 삶을 시화하고 있다. 이 시에 등장하는 어민들은 자신들의 삶의 터전인 바다를 떠나고 싶어하는 모습으로 그려지고 있다. 시인은 어민들이 그들의 삶의 터전에서 버려지고 소외되는 현실에 주목하면서 그들이 생존기반에서 유리되는 불안을 '갈대밭' 위의 '가마귀'로 암시하여 표현한다. 그리고 희망 없는 그들의 피폐화된 삶의 모습을 '부

서진 배'와 해가 지는 석양의 '저녁놀'을 통해 드러낸다. ②의 시에서는
화전민이 시적 주인공으로 등장하고 있다. 그런데 이들 역시 자신들의
삶의 근거지와 화해로운 조화를 이루지 못한다. 그들은 이미 자본의 힘
에 의해 관광지로 개발된 산촌을 떠나 객지에서 떠돌이가 되어버린 존재
로 표현되어 있고 그들이 살았던 삶의 터전은 엉겅퀴, 칡넝쿨이 엉클어
진 폐허로 묘사된다. ③의 시에 이르러서는 장바닥 여인들이 등장하고
있는데 이들은 생존을 위해 '새벽 싸움질'을 삶의 당위로 받아들이는 끈
질긴 생명력을 지닌 모습으로 그려지고 있다. 농민들의 삶에 일차적 초
점을 맞추던 『농무』와는 달리 이처럼 『달 넘세』에 이르러 다양한 민중들
이 등장하고 그들의 세세한 삶이 그려지고 있는 것은, 시인에게 있어서
단순한 시적 소재의 확산만을 의미하는 것이 아니라 시인의 시각이 농촌
현실에서 우리 사회의 전반적 현실로 확대되는 것을 뜻한다. 이는 우리
사회의 구조적 모순을 바라보는 시인의 현실의식이 한층 더 견고해진 데
서 연유하고 있다고 보여진다.

　『달 넘세』에서 이처럼 우리 사회의 기층민들이 자신들의 삶의 근거지
에 정착하지 못하는 존재로, 혹은 간고하게 살아가는 모습으로 그려지고
있는 객관적 근거는 아마도 60년대 이래 우리 농어촌의 현실이 이른바
산업화의 물결로 급속하게 붕괴되고 훼손되는 데서 그 이유를 찾을 수
있을 것이다. 5·16 군사혁명을 계기로 시작된 공업화가 60년대 이후 지
속적으로 농어촌의 희생을 통해 확산되었다는 현실을 되새겨볼 때, 시인
의 이같은 현실의식의 심화와 확대는 초기시 이래 민중적 현실을 자신의
시적 기반으로 삼으려는 시인에게 일견 당연한 변화라고 볼 수 있으며
변화하는 민중현실에 능동적으로 대응하려는 시인의 치열한 시의식의 반
영이라고도 판단된다. 이 점은 또한 고난스러운 삶을 살아가는 이 땅의
이름없는 민중들에 대한 극진한 애정의 발로라고 여겨진다.

　시인의 시선이 산업화의 물결로 변모되는 우리 사회의 현실과 직접적
으로 결부되어 있는 시는 다음과 같은 작품이다.

　　새참이 지났는데도 장이 서지 않는다

먼지를 뒤집어쓰고 버스가 멎고
고추부대 몇 자루가 내려와도
사람들은 고샅에 모여 해장집 의자에 앉아
더 오르리라는 수몰보상금 소문에
아침부터 들떠 있다
농협창고에 흰 페인트로 굵게 그어진
1972년의 침수선 표시는 이제 아무런 뜻도 없다
한 반백 년쯤 전에 내 아버지들이 주머니칼로 새겼을
선생님들의 별명 또는 이웃 계집애들의 이름이
헌 티처럼 붙어 있는 플라타너스 나무들만이
다시는 못 볼 하늘을 향해 울고 있다
학교로 올라오는 물에 잠길 강길을 굽어보며
학교 마당을 좁게 메운 채 울고 있다

—「강길 2」 전문

이 시의 시적 공간은 오늘날 충주댐이 들어선 시인의 고향 충주지방의 어느 강마을이다. 이 시에는 1972년 충주댐 건설로 인한 수몰 예정지에 터를 잡고 살아가던 민중들의 시한부적 삶의 모습이 생생하게 묘사된다. 이 시의 배경이 되는 시골 장터는 활기가 사라지고 스산한 공간으로 변했다. 장날이 되어도 장터는 전혀 활기가 살아나지 않는다. 댐 건설로 인해 누대에 걸쳐 터를 잡고 살아온 자신들의 거처가 상실될 위기에 놓여 있는 농민들은 옛날과 같은 삶의 의욕을 상실하고 자연과 더불어 화해로운 삶을 영위하며 노동의 가치를 중요시 여길 수 없는 존재로 전락해버렸다. 시인은 이 시에서 타율적인 요인으로 하루아침에 자신들의 터전을 상실한 농민들에게 직접적인 연민을 드러내지 않는다. 다만 시인은 "내 아버지들이 주머니 칼로 새겼을/선생님의 별명 또는 이웃 계집애들의 이름이/헌티처럼 붙어 있는 플라타너스 나무들"이 "하늘을 향해 울고 있다"라는 구절에 의지해 자신의 심사를 간접적으로 피력할 뿐이다.

그러나 시인의 영탄과 격정을 쉽사리 드러내지 않는 이런 수사법은 오히려 삶의 근거지를 잃고 낯선 객지에서 새롭게 거처를 마련해야 하는 수몰민들에 대한 시인의 연민과 아픔이 한층 더 생생하게 표출되는 효과를 거둔다.

> 동해바다 용왕님
> 딸 길러 세상 구경하라고
> 물명주 열두 필 풀어
> 물 갈라 길 열어 내보내고
>
> 내 아버지
> 돈 벌라 차 태워 날 보내며
> 가겟방 쪽마루에 앉아
> 소주잔 콧물만 훌쩍였네
>
> 바람은 왜 이리 차누
> 물명주 열두 필
> 꽃버선으로 밟고
> 날 보고 환하게 웃으라는데
>
> 쪽문에 머리를 박고
> 연탄 위에 손을 얹으면
> 세상은 온통 바람투성이
> 물명주 열두 필 돌아갈 길도 걷히고
>
> ——「물명주 열두 필」전문

시인의 시선이 농촌현실에서 도시적 현실로 변모되어 나타나는 위의 시에서 우리가 짐작하는 시적 화자는 나이 어린 처녀이다. 이 시에는 시적 화자가 젊은 여성임이 구체적으로 명시되어 드러나지 않는다. 그러나 우리는 전래 무가에서 모티프를 따온 이 시에서 '꽃버선'과 같은 시어를 통해 이 시의 주인공이 '내 아버지'를 위해 서울로 올라와서 돈을 벌어야하는 '심청이'와 같은 처녀임을 쉽사리 짐작하게 된다. 이 시에서 앞에서 읽어본 「강길 2」와 직접적인 연관성은 찾을 수 없다. 그러나 70년대의 산업화정책으로 농촌이 피폐화되고 급속하게 도시화 현상이 이루어지면서 농촌인구들이 도시로 유입되어 2차·3차산업에 종사하게 된다는 사실을 염두에 두고 볼 때, 이 시의 시적 화자가 「강길 2」의 시적 공간과 유사한 농촌지역을 떠나와서 이를테면 '동일방직'이나 'YH무역' 같은 비인간적 근로조건을 요구하는 회사에서 여공으로 일을 하며 도시 변두리의 열악한 환경 속에서 고통스럽게 살아가는 모습을 자연스레 상상하게 된다.

이처럼 『달 넘세』에 이르러 다양한 민중들의 모습과 더불어 그들의 세세한 삶이 생생하게 드러나고, 산업화의 물결로 변모되는 우리 사회의 현실이 조응되며, 시인의 시선이 농촌현실에서 도시적 현실로 변모되어 나타나고 있는 것은 이 시집을 통해 우리 사회의 구조적 모순을 바라보는 신경림의 민중의식이 한층 더 심화되는 것을 의미한다. 이 점은 훗날 그의 다른 시집들인 『가난한 사랑 노래』나 『길』 『쓰러진 자의 꿈』에서 한층 더 깊어지기 시작하는 민중에 대한 뜨거운 사랑의 바탕을 이룬다고 볼 수 있다.

3

『달 넘세』에서 우리가 또 한가지 주목할 점은 시인이 7, 80년대 폭압적 정치상황을 살아오면서 폭넓은 민중적 정서를 자신의 시에 담아냄과 동시에 정치현실에도 깊은 관심을 드러내어 분단·외세와 같은 민족적 문제로 시적 관심을 확대시킨다는 점이다. 일찍이 시인은 「새재」에서 주인공 돌배가 봉건적 질곡과 제국주의의 침략에 맞서 항거하는 장면을 통해 민족적 문제를 자신의 시적 관심으로 보여준 바가 없지 않으나, 『달 넘세』에는 이 점이 좀더 구체적인 모습으로 드러나고 있다. 이 점에 있어 특히 시인은 1974년 고은·백낙청·박태순·이문구·염무웅 등 101인

의 양심적이고 진보적인 문학인들과 같이 이 땅의 민족통일, 민주회복,
정의구현, 자유실천을 위해 '자유실천문인협의회'를 만들면서 자신의 문
학적 신념을 구체적인 행동으로까지 드러낸 바 있어 이 시들을 읽는 우
리에게 한층 뜻깊은 감동을 전한다.

> 흙 속을 헤엄치는
> 꿈을 꾸다가
> 자갈밭에 동댕이쳐지는
> 꿈을 꾸다가……
>
> 지하실 바닥 긁는
> 사슬소리를 듣다가
> 무덤 속 깊은 곳의
> 통곡소리를 듣다가……
>
> 창문에 어른대는
> 하얀 달을 보다가
> 하늘을 훨훨 나는
> 꿈을 꾸다가……
>
> ──「세월」 전문

7, 80년대의 폭압적 정치현실을 살아가는 지식인의 내면정서가 극명하
게 드러나는 이 시는 신경림의 여타의 시들과는 달리 다소 파격에 속하
는 표현의 기교를 보인다. 박정희와 전두환과 노태우에 이르는 군사독재
정권은 정권획득의 부당성을 은폐하며 자신들의 정권을 유지하기 위해
강권폭력정치를 서슴지 않았고 그로 인한 정치적 압박은 시인을 비롯한
모든 지식인을 숨조차 쉴 수 없는 상황으로 몰아붙였다. 이 시에는 언제
체포될지 모르는 불안과 강박관념이 압축되어 있고 그같은 세월을 벗어
나고 싶은 기원이 담겨 있다. 각 연의 말미가 줄임표로 처리되어 있는

것은 말조차 제대로 할 수 없던 당시의 상황을 효과적으로 표현하기 위한 수사법이라 볼 수 있다. 물론 이 시는 시인 자신의 개인적 심사가 표출된 작품이겠으나 당시의 시대적 상황 속에 목숨을 부지하고 살아가던 일반 민중들의 잠재된 불안을 대변하는 작품이라고도 볼 수 있다. 그 당시, 문학에 대한 상상을 절하는 탄압과 검열을 두려워하지 않고 민중들이 처한 부당한 억압과 그들의 소망을 진지하게 표현해내려는 시인의 시의식이 새삼 돋보이는 작품이다.

편히 가라네 날더러 편히 가라네
꺾인 목 잘린 팔다리 끌고 안고
밤도 낮도 없는 저승길 천리 만리
편히 가라네 날더러 편히 가라네.

잠들라네 날더러 고이 잠들라네
보리밭 풀밭 모래밭에 엎드려
피멍든 두 눈 억겁년 뜨지 말고
잠들라네 날더러 고이 잠들라네.

잡으라네 갈가리 찢긴 이 손으로
피묻은 저 손 따뜻이 잡으라네
햇빛 밝게 빛나고 새들 지저귀는
바람 다스운 새 날 찾아왔으니
잡으라네 찢긴 이 손으로 잡으라네.

꺾인 목 잘린 팔다리로는 나는 못 가,
피멍든 두 눈 고이는 못 감아,
못 잡아, 이 찢긴 손으로는 못 잡아,
피묻은 저 손을 나는 못 잡아.

——「씻김굿」부분

1980년 광주항쟁은 우리 현대사의 지울 수 없는 상처요, 비극이었다. 이 시는 광주항쟁이 일어난 이후 억울하게 학살된 민중들의 원혼을 달래는 마음으로 쓰여진 작품이다. 원통한 넋을 위로하기 위해 전라도 지방에서 많이 하는 굿 형식에 의지해 쓰여진 이 시에서 우리는 시인의 치열한 역사의식을 읽을 수 있다. 이 시에 등장하는 원혼들은 자신들을 살육하고 정권을 잡은 권력자로부터 화해를 종용받지만 섣부른 화해를 거부한다. 시인은 이 시에 '떠도는 원혼의 노래'라는 부제를 붙이면서 근본적으로 광주항쟁에서 희생된 자들이 억울하게 죽었음을 상기시킨다. 따라서 시인은 이들의 죽음에 대한 철저한 원인규명과 더불어 자신들의 만행을 은폐시키려는 권력자들이 철저하게 징치되기 전에는 "피멍든 두 눈을 고이는 못 감"겠다고 말한다. 이는 달리 말해 이 땅에 진정한 민주화가 도래해야 이 원혼들이 고이 눈을 감을 수 있다는 뜻이다. 인용한 시의 맨 마지막 연에서 원혼들이 토로하는 절규는 바로 참된 역사로 물꼬를 돌리려는 시인의 치열한 역사의식을 반영한다 하겠다.

신경림은 『달 넘세』에서 이처럼 억울한 원혼들이 생겨나는 근원적 이유를 되새기며 분단과 외세 같은 민족문제에 깊은 관심을 기울이게 되는데, 이 점은 아마도 시인이 6·25 전란을 겪은 이후 우리 현대사의 최대의 비극인 광주 5·18의 배경에 우리를 끝없이 예속시키려는 강대국의 보이지 않는 마수가 있고 그 마수로 토막낸 분단현실이 존재하고 있다는 데에 새삼 생각이 미쳤기 때문일 것이다.

① 우리는 사이좋은 친구였다
  골마루에서 벌도 같이 서고
  깊드리에서 메뚜기도 함께 잡았다
  그러다가 우리는 싸웠구나
  할퀴고 꼬집고 깨물면서

  힘센 아이들의 시새움 때문에

208

큰 아이들의 꼬드김 때문에

우리는 물어뜯고 발길질하고
서로 붙안고 딩굴었구나
입과 코에서 피를 흘리고
눈과 귀가 찢어져 도깨비춤 추었구나

——「북으로 간 친구」 부분

② 곯았네 곯았네
뎅이만 슬슬 굴려라
지금은 가려낼 때
속인 자를 가려낼 때
지금은 뿌리칠 때
거짓 손길 뿌리칠 때
곯았네 곯았네
뎅이만 슬슬 굴려라
지금은 찾아갈 때
내 형제 찾아갈 때
지금은 손잡을 때
내 친구만 손잡을 때

——「곯았네」 부분

남북으로 분단되기 이전의 남북 겨레를 어린시절 사이좋은 친구로 상
징하여 표현하고 있는 ①의 시에서 시인은 국토가 분단되고 민족이 갈라
진 원인을 외세 즉, 강대국의 이해 다툼 때문으로 파악하고 있다. 이 시
에 표현된 힘센 아이와 큰 아이들은 바로 강대국의 상징적 표현이라 할
수 있다. 시인은 지금 우리 겨레의 현실을 "물어뜯고 발길질하고／서로
붙안고 딩굴"며 "입과 코에서 피를 흘리고／…／도깨비춤 추었"다고 밝
히며 비통한 심사를 표출한다. 시인은 이런 어처구니없는 민족적 현실을
직시하고 민중들의 각성을 간절히 기원한다. 이 시에 쓰여지고 있는 언

어가 그야말로 평범한 민중들이 손쉽게 알아듣는 철저한 민중언어인 것
도 특기할 대목이다. 이와 함께 시인은 ②의 시에서는 남북 겨레들을 한
형제로 바라보고 지금 이 시간이 바로 분단의 사슬을 끊어낼 때임을 절
실하게 노래하고 있다. 이 시는 휴전선 지역인 포천·철원·가평 등지의
김매기 민요를 차용한 작품으로 외세의 손길을 뿌리치고 분단을 극복하
여 통일을 앞당기려는 시인의 간절한 열망이 표출된다. 이 시들을 통해
우리가 인식할 수 있는 것은, 오늘날 우리의 민족과 국토가 냉전체제의
이데올로기에 의해 남북으로 갈라져버린 비극적 상황을 인식하며 그 극
복을 위한 노력을 문학에서 보여주지 않을 때 우리는 그 문학을 참된 민
족문학이라 이름 붙일 수 없다는 점이다. 그런 점에서 놓고 볼 때 신경
림의 이 시는 분단시대의 민족문학의 한 참된 모범을 보인다고 하겠다.

4

『달 넘세』의 형식적 특징으로 민요시를 본격적으로 선보인다는 점을
꼽을 수 있을 것이다. 시인은 이미 「새재」에서 민요를 부분적으로 삽입
하여 자칫 지루하게 여겨질지도 모르는 시의 전체적인 흐름에 변화를 모
색하고 시인의 주정적 의도를 우회하여 표현하는 효과를 거둔 바 있다.
그런데 『달 넘세』에 와서는 민요형식의 시가 독립된 한편의 시로서 본격
적으로 등장하기 시작한다. 이 시들은 주로 시집의 제1부에 편재해 있
다.

　　잡아주오 내 손을 잡아주오.
　　흙 속에 묻힌 지 삼십 년
　　원통해서 썩지 못한 내 손을 잡아주오.
　　총알에 으깨어지고 칼날에 찢어진
　　내 팔다리를 일으켜주오.
　　　　　　　　　　──「허재비굿을 위하여」 부분

네 뼈는 바스라져 돌이 되고
네 팔다리 으깨어져 물이 되어
이루었구나 이 나라 한복판에
크고 깊은 산과 강 이루었구나

네 살은 썩어 흙이 되고
내 피 거름되어 흙 속에 배어
피웠구나 산기슭 강가에
붉고 노란 온갖 꽃 피웠구나

———「열림굿 노래」부분

위의 시들은 『달 넘세』에 수록된 대표적 민요시들로서 이 땅의 산야에
묻힌 원혼들의 정서를 바탕으로 민족통일을 기원하는 작품이다. 시인은
한풀이 정서를 양식화한 씻김굿 형식에 의지해 분단시대를 살아가는 민
중적 정서를 시화하고 있다. 이 시들에 직접적으로 차용된 형식은 씻김
굿에 드러나는 무녀의 사설이다. 무녀의 사설에는 단순화된 민중들의 염
원이 스며 있고 그것은 일정한 율격에 의지해 민요의 형태로 전환한다.
민요란 민중 속에서 자연스레 발생하여 오랫동안 다듬어진 민중의 생활
감정을 소박하게 반영시킨 가요로서 민중의 삶과는 불가분의 관계가 있
다. 따라서 민요가 지닌 음악성과 가락을 효과적으로 되살린 이 시들은
기존의 시로서 미처 다 표현하지 못하는 분단시대의 민중적 정서를 훌륭
하게 표현하여 우리 시의 새로운 활로를 개척하고 있다. 시인은 자신이
민요에 관심을 기울이는 이유로 "그릇된 서구문화의 맹목적인 수입에 의
해 끊어진 우리의 가락의 줄을 거기서 찾아 오늘의 일에 맞는 노래를 새
로 만들"고 싶다고 자신의 산문을 통해 말한 바가 있었다. 이는 물밀듯
이 밀려오는 외래문화의 범람 속에 민족문화의 주체성을 살려내려는 시
인의 일관된 관심의 표출이며 민중적 상상력을 정서화하기 위한 객관적
장치의 필요성에서 비롯된 것이라고 볼 수 있다. 신시(新詩) 이후의 일
천한 시문학의 역사를 살펴볼 때 수많은 시인들이 현대시의 창작방법에

우리의 가락을 외면하고 서구적 방법을 차용해 왔다는 점을 헤아려보면,
때늦은 감이 없지 않으나 우리의 가락을 통해 우리 민중의 정서를 표현
하려는 시인의 노력을 높이 사야 할 것이다.

『달 넘세』의 또 하나의 미덕은 이 시집에 실린 시들이 단단한 서정적
기반에 서 있다는 점이다. 이 점은 민중문제나 민족문제와 같은 비교적
무거운 주제를 다루는 시에서도 여전히 통용되며 개인적 정서를 노래하
는 시에서도 어김없이 적용된다.

> 내게는 작은 꽃밖에 없다
> 가난한 노래밖에 없다
> 이 가을에 네게 줄 수 있는
> 지친 한숨밖에 없다
>
> 강물을 가 들여다보아도
> 달도 별도 보이지 않는구나
> 갈대를 스치는
> 빈 바람뿐이로구나
> 몰려오는 먹구름뿐이로구나
>
> ──「가을에」 부분

신경림의 시가 단지 민중문제나 민족문제에만 국한되어 있고 개인적
정서가 배제되어 있다면 그의 시가 일견 단조롭고 건조하게 느껴질 수
있을 것이다. 그러나 위에서 인용한 시에서도 볼 수 있듯이 시인은 가을
을 맞아 느끼는 외로움과 절망의 정서를 간결하고 압축적인 언어를 동원
해 따뜻한 서정으로 시화하고 있다. 이는 내면세계의 주관적 표현과 자
아와 세계의 정서적 융합을 통해 서정시의 한 모범을 보여주는 바로서
신경림이 시에 있어서 서정성을 중요시 여기는 서정시인이라는 점을 다
시 한번 드러내는 증거가 된다. 이같은 예는 자신이 자본주의에 함몰되
어가는 안타까운 마음을 그린 「늙은 악사」 등에서도 여실하게 드러나 시

집 『달 넘세』가 민중문제나 민족문제만을 편향되게 노래하고 있다는 편견을 씻어주고 있다.

5

『달 넘세』의 시적 성취는 곳곳에서 산견된다. 이 시집의 시들이 씌어지고 발표된 시기는 민중들의 삶의 구조가 산업화로 인해 급격하게 변모되고 정치적으로는 군사정권의 강압통치가 계속되던 시절이었다. 시인은 이런 사회적 변화 속에서 역사적 주체로서의 민중들에 대한 신뢰를 굳건히 한다. 『농무』에서 농민을 중심으로 드러나던 민중의식이 『달 넘세』에 이르러 다양한 민중들과 그들의 세세한 삶을 통해 한층 더 심화 발전되고 있으며 분단과 외세 같은 민족문제와 당대의 정치적 문제에도 깊은 관심을 기울이는 역사의식이 돋보이고 있다. 또한 민중적 상상력을 정서화하기 위한 객관적 장치로서의 민요시를 본격적으로 신보이고 있는 짐과 민중문제나 민족문제만을 다룬다는 편향된 시각을 씻어줄 아름다운 서정시를 함께 선보이고 있는 점 또한 『달 넘세』가 지닌 소중한 미덕이라고 판단된다.

그러나 무엇보다 더 돋보이는 『달 넘세』의 시적 성취는 어려운 삶을 살아가는 민중들에게 그 어려운 삶을 함께 극복해내고 새로운 삶을 맞이할 넉넉한 희망을 일깨워주는 점이라고 할 수 있다. 누구나 알다시피 우리 국토는 아시아 대륙의 동북부에 자리잡고 반도의 형상을 띠고 있다. 따라서 우리 국토는 지정학적으로 외세의 침입을 쉽사리 받을 수 있는 지리적 요인을 안고 있으며 실제로 숱한 외세의 침입을 허락했다. 근현대사를 놓고 볼 때도 우리는 제국주의의 식민지로 전락한 아픈 역사를 지니고 있으며 외세에 의한 전쟁과 분단으로 우리의 국토와 민중은 비할 바 없는 훼손과 고통을 겪었다. 게다가 외세와 결부된 부당한 정치권력에 의해 이 땅의 민중들은 참담한 수난을 겪었으며 아직도 남북 민중들은 분단현실 속에서 고통스러운 나날을 살고 있다. 시인은 『달 넘세』를 통해 외세에 의해 유린된 조국의 현실을 안타까워하고 억울하게 희생된

원혼을 위로하며 고난에 찬 민중들의 아픔을 따뜻하게 감싸안는다. 그는
넉넉한 가슴으로 민중들 사이에 유통되는 친숙한 언어를 통해 민중들의
한과 꿈을 함께 끌어안고 우리가 도달할 아름다운 미래를 열어 보인다.
그는 조국의 현실을 가슴 깊이 새기면서 우리 겨레의 상처난 마음을 위
무하며 우리 겨레가 고난에 찬 아픈 역사를 극복해내고 마침내 맞이할
아름다운 미래에 대한 희망을 제시하고 있다.

> 넘어가세 넘어가세
> 논둑밭둑 넘어가세
> 드난살이 모진 설움
> 조롱박에 주워담고
> 아픔 깊어지거들랑
> 어깨춤 더 흥겹게
> 넘어가세 넘어가세
> 고개 하나 넘어가세
>
> ──「달 넘세」 부분

　따라서 신경림의 제3시집인 『달 넘세』는 신경림 문학의 개화기의 중
심에 자리잡고 있는 시집으로서 분단시대를 살아가는 우리에게 시가 과
연 어떤 모습으로 다가서야 하는가를 일깨워준다. 당대의 현실과 밀착되
어 있으면서도 민중의 꿈과 일체를 이루고 그들에게 새로운 희망을 열어
주는 시야말로 참된 시라는 것을 다시 한번 깨우쳐주는 소중한 시집이라
고 판단된다. □

서정성, 그러나 객관적인

『가난한 사랑 노래』를 중심으로

김 주 연

1

신경림의 시세계는, 시에 대해 웬만큼 알고 있는 사람들에게는 비교적 잘 알려져 있는 세계이다. 이른바 민중의 아픔에 밀착되어 있는 소재라든가, 토속적인 향토의 서정을 존중한다든가, 평이한 문체로 시의 형식을 만들어나간다든가 하는 것쯤이 대체로 그의 시세계에 대한 통념화한 지식들이다. 그러므로 그의 시에 대해서 긴 글을 써서 분석하고 평가하는 일은 뜬금없는 느낌마저 준다. 나 역시 이런 점에서는 마찬가지의 소감 속에 있다. 80년대 후반에 나온 시집 『가난한 사랑 노래』를 중심으로 한 이 글도 따라서 쓰기에 그리 쉬운 글은 아니다. 많은 사람들의 폭넓은 이해 속에 이미 이 작품집의 중심이 단단히 자리잡혀 있기 때문이다.

신경림 시의 가장 큰 특징은, 내가 보기에, 이야기라는 점일 것이다. 이 점을 자세히 분석할 수 있다면 민중 운운의 특정한 시각 안에 갇혀 있기 일쑤였던 이 시인의 세계가 보다 넓은 전망을 가질 수도 있을

金柱演: 문학평론가. 숙명여대 독문과 교수. 평론집으로 『변동사회와 작가』 『문학과 정신의 힘』 『사랑과 권력』 등이 있음.

것이다. 시가 이야기를 갖고 있는 경우란 그리 적지 않다. 이른바 담시라든가 서사시라든가 하는 것이 모두 이야기를 지닌 시들이다. 시의 본질을 일컬어 회상·추억·명상 등으로 말하고, 이런 과정에서 형성되는 시적 자아, 즉 주관을 평가하는 것이 시를 바라보고 분석, 감상하는 오랜 관습이 되어온 것이 사실이다. 그러나 이런 관습의 맞은편에는 객관적인 사실이나 사건을 넣어서 그것을 궁그려 한마당의 걸쭉한, 혹은 구성진 이야기를 만들어온 시적 경험을 우리는 갖고 있다. 그것이 어디 시냐? 산문이지, 라고 힐문한다면, 문제는 복잡해진다. 그 경계란 아닌게아니라 애매하기 때문이다. 이야기를 갖고 있는 시라고 하지만, 신경림의 시는 그러나 그 경계에 이르지 않는다. 그런 의미에서 신경림은 이야기를 담고 있으면서도 매우 서정적인 시인이라고 할 수 있다. 서정성과 이야기와의 관계는 다음과 같은 시에서 가장 모범적인 예를 보여준다.

> 이곳은 세상에서 제일 높은 곳
> 쫓기고 떠밀려 더 갈 데가 없어
> 바위너설에 까치집 같은 누게막을 쳤다
> 진종일 벌이 찾아 장거리 헤매다가
> 밤이면 기어올라오지만 그래도 되놀이로
> 남도 북도 서로 동무삼아
> 깊고 깊은 어둠 속에 불을 켠다
> 그 불 찬란한 별자리를 이루며
> 온 장안에 밝고 환한 빛을 내뿜다가
> 마침내 만사람의 가슴에 가서
> 작은 별들이 되어 박힌다
>
> ──「별의 노래」 전문

이 시에서의 이야기는 달동네에 사는 가난한 사람들의 애환이다. 그 애환 속에는 "진종일 벌이 찾아 장거리를 헤맨다"는 구체적인 이야기가 나와 있다. 그러나 그 구체성은 앞뒤의 인과관계를 구질구질하게 전개하

는 일 따위를 생략하고 사태의 핵심을 오히려 '서정적'으로 말해준다. 이
때 서정성이란 단순한 목가성 혹은 자연에 대한 친화의 노래와 같은 주
관의 긴장된 순간을 보여주는 것이 아니라 주관과 객관이 면밀히 서로
조응하는 관계를 만들어낸다. "남도 북도 서로 동무삼아／깊고 깊은 어
둠 속에 불을 켠다"와 같은 표현을 보라. 그것은 분노에 찬 진술이나 감
정적인 격앙 대신에 차분한 묘사를 통해 가난한 사람들의 삶과, 그럼에
도 불구하고 삶 속에 영원히 아름답게 숨겨져 있는 모습으로 있을 수밖
에 없는 어떤 근본적인 본질을 일구어내는 것이다. 말하자면 객관적인
현실관찰과 주관적인 시인의 서정성이 조화롭게 한자리를 이루어내고 있
는 공간이라고 할 수 있다.

「별의 노래」에서 보이듯이 신경림은 무엇보다 가난한 사람들의 현실로
부터 눈을 돌리지 못하는데, 그의 시적 현실도 이러한 사람들의 현실에
바탕을 두고 있다. 시 속에 나타나는 이야기는 이러한 시인의식의 소산
이다. 시집 『가난한 사랑 노래』를 지배하고 있는 이같은 의식의 표현들
을 몇몇 추려보자.

> ① 산동네에 오는 비는
> 진양조 구성진 남도 육자배기라
> 골목골목 어두운 데만 찾아다니며
> 땅 잃고 쫓겨온 늙은이들
> 한숨으로 잦아들기도 하고
> 날품팔고 지쳐 누운 자식들
> 울분이 되어 되맺히기도 한다
>
> ──「밤비」 부분

> ② 돌 깨는 소리 멎은 지 오래인
> 채석장 뒤 산동네 예배당엔
> 너무 높아서 하느님도 오지 않는 걸까
> 아이들과 함께 끌려간 전도사는

성탄절이 되어도 돌아오지 않고
블럭 담벼락에 그려진
십자가만 찬 바람에 선명하다

——「새벽달」 부분

③ 산동네에 부는 바람에서는
멸치 국물 냄새가 난다
광산촌 외진 정거장 가까운 대포집
손 없는 술청
연탄 난로 위에 끓어넘는
틀국수 냄새가 난다

——「바람 부는 날」 부분

④ 국악원에 다니는 잘난 딸이
배불리 먹여준대서
서울로 올라온 지 오년
소리 좋아하는 신도 과부는
어리굴젓 장수가 되었다

——「진도 아리랑」 부분

⑤ 죽은 자가 산 자의 목을 잡고
발목을 잡고
어깨에 매달려 등에 업혀
일년이라 열두 달
편할 날 없다 나무라는구나
우리들이
구지레한 산동네 떠나지 못함은
갯마을에서 외진 산골마을에서
앞서거니 뒤서거니 화물차에 실려온
이 산동네 떠나지 못함은

——「횃불」 부분

이 시들에 그려지고 있는 현실은 도시화·산업화 과정에서 소외된 도시빈민들의 생활상이 대부분이다. 그것은 이문구·박태순·황석영 등이 소설에서 집중적으로 다루었던 문제들인데, 그런 의미에서 신경림의 시인의식은 70년대적이라고 할 수 있다. 산업화·도시화로 인하여 농촌에서의 삶의 기반을 잃고 유리하는 빈민들에 대한 연민과 애정이 그의 시적 모티프가 된다. 이것은 아마도 농촌출신의 시인 자신이, 고향인 농촌이 와해되어가는 것을 직접 목격하는 가운데 경험하게 되는 아이덴티티의 흔들림, 즉 정체성의 위기와 관련될지도 모른다. 시인에게 있어서 농촌의 동요는 가치의 동요이며 자기동일성의 동요이다. 더구나 그 동요가 발전이라는 이름 아래 인간성의 마멸과 가난과 같은 부정적 현실과 연결될 때 시인은 이에 대해 민감하게 반응하지 않을 수 없다. 70년대의 많은 작가, 시인들이 이 현실에 대하여 저항과 분노를 표현해온 것은 이런 맥락에서 정당하게 이해된다. 그러니 신경림의 경우, 그 반응은 단순한 저항과 분노로 이어지지 않는다. 그는 오히려 소외된 인간들에 대한 깊은 애정과 연민을 표시함으로써 그의 시가 사랑과 서정성에 단단히 뿌리박혀 있음을 확인해준다. 신경림의 시가 비슷한 많은 다른 시인들 가운데에서 은근한 분위기로 자신의 세계를 확보할 수 있었던 까닭도 이와 관련된다고 할 수 있다. 그렇다. 그는 문학이 인간에 대한 어쩔 수 없는 사랑 이외 아무것도 아니라는 것을 너무도 잘 알고 있었던 것이다. 그 사랑은 어떤 불의와 비극, 재앙의 현실 속에서도, 그 속을 흔들리지 않고 지나가는 힘이다. 그 사랑으로 인하여 문학은 아름다움이 되고, 다른 모든 것들은 더러운 소문으로 떨어진다. 그 소문은 가령 「밤비」의 인용부분에 드러난 대로, 산동네에 널려 있는 가난의 현실을 보고한다. 시인의 사랑이 이 자리를 붙잡지 않았다면, 그 현실은 개발의 작은 부작용으로 치부되기 십상인, 별것 아닌 그 무엇으로 팽개쳐져버릴 것이다. 가난 때문에 일어나는 일들은, 그러나 신경림의 시에서 별로 요란하게 벌어지지 않는다. 교회 전도사까지 불법체포하는 독재정권의 현실도 인용 ②에서 보이듯, "아이들과 함께 끌려간 전도사는/성탄절이 되어도 돌아오지 않고"로 그려질 뿐이다. 그것은 직접적인 고발과 분노의 길을 가지 않고, 그 모든 것을 감싸안고자 하는 사랑과 서정의, 저 감추어진 눈물의 세계이다.

신경림의 사랑은 이렇듯 눈물과 함께 간다. 그 사랑은 이성간의 뜨거운 마찰과 같은 환희의 세계가 아니다. 그 사랑은 소유와 획득으로 생겨나는 열락의 세계도 아니며, 관조와 명상으로 터득되는 은밀한 기쁨의 그 어떤 곳도 아니다. 그의 사랑은 불쌍하고 가난한 자들과 그들의 마을을 향한 촉촉한 연민의 땅이다. 도시 변두리를 비롯하여 광산촌, 작은 어촌을 부지런히 드나드는 그의 발길은 이 땅을 향한 어루만짐이다. 인용 ③, ④, ⑤는 모두 이러한 관점 안에 포함되어 있는 작품들이다. ③에서는 광산촌 외진 정거장의 대폿집 풍경이 차분히 묘사되는데, 그 안에는 가난한 삶과 그것을 보는 시인의 따뜻한 시선이 함께 숨쉬고 있다. ④에서는 소리 좋아하는 시골 과부댁이 서울 와서 어리굴젓 장수가 된 이야기가 역시 따사롭게 배어 있다. 소리도 좋지만 가난을 피하고 싶었던 그 여인의 이야기 속에는 역시 시인의 살가운 연민의 마음씨가 어느새 녹아들어가 있는 것이다. ⑤에서는 사정이 보다 심각하다. 그려지고 있는 현실은 역시 산동네이지만, 거기에 사는 주민들의 한 속에는 최근에(최근에? 그렇다, 80년을 전후한 광주의 비극과 독재정권에 의한 죽음의 현실을 상기해보자) 일어난 사건과, 그로 인한 가까운 이웃 혹은 가족의 죽음이라는 엄청난 체험의 현실이 맺혀져 있다. 그 비극은 탄압과 살상이라는 사건 이후에도 남아 있는 자들을 끊임없이 슬프게 하고 가난하게 하는 비극으로 연결되는, 그런 비극이다. 시인은 이러한 비극을 고발하기에 앞서서 연민과 사랑으로 남아 있는 자들을 바라보는 눈물을 흘리지 않을 수 없다.

연민과 사랑 때문에, 당연한 결과이겠으나, 신경림의 시는 어두움을 다루면서도 어둡지가 않다. 나아가 어떤 전망을 열어주는 경우도 적지 않다. 이런 예들을 보자.

⑥ 생선장수 아낙네들은 덩달아 두레삼도 삼고

220

늙은 씨름꾼은 꽃나부춤에 신명을 푸는데
텔레비전에서 연속극이라도 시작되면
일 나간 아낙들이 돌아올 시간이라면서
미지기로 놀던 상쇠도 중쇠도 빠지고
싸구려 소리가 높아지면서
길음시장은 비로소 서울이 된다

⑦ 그때서야 언덕길 비틀대는 내 사내
한숨 같은 울음 같은 어깨 위로
쟁반 같은 놋쟁반 같은 달이 뜬다.
싸움질 사랑질로 얼룩진 산동네를
놀리면서 비웃으면서 대보름달이 뜬다.

　⑥은 「길음시장」의 뒷부분이며 ⑦은 「망월」의 뒷부분인데, 길음시장이
비로소 서울이 된다든지 얼룩신 산동네 위에 대보름날이 뜬나는 표현은
사뭇 시사적이다. 침착한 묘사를 통한 시적 자아의 형성과 애당초 일정
한 거리를 두고 있는 신경림의 시에서, ‘서울’과 ‘대보름달’은 마치 시적
자아의 탄생과 같은 느낌마저 준다. 산동네 위에 뜨는 대보름달! 달은
산동네를 감싸고 그곳의 주민들을 어루만진다. 그 순간 비록 가난한 주
민들이라 하더라도 일순 환희를 맛보리라. 자연에 의한 큰 사랑의 시간
이다. 그런가 하면 일과 놀이가 어울려 가난하나마 흥건한 장거리를 만
들던 산동네에 하루 일과가 끝난 뒤 평온이 찾아올 때 비로소 서울이 되
는 변두리 시장의 풍경은, 이들에게도 즐거움과 내일이 있음을 암시한
다. 이러한 낙관적 귀결은, 그 화해의 길이 자연 속에서, 혹은 그들 자
신의 넉넉한 마음속에서 발견된다는 점에서 주목된다. 억압과 핍박을 받
았음에도 불구하고, 그것을 투쟁과 혁명에 의해서 뒤엎으려고 하지 않는
다는 점에서. 그렇다면 이 방법과 이 전망은 퇴영적, 소극적인가. 자연
속에서의 길 또한 복고적인가. 신경림은 그 모든 의문을 시의 이름으로
슬며시 부인한다.

2

　신경림 시의 특징이 이야기에 있고, 그 이야기 속에는 가난하고 한스러운 우리네의 어떤 현실이 들어 있다고 나는 적어왔다. 그럼에도 불구하고 이런 것들이 모여서 저절로 시가 되는 것은 아니다. 신경림 시에는 이런 답답한 이야기를 풀어내고 또 날려보내는, 바람과 같이 서늘한 어떤 가락이 들어 있다는 사실이 보다 중요하다. 그러나 그 가락은 신명으로까지 이어지는 '끼'도 아니고, 제 서러움에 흐느끼는 감상적인 풀이놀음도 아니다. 이것이 바로 이 시인 특유의 서정성이다. 담담하고 단정하다고 하는 편이 어울릴 신경림의 서정은 대개 이런 모습을 하고 있다.

　　하늘의 달과 별은
　　소리내어 노래하지 않는다
　　들판에 시새워 피는 꽃들은
　　말을 가지고 말하지 않는다
　　서로 사랑한다고는

　　하지만 우리는 듣는다
　　달과 별의 아름다운 노래를
　　꽃들의 숨가쁜 속삭임을
　　귀보다 더 높은 것을 가지고
　　귀보다 더 깊은 것을 가지고

　　네 가슴에 이는 뽀얀
　　안개를 본다 하얗게 부서지는
　　파도소리를 듣는다
　　눈보다 더 밝은 것을 가지고
　　가슴보다 더 큰 아픔을 가지고

「봄의 노래」 전문이다. 산동네를 중심으로 한 가난하고 구질구질한 삶의 현장을 애틋하게 묘사해온 시인의 모습이 얼핏 여기서는 잘 엿보이지 않는다. 그러나 시집 『가난한 사랑 노래』에는 이런 시들이 꽤 많이 수록되어 있다. 「봄의 노래」는 기본적으로 자연예찬의 시다. 그러나 그 내용은 음풍영월의 예찬 아닌, 사뭇 알레고리적인 분석을 동반하고 있는, 말하자면 자연과 인간의 관계에 대한 것이다. 더 자세히 읽어보자. 하늘, 달, 별 등의 자연은 소리없이 노래한다. 꽃들 또한 말없이 사랑한다. 그러나 그 노래, 그 사랑은 잘 들리고 잘 전달된다. 듣는 이는 물론 사람이며, 이 시에서 듣는 행위는 "귀보다 더 높은 것을 가지고／귀보다 더 깊은 것을 가지고"로 나와 있지만, 그것은 사람의 능력에 의해서가 아닌, 자연 자체의 위력 때문에 발생하는 신비의 힘이다. 올바르고 경건한 자 앞에서 그 힘은 잘 전달된다. 이것이 자연과 인간의 제대로 된 관계이다. 그린데?

이 시의 중요한 매력은 그 다음, 끝부분에 있다. "네 가슴에 이는 뽀얀／안개를 본다 하얗게 부서지는／파도소리를 듣는다". 여기서 "네"가 누구인지 굳이 알 필요는 없다. 그러나 그가 누구인지 왜 모르겠는가. 시인이 그때마다 사랑을 토로해온, 밝히고 가난한 우리 이웃 그 누구 아니겠는가. 아니, 시인의 사랑이 머무는 곳에 있는 자라면 그 누구라도 좋을 것이다. 그 누구에게서 바로 안개와 파도소리가 보이고 또 들린다. 그는 이제 하늘, 달, 별, 꽃에 다름아닌 것이다. 그는 자연이다. 자연이기 때문에 그것을 보고 듣는 이는 "눈보다 더 밝은 것을 가지고／가슴보다 더 큰 아픔을 가지고" 보고 들을 수 있다. 그런데 그는 과연 자연인가? 적어도 그는 하늘, 달, 별, 꽃과 같은 자연은 아니다. 그러나 시인은 그것들과 그가 같은 수준이라는 '관계'를 이끌어낸다. 그가 지니고 있는 진실의 아름다움을 시인은 노래하고 싶기 때문이다. 자연분석을 통한 진실의 발견을, 가난한 저 '그'를 통하여 은밀하게 연결짓고 있다는 점에서, 신경림의 방법은 독특하게 서정적이다. 그의 서정은 자연을 노래하지만, 그 지향점은 인간——그것도 비극적인 역사의 마당에 앉아 있는 인간에게로 돌아온다. 역사적 서정성이라고 할까.

서정성의 바탕 그 중심에 앉아 있기에 이 시인의 시는 노랫가락을 띠지 않을 수 없다. 「봄의 노래」에서 "귀보다 … 가지고/귀보다 … 가지고/가슴보다 … 가지고"의 운 맞춤을 보라. 이런 종류의 거의 생래적인 배려는 이 시집 곳곳에 자연스럽게 나타난다. 예컨대,

⑧ 강물이 어찌 오손도손 흐르기만 하랴
　 큰 물이 작은 물을 이끌고
　 들판과 골짜기를 사이 좋게 흐르기만 하랴

　　(…)

　 별들이 어찌 늘 조용히 빛나기만 하랴
　 작은 별들과 큰 별들이 서로 손잡고
　 웃고 있기만 하랴

　　(…)

　 산비알의 꽃들이 어찌 다소곳 피어 있기만 하랴
　 큰 꽃이라 해서 먼저 피고
　 작은 꽃이라 해서 쫓아 피기만 하랴

⑨ 강바람 산바람 매운 줄 너는 모른다
　 온갖 새울음 짐승울음 서러운 줄 너는 모른다
　 욕지거리 발길질 아픈 줄도 너는 모른다
　 서른 해 그 긴 죽음 지겨운 줄 너는 모른다

⑩ 어떤 물살은 빠르고
　 어떤 물살은 느리다
　 또 어떤 물줄기는 크고

어떤 물줄기는 작다
어떤 물살은 더 차고
어떤 물살은 덜 차다
어떤 물줄기는 바닥으로만 흐르고
어떤 물줄기는 위로만 흐른다

⑧은 「강물이 되고 별이 되고 꽃이 되면서」, ⑨는 「북한강행 3」, ⑩은 「강물을 보며」의 각각 앞부분인데, 우리 현대시에서 보기 드문 가락들을 담고 있어 흥미롭다. 그 운과 리듬들은 각기 비슷하면서도 다양한 모습을 지니고 있는데, 그러면서도 진부하거나 어색하지 않다. 그 까닭은 시인이 근본적으로 자연에 대한 친화력 위에서 그 질서에 동행하고 있기 때문이다. 내가 이 시인의 본질을 서정성과 더불어 파악하고 있는 이유도 이와 관련된다.

신동네 사람들 못지않게 산과 강에 대한 노래를 그는 즐겨 짓는데, 신경림 서정의 제 모습, 제 가락이 여실하게 배어 있는 광경이라고 할 수 있다. 그러나 이 경우에도 산이 산만으로, 강이 강만으로 나타나는 경우는 거의 없다.

⑪ 산이라 해서 다 크고 높은 것은 아니다
다 험하고 가파른 것은 아니다
어떤 산은 크고 높은 산 아래
시시덕거리고 웃으며 나즈막히 엎드려 있고
또 어떤 산은 험하고 가파른 산자락에서
슬그머니 빠져 동네까지 내려와
부러운 듯 사람 사는 꼴을 구경하고 섰다
그리고는 높은 산을 오르는 사람들에게
순하디순한 길이 되어 주기도 하고
남의 눈을 꺼리는 젊은 쌍에게 짐짓
따뜻한 사랑의 숨을 자리가 돼주기도 한다.

⑫ 사람이 사는 일도 이와 같으니
   강물을 보면 안다
   온갖 목소리 온갖 이야기 온갖 노래
   온갖 생각 온갖 다툼 온갖 옳고 그름
   우리들의 온갖 삶 온갖 갈등
   모두 끌어안고 바다로 가는
   깊고 넓은 크고 긴 강물을 보면 안다

  ⑪은 「산에 대하여」의 앞부분이며 ⑫는 「강물을 보며」의 뒷부분이다.
제목이 이미 산이나 강 자체를 대상으로 하고 있지 않음을 보여주고 있
기는 하지만, 하여간 이들 시에는 자연과 인간의 교통이 다시 한번 이루
어지고 있다. 확실히 신경림은 자연에게서 많은 것을 배운다. 그러나 그
가 자연으로부터 항상 교훈을 얻어내어, 이른바 교훈시를 쓰고 있는 것
은 아니다. 그의 자연예찬이 인간에게 유익함을 주기 때문에 행해지는,
공리주의적인 차원의 것은 더욱 아니다. 신경림의 산, 신경림의 강은 그
의연한 질서에 눈을 돌리지 못하고 아웅다웅하는 인간들을 향한 경구적
인 눈초리이며, 스스로를 반성하는 자성(自省)의 매개기능을 하는 것이
라고 보아야 옳을 것이다. 역사에 관심을 갖는 서정시인이 불가피하게
터득할 수밖에 없는 길이며, 경지라고 할 수 있다.
  연민과 사랑의 시인 신경림의 시에는, 그러나 뜻밖에도 "미움"이라는
표현이 자주 나온다. 역사와 시대에 대한 분노와 불만의 불가피한 소산
이겠지만, 시인으로서는 불행한 일일 수밖에 없다.

   사랑을 가지고 불을 만드는 대신
   미움을 가지고 칼을 세우는 법을
   먼저 배웠다
   법석대는 장거리에서
   저무는 강가에서

226

「새벽 안개」의 앞부분인데, 그의 모든 다른 시들이 그렇듯이 명료한 어조로 사랑 아닌 미움의 선행을 강조하고 있다. 이것은, 시인으로서는 불행이라고 할 수밖에 없다. 예수가 원수까지도 사랑하라고 했으나, 시인 역시 사랑의 짐을 진 자에게 붙는 이름일 터이다. 신경림 역시 그것을 모를 리 없다. 그럼에도 불구하고 어쩔 수 없는 미움을 이따금씩 토로하고 있는 까닭은, 그 미움의 대상이 된 자들이 사랑을 짓밟는 자들이기 때문이다. 무구하고 선량한 사람들을 핍박하는 자들, 곧 독재정권과 그 하수인들이 그들이다. 그들로 인하여 시인이 미움을 알게 된 불행을 그는 다시 "외로움"이라는 심리상황으로 연결짓는다. 앞의 시는 다시 이렇게 계속된다.

이제 새롭게 외로움을 알고
그 외로움으로
노래를 만드는 법을 배운다
그 노래로 칼을 세우는 법을 배우고
그 칼을 가지고
바람을 재우는 법을 배운다
새벽 안개 속에서
다시 강가에서

미움을 품음으로써 외로워지고, 그 외로움으로 다시 노래를 짓고, 그 노래가 이윽고 칼이 된다는 것이 시인의 논리이다. 그 칼을 갖고 시인은 바람을 재우는 법을 익힌다. 수없이 불어와 풍파를 일으키고 우리네 삶과 역사를 뒤흔들어온 바람, 그 바람을 재우는 일 역시 시인이 맡음직한 몫이라면, 신경림의 미움은 상당히 생산적인 기능을 하고 있는 것이다. 실제로 이 시인은 그 생산성에 대한 믿음을 갖고 있었던 것으로 보인다.

천둥 번개가 울고 비바람이 친다

하늘이 무너앉고 땅이 뒤틀린다
둑이 무너져 강물이 넘치고
사람들은 울부짖으며 떠내려간다

짐짓 나는 내가 비바람이라고 생각한다
천둥 번개가 되어 으르렁대리라 생각한다
그래서 골목과 저자거리를 내달리며
바람소리 천둥소리를 흉내내지만

「비바람 속에서」앞부분인데, 시인 스스로 자신을 비바람이라고 믿고 바람소리 천둥소리를 "흉내내지만", 물론 그렇게 되지는 않는다. 시가 바람소리, 천둥소리가 될 수도 없지만, 더구나 신경림 시인과 같은 연민과 사랑의 시인에게 그 "흉내"는 아무래도 어색하다. 시인 스스로 그 한계를 곧 고백한다.

그러다가 나는 문득 본다 나뭇잎처럼
힘없이 비바람에 떠밀려가고 있는 나를
울부짖으며 떠내려가는 사람들에 섞여
더욱 애처롭게 허우적대고 있는 나를

그렇다. 모든 사람들이 그러하지만, 특히 시인에게 있어서 시인으로서의 자기 자신을 정직하게 세우는 일은 매우 긴요하다. 그 세워진 모습을 나는 시적 자아라는 말로 주욱 불러왔는데, 이 시적 자아의 단정한 형성이 동요할 때, 자칫 시인은 패배감에 잠기기 쉽다. 신경림의 시적 자아는, 내가 볼 때, 미움에 바탕을 둔 어떤 종류의 비바람이라기보다 가난한 사람들을 포함, 인간을 연민으로 감싸안는 껴안기에 있다. 무엇보다 그에게는 촉촉한 눈물이 있고, 역사를 올바로 바라보는 객관적인 시선이 있기 때문이다. □

자부심을 지닌 삶과 소박한 시

시집 『길』에 관해

황　현　산

　　신경림은 자신의 문학에 대해 일찍부터 매우 정확한 생각을 지니고 있었다. 첫시집 『농무』의 간행을 한 해 앞두고 발표한 중요한 글[1]에서, 그는 "인류의 파멸 또는 사회의 파괴"에 대해, 다른 지식인들과 마찬가지로 문학인이 져야 할 책임을 거론하며 "농업과 공업, 농촌과 도시의 원만한 상호보완 관계"를 도외시할 때 도시의 발전 자체가 위기를 맞는다는 "평범한 사실"에 농촌문학이 관심을 가져야 한다고 강조하였다. 농촌문학이 농촌의 현실뿐만 아니라 도시의 몰락까지도 책임져야 한다는 이 언명은, 적어도 이 평범한 사실을 평범하게 인식하지 않는 자신에게만이라도, 문학은 농민문학이 되어야 한다는 신념을 피력한 것이나 같다.

　　그렇다고 해서 그가 자신의 문학에 환상을 가졌던 것은 아니다. "문학을 가지고서는 모순된 농촌구조를 개조하지도 못하며, 농촌에 대한 정부의 시책을 시정하지도 못하며, 농민의 의식을 계발하지도 못한다"고 분명하게 말할 때,[2] 그는 자신의 문학적 책임 앞에 놓여 있는 현실의 벽

黃鉉産: 문학평론가. 고려대 불문과 교수. 저서로 『얼굴 없는 희망』이 있고, 「어둠의 역사와 역사의 어둠──고은론」 외 평론 다수.

이 얼마나 두터운가를 미리 알고 있었다. 그의 선택에 희망이 없었다고
말할 것이 아니라 희망 없음이 그의 선택을 막지 못했으며, 그것이 바로
그의 선택의 내용이었다고 말해야 할 것이다. 이 시인이 자신의 시쓰기
를 농민운동의 일환으로 여기기 전에, 한 곧은 정신이 현실로부터 받는
중압감이 그 시적 실천의 원기가 되었을 것은 매우 당연한 일이나 그 점
은 흔히 간과되어왔다. 우선, 『농무』의 간행 직후 이 시집의 시세계를
더듬어 한국 시의 방향을 가늠하려는 목적으로 김우창·김종길·백낙청
등 세 비평가가 가졌던 좌담회[3]를 떠올리게 된다. 당시로서는 읽기 쉽다
는 점만으로도 모험에 속했던 이 시집에 대해, 중립적인 입장이었던 김
종길은 거기서 발견되는 "굳건한 경험적인" 토대로부터 "하나의 시적 타
개책을 암시"받으면서도 "어디에 무대를 가설해놓고 동원되어서 구경을
가는 듯한" 작위성과 허위성의 인상을 안타까워했다. 김우창은 무엇보다
도 시에서 '우리'의 신실이 강조될 때 "사기 껑림과 뭋은 사담의 껑림"의
괴리에서 기인할 시적 자아의 실종을 염려했다. 변호하는 입장에 선 백
낙청은 시가 지식인의 개인적 작업이라는 이유 때문에 시인이 "민중과
연대의식을 갖고 공통된 실감을 표현할 수 없음이 분명하다"는 주장 자
체가 일종의 결정론임을 말하고, 신경림의 시에 실제로 나타난 민중생활
에 대한 실감의 예를 지적한다. 이 시인의 평범한 언어가 지닌 함의와
범속한 것처럼 보이는 묘사의 심도에 관해서도 이야기한다. 그러나, 세
비평가 모두에게 신경림과는 대조적인 시인으로 인정되는 김현승의 경우
에 못지않게 이 시인의 마음속에도 고독하고 적막한 세계가 있으며, 시
인이 누구와 연대하기 전에 그도 모욕받고 억압당하는 사람의 하나라
는 점에 대해서는, 말하자면 시인의 민중적 실감의 터전에 대해서는,
아무도 언급하지 않았다. 그로부터 20년이 넘는 세월이 흘렀으며, 그
에 대한 논의는 이 범위를 크게 벗어나지 않았다. 그런데 한편으로는 시
대가 그의 소원을 들어주지 않았다. 도시와 농촌의 균형발전이 이루어지

1) 신경림, 「농촌현실과 농민문학」, 『창작과비평』 1972년 여름.
2) 같은 글, 279면.
3) 「시인과 현실」, 『신동아』 1973년 7월.

기는커녕 전 국토가 도시화의 경쟁을 벌이고 있다. 그렇다고 신경림에게 잃은 것이 많다고는 할 수 없다. 그는 최초의 선택의 순간에 다시 섰을 뿐이다. 게다가 시대의 배반은 그가 비평가들로부터 가장 이해받지 못했던 것, 그에 대해 언급하는 것이 그를 격하하는 것처럼 여겨지기까지 했던 것을 그 나름의 방식으로 드러내 보여준다. 그의 선택이 여전히 고독해야 할 이유는 지극히 현실적이고 구체적이었던 그의 '투쟁의 도정'이, 그의 의도가 무엇이든, 거의·형이상학적인 길이었다고 이해해야 할 이유이기도 하기 때문이다. 시인에게 벌써 기행(紀行)시집 『길』의 '길'은 "노래를 듣는다는 구실을 내세워 돌아다닌" 구체적인 여정이지만, 또한 지극히 낡았으면서도 어느 누구도 자신있게 쓰기 어려운 그 비유의 길이 되어 있다.

신경림은 『길』의 '후기'에서 이렇게 말한다. "돌아다니면서 내가 분명하게 깨달은 것 중의 하나는 사람들은 대체로 마음 편하게 살기를 좋아한다는 점이었다. 편하게 내할 수 있는 사람을 좋아하고 편하게 만들어주는 사람을 좋아한다는 점이었다. 그래서 나는 나의 시도 앞으로 읽는 사람이 편하게 대할 수 있고 읽는 사람을 편하게 만들어주는 것이 되어야겠다는 생각을 했었다." 누구나 쉽게 이해할 수 있는 이 말에 달리 주석을 붙일 필요는 없을 것 같다. 그러나 쉬운만큼 오해가 뒤따를 수도 있다. 마음 편하게 살고 또 사람들을 편하게 만들어주기 위해서는 자기를 놓아두어야 할 것 같기도 하고, 어디에 붙들어매어두어야 할 것 같기도 하다. 편하게 살기, 편하게 하기는 포기일 수도 어떤 종류의 성취일 수도 있을 것 같다.

편한 것으로 친다면 서로간에 흉허물이 없는 사람들의 관계가 우선 거기에 해당할 것이다. 여기서는 한 인간의 도덕적 허물이나 사회적인 무능이 이해되고 용서될 뿐만 아니라 거의 만인의 약점으로 인정되기까지 한다. 인간들은 한 사람의 죄를 따라 밑으로 내려간다. 그러나 이 협소한 사회의 투명한 인간관계는 그것을 둘러싼 거대한 세계와의 갈등을 당연히 전제한다. 흉허물없는 이해를 가장 많이 갈망해야 할 사람일수록, 다른 인간을 이해해야 할 의무보다 모든 인간들로부터 이해되어야 할 의 무가 한 인간에게 먼저 지워지는 도편추방(陶片追放)의 사회나 이지메 사회의 위협에 그만큼 가까이 있게 마련이다. 투명하게 드러나기 위해서는 어떤 종류의 특수한 설명을 거쳐야만 하는 그의 삶이야말로 사회적으로 가장 불투명한 것이기 때문이다. 그러나 이지메는 무엇일까? 투명성을 뽐내는 한 집단의 인간들이 자기들 스스로에게서 발견하는 불투명성에 대한 두려움의 표현밖에 다른 것일 수 있을까? 서양의 고전주의 시대에 개인이면서 동시에 공인이어야 했던 이른바 교양인들은 남자도 가발을 쓰고 화장을 하였다. 변덕스런 감정에 따르는 한 개인이 아니라 보편적인 인간으로서의 투명성을 그 가면으로 보장하기 위해서였다. 우리 선비들이 의관을 정제할 때도 사회적인 얼굴을 분식하려는 의도 이전에 그 얼굴 밖에 자연의 얼굴이 따로 존재하지 않기를 기원하는 마음이 있었으리라.

물론 신경림이 편하게 실기글 발할 때, 그가 투명한 세계를 얻기 위해 마음속의 불투명한 세계를 삭제하거나 억누르려 한다고는 결코 말할 수 없다. 무엇보다도 그의 『길』 여기저기에 나오는, 투명한 만큼 매혹적인 인물들에게서 화장이나 정제된 의관을 상상할 수는 없다. 도리어 그 반대이다. 「간고등어」에서 말하는 '봉화의 전우익 선생'은 "의자보다 땅바닥이 편하다고" 아무데나 쭈그려 앉길 좋아하며, 「산유화가」를 부르는 '부여의 노래꾼 박홍남씨'는 "문전걸식 등걸잠으로" 한 세월을 보낸 사람이기도 하다. 시인이 「안의장날」에 만난, 안팎사돈인 두 남녀 장사아치에게 "이제 내외가 부질없는" 것처럼, 어떤 외식도 그들을 얽매지 못한다. 그들은 제도나 교육이 만들어낼 수 있는 사람들이 아니지만, 그렇다고 해서 막된 사람들이거나 제멋대로 사는 사람들은 더욱 아니다. 그들은 모두 어떤 시련을 감당하고 있다. 「지리산 노고단 아래」에서 황매천을 기려 말하는 "대나무 깎아 그 끝에/먹물 묻혀/살갗 아래 글자 새기듯" 살아가는 삶의 흔적은 절개 높은 한 선비의 생애에서뿐만 아니라, 장돌뱅이이거나 농사꾼인 그들 모두의 일상에서도 발견되기 때문이다. 무엇보다도 그들은 최소한의 것으로 살아간다. 그들은 그들이 헤쳐왔거나 헤쳐가야 할 거대한 시련까지도 최소한의 것이라고 생각한다. 어디에도 매이지 않는 그들의 태도까지가 어떤 규율에 대한 오만에서가 아니라 그 규율에 대한 절제된 방식의 이해에서 비롯할 뿐이다. 그들은 너무나 작은 것으로 살고, 자기들에게 해당하는 것 모두를 너무나 작게 여기기에, 한 시인이 그들에게 바칠 것은 가장 적은 수의 말밖에는 없었던 것처럼 여겨지기도 한다. 그들은 감춰야 할 것을 따로 지니지 않는 이 작은 생활에 의해 투명하며, 저 선비들이 원했을 훈련된 얼굴과 자연스런 얼굴의 일치에 도달해 있다. 신경림은 그들의 삶을 드러내기 위해 그들이 거기서 노래부르고 있다고, '악다구니'를 쓰고 있다고, 그들이 거기 있다고 말할 뿐이다. 깜짝 놀랄 비유도 장식도 없으며, 때로는 시정(詩情)이 부족한 것처럼 보이기까지 하는 그의 시를, 그리고 특히 『길』에서부터 두드러지는 그의 시의 미묘하지만 중요한 변모를, 이 삶과 떼어놓고 말할 수는 없다.

이들의 삶을 사회적 성취라고 말하기는 물론 어렵다. 그것은 어떤 가능성이 개화한 결과리기보다 억압된 결과이기 때문이다. 하지만 그들을 이지메의 문화적 형식인 희극적 풍자의 대상이 될 만한 사회 부적응자로 취급할 수는 없다. 적응력이야말로 그들의 특징이다. 게다가 적응이라는 말을 가장 능동적인 의미로 써야 할 때가 있다면 바로 그들을 이야기할 때이다. 「가난한 북한 어린이」는 신안군 지도면에 사는 어느 소녀 가장의 삶을 소재로 한 시이다. 엄마는 돈 벌러, 아빠는 엄마를 찾으러 서울로 가고, "열두살 난 언니"는 두 동생을 건사하며, 날마다 정거장에 나가 부모를 기다린다. 그러나,

진종일 서울 땅장수만 차를 오르내리고
다 저녁때 지쳐 돌아오면
저희들끼리 끓여 먹은 라면 냄비 팽겨쳐둔 채
두 동생 텔레비전 만화에 넋을 잃었다
다시 밥 대신 라면으로 저녁을 끓이고
열두살 난 언니는 일기에 쓴다 전화도
텔레비전도 없는 북한 어린이들이 가엾다고

　　가난한 북한 어린이들이 불쌍하다고
　　엄마 아빠 돈 벌어 돌아올 날을 믿으면서

　이 시에서 정치적 풍자의 의도만을 읽을 수는 없다. 가난의 끝에 있는
소녀 가장이 북한 어린이를 도리어 불쌍하게 여길 때, 그가 정치적 프로
파간다에 속았기 때문이라고만 생각한다면, 그 아이를 과소평가하는 것
이다. 그것은 무엇보다도 이 아이가 갸륵하기 때문이며, 세상을 염려하
고 그 악을 미워하기 때문이며, 자신의 처지를 원망하지 않을 만큼 씩씩
하기 때문이다. 아이는 모든 사람들이 팽개쳤으며, 세상에 대한 어떤 관
념도 대신 살아줄 수 없는 자기 삶을 스스로 구제하고 스스로 가꾸어간
다. 안의에서 만난 「김막내 할머니」는 쉰 해째 술장사를 하는 여자이다.
청춘에 아이 하나 데리고 혼자되어, 남자에게 자주 버림받는 처지를 면
하지 못했지만, 그 헌한 운명 때문에 "전쟁통에는 너른 치마폭에 세 집이
살린" 남자가 여럿이었다.

　　마음은 약하고 몸은 헤펐지만
　　때로는 한숨보다 더 단 노래도 없더란다
　　이제 대신 술청을 드나드는 며느리한테
　　그녀는 아무 할말이 없다
　　돈 못 번다고 게으름 핀다고 아들 닦달하고
　　외상값 안 갚는다고 손님한테 포악 떨어도
　　손녀가 캐온 철이른 씀바귀 다듬으며
　　그녀는 한숨처럼 눈물처럼 중얼거린다
　　세상은 그렇게 얕은 것도 아니라고
　　세상은 또 그렇게 깊은 것도 아니라고

　그녀에게 세상이 그렇게 깊지 못한 것은 자신의 불행이 자신에게 설명
되지 않으며, 그 선의가 항상 정당한 보답을 얻지 못했기 때문이겠지만,
그렇다고 세상이 그렇게 얕은 것도 아니라는 말은 "하늘이 온통 노랬"던

지경에서도 그녀가 자신을 내팽개치지 않고 그 고통을 견뎌내었다는 자부심의 크기와 관련된다. 그녀는 게으른 아비의 딸인 자기 손녀가 필경 맞이하게 될 삶의 고통을 모르지 않지만, 그 착한 생명이 그 불행을 이겨내게 되리라는 것도 알고 있다. 그러나 시인은 그녀의 중얼거림을 우리의 이 설명과 같은 순서——이 순서는 시 전체의 진술과도 일치한다——로 전하지 않는다. 시인은 세상에 대한 신뢰를 사실상 부정하는 표현을 마지막 시구에 두고 있는데, 그렇다고 해서 이 술청의 노파에게 삶에 대한 믿음보다 세상에 대한 원망이 더 크다는 것을 그것으로 나타내려는 의도는 물론 아니다. 세상에는 더이상 기대할 것이 없기 때문에 삶 하나를 얕지 않게 살려는 노력만이 바로 그 세상에 깊이를 줄 수 있다는 것이 그 속뜻이며, 시인이 이해하고 있는 바가 그것일 터이다. 시인은 이를 부각시키기 위해 특별한 문학적 수단을 동원하지 않는다. 그는 이 삶의 증인일 뿐만 아니라 해석자이지만, 그 속으로 밀고 들어가 자기 자리를 넓히려고 하지 않는다. 저 어쩔 수 없이 강인했던 삶 앞에 또 하나의 장애물을 놓아둘 수는 없는 것이다.

이미 언급한 바 있으며, 역시 같은 안의에서 만난 「안의장날」의 산나물 파는 할머니와 마병장수, "험하게 살다 죽은" 사위이며 아들인 자가 준 상처를 함께 안고 늙어가는 이 "안팎사돈"에게도 신경림은 거의 같은 결구를 바치고 있다.

> 누가 말할 수 있으랴 이토록
> 오래 살아 있는 것이 영화라고
> 아니면 더없는 욕이라고

"누가 말할 수 있으랴", 이 의문문의 함의는 그들의 한평생에 영욕의 판단을 내리기 어렵다는 것이 아니라, 이런 식의 질문으로 부담을 줄 수 없는 곳에 그들의 삶이 벌써 도달해 있다는 것이다. 「달빛」에는, 산골의 할머니들을 동무삼아 "박씨전 한대목 신바람나게 읊"으며, 옛이야기책을 파는 노인이 있다. 장이 파하고 해 저물면 국밥집 "윗목 한귀퉁이 새우

잠으로" 누워 자는 이 뜨내기 삶에 관해서도 시인은 비슷한 형식의 질문을 적용한다. 그러나 이번에는 시인 자신의 분명한 대답이 있다.

> 누가 그의 삶을 고닯다 하느냐
> 밤중에 한번 눈떠 보아라
> 싸늘한 달빛에 어른대는
> 산읍 외진 거리에 서보아라
> 사람이 사는 일 다 그와 같거니
> 웃고 우는 일 다 그와 같거니

한 사회가 버려둔 땅을, 한 사회의 가장 험한 오지를 여전히 사람이 살 수 있는 곳이라고, 그것도 영웅적으로 살 수 있는 곳이라고 증명하는 이 삶을 어떤 오만한 사회적 판단으로 묶을 수 있겠는가. 질문은 부질없다. 저 사돈 내외에게서도, 이 책장수 노인에게서도, 어디에 견주어 평가될 수 없는, 그 자체로서 절대적 형식을 지닌 그들의 한평생은 사회적 판단의 대상이 아니라 차라리 그 기준이기 때문이다.

하나의 삶을 삶의 절대적 형식으로 이해한다는 것은 그 삶을 내적 시선으로 바라본다는 것과 같은 뜻이 된다. 세상에는 확실히 바깥 시선으로 바라볼 수 없는 삶이 있다. 오랜 문물제도를 지닌, 따라서 전통과 관습의 눈을 빌리지 않고는 이해하기 힘든 그런 사회의 삶을 비단 염두에 두고 하는 이야기는 아니다. 아무리 불합리한 것이라도 전통이 여전히 전통으로서의 힘을 가진 사회는 밖으로부터의 의견에 압박을 느끼지 않으며, 차라리 그 불합리한 것들의 합리적 근거를 설명하는 데 사용하기 위해 외부적 시선을 동원할 수도 있다. 사실 진정으로 내적 시선을 필요로 하는 삶은 그런 전통 같은 것보다 더 깊은 곳에서 발견된다. 따라야 할 전통이 어떤 것이건, 군림하는 정치체제와 그 선전이 어떤 것이건, 그것들이 주어지기도 전에 그것들을 항상 지순한 방식으로 이해하고 실천해버린 삶이 그것들 밑에 있다. 한 시대의 믿음과 교의가 붕괴하고 나면 그 찌꺼기처럼 보이기도 할 이 삶은, 그러나 그 교의의 전성기에도

완전히 이해되는 것은 아니며, 새로운 제도와 다른 정체의 지배를 받는
다고 해서 그 본질을 잃어버리는 것도 아니다. 그것은 어떤 이데올로기
이건 하나의 이데올로기가 계산에 넣지 못한 부분을 감당하는 삶이다.
이런 말이 가능할지 모르지만, 그것은 모든 이데올로기 속에서 항상 동
일한 모습을 지니는 하나의 분파, 모든 이데올로기 속에 들어 있는 '시
의 분파', 삶을 그 허망한 욕망의 장식에 의해서가 아니라 그 자체로서
살아가는 '존재의 분파'와 같다.

　그런데 따지고 보면 이 삶은 어떤 특별한 사람들의 그것이 아니라, 자
신의 가난한 자리를 지켜 그것을 인정과 미덕의 터전으로 만든 모든 사
람들의 그것이다. 강원도 영월의 '김삿갓 무덤'에는 "아기 끌어안고" 찾
아와 "한나절을" 보내는 「게으른 아낙」이 있다. 김삿갓은 생전에 여러
편의 시를 써서 게으른 여자를 욕하였지만, 이제 그를 종일 동무해주는
것은 외진 산골의 적막하고 무료한 생활을 오직 그 게으름으로 견디어
내는 젊은 아낙이다.

　　산 너머 고개 너머 이곳은 별천지라지만
　　베틀도 바느질거리도 다듬이질거리도 없고
　　수다떨 이웃 아낙도 없어
　　아기에게 젖 물리고 무덤 가서 한나절 보내는
　　젊은 아낙을 이제도 그는
　　게으른 아낙이라 빈정대랴
　　한 그릇 쉰 밥이나 술 한잔을 위해
　　시를 썼대서 산자수명한 산골 언덕에 누워
　　젊은 아낙과 동무하면서
　　이제사 그는 깨달을까, 세월 바뀌어
　　게으름이 또한 아름다움 되었음을

　"한 그릇 쉰 밥이나 술 한 잔을 위해" 시를 썼던 그도 생전에 미처 이
해하지 못했던 아름다움이 이 소박한 삶 속에 있다. 김삿갓의 시대에 부

지런했던 여자와 우리 시대의 이 게으른 아낙, "이랴이랴 어뎌어뎌 워워 세 마디로 소를 몰" 줄 아는 「소장수 신정섭씨」, "막걸리 한 주전자씩"에 "진정서와 고발장"을 써주며 "사람은 착한 게 제일"이라고 말하는 「줄포」의 '농사꾼 대서쟁이 김장순씨', "하늘과 세상을 떠받친 게／산뿐이 아닌 것을" 알게 해준 '영암' 해장국집의 인정있는 아낙네(「산그림자」), 이 모든 사람들은 한 방랑시인의 초라한 행각을 결코 모멸의 눈으로 바라보지 않을 것이다. 술 한잔 시 한수의 전설이야말로, 삶에는 삶 밖에 다른 많은 것이 필요하지 않다고 믿는 이 사람들의 '철학'이기 때문이다.

그 삶을 안에서 바라보지 못하는 눈은 결국 아무것도 이해하지 못하며, 끝내는 이 삶을 파괴하여 비극 속에 몰아넣는다. 시인이 '주왕산'에 바친 두 편의 시를 겹쳐놓으면 그에 관한 이야기를 읽을 수 있다. 「산수 두 사람 때 묻어」와 「내원동」이 그것이다. 앞의 시에서 시인은 인간생활과 하나로 어울린 자연에 관해 이야기한다.

산은 켜로 쌓여
하늘과 닿은 곳 안 보이고
물은 맑은데도 깊이 알 길 없어
이곳이 사람 안 사는 곳인 줄 알았더니
무논에서는 개구리 울고
등 너머에서는 멀리 낮닭
홰치는 소리 들린다
알겠구나, 산수도
사람의 때 묻어 비로소 아름다워지는
이치를
땀과 눈물로 얼룩진 얘기 있어
깊고 그윽해지는 까닭을

인간의 삶과 그 흔적은 자연에 대한 흠집이 아니다. 자연과 인간이 서로를 보충하여 진산진수(眞山眞水)의 경지를 만든다. 아니 자연과 인간은 처음부터 서로 구별되지 않는다. "사람의 때 묻어"는 한번 그렇게 양보한 말일 뿐이며, 숲속에서 들리는 새소리나 깊이를 알 수 없는 계곡 물과 마찬가지로 등 너머 먼곳에서 낮닭 홰치는 소리나 개구리 우는 무논의 모습이 이 풍경의 얼룩일 수 없다. 얼룩은 얼룩이 아니다. 이 시를 반식민지주의의 시라고 말하면 놀라는 사람이 있을까. 그러나 삶의 중심에서 굳게 자부심을 가지고 삶을 바라보는 눈만이, 그러니까 자기 땅에서 나그네가 아닌 사람의 눈만이 하나의 풍경을 이렇게 파악할 수 있다. 다른 시 「내원동」은 바로, 주왕산이 국립공원으로 될 때 자신의 삶을 오욕의 일종으로 여긴 사람들에 의해 이 진정한 자연이 어떻게 파괴되었는지를 말한다.

> 물길 끝나는 곳이
> 무릉도원이라 했던
> 할아버지들의 옛말은 거짓말이다
> 이제 마을에는 뜯기고 헐린
> 어수선하고 스산한 집자리뿐
> 무성한 갈대들이
> 등 넘어온 바람을 타고
> 서럽게 운다

그러나 하나의 삶을 그 깊이에서 바라보고, 내적 가치를 이해하기 위해서는 훈련이 필요하다고 말해야 할 것 같다. 신경림의 시에서 우리에게 그 삶의 내장된 깊이를 보여주는 사람들은 또한 그들 자신이 다른 사람들의 삶을 그 본래의 결에 따라 바라볼 줄 아는 사람들이다. 그들에게는 인생의 고통과 시련을 통해 얻은 눈이 있다. 「산유화가」에서 '부여의 노래꾼 박홍남씨'는 "우리 가락 찾겠다고 팔도 떠돌"던 남사당패로 인생의 온갖 신산을 겪지만, 백제 유민의 한이 서려 있다는 "산유화가"를 날품팔이 신세로 들으며 자기가 찾아 헤매던 가락을 거기서 발견한다. 「종

소리」의 주인공 '안동의 동화작가 권정생씨'는 교회당의 가난한 종지기이
기도 하다. 그는 종소리를 들으며 울고 있는 것들, "버려지며 풀 따위
아주 작고 하찮을 것들"의 심정을 알고 있다. 시인이 '원통에서' 쓴 「장
자(莊子)를 빌려」도 역시 인생을 이해할 줄 아는 이 눈에 관해 이야기한
다. 설악산 대청봉 같은 높은 산꼭대기에 올라서면 언덕과 골짜기 그리
고 바다까지 "온통 세상이 다" 보일 뿐만 아니라, "세상살이 속속들이
다 알 것도 같다". 그러나 산 밑에 내려서면, 또다른 삶의 모습과 소리
와 냄새가 있다. "세상은 아무래도 산 위에서 보는 것과 같지만은 않
다." 그래서 세상은 너무 멀리서만 보아서도, 너무 가까이에서만 보아서
도 안된다. 이 결론은 사실상 우리에게 낯설지 않다. 미시와 거시에 대
해서, 구체성과 추상성에 대해서 우리는 너무 많은 이야기를 들었다. 어
쩌면 단순할 수도 있는 이 결론을 위해 시인은 왜 구태여 장자(莊子)를
빌리는 것일까. 이 시는 시각에 대해 논의하는 데에 그치지 않는다. 시
각에 대한 우리의 논의가 비록 미시와 거시를 한꺼번에 말하였더라도 그
자체가 너무 거시적이거나 너무 미시적이었을 수 있다. 시각을 유지하는
것도 하나의 실천이며, 이를 위해서는 저 고대의 교훈이 말하는 것과 같
은 한 생애의 수양이 필요하다. 스스로의 깊이가 곧 그 외로움인 삶들에
게 그 고통에서 풀려나갈 활로를 찾아주기 위해 한 시대를 총체적으로
조망하려 애쓰면서도, 그 모진 자리에서 억압받는 사람들이 거기에 스스
로의 힘으로 어렵사리 획득해놓은 희망의 싹들을 짓밟아 또 하나의 불안
으로 작용하지 않는 시선, '세상을 진정으로 편하게 만들고 편하게 대하
는' 이 시선은 단 한번의 논의나 결심으로 얻어지지 않는다.

시와 삶에서 신경림의 수양의 흔적은 무엇보다도 그 시어의 절제에서
발견될 것이다. 물론 그의 시에 요사스런 표현이나 거추장스런 에두름이
없다는 이야기는 새삼스러울 뿐이다. 그러나 그것이 다시 강조되어야 하
는 것은 그가 기리고 지향하려는 삶의 모습이 바로 거기 있기 때문이다.
그 자체로서 충분한 진실을 누리는 이 삶은 스스로를 애써 '선전'해야 할
이유가 없다. 그 내적 자질에 의하여, 또는 그것을 둘러싼 세상의 혼탁
에 의하여 벌써 예외적인 높이에 도달한 이 시적인 삶에는 과도하고 성

240

급한 자기표현을 삼가는 자존심이 있다. 자신의 힘을 확인했을 때 허풍에 유혹되지 않고 실패했을 때 넋두리에 빠지지 않는, 표현해야 할 것을 표현하지 않는 삶은 얼마나 겸손한가. 그러나 또한 얼마나 완강한가. 「새벽길」에서 언급하는 바, 이 땅의 모든 이름없는 농부들처럼 "나무하기, 불때기, 물긷기 삼년"을 신음도 없이 견디는 바리데기에게는, "용한번 크게 쓰고 몸 뒤틀면／제 몸에 달라붙어 찧고 까불던／우쭐대는 것들 설치는 것들／거짓투성이의 너절한 것들 댓바람에／시퍼런 바닷물에 동댕이쳐지리라는 걸／훤히 알면서 참는" 「섬」의 숨결이 있으며, 「푸른 구렁이」가 말하는 바, 자기 몸에 석유를 뿌리고 분신한 김세진 군의 고향이며 시인의 고향인 '충주에서', "고추와 담배로 폐농한／삼십 년 만에 만나는 소학교 동창들은／살아온 얘기도 없이 댓바람에／눈에서 새파란 불을 뿜고／물이 차면서 쫓겨난 고향 사람들은／온몸이 시퍼런 독으로 덮여 있다."

이 부당하게 이해받지 못한 삶의 완강한 저항은 한층 더 완강하게 웅크린 시인의 언어 속에서 결코 어느날 하루의 결기로 끝나지 않는다. "발떠쿠가 센" 「말뚝이」 '영주의 농사꾼 김교선씨'가 길을 갈 때 "풀섶에선 온갖 죽었던 벌레가" 다시 살아나 날아오르는 것처럼, 소박하기 때문에 그만큼 확실한 풍경과 전망에 항상 맞거래를 터내는 시인의 언어는 죽어버린 온갖 관념들로부터 그 소박했던 최초의 생명을 한뼘씩 다시 깨워낸다. 욕심 없는 말들의 시적인 힘이 그와 같다.

민중시인이며 정치시인인 신경림에 관하여, 그가 오랫동안 밖으로 뚫어오던 것과 동일한 길을 다시 안으로 뚫고 있다고 해서, 그의 시적 실천에 섣부른 판단을 내릴 수는 없을 것이다. 그는 자기 싸움의 길이를 계산해내었을 뿐이다. 「평민 의병장의 꿈」에서 '젊은 판화가 이철수'가 그림으로 한 세계를 만들 때, "힘겹게 사는 농민들"뿐만이 아니라 억울하게 처형당한 포수 출신 의병장 김백선도 함께 조력하는 것처럼, 그의 싸움은 먼 과거에서 시작하여, 「춘향전」의 "늙은 춘향"에게 "마패 대신 품속에／대창을" 감추었던 이도령이 아직 소식 없는 것처럼, 먼 미래에 걸쳐 있다. 그는 시간 속에 싸움의 깊이를 뚫는다. '민병산 선생'의 죽음을 애도하는 두 편의 시도 바로 이 깊이와 연결된다.

> 사람들이 수없이 도전하고 좌절하고
> 절망하고 체념한 끝에 비로소 이르는
> 삶의 벼랑에 일찌감치 먼저 와 앉아
> 망가지고 부서진 몸과 마음
> 뒤늦게 끌고 밀고 찾아오는 친구들
> 고개 끄덕이며 맞는 그 편하디편한 눈은
> 아무데서도 볼 수 없게 되었다
>
> ──「인사동 1」 부분

이 야인 철학자가 삶의 벼랑에 먼저 도달하였다는 것은 모든 투쟁이
실패와 무위로 끝나리라는 것을 반드시 의미하지는 않는다. 절망과 체념
끝에 찾아오는 친구들을 바라보며 고개를 끄덕이는 것도 그가 그들의 실
패를 일찌감치 예감하고 있었다는 것을 의미하지 않는다. 그것은 몸이
깨어지고 마음이 부서진 다음에도 인간이 어떻게 온전하게 남는 것인가
를 말한다. 그 "편하디편한 눈은" 말할 것도 없이 세상에서 상처입고 초
라하게 내몰린 한 인간의 진실을 그 안쪽에서부터 이해해주는 시선이다.
하나의 가치를 이 세상에 개화하기 위해 몸 바쳐 싸우는 것은 용기 있는
일이지만, 급기야 진실이 치부가 되어 몰릴 때에, 세상의 성패로 가감할
수 없는 가치가 있다고 말한다 하여, 그것이 패배의 증거는 아니다. 투
쟁으로부터 시작했건 아니건, 투쟁 이상의 것이 되는 시는 모두 그렇게
말한다. 패배한 자들까지를 '편하게' 하는 시가 패배의 증거는 아니다.
어떤 가치있는 삶을 위해 희망이 있을 때나 없을 때나 한결같이 노력해
온 사람들은 이 시를 누리며 자존심을 곧추세울 권리가 있다. 신경림은
사람들이 흔히 믿는 것보다 더 자주 이 시를 누린다. 「초봄의 짧은 생
각」에서, 영해의 푸른 파도를 마주 바라보는 시인은

> 하얀 모래밭에

> 작은 아름다움에 취해 누웠다
> 갈수록 세상은 알 길이 없고

　마지막 시구는 세상이 점점 더 수상하게 돌아간다는 뜻이기도 하겠지만, 나이가 들수록 그만큼 세상을 보는 눈이 단순할 수 없다는 말로도 읽힌다. 시인이 어느정도는 송구스럽게 누리는 "작은 아름다움"은 이 두 생각 사이에서 얻어진다. '이청운 화백에게' 바치는 시 「광안리」에서, 시인은 저 화백의 암울했던 어린시절과 그가 바라본 "사시사철 푸르기만" 했던 자연을 한데 묶는 회색의 시간, "지나놓고 보면 행도 불행도" 그 속에 녹아들어가는 "한낱 깊고 그윽한 잿빛 그림"을 말한다. 그런데 다른 시 「그림」에서 시인은 옛사람의 그림 속으로 들어가 그 속에 갇혀버리고 싶은 심정과, 필경 자신을 가두어놓고 있을 "오늘의 그림"에서 떨어져나가고 싶은 심정을 동시에 지닌다. 이 심정에 도피하려는 욕구는 없다. 그에게서 한 생애를 미학적으로 구제해줄 그윽한 시간이, 저 화백의 그림에서와는 달리 여전히 행과 불행에 대한 의식으로 분열되어서만 찾아온다고 말하는 것일 뿐이다. 자기가 써야 할 시에 절제하는 시인은 자기가 누려야 할 시 앞에서도 균형을 잃지 않는다.

　신경림의 이 절제와 균형은 어디에서나 한결같다. 자신이 노력하여 열어온 길에 대해서도, 다시 헤쳐갈 길 앞에서도. 『길』의 마지막 시 「뗏목」에서, 시인은 한 스님의 말을 빌어 자신과 자신의 일을 "강을 다 건너고"는 버려야 할 뗏목에 비유한다. 그리고 자문한다.

> 혹 나 지금 뗏목으로 버려지지 않겠다고
> 밤낮으로 바둥거리고 있는 것은 아닐까
> 혹 나 지금 뗏목으로 버려야 할 것들을 떠메고
> 뻘뻘 땀 흘리며 가고 있는 것은 아닐까

　이 질문은 슬프다. 뗏목이 아직 강을 건너지 못했으며 끝내 건너지 못할지도 모른다는, 지금으로서는, 단 하나의 대답밖에 없기 때문이다. 시대는 변했으나 우리는 여전히 불행하다. 역사에 모든 것을 걸었던 위대한 기획이 허망하게 무너졌다고 해서 우리에게 축제가 찾아온 것은 아니다. 자연의 법칙에 인간을 내맡길 수밖에 없게 된 것은 우리가 선량해졌기 때문이 아니며, 우리의 욕망을 풀어놓을 수밖에 없다는 주장이 난무하는 것은 우리가 부유해졌기 때문이 아니다. 우리는 더욱 불행하다. 빠른 것이 더욱 빨라지고, 우글거리는 것이 더욱 우글거리고, 번쩍이는 것이 더욱 번쩍거리게 되는 일밖에 다른 전망이 우리에게 없다. 강은 끝없이 넓다. 강이 끝없이 넓은 것이라면, 뗏목만이 저 언덕의 증거라고 말할 수는 없을까. 신경림이 평생을 부단하게 실천해온 시가 그 뗏목이다. □

연속성의 使徒 —— 市場의 천사

『쓰러진 자의 꿈』을 중심으로

김 정 란

신경림은 한결같다. 첫시집 『농무(農舞)』에서 최근작 『쓰러진 자의 꿈』에 이르기까지 그의 관심과 어조는 조금도 변함이 없다. 가난하고 소외된 이웃들, 그들의 전망 없는 삶의 스산한 정경. 그는 그 곁을 안타까움으로 배회한다. 쓸쓸함, 버려지고 잊혀지고 바스라지는 것들, 그것들에게 힘을 줄 수 없는 자신의 무력함에 대한 자의식, 부끄러움, 갑갑함, 억눌린 분노, 역사라는 거대한 바퀴 밑에 깔려 신음하는 순결한 민중의 울음소리. 그러나 그 울음은 엄청난 에너지를 내장하고 있는 것이어서, 기어이 어느 순간 통곡으로 터져나온다. 그리고는 천지를 뒤흔드는 분노, 절규, 칼바람, 휘몰아치는 피비린내. 절망과 쓸쓸함으로 얼룩진 그의 시들은 그렇게 어느 순간, 민중의 모가지를 움켜쥐고 있는 운명의 손을 매섭게 물어뜯는다. 그렇게 해서 그는 순환사관의 음모를 단호하게 따돌린다.

이처럼 그의 시는 민요조에 기대고 있으되, 한국의 전통적 서정으로 알려져온 수동적·여성적 '한(恨)'의 테두리에 머물지 않는다. 그가 복원

金正蘭: 시인. 상지대 교양학과 교수, 불문학. 시집으로 『다시 시작하는 나비』『매혹, 혹은 겹침』 등이 있고, 평론집으로 『비어 있는 중심 —— 미완의 시학』이 있음.

한 민요조의 서정성의 밑바탕에는 만주벌판을 호령하던 고구려인의 기백이 쩌렁대며 숨어 있다. 나는 그의 시가 내장하고 있는 비극성의 근원을 그러한 맥락에서 파악한다. 나에게 그의 시들은, 그가 다루고 있는 상황(잘 알려져 있다시피 피폐해져가는 농촌)의 갑갑한 특성보다는, 그의 핏줄 속에 숨어 있는 왈왈한 기백이 실존의 조건으로 '강요된' 상황 안에서 출구를 찾지 못해 어쩔 줄 모르고 있다는 사실 때문에 더욱더 암울하게 다가온다. 너무나 조그맣고, 낡은 보시기 안에 담긴 너무나 뜨거운 혼.

그래서, 내가 이해한 신경림의 기본 정조는 '한'이라기보다는 '울분'이다. '한'은 자기 안으로 함몰한다. 그것은 터져나오지 않는다. 운명의 안으로 기어들어가기 때문이다. 그렇게 해서 그것은 심리적 억압의 에너지를 개인의 존재 안에서 내향적으로 회석시킨다. 그러나 '울분'은 터져나온다. 그것은 역사의 맥락을 따라 이동한다. 억압된 심리적 에너지는 "이빨 부드득 갈면서"(『달 넘세』, 119면) 명문이라는 문화구를 기다린다. 그것은 역사의 맥락을 타고 분출한다. 7, 80년대는 신경림이라는 용암이 발견해낸 분화구였다.

신경림의 '한결같음'은 너무나 인상적이어서, 나는 이 시인에게 '연속성의 사도(使徒)'라는 이름을 붙여준다. 변화하지 않는다는 것이 그 자체로 한 예술가에게 상찬이 될 리는 없다. 부단한 자기갱신이야말로 예술가가 추구해 마땅한 덕목이기 때문이다. 그러나 아무런 내적 필연성도 갖추지 않은 채, 일단 '뜨고' 난 뒤에, 주섬주섬 얼기설기 변화의 논리를 사후에 조작해내는 것이 유행이 되어가고 있는 듯한 시대에, 그의 어찌보면 유연성의 결여처럼 보이기도 하는 이 고집스러운 연속성은 쉽게 눈 돌려버릴 수 없는 감동적인 측면을 가지고 있다. 더욱이 그것이 이제 사라져 다시는 소생할 가망이 없는 것들에 대한 줄기찬 사랑 때문이라면, 그 연속성은 단순한 변화의 실패라기보다는 오히려 성실성의 지표로 읽혀야 마땅하다. 그것이 무의미하다고 말할 용기를 나는 가지고 있지 못하다.

그러나 이 '한결같은' 시인도 『길』 이후로 조심스럽게 변화한다. 아니다. '변화'라는 말은 온당치 않을 것이다. 그는 다만, 조금 지쳐 있는 것

뿐이다. 최근작 『쓰러진 자의 꿈』에서 피로는 눈에 띄게 드러난다. 이 시집의 제목이 이미 암시적이다. 신경림의 상표가 된, 가난한 삶의 세목의 묘사를 통하여 구체성을 획득하는 시적 언술의 생생함도 여전하고, 조국의 강토에 대한 사랑도 한결같고, 가난의 정경이 더욱더 비극적으로 느껴지는 계절인 겨울이 주된 시간적 배경으로 채택되고 있다는 점까지도 유사하지만, 분명히 이 시집의 어조는 『농무』에서부터 이미 드러나기 시작해서 연작 장시집 『남한강』에서 절정에 오른 강렬한 분노의 어조에서는 멀리 떨어져 있다. 시집의 발문을 쓴 이병훈은, 그 점이 못내 아쉬웠던지 발문의 끝을 이렇게 마무리한다.

　　그러나 절제된 슬픔을 노래하고 있는 선생의 시가 『농무』의 시편들과 비교하여 치열함이 덜하다는 인상을 지울 수는 없다. 선생의 나이 탓인가. 선생도 어느덧 육순을 코앞에 두고 계시니 세월은 시인의 마음도 가져가는가 보다. 하지만 선생께 항상 열혈청년의 격정만을 기대할 수는 없는 것이 아닌가. 다만 "굽은 나무 시든 꽃들만 깔린 담장 밖 돌밭에서／어느새 나도 버려진 별과 꿈에 섞여 누워"(「담장 밖」) 계시는 모습이 나의 눈을 아프게 한다. 왜냐하면 선생은 나의 마음속에 항상 젊은 시혼(詩魂)으로 남아 있어야 하기 때문이다. (『쓰러진 자의 꿈』, 103~4면)

　　그러나 덜 사납다고 해서 덜 치열하다고 쉽게 말해버릴 수는 없다. 나는 또한 이 시집에서 조심스레 그려지기 시작하는 '내면성'이 단순히 시인이 '나이' 때문에 힘이 딸려서 '격정'을 뒤로 물린 결과라고 생각하지 않는다. 그것은 보다 깊은 어떤 의미를 숨겨 가지고 있다. 이제 그것을 찬찬히 살펴보겠거니와, 이 시집의 근본적인 지향점이 이전의 시집들의 그것과 전혀 다름이 없다는 사실은, 이 시집의 거의 끝부분에 편집되어 있는 두 편의 시 제목들로 이미 확연히 드러난다는 사실을 미리 말해두도록 하자. 시인은 고통스러운 삶을 이겨내고 아름다운 꽃을 피우는 '수유나무에 대하여'(88면) 쓰고, 곧이어 '다시 수유나무에 대하여'(89면) 쓴다. 이 '다시'라는 부사 안에, 이 시집의 정신이 응축된 형태로 고스란히

들어 있다. 신경림은, 썼고, 그리고 지금 '다시' 쓰는 것이다. 그는 그가
사랑했고, 그래서 마음을 주었던 것들 곁을 한치도 떠나지 않은 것이다.

 그것은 반드시 의미있는 일일까? 아닐지도 모른다. 시인 자신, 그 의
심에서 자유로운 것은 아니다. 이를테면, 『쓰러진 자의 꿈』 직전에 발표
된 시집 『길』의 마지막 시는 이렇게 끝난다.

> 뗏목은 강을 건널 때나 필요하지
> 강을 다 건너고도
> 뗏목을 떠메고 가는 미친놈이 어데 있느냐고
> 이것은 부처님의 말씀을 빌어
> 명진 스님이 하던 말이다
> 저녁 내내 장작불을 지펴 펄펄 끓는
> 밤바다에 배를 깔고 누운 절 방
> 문을 열어 는개로 뿌얀 골짜기를 내려다보며
> 곰곰 생각해본다
> 혹 나 지금 뗏목으로 버려지지 않겠다고
> 밤낮으로 바둥거리고 있는 것은 아닐까
> 혹 나 지금 뗏목으로 버려야 할 것들을 떠메고
> 뻘뻘 땀 흘리며 가고 있는 것은 아닐까
>
> ——「뗏목」 부분

 그렇다면, 그 태도의 연속성은, 어리석은 것일까? 그럴지도 모른다.
"그러나 어쩌랴 하룻밤새 팽개친 것／버린 것이 되붙으며 내 몸은 무거
워지니"(「날개」) 그는 억지를 부리며, 짐짓 다 뛰어넘은 체, 다 이겨낸
체하지 않는다. 그는 마음자락의 자연스러운 경사를 따라간다. 그는 마
음 안에 아직 머무는 모든 것들을 쫓아내지 않는다. 이것들을 싸안고 가
보리라. '뗏목'의 시들은 다시 씌어진다. 『쓰러진 자의 꿈』은 이쯤해서
버리는 것이 더 현명할 듯한 낡은 뗏목을 다시 붙잡아 안는다. 이처럼
신경림은 기질적으로 타고난 '방물장수'이다. 다 떨치고 떠날거나 하다가

도, 오종종하고, 못나터진 구질구질한 세목들이 바짓가랑이를 붙잡고 아부지, 아부지 하고 늘어지면, 또 오냐, 오냐 하고 보따리 안에 싸넣는다. 그리고는 또 그것들을 끌고 삼천리 강산을 돌아다닌다. 세목들의 아비, 아이구, 그 인정 때문에 출가는 영 못할 판이다.

시집 『농무』가 출간되었을 때, 이 시집에 대해 호의적이었건 그렇지 않았건 모든 평자들은 한결같이 신경림이 세목을 파악하는 데 있어서 탁월한 자질을 지니고 있다는 사실을 인정했다. 이 능력이야말로, 그의 시로 하여금, '민중시'가 흔히 빠지기 마련인 공소한 관념성을 극복하게 해준 가장 중요한 덕목이었다. 유종호에 의하면, "그의 시의 사실적 호소력은 이러한 가난한 삶의 세목에 대한 충실성에서" 온다. 이러한 특징이 바로 신경림을 가장 신경림답게 만들어주고, 그의 시를 이념적 관념성으로부터 지켜준 것이라는 데에 우리는 무리없이 동의할 수 있게 된다.

『길』 이후의 고난해 보이는 어조에도 불구하고, 세목을 파악하는 신경림의 자질은 조금도 무디어지지 않았다. 아니, 오히려 거꾸로 시인은 일종의 고집과도 같은 성실성으로 더욱더 세목에 집착한다고 느껴지기조차 한다. 시인 자신이 시집 뒤에 붙여놓은 후기를 읽어보자.

너무나 많은 것이 너무도 빨리 뒤바뀌고 쓰러진다. 그것들 가운데는 쓰러지고 뒤바뀌어 마땅한 것도 적지 않지만, 값지고 소중한 것이 더 많다는 것을 내가 왜 모르랴. 그렇더라도 거기 매달려 뒤바뀌고 쓰러지는 사실 자체를 인정하려 들지 않을 만큼 나는 미련하지는 않다. 공연히 거센 체하는 허풍스러운 몸짓과 꾸민 목소리는 이제 정말 역겹다. 이럴 때일수록 사실을 사실대로 보고 올바른 목소리를 가지는 일이 중요하리라. 하지만 나는 아무래도 쓰러지고 깨지는 것들 속에 서 있을 수밖에 없을 것 같다. 어차피 시는 괴롭고 슬픈 자들, 쓰러지고 짓밟히는 것들의 동무일진대 이것이 크게 억울할 것은 없다. 최근 나는 시는 궁극적으로 자기탐구요 시의 가장 중요한 주제는 자신일 수밖에 없다는 생각도 많이 하지만, 쓰러지는 자들, 짓밟히는 것들의 상처와 아픔을 어루만지고 흩어지는 것들, 깨어지는 것들을 다

독거리는 일, 이 또한 내 시의 숙명인지도 모르겠다. 시를 가지고 할 일이
더 많아졌다는 생각이다. (강조는 인용자)

따라서, 그 세목은, 영광 속에 복권될 수 있는 세목들이 아니다. 그것
들은, 너무나 빨리 변하는 세상에 맞추어 변하지 못한 것들, 곧이어 도
태의 물결에 휩쓸려가버릴 것들, 이미 쓰러졌거나 곧이어 쓰러질 것들이
다. 그것들의 힘없음은, 주지하다시피, 얼추 88년을 기점으로 해서 가속
화되기 시작한 우리 사회의 본격적인 후기산업사회화, 그리고 동구와 소
련을 지탱하고 있던 이념의 몰락이라는 사회적 변수에 의하여 더욱더 결
정적인 것이 되었을 터이다. 그러나, 한국문학 안으로만 시선을 돌려 말
한다면, 그것은 무엇보다도, 민족문학 진영 내부의 좌절과 연관을 맺고
있다. '분노'와 '적의'의 촉발을 거쳐, '선동성'의 전략을 따라 일렬횡대로
'혁명'의 낭만적 꿈에 취해 '사회정의'의 깃발 아래 모여, '힘'을 꿈꾸던
들뜬 어조의 문학. 시대는 변했고, '힘'에 대한 꿈은 무산되었다. 순진한
이데올로그들은 당황하고, 풀이 죽거나, 절망하고 좌절했다. 최근에 발
간된 어느 민중시인의 시집은, 차마 마주보기 어려운 자기파괴의 언어로
가득 차 있다. 그런가? 이렇게 이들은 쓰러지고 만 건가? 그렇다면 그
들의 가슴을 그렇게 깊은 전율로 떨게 만들었던 그 뜨거운 분노와 사랑
은 이제는 그렇게 아무것도 아니란 말인가? '힘'을 얻는 데 실패했으므
로?

그러나, 신경림 개인에 관한 한, 적어도 그의 시에 관한 한, 이 힘없
음은 조금도 새삼스러운 일이 아니다. 그는 여전히 힘없는 것들의 편을
들면서, "어차피" 시의 몫은 그러한 것이므로 "크게 억울할 것은 없다"
고 담담히 말한다. 늘 그랬던 것이고 보면, 세상이 바뀌었다고 시가 시
의 옹색한 지위에 대하여 중뿔나게 투덜거릴 일도 아닌 것이다. 죄 그럴
듯하고 번드르르해 보이는 것들만 향해 우르르우르르 달려가는 판이니,
시인은 오히려 자기가 이제 더 "할 일"이 많아졌다고 말한다. 그는 시대
의 뒤에 남아 떨어진 이삭들을 갈무리한다. 해 저물녘에, 농부는 바빠진
다. 그래, 화려한 것을 뒤쫓아갈 사람은 가거라, 그것이 시대의 조류임

250

을 어쩌겠는가. 시인은, 우기지 않는다. 허세를 부려봐야 소용이 없는
것이다. 그는 뒤쳐져 있다. 시인은 자신에게 말한다. "그것을 인정하자.
억지를 부릴 일이 아니다."

> 번듯한 나무 잘난 꽃들은 다들 정원에 들어가 서고
> 억센 풀과 자잘한 꽃마리만 깔린 담장 밖 돌밭
> 구멍가게에서 소주병 들고 와 앉아보니 이곳이
> 내가 서른에 더 몇해 빠대고 다닌 바로 그곳이다.
> 허망할 것 없어 서러울 것은 더욱 없어
> 땀에 젖은 양말 벗어 널고 윗도리 베고 누우니
> 보이누나 하늘에 허옇게 버려진 빛 바랜 별들이
> 희미하게 들판에 찍힌 우리들 어지러운 발자국 너머.
> 가죽나무에 엉기는 새소리 어찌 콧노래로 받으랴
> 굽은 나무 시든 꽃들만 깔린 담장 밖 돌밭에서
> 어느새 나도 버려진 별과 꿈에 섞여 누워 있는데.
>
> ──「담장 밖」 전문

시인의 자리는 담장 밖, 보호받을 수 없는 불리한 지역이다. 시인은
'어느새' 그곳에 있게 되었다고 말한다. '어느새'란, 시간의 불가역성을
가장 효과적으로 전달하는 시간부사들 중의 하나일 터이다. '어느새'는
절대로 되돌아가지 못하는 '새'이다. '어느새'라고 인지하는 주체는, 시간
의 불가역성을 가장 뼈저리게 인지하는 자이다. 그의 마음을 가득 채운
회한은, 그의 머리를 한없이 과거를 향해 잡아늘이게 하나, 그의 몸뚱이
는 지금도 간단없이 현재와 미래를 향하여 떠밀리는 것이다. 이미 해볼
수 있는 일은 아무것도 없다. 그런데 과연 어느새? 도대체 그 사이에
무슨 일이 있었던가?

> 잔돈푼 싸고 형제들과 의도 상하고
> 하찮은 일로 동무들과 밤새 시비도 하고

별것 아닌 일에 불끈 주먹도 쥐고
푸른 달빛에 잠을 이루지 못하기도 하면서

—— 「土城」 부분

실상은 그렇게 아무 일도 없었다. 아니, 설사 있었다 한들 무엇이 달
랐겠는가? "큰 슬픔 큰 아픔 큰 몸부림이 없는데도" "저도 모르게 조금
씩 망가지고 허물어져/이제 허망하게 작아지고 낮아진 토성". 시인은,
그 초라함의 현장성을 들여다본다. 무슨 일이 있었든, 캐묻지 말자. 캐
어묻는다고, 달라지는 것은 아무것도 없다.

묻지 말자 그동안 무얼 했느냐 묻지 말자

—— 「만남」 부분

그래서 그는 회피할 수 없는 현재의 초라함 위에 선다. 설 뿐만 아니
라, 아예 그것을 베개삼아 길게 드러눕기까지 한다. 예가 내 자리요. 그
러니 억울할 것도 분통이 터질 일도 없다. 이런 시를 읽어보자.

나무들이 실오라기 하나 걸치지 않고 서서
하늘을 향해 길게 팔을 내뻗고 있다
밤이면 메마른 손끝에 아름다운 별빛을 받아
드러낸 몸통에서 흙 속에 박은 뿌리까지
그것으로 말끔히 씻어내려는 것이겠지
터진 살갗에 새겨진 고달픈 삶이나
뒤틀린 허리에 배인 구질구질한 나날이야
부끄러울 것도 숨길 것도 없어
한밤에 내려 몸을 덮는 눈 따위
흔들어 시원스레 털어 다시 알몸이 되겠지만
알고 있을까 그들 때로 서로 부둥켜안고
온몸을 떨며 깊은 울음을 터뜨릴 때

멀리서 같이 우는 사람이 있다는 것을

—— 「裸木」 전문

벌거벗고 선 헐벗은 겨울나무는, 자신의 고통을 정화하기 위하여 '하늘'을 향해 팔을 뻗고 있으되, 그러나 자신의 초라함을 감출 얕은 꾀를 부리지 않는다. 한밤에 눈이 내려, 그것의 초라한 나신을 감출 양이면, 그것은 기어이 그 화사한 눈꽃을 흔들어 털고, 제 꾀죄죄한 본디 모습을 드러낸다. 시인은, 그 초라한 나무들, 자신의 꾀죄죄함을 껴안은 것들이 울음을 터뜨릴 때, 자기도 "같이" 운다고 말한다. 80년대의 신경림이었다면, 틀림없이 '같이 우는 사람들'이라고 썼으리라. 그러나 이제 그는 쉽게 '우리'의 이름으로 말하지 않는다. 그 '우리'라는 정체성이 사실은 어느정도 공소한 관념성에 기대고 있다는 사실을 인지하게 되었기 때문일까.

이렇게 『쓰러진 자의 꿈』 안에서 초라한 현재의 옹색함에 던져진 주체들은 그것을 모면할 궁리를 하지 않는다. '하늘'조차도, 「담장 밖」에서 보이는 것처럼, 현재의 구질구질함을 치유하는 원칙으로 제시되지 않는다. 설사 하늘이 치유의 원칙으로 설정될 수 있다 하더라도, '눈'을 털어버리고 알몸이 되는 겨울나무들처럼, 시인 자신이 그것을 향유하지 않는다. 다음 시에서 그것은 뚜렷하다.

땅속에서 풀려난 요정들이
물오른 덩굴을 타고
쏜살같이 하늘로 달려 올라간다
다람쥐처럼 까맣게 올라가
문득 발 밑을 내려다보고는
어지러워 눈을 감았다
이내 다시 뜨면 아
저 황홀한 땅 위의 아름다움

너희들 더 올라가지 않고
대롱대롱 가지 끝에 매달려
꽃이 된들 누가 탓하랴
땅속의 말 하늘 높은 데까지
전하지 못한들 누가 나무라랴
발을 구르며 안달을 하던 별들
새벽이면 한달음에 내려오고
맑은 이슬 속에 스스로를 사위는
긴 입맞춤이 있을 터인데
—— 「장미와 더불어」 전문(강조는 인용자)

인용된 시에서 볼 수 있는 것처럼, 시인은 '하늘'로 달려올라가지 않는다. 그는, 땅에서 달려올라가되, 땅과의 연계가 유지되는 한계에 머문다. 그리고 그곳에서 그는 '하늘'을 소환한다. 따라서, 그의 '하늘'은 그 자체로서 저절로 '하늘'이 아니라, '땅'과 관계를 맺는 한에 있어서의 '하늘', '땅' 위에 있음의 처참함을 인지하는 한에 있어서의 '하늘'이다. 그의 '하늘'은 따라서 보편자인 하늘이 아니라, 개별자의 개별 인식의 근거로서의 '하늘'이다. 그렇다면, '땅' 위에 묶여 있음, 그 부자유함을 충분히 자신의 조건으로 동화하는 자만이 이제 비로소 '하늘'을 소환할 자격을 가지는 것이다. 다음 시에서 그것은 명백하게 그려진다.

너는 때로 사람들 땀냄새가 그리운가 보다
밤마다 힘겹게 바다를 헤엄쳐 건너
집집에 별이 달리는 포구로 오는 걸 보면
질척거리는 어시장을 들여다도 보고
떠들썩한 골목을 기웃대는 네 걸음이
절로 가볍고 즐거운 춤이 되는구나
누가 모르겠느냐 세상에 아름다운 게
나무와 꽃과 풀만이 아니라는 걸

254

악다구니엔 짐짓 눈살을 찌푸리다가
놀이판엔 콧노래로 끼여들 터이지만
보아라 탐조등 불빛에 놀라 돌아서는
네 빈 가슴을 와 채우는 새파란 달빛을
슬퍼하지 말라 어둠이 걷히기 전에 돌아가
안개로 덮어야 하는 네 갇힌 삶을
곳곳에서 부딪치고 막히는 무거운 발길을
깃과 털 속에 새와 짐승을 기르면서
가슴속에 큰 물 하나를 묻고 살아가는
너 나의 서럽고 아름다운 무인도여
―――「無人島」 전문(강조는 인용자)

　홀로, 스스로의 고립됨 안에 머물러, '하늘'과 직접적인 관계를 맺을
법도 한 '무인도'는, 굳이, 스스로의 홀로 있음을 허물며, '떠들썩한' 인
세(人世)를 찾아온다. 흥미로운 것은, 그곳, 그 난장바닥에서라야, '집
집에 별이 달(린다)'고 시인이 생각하고 있다는 점이다. 그 '악다구니'
판에 '끼여들(어)' 몸을 비빈 연후라야, '새파란 달빛'과 관계를 맺게 되
는 것이니, 홀로, 인가 멀리에서, 신경림의 무인도는 하늘을 향해 날아
오르지 못한다. 그 무인도, 홀로 가벼울 수 있는 우아함은 그렇게 제 깃
털 안에 짐승의 무거움을 가라앉힌다. 그 스스로 날개를 찢은 새는, 자
기의 다리에, 인가의 난장을, 내륙 깊이 들어갈수록 더욱더 시끄러워지
고 더욱더 조잡해지는 '뭍'의 족쇄를 채운다. 그렇게 해서, 주저앉혀진
상태로, 신경림의 '하늘'은 비로소 의미를 부여받는다. '탈출'의 가능성을
스스로 파기한 연후에라야, 그것이 영영 불가능해졌다는 것을 안 이후에
야, 비로소 편하게 꾸기 시작하는 참으로 이상한 '탈출'의 꿈.
　그러니, 이 시장바닥의 천사를 하늘로 되돌려보내는 것은 꿈도 꾸지
말 일이다. 그의 날개는 난장의 쓰레기더미로 더욱더 단단하고 무거워진
다. 내려앉으라, 내려앉으라, 무거운 세목을 껴안고 뒹굴라, 날개는 나
는 데 쓰일 리가 없어지는 만큼 그만큼 더욱더 날개다워지는 법, 날개는

날개의 효용성을 잃을수록, 그것을 시장바닥으로 질질 끌고 다닐수록 더욱더 정당성을 얻는다. 아아, 정말로 이상한 천사의 이상한 날개가 아닌가.

> 강에 가면 강에 산에 가면 산에
> 내게 붙은 것 그 성가신 것들을 팽개치고
> 부두에 가면 부두에 저자에 가면 저자에
> 내가 가진 것 그 너절한 것들을 버린다
> 가벼워진 몸으로 돌아오는 길에서 나는
> 훨훨 새처럼 하늘을 나는 꿈을 꾼다
> 그러나 어쩌랴 하룻밤새 팽개친 것
> 버린 것이 되붙으며 내 몸은 무거워지니
> 이래서 나는 하늘을 나는 꿈을 버리지만
> 누가 알았으랴 더미로 모이고 켜로 쌓여
> 그것들 서서히 크고 단단한 날개로 자라리라고
> 나는 다시 하늘을 나는 꿈을 꾼다
> 강에 가면 강에서 저자에 가면 저자에서
> 옛날에 내가 팽개친 것 버린 것
> 그 성가신 것 너절한 것들을 도로 주워
> 내 날개를 더 크고 튼튼하게 만들면서

——「날개」 전문(강조는 인용자)

그러니, 신경림은, 이제 남들이 내팽개친 것들을 주워 모아, 그 안에 까치집을 짓고 들어앉는다. 세상의 "재고 날랜 … 춤 속에" 그는 "끼여들 수가 없다"(14면). 남들이 훨훨 나는 세상을 그는 여전히 종종대며 땅강아지로 살아간다. 80년대였다면, 아마도 그 가난한 대지에의 성실성은 쉽사리 미래의 비전으로 이어졌으리라. 그때 오늘의 고통은 내일을 위한 투자였으므로. 그러나, 신경림은 이미 알고 있는 것이다. 어느 젊은 여성시인의 말대로 '희망이라는 화냥년'이 집 나간 지 오래되었다는

256

것을. 물론 아직까지도 "아무래도 혁명은 있어야겠다"(30면)랄지, "절망
의 끝에서 불끈 솟는 높고 큰 힘"(31면) 등의 80년대식 어법들이 아주
사라진 것은 아니지만, 그러나, 미래에 대한 이 시집의 근본적인 태도는
다음의 한 구절에 가장 잘 응축되어 있다.

    말하지 말자 거기서 새로 꿈이 싹튼다고는

                                        ——「落日」 부분

   이 시집에 유난스럽게 낙조·낙일·석양·어둠 등의 이미지가 자주 등
장하는 것은, 바로 이 손쉬운 희망의 포기와 연관이 있을 터이다. 해는
이제 내일을 기약하며, 서서히, 당당히 지는 것이 아니라, "부끄러워 얼
굴을 숙이고" "허둥대며" 진다(26면). 그 허둥대며 지는 해의 모양은,
허둥대며 시대의 꽁무니를 쫓아 사라져가는 사람들의 모습이기도 한데,
그들의 행태란 기껏해야 "한낱 과일로 떨어져 푸섶에서 썩기 위"한 것이
거나, "흙 위에 또 한줌 흙으로 더해지기 위"해서(27면)일 뿐, 아무런
의미도 없다. 이 암울한 절망은, 이 시집 전체를 어두운 색채로 물들인
다. "다가오는 어둠 끝내 밝지 않으리라"(32면). 그 절망감은 다음의 시
에서 가장 충격적으로 제시된다.

    마당에 자욱한 솔잎 내음
    가마솥에 송편을 세 번 쪄내도록
    객지 나간 딸들 왜 기별 없을까
    늙은 양주 민화투도 시들해질 쯤엔
    노란 국화꽃 감으며 드는
    어스름 땅거미도 서럽고

    문득 문밖에 인기척 있어
    반색하고 문 열어 내다보니
    달이 눈부시게 차려 입고

대문을 밀고 들어서고 있다
그 뒤로 또 하나 달이
눈물과 한숨으로 나무에 걸린 어스름

                                    ——「달, 달」전문

텅 빈 농가의 추석 풍경. 늙은 부모들이 객지에 나간 딸들을 기다리고
있다. 기다림에 지친 부모가, 바람소리였을까, 인기척이 들린 듯해, 문
을 밀고 내다보니, 달만 휘영청 밝다. 아이구, 달! 공연히 밝기만 한
달, 죄없는 달 뒤에는, 그 아름다운 달을 아름답게 볼 수 없는 외로운
늙은이의 아픈 마음에 슬프게 비치는 또다른 달이 '눈물과 한숨'으로 겹
쳐져 있다. 달, 달, 외로움은 겹이다. 외로움은 겹쳐져, 실체가 되어,
즙이 되어 줄줄 흐른다. 오, 추적추적해라.

그렇게 이 시집 전체에는 외로움과 슬픔이 추적추적 스며 있다. 예전
에였다면, 쌩쌩 날 선 바람으로 불어오르거나, 귀신의 울음으로 쩌렁댈
소외감은, 이제 그렇게 물기에 젖어 하늘과 땅 사이를 오락가락 헤맨다.
눈발이 간단없이 날리고, "늙은 개가 비실대며 빗속을" 가고(59면), "늙
은 역무원 굽은 등"에 가을비 흩뿌리고(62면), "구멍가게에 몰려들어/
빵과 우유를 찾는 계집애들의" 다리도 "흠뻑 젖어 있고"(67면), "화톳불
위에 눈발이 날"린다(73면). 이 시집은 썰렁하고 축축하고 을씨년스럽
다.

그러나, 이 추적대는 슬픔은, 패배주의자의 징징대기가 아니다. 신경
림은 희망의 환상을 버린 그 자리에서 비로소 신경림답게 출발한다. 이
제, 쉬운 희망을 버린 시인은, 슬픔에 찬밥 말아먹고, 그리고, "끝내 밝
지 않"을(32면) 어둠을 향해 떠난다. 그 여행은 참으로 외롭고 기약이
없다. 그래서, 역설적으로 가장 정당하다. 여행 자체의 정당성에 대한
믿음 말고는, 시인이 기댈 것이라고는 아무것도 없다. 그 믿음을 견지하
는 일은 생각처럼 쉬운 일이 아니다. 시인은, 시대 자체의 변화보다도,
그래서 시대를 거스르는 여행의 힘겨움보다도, "짓궂은 이웃들의/비웃
음"(33면)과 "조롱"(43면)이 더 두렵다고 말한다.

　　그러나 정녕 그뿐인가? 시인은 '어느새' 시대 바깥으로 떠밀렸고, 그
래서 그곳에서 고집스레 희망도 없이 옛날 방식에 목을 달고 있을 뿐인
가? 그렇지 않다. 이 시집을 전체적으로 물들이고 있는 것은, 짙은 암
울함, 돌이킬 수 없이 변해버린 세태에 대한 안타까운 심정이지만, 그러
나 시인은 내심 자신의 방식에 대한 자부심을 숨기지 않는다. 그는 목청
을 높여 설교를 하거나 대놓고 비난을 하지는 않지만, 그러나 은연중에,
세상의 대세를 슬며시 비꼬고 야유한다. 아마도 88년의 요란한 올림픽
열기를 빗댄 듯한 시에서, 그는 물질적 풍요의 신화를 좇아 달려가는 눈
먼 대중들을 요술피리에 홀린 쥐떼들로 비유한다(90면). 바깥에선 비바
람이 불고, 폭풍우가 다가와도, 다들 나 몰라라 한다. "아무 일도 없어,
아무 일도 없다"(54면). 그리곤 쓱싹쓱싹, 좋은 게 좋은 거지, 하고 누
더기와 쓰레기를 대충대충 덮는다. 어제의 원수도, 좋은 게 좋은 거니
까, 석낭히 악수하고, 타협한다.

　　　산비알을 토끼처럼 도망치던 산사람과
　　　뒤쫓으며 총질을 하던 사냥꾼이
　　　버즘나무 아래서 장기를 두고 있다
　　　산사람이 포로 궁을 들여치고
　　　어깨춤으로 기세를 올리면
　　　사냥꾼이 뒷걸음질로 꼬리를 사린다
　　　황혼녘이면 둘이
　　　어깨 나란히 포장마차도 기웃대리라
　　　하지만 성급하게 말하지 말자
　　　역사란 안개처럼 모든 것을
　　　이렇게 덮고 지나가는 것이라고
　　　이렇게 묻고 흘러가는 것이라고
　　　한밤중 땅속 그 깊은 곳에서
　　　오늘도 그 큰 울음 들릴 테니
　　　　　　　　──「파고다공원에서」 전문(강조는 인용자)

시인이 혼란스러워하는 것은, '화해' 자체가 아니다. 그가 받아들일 수
없는 것은, 아무것도 명쾌하게 해결된 것이 없는 채로, 세상이 물질적
풍요만을 향해 내달리기 시작했다는 것, 그 이상한 요술보자기로 덥석
싸버려 가려진 아래에서는 가난과 고통과 소외가 여전히, 아니 오히려
전에 가난했던 시절에보다도 더욱더 비참한 양상으로 악화되고 있다는
것이다. 그는 거대한 흐름 아래에서 더욱더 비참하게 몰락해가는 가난의
세목 때문에 가슴을 앓는다.

> 배고픔도 헐벗음도 없어진 지 오래여서
> 누더기는 달콤한 현수막으로 가려지고
> 신음은 화려한 노래에 묻히면서
> 내가 사는 나라는 하늘노 가없이 넓어서
> 멀리서 가까이서 눈송이가 날리며
> 참과 거짓을 한꺼번에 덮어버리고
> 얼룩덜룩 서투른 분칠로 묻어버리고
>
> —— 「내가 사는 나라는」 부분

모두들 시시콜콜 고통스러운 구질구질한 세목에는 관심이 없다. 거대
한 환상에 사로잡혀 하늘로만 날아오르고(82면), '큰 것'만을 좇는다(83
면). 그래서 겉보기에 화려해 보이는 껍데기에 만족한다. 어쩌면, 지금
누리고 있는 편안함이 "몸까지 뼛속까지 썩고 병들게 하는／시궁창"(38
면)인지도 모르는데.

> 밤차를 타고 가면서 보면
> 붉고 푸른 빛으로 얼룩진
> 어둠이 덮은 산동네는 아름답다
> 밤차를 타고 모두들
> 그 아름다움에 취해 간다

어둠을 한겹만 들추면 있는
고달픈 삶에 대해서는
아무도 알려 하지 않는다
괴로움 속에 뒤엉켜 있는
사람들의 깊은 말도 모두 잊었다
밤차를 타고 어둠이 덮은
아름다운 산동네에 그냥 취해 간다
거기 살던 사람까지도
거기 살고 있는 사람까지도

———「밤차를 타고 가면서」 전문(강조는 인용자)

그 겉보기의 화사함에 대한 환상이 어쩌나 지독한지, 산동네에 '살던'
사람도, 또 지금도 거기에서 '살고 있는' 사람마저도 기꺼이 속아넘어가
는 데 동의한다. 오, 껍데기여, 나를 유린하소서. 나는 기꺼이 그대의
달콤한 거짓에 내 영혼을 파나이다. 추악한 진실을 대면하느니, 내가 장
님으로 죽기를 바라나이다. "앞이 안 보여 지팡이로 더듬거리며 빠질 듯
빠질 듯/위태롭게 개울을 건너고 있는 것이/우리들 바로 자신"(77면).
이 시집 안에서, 시인이 유난스레 대조적인 광경을 병치시키는 수법을
자주 동원하는 것은, 바로 이렇게 물질적 풍요라는 환상의 개미지옥에
빠진 현대인들의 의식에 충격을 가하려는 의도와 무관하지 않을 것이다.

그러므로, 시인 신경림을 절망시키는 것은, 세계, 또는 시대 그 자체
가 아니라, 한결같지 않은, 조금 편안한 삶을 위하여 진실을 집어내던진
'사람들'이다. 이 시집 안에서, 그렇게 일관성을 지키지 못하고 세상이
변했다고 쭈르르 우르르 몰려다니는 '사람들'의 맞은편에 서 있는 이미지
는 바로 '나무들'이다. 그것들은, 사람들과는 달리, 같은 자리에 버티고
서서 움직이지 않는다. 신경림은 특히 이 시집에서 보기 싫게 뒤틀리고
시커매진 '늙은' 나무들을 자주 등장시키는데, 그것은 자신이 선택한 시
대에 뒤진 방식과, 그로 인하여 치러야 하는 고통에 대해 의연한 한결같

은 태도의 연속성을 상징하기 위해서일 것이다. 그 나무들은, 사람들이
이리저리 몰려다니거나, 또는 큰 것을 좇아 펄펄 날아다니는 동안, 제
자리에 버티고 서서, 마을을 아주 '가까이에서', 그리고 '시시콜콜' 지켜
본다. 그들은 마을의 "얽히고 설킨 얘기"(74면)를 알고 있는 것이다. 그
들이 맺는 '열매'란 다름아닌, 한 사람 한 사람의 작은 역사, 구질구질하
지만, 그러나 그것으로 인해서만 사람이 사람이라는 종으로 유지되는 세
목·혹·옹이·맺힘이다. 신경림은 그것들을 바라보며, 시대에 뒤처진
듯한, 그러나 시인 자신이 내심 그 의미를 확신해 마지않는 자신의 삶의
태도와 동일시한다. 갈 테면 가거라. 나는 구질구질한 것들과 머문다.

사람에게 절망한 시인의 눈앞에 그렇게 자연은 의연한 모습으로 떠오
른다. 이 대목에서 우리는 신경림이 도달한 '변화'의 궁극적인 의미를 이
해하게 된다. 우리가 앞서도 말한 것처럼, '나무'는 제자리에 버티고 서
있는 한결같음으로도 인하여 신경림에게 사랑을 빈을 뿐만 이니라, 또한
그 순환성 때문에 경탄의 대상이 되기도 한다. 말을 바꾸면, 신경림에게
자연은 '한결같이 순환'하는 특성 때문에 사람에게 지친 이 시집의 궁극
적 종착점으로 설정되어 있다는 말이다. 자연의 이 한결같은 순환성은
이 무채색의 칙칙한 시집 안에서 놀라운 채도의 터치를 부여한다. 가끔,
시집은, 반짝하는 원색의 자연으로 빛난다. 그 빛남은 부서지고 망가지
고 을씨년스러운 인생의 무상함 곁에 배치됨으로써, 극적인 충격 효과를
끌어낸다. 몇개의 예를 들어보자.

떨어져나간 대문짝
안마당에 복사꽃이 빨갛다
가마솥이 그냥 걸려 있다
벌겋게 녹이 슬었다

—— 「廢村行」 부분

사랑방 댓돌 옆으로 빈 오줌독
엎어진 검정고무신 한 짝을 비집고

262

봄이라고 그래도 오랑캐꽃이 웃고 있다

———「오랑캐꽃」부분

거멓게 썩은 덧문이 닫힌 송방 앞
빗물 먹은 불빛에 맨드라미가 빨갛다

———「廢驛」부분

　이 한결같은 되살아남, 시커멓게 망가지는 세상 안에서 제 순결한 생
명력 하나에 기대어 또다시 새삼스레 시작하는 것들. 시커먼, 뒤틀린 수
유나무로 하여금 자신의 상처에 대해 자부심을 가지게 하는 것은, 바로
그것의 늙은 몸에서 피어나는 '노란 꽃잎'(88면)의 한결같은 순결함에 대
한 믿음이다. 그것들이, 늙은 나무에게 세월을 견디게 한 것이다. 그렇
게, 시인은 출싹거리는 사람들의 맞은편에서 그 자체로서 완결되어 있는
자연의 덕목을 발견한다. 그것은 편들지 않으며, 그것으로서 다만 있을
뿐이다. 그것은 그것 자체일뿐, 사악한 것도 정의로운 것도 아니다. 그
런 것을, 사람들은 제가 자연을 주물러 무엇인가를 이룬 줄 알며, 그것
이 제 편을 들어준다고 생각한다. 이 시집의 서시 격으로 읽히는 「길」
은, 오래 시간의 편력 끝에 시인이 도달한 정신적 귀결점을 보여준다.

　　사람들은 자기들이 길을 만든 줄 알지만
　　길은 순순히 사람들의 뜻을 좇지는 않는다
　　사람을 끌고 가다가 문득
　　벼랑 앞에 세워 낭패시키는가 하면
　　큰물에 우정 제 허리를 동강내어
　　사람이 부득이 저를 버리게 만들기도 한다
　　사람들은 이것이 다 사람이 만든 길이
　　거꾸로 사람들한테 세상 사는
　　슬기를 가르치는 거라고 말한다
　　길이 사람을 밖으로 불러내어

온갖 곳 온갖 사람살이를 구경시키는 것도
세상 사는 이치를 가르치기 위해서라고 말한다
그래서 길의 뜻이 거기 있는 줄로만 알지
길이 사람을 밖에서 안으로 끌고 들어가
스스로를 깊이 들여다보게 한다는 것은 모른다
길이 밖으로가 아니라 안으로 나 있다는 것을
아는 사람에게만 길은 고분고분해서
꽃으로 제 몸을 수놓아 향기를 더하기도 하고
그늘을 드리워 사람들이 땀을 식히게도 한다
그것을 알고 나서야 사람들은 비로소
자기들이 길을 만들었다고 말하지 않는다

　　　　　　　　　　　　—— 「길」 전문(강조는 인용자)

　　오랜 헤맴의 끝에, 시인은 삶의 길이 외면으로 나 있는 것이 아니라,
내면으로 나 있는 것이라는 결론을 내린다. 바깥으로 난 길이 '행위'를
상징하는 것이라면, 내면으로 난 길은 '존재'를 상징하는 것일까? 이제,
늘상 존재의 바깥에서 머물며, 인간사의 세목에 관심을 기울이던 시인
은, 조심조심 내면의 깊이로 내려가는 것일까? 나는 아직 그것을 알지
못한다. 그러나, 시인의 태도는 여러가지 의미에서 흥미롭다. 무엇보다
도, 나는, 그가 '길이 밖으로가 아니라 안으로 나 있다는 것을 아는 사
람'이라고 단수로 말하는 것에 관심을 기울인다. 전체의 맥락으로 보면,
아마도 '사람들'이라고 복수로 말하는 것이 더욱 자연스러웠으리라. 그러
나…… 시인은 분명히 단수로 말하고 있다. 그것을 통해서 시인은, 그
깨달음이 내면의 한 개인에게 일어나는 극히 내밀한 각성임을 말하고 싶
었던 것이 아닐까. 모든 각성은 독방의 사건이다. 영혼은, 홀로, 다만
홀로, 내면의 길을 따라간다. 우리는 아무도, 그 여행에 동반할 수 없
다. 내면의 불꽃은 늘 홀로 타는 외로운 촛불이다. 바슐라르는 그것을
얼마나 잘 알고 있었던가.

그래서, 신경림은 이제 비로소 모든 것을 버린다고 말한다. 『쓰러진
자의 꿈』의 마지막 시 「하산(下山)」은, 그렇게 시인 자신이 "평생에 걸
려 모은 모든 것들을／… 훌훌 털어버리기 시작했다"고 말하고 있다. 이
시가 시집의 맨 마지막에 편집된 것은 그러므로 너무나 자연스럽다. 그
것이 논리적인 설정이다. 그러나, 나는 아직 신경림이 그렇게 모든 것을
집어내던지고 도사가 되리라고 생각하지 않는다. 왜냐하면, 그의 마음
은, 아직도, 세상의 가여운 것들 곁을 배회하고 있기 때문이다. 그리고,
그것은, 나에게는 소중하게 여겨진다. 진정한 의미의 내면의 길이란, 쉬
운 초월로 얻어지는 것이 아니라, 세속을 통과해나가며 조금씩 형성되는
것이 아닌가. 나에게는 초월 그 자체보다도, 인간이 그것을 지향하며 부
딪치는 매순간의 혼란·아픔·상처, 그런 것들이 훨씬 더 소중하게 여겨
진다. 그래서 나는, 「화톳불, 눈발, 해장국」을 맨 마지막에 읽는다. 제
목에서부터 이미 정신주의의 냄새가 물씬 풍기는 「하산」보다는 나에게는
오히려 이 시가 신경림 시의 대미처럼 여겨진다. 시저 장면은 가장 신경
림답게 설정되어 있다. 새벽 장바닥, 화톳불을 피워놓고 온갖 서민들,
구두닦이·우유배달원·신문배달원·청소부·미장이·언청이·곰배팔이·
낚시꾼 들이 해장국을 훌훌 마시고 있다. 화톳불은 시장바닥에서 긁어모
은 온갖 쓰레기들로 피운 것이다. 눈발이 들이친다.

> 새봄 이른 새벽 화톳불이 탄다
> 지난 겨울의 쓰레기들이 타고
> 너절한 것들 더러운 것들이 탄다
> 부끄러운 것들이 탄다 잊고 싶었던 것
> 버리고 싶었던 것들이 탄다
> 화톳불 위에 눈발이 날리고
> 눈발 속에서 해장국이 끓는다
>
> ──「화톳불, 눈발, 해장국」 부분

그렇다. 이 편이 훨씬 더 신경림답다. 그는 너절한 것들을 긁어모아,

그것을 '불'로 정화시킨다. 그리고 그것들 주위에, 온갖 잡다한 사람들이 모여든다. 그리고 성긴 눈발, 늘 가도가도 가슴에 푹 안기는 것 없는 우리 삶의 환장할 갈망처럼, 쌓이지 못하고 이리저리 흩날리는 눈발, 그리곤, 맥을 놓아버리지 못하는 우리의 못난 내면처럼 해장국이 바글바글 끓는다. 그 국의 건건이는, 독자여, 그대가 짐작하다시피, 이 한결같은 시인이 삶으로부터 건져올린 이런저런 세목들이다. 그것은 해장국 속에서도 푹 고아져 사라지지 않는다. 그것은 삶이라는 보편적 무참함, 그리고 기어이 도래하는 보편자인 죽음에 대항하여 버팅기는 개체의 저항의 증언이다. 신경림이 현인이 아니라 시인인 것은, 그 세목이라는 건건이에 여전히 관심을 가지고 있기 때문이다. 그렇다, 대체 무엇이 끝났다고 마음 편히 가라앉히고 도사처럼 유유자적할 것인가.

모든 것은 그렇게 엉성한 '사이'에 있다. 새벽, 밤도 아니고 낮도 아닌 시간, 일디도 놀이디도 아닌 띠도는 낑노, 새봄, 겨울도 봄도 아닌 아직 추운 시간, 엉성하게 피워놓은 화톳불처럼, 내리는 눈도 이러지도 저러지도 못하고 풀썩인다. 시인은 그것들 앞에 어깨를 웅크리고 서 있다. 가슴에 담아지지 않는 모든 것, 그러나 담을 수 있는 한 다 담으려고 애쓰면서, 나는 그의 뒷모습을 한참 동안 바라본다. 한참 동안…… 당대(當代)라는 황폐함의 어깨 너머로. □

제 3 부

옛것 혹은 사라지는 것들을 찾아 떠나는
아프고도 즐거운 여행
신경림의 '기행문학'에 대하여

이 은 봉

1. 머 리 말

새삼스러운 얘기지만 신경림은 우리 시대를 대표하는 매우 잘 알려져
있는 시인이다. 적잖은 사람들이 그의 시로부터 각별한 감명을 받고, 그
감명을 토대로 하여 자신의 삶과 세계관의 방향을 형성해온 바 있는데,
필자 개인으로서는 시집 『농무』에 실려 있는 「산1번지」 등의 시를 읽으
며 얻었던 '개안(開眼)'에의 충격을 아직도 잊지 못하고 있다. 이러한 면
에서 보더라도 그가 우리 시대의 가장 뛰어난 시인 중의 하나임을 부인
할 사람은 없을 것이다.

그렇다고 하더라도 우리 문학사에 끼친 그의 역할과 업적이 예의 시집
들을 남긴 시인으로서만 그치는 것은 아니다. 지난 70년대 이래 끊임없
이 주장해온 이른바 '민중문학'에 대한 비판적 옹호, 다시 말해 비평가로
서의 역할, 그리고 여기서 살펴보려고 하는 『민요기행』1·2, 『강 따

李殷鳳: 시인. 광주대학교 문예창작과 교수. 시집으로 『좋은 세상』『봄 여름 가을
겨울』 등이 있음.

라 아리랑 찾아』 등의 기행문학가로서의 업적 또한 결코 간과할 수 없는 것이다. 말하자면 그는 우리 시대의 가장 탁월한 시인이기도 하지만 동시에 그에 못지않은 비평가이기도 하고 산문가이기도 하다는 것이다.

하지만 여기서는 일단 그의 산문가로서의 업적, 좀더 구체적으로 말해 기행문학가로서 그가 남긴 것들을 종합적으로 점검해보는 데에 목표를 두기로 한다. 따라서 그 텍스트는 『민요기행』 1·2, 『강 따라 아리랑 찾아』로 될 것이다.

이들 세 권의 저서는 부분적으로 그 제목이 다르기는 하지만 본래는 일관된 시각에서, 크게 다르지 않은 의도 아래 씌어진 책들이다. 물론 『강 따라 아리랑 찾아』의 경우에는 그 상당 부분이 기본적인 의도가 다른 기행체험을 토대로 하고 있기는 하다. 두 권의 『민요기행』과 『강 따라 아리랑 찾아』의 뒷부분이 그런대로 '민요'를 듣고자 하는 데에 목표를 두고 있다면, 『강 따라 아리랑 찾아』의 앞부분은 일단 '강'을 보고자 하는 네에 표면적인 목표를 두고 있는 것이다. 그렇나고 하더라도 '강 따라'이든 '아리랑 찾아'이든 신경림의 이 책이 특별히 다른 시각을 드러내고 있는 것은 아니다. 오히려 『강 따라 아리랑 찾아』 중 「강을 따라서」의 '남한강 1·2'의 경우에는 『민요기행 2』의 「남한강의 뱃길 천리」 등에서 취급된 내용이 그대로 반복되어 나타나 있기까지 하다.

어쨌든 신경림의 이들 저서는 두 가지 측면에서 그 의의가 있는 것으로 파악된다. 그 하나는 이들 저서 자체가 갖는 의의, 즉 기행문학으로서 이들 저서가 그 자체로 매우 중요하고 가치 있는 세계를 이루고 있다는 점이고, 다른 하나는 이들 저서 속의 다양한 기행체험이 그의 주요 시집 『달 넘세』 『가난한 사랑 노래』 『길』 『쓰러진 자의 꿈』 등의 세계를 이루는 기본적인 토대가 되고 있다는 점이다.

필자가 보기에 신경림의 위의 시집들 중 좀더 중요하게 생각되는 것은 『길』과 『쓰러진 자의 꿈』이다. 이들 시집에 이르러 그의 민요와 관련된 기행체험이 좀더 성공적인 작품으로, 좀더 완미한 아름다움으로 형상화되고 있기 때문이다.

하지만 본고의 주요 목적이 그의 기행체험과 시작품이 이루는 상호 관

계를 밝히는 데에, 즉 그의 기행문학이 이루는 두번째 의의를 밝히는 데
에 있지는 않다. 따라서 본고에서는 일단 기행문학으로서 예의 텍스트들
이 갖는 자율적이고 개별적인 의의를 살펴본 다음 그에 대해서는 글의
말미에서 간략히 몇마디 덧붙이는 정도로 그치려고 한다.

　기행문의 형태를 띠고 있는 우리 문학의 유산은 그 전모를 따져보기
어려울 만큼 실로 엄청나다. 아득한 시절에 이루어진 혜초의 『왕오천축
국전』은 차치하고 오늘날의 독자들에게 익숙한 것만 하더라도 연암의
『열하일기』, 육당의 『백두산 근참기』, 박태순의 『국토와 민중』 등 부지
기수이다. 특히 최근에 간행되어 베스트 셀러로 읽히고 있는 유홍준의
『나의 문화유산 답사기』는 재미와 교양을 동시에 주는 기행문학의 대표
적인 예라고 할 만하다.

　유홍준의 이 책과 관련해 보면 최근에 들어 기행문학이 일대 유행을
하고 있는 듯한 느낌이 들기도 한다. 낯선 선부터 세세여행이 사유화됨
에 따라 그 경험을 소재로 한 수많은 기행문학이 생산되고 있고, 기타
황석영의 북한 방문기 『사람이 살고 있었네』 등과 같은 방문기도 상당한
독자를 확보하고 있는 것이 사실이다.

　아무튼 신경림의 이들 기행문학 세 권은 삶과 세계에 대한 매우 크고
넓은 내용을 담고 있어 우리로 하여금 헤아릴 수 없는 깨달음을 얻게 하
고 있다. 그의 기행문학은 그 자체만으로도 상당한 독자를 갖고 있는데,
필자가 소지하고 있는 1993년 2월판 『민요기행 1』의 경우 무려 15쇄에
이르고 있기까지 하다. 이 또한 그의 기행문학이 그 자체만으로도 중요
하게 평가되고 취급되지 않을 수 없는 이유라고 할 것이다.

　　2. '민요'를 보는 눈

　전통시가로서 '민요'는 좋든 싫든 이미 사라져가고 있는 장르이다. 본
래 민요가 농업사회에 토대를 두고 형성된 장르이기 때문인데, 농업사회
에서 산업사회로 이행하면서 우리 모두의 근대적 삶이 진행되어 왔다는

것은 익히 아는 바이다. 농촌중심 사회에서 도시중심 사회로 전이되어온 것이, 다시 말해 자본주의 사회에로 이행해온 것이 지난 60년대 이후 우리 민족의 삶의 현실이라면 민요가 점차 소멸되어가는 것은 어쩌면 그것의 당연한 운명일는지도 모른다. 민요를 비롯한 "우리의 전통적인 삶의 모습이 시골 어느 모서리인가에 남아서 이어지고 있는"것도 부분적으로는 사실이지만 말이다(「책머리에」, 『민요기행 1』).

그렇다 하더라도 문화사적인 입장에서 볼 때 점차 민요가 소멸되어가는 것은 매우 중요한, 우리 모두 관심을 갖지 않을 수 없는 일이라고 할 것이다. 농경민족으로서 우리 조상들이 누천년에 걸쳐 생산하고 향유해오던 문화적 재산을 빠른 속도로 산업화해가고 있는 이 시대의 삶의 현실이 지난 몇십 년 사이에 완전히 일실(逸失)시키고 있지 않는가. 따라서 깨어있는 시인의 한사람으로서 신경림이 민요를 포함하여 다양한 기층문화의 유산에 관심을 갖는 것은 지극히 당연한 일이라고 할 것이다.

물론 민요가 갖고 있는 이러한 운명에 대해서는 신경림 자신도 이미 잘 인식하고 있는 것으로 보인다. 그는 이를 기행의 과정에 만난 사람들의 입을 빌려 드러내고 있는데, 다음과 같은 대목에서 그 예를 찾아볼 수 있다.

이 고장에 혹시 노래 잘하시는 할머니가 안 계시냐고 물어본다.
"그건 왜요?"
좀 들어보았으면 해서 그런다고 했더니 그 여인은 한마디로 핀잔을 준다.
"그런 소리 마이소. 요새 하도 바빠서 밥 먹을 시간도 없는기라요. 노래할 시간이 어디 있는기요!"
버스가 돌아가겠다고 부릉대었으므로 부랴부랴 차에 올랐다. (『민요기행 1』, 57면)

「미나리」를 녹음하겠다고 녹음기를 들이대니 한 노인은 "아 그 좋은 기계에 기따우 낡은 소리는 뭐 땜에 담을려구 그려" 하면서 아들더러 유행가가 담긴 테이프를 빌려주라고 시키더라는 것이다. (『민요기행 2』, 127면)

그의 『민요기행 1』은 1980년대 초중반기, 『민요기행 2』는 중후반기, 『강 따라 아리랑 찾아』는 90년대 초반기의 기행체험을 토대로 하고 있다. 이 무렵은 이미 전 국토에 상당한 정도로 산업화가 진척된 시기이고, 따라서 삶의 현장에서 구체적으로 불려지는 살아있는 민요를 듣기는 매우 힘들었던 것이 사실이다. 앞의 예문에서도 알 수 있듯이 1980년대 초중반의 농촌의 경우 "하도 바빠서 밥 먹을 시간도 없는" 시대, "유행가가 담긴 테이프"를 듣는 것이 일상화되어 있는 시대, 즉 자본주의 시대의 한복판에 이르러 있었던 것이다. 자본주의 사회의 기본적인 특징이 '속도'에 있음은 두루 잘 알려진 바이다.

어쨌든 농민들의 육성을 담고 있는 위의 예문에서도 확인할 수 있듯이 민요는 그것이 생산되고 향유되었던 농촌현장에서도 이미 사라지기 시작한 지 오래였다. 따라서 이를 잘 이해하고 있던 신경림이 이들 기행문학에서 오직 민요의 채집과 청취에만 급급해 있었을 리는 만무하다. 뒤에 자세히 살펴보겠지만 그는 오히려 여기서 민요를 매개로 하여 점차 허물어져가고 있는 80년대 농촌사회의 기층문화 일반을 매우 심도 있게 탐색하고 있다. 사실 그렇다. 신경림은 이들 기행문학에서 민요를 포함해 점차 소멸되어가고 있는 수많은 기층문화 일반을 아주 총체적으로 보고하는 것이다. 이러한 기층문화에 대한 그의 관심은 다분히 생태환경적 기행의 성격을 띠고 있는 『강 따라 아리랑 찾아』의 「강을 따라서」에서도 마찬가지이다.

그러나 비록 그러한 면이 있다고 하더라도 그의 기행문학이 보여주고 있는 가장 중요한 내용이 아리랑을 포함한 '민요'의 청취와 채집에 있음을 부인할 수는 없다. 물론 그의 기행문학 속에 청취되고 채집되어 있는 '민요'의 경우 특별히 새롭게 발굴되거나 형태를 달리하는 것은 거의 드물다. 이미 지난 1970년대나 혹은 그 이전에 몇몇 학자들과 호사가들에 의해 일차 청취되고 채집된 것들을 다시 찾아가는 과정을 밟고 있는 것이 기행자로서 신경림의 대부분의 모습이다.

그렇다 해서 민요를 청취하고 채록하는 신경림의 작업이 전혀 무의미

274

하다고 하는 것은 아니다. 이들 책에서 보여지는 그의 민요에의 탐구와
그에 대한 성실한 해석은 그 자체만으로도 우리에게 커다란 기쁨을 주고
있다.

신경림의 이들 기행문학은 우리로 하여금 특정한 직업과 관계되어 있
는 「각설이타령」에서부터 「보부상 노래」 등에 이르기까지, 대표적인 노
동요로서 「모내기 노래」 「회다지소리」에서부터 「절구질 노래」 「멸치잡이
노래」 「어산령」 「뗏배놀이」 등에 이르기까지, 공동체의 구성원들이 함께
부르는 유희요로서 「강강수월래」 「월워리청청」에서부터 「노랫가락」 「울
산 아가씨」 등에 이르기까지 수많은 민요를 접하게 하고 있다. 뿐만 아
니라 그것은 「실잣는 노래」 「청개구리 노래」 등의 아요(兒謠), 「석탄가」
「신고산타령」 등의 신민요, 「의병가」 「독립군가」 등의 애국민요도 더불
어 읽게 하고 있다. 그밖에도 우리는 그의 기행문학에서 당대적 삶을 토
대로 하고 있는 일종의 최신 민요로서 '노가바'류, 즉 놀이의 신명을 위
해 가사를 바꿔 부르는 "늙은 애비 밭을 매는 고추밭머리/시울 아들 보
내준 콜라 사이다"(동요 「가을밤」의 개사곡)로 이어지는 아이들의 고무줄
노래, 채광의 현장에서 효율적인 투쟁을 위해 가사를 바꿔 부르는 "임금
인상 깃발 아래 단결로써 모인 우리/잔업 철야 찬밥대우 제 아무리 강
요해도"(유행가 「아리랑 목동」의 개사곡)로 시작되는 광산노동자들의 파업가
등을 읽을 수 있다. 그런가 하면 신경림은 여기서 그 기행지역을 배경으
로 하고 있는 한시(漢詩) 혹은 그 기행지역 출신들의 서정시(예컨대 김
지하·양성우·이시영 등의)도 도처에서 인용하고 있다.

따라서 위에서 열거한 민요들은 그 자체만으로도 충분히 재미있는 읽
을거리로서 독자 일반에게 적잖은 교양을 제공하고 있다고 할 수 있다.
이들 텍스트에 담지되어 있는 민요의 경우 일면 새로운 것이 없어 보이
기는 하지만 독자 일반에게는 상당히 의미 있는 독서의 대상으로 되고
있는 것이다.

물론 이들 민요는 신경림의 기행문학 속에 들어와 자리함으로써 훨씬
빛을 발한다. 이들 민요가 앞뒤의 문맥을 통해 그것을 청취하고 채록하
는 과정에 겪게 되는 그의 체험을 생생하게 끌어안고 있기 때문이다. 그

리고 그렇게 청취되고 채록된 민요에 대해 보여주는 그의 이해와 평가 또한 독자 일반에게는 간과할 수 없는 깨우침의 원천으로 존재하고 있다. 선지식으로서 그의 지혜가 독자 일반에게 망외의 소득을 주고 있는 것이다.

그의 기행문학 속에 채록되어 있는 민요 두 편을 읽어보기로 하자.

① 동해나 울산은 잣나무 그늘
   경개도 좋지만 인심도 좋구요
   큰애기 마음은 열두폭 치마
   실백자 얹어서 점복쌈일세
   (후렴) 에에헤에에 동해나 울산은 좋기도 하드라

   울산이 아가씨 거동 좀 보소
   님 오신 문전에 쌍초롱 달고요
   삽살개 재워놓고 문밖에 서서
   이제나 저제나 기다린다네
   (후렴) 에에헤에에 울산의 아가씨 유정도 하드라

② 어디 군사냐
   산동 군사다
   몇 명 들었니
   천 명 들었다
   무슨 기 들었니
   빨간 기 들었다
   무슨 칼 찼니
   장두칼 찼다
   어디로 가니
   서울로 간다
   무어 하러 가니
   네 원수 내 원수

다 갚으러 간다

①은 너무도 잘 알려 있는 「울산 큰애기」(『강 따라 아리랑 찾아』, 268면)
의 일부이고, ②는 충북의 산동지방을 배경으로 하고 있는 「대문놀이 노
래」(『민요기행 1』, 144면)의 일부이다.

①의 민요에 대하여 신경림은 "정감 넘치는 표현"으로 "여유있는 삶의
모습, 아름답고도 밝은 처녀의 모습이 그대로 머리에 떠오르"는 구절이
라는 설명을 덧붙이고 있다. ①의 민요가 갖고 있는 남다른 시적 표현에
주목하고 있는 그의 이런 촌평은 독자들에게 한껏 시적 즐거움을 맛보게
한다. 이처럼 그는 여기서 민요가 포괄하고 있는 시적 정감 자체를 소홀
히 하지 않고 있는데, 이러한 것들이 우리에게 주는 기쁨 또한 큰 것이
다.

하지만 신경림의 기행문학이 포괄하고 있는 주요 내용은 아무래도 우
리 민족의 기층문화를 바르게 이해하고자 하는 데에, 집단무의식 혹은
전통이라고도 할 수 있는 우리 민족의 오랜 문화적 자양분을 옳게 파악
하고자 하는 데에 있는 것으로 보인다. ②의 민요에서 발견하고 있는 것
이 다름아닌 그러한 내용인데, 그는 이 민요를 무엇보다 충북 산동 사람
이었던 '신천영의 난'과 관련하여 이해하고 있다. 그러니까 그는 이 민요
의 "어디 군사냐/산동군사다" 등의 구절에서 한(恨)으로 내화되어 있는
기층민중들의 오랜 변혁에의 의지를 읽고 있는 것이다.

대개의 기록과는 달리 이 지역에서는 신천영이 천하장사로서 앉으면
천리를 보고 서면 만리를 보는 특별한 영웅으로 전해지고 있다. 또한 여
기서는 그가 난을 일으켜 청주부사 노릇을 하던 불과 몇달 사이에 악질
적인 관리들을 처단하고 노비를 해방시키는가 하면 곡식을 풀어 백성을
먹이는 등 실로 혁신적인 정치를 폈다고 전해지고 있다(『민요기행 1』, 144
면).

그의 기행문학의 표면적인 목적이 기본적으로 민요를 청취하고 채집하
는 데에 있지만 그러나 그는 이처럼 기층문화의 구체적인 형상물 속에
잠재해 있는 우리 민중의 오랜 염원을 바르게 읽어내려는 노력에 오히려

중심을 두고 있다. 사실 '민요'를 매개로 하고 있는 그의 기행문학에 감추어져 있는 이러한 의지는 다른 어떤 무엇보다도 중요하다. '민요'니 '아리랑'이니 하는 표제를 달고 있기는 하지만 신경림의 기행문학을 꼼꼼히 읽다보면 그것들에 관한 탐구는 짐짓 뒷전으로 밀려 있기 일쑤이다. 그렇다. '민요'를 소홀히 취급하는 것은 아니지만 그가 자신의 기행문학에서 정작 관심을 기울이고 있는 것은 우리 민족 전체의 섬세하고 구체적인 기층문화 일반이다.

3. 기층문화 혹은 민속의 세계

앞에서 말한 바 있듯이 『민요기행 1』은 1980년대 초중반기의 체험을 토대로 하고 있다. 따라서 이 책에서는 당시의 시대적인 분위기를 반영하여 다소 경직된 시각을 감추지 않고 있다. 이는 그가 지배문화로서의 양반문화에 대해서는 관심을 두고 있지 않고, 두고 있다고 하더라도 비판적 자세를 버리지 않고 있는 것을 통해 확인할 수 있다. 특히 서원이라든지 향교 등 유교문화의 유산에 대해서는 거의 눈을 돌리지 않고 있는 것이다. 물론 왕조문화의 유산으로서 영조와 경종의 태실 등에 대해서는 얼마간의 관심을 보여주기도 하지만 말이다(『민요기행 1』, 140, 154면).

하지만 『민요기행 2』와 『강 따라 아리랑 찾아』에 이르게 되면 이러한 시각은 다소 수정되어 훨씬 중도적인 모습으로 드러나게 된다. 이는 각성된 옛 선비들의 한시며 깨어있는 현대 시인들의 서정시가 자주 인용되고, 그들과 관련된 얘기를 기록하는 데에 주저하지 않는 것을 통해 알 수 있다. 『강 따라 아리랑 찾아』에 이르러 특히 강화되어 드러나지만 권만·이제현·정다산·박가비·김회백·김상용·황현·김려·정예남 등의 한시, 이육사·김종길·최두석·김용택·이시영·여상현·나해철·박라연·김창숙 등의 서정시, 그리고 채만식의 소설 등이 자주 인용되고 거론되고 있는 데서 그 구체적인 예를 찾아볼 수 있다. 말하자면 그의 기행문학에 반영되어 있는 시각이 시대 혹은 역사의 진전 및 변화와 더불어 점차 중용을 확보해가고 있다는 것이다.

물론 『민요기행 1』에서도 그가 의병장 이강년, 그리고 황매천 등 양반에 얽힌 설화들을 찾아 기록하고 있기는 하다. 그렇다고 하더라도 그에 양반의 입장을 옹호하는 시각이 투영되어 있는 것은 아니다. 역사 속의 소외된 것들 혹은 실패한 것들에 대한 연민과도 무관하지 않지만, 그에는 기본적으로 그의 민족민중적인 관점이 연장되어 있다고 보는 것이 옳다. 그렇다. 이러한 관점은 다소 부드러워지고 온건해지면서 점차 중용을 얻어가고 있는 그의 기행문학에 드러나 있는 문화유산을 보는 전체적인 입장이기도 하다.

어쨌든 여기서 그는 상당한 분량을 할애하여 기층문화의 일부로서 민족민중의 현실을 외면하지 않던 개혁적이거나 혁명적인, 그리고 반항적인 선비들의 유적지를 찾고 있다. 뿐만 아니라 그는 구한말 의병활동의 유적지나 민란 유적지 등의 기행에도 적잖은 지면을 할애하고 있다. 『민요기행 1』에서 살펴볼 수 있는 의병장 이강년·신돌석, 그리고 동학혁명, 신천영의 난, 이인좌의 난, 영해민란, 진주민란, 제주민란, 방성칠·이재수의 난, 『민요기행 2』에서 살펴볼 수 있는 박지원·김삿갓·정약용·신재효 등의 유적지에 대한 기행이 그 실제적인 예이다. 위의 예를 통해 우리는 그가 자신의 기행문학에서 이들 문제에 대해 얼마나 많은 관심을 표하고 있는가를 잘 알 수 있다.

여기에 그 중의 한 대목을 인용해보자.

거기 어디쯤 무덤이 있으려니 싶어 들일 하는 사람들에게 물으니 작은 고개를 하나 더 넘어가란다. 길이 더 들어갈 수 없을 듯한 산길을 개울을 따라 20여 분 더 걸어들어가니 이제 정말 길이 끊어지는 듯싶은 곳에 집 두어 채가 서 있고 그 하나가 가겟방이다. 가겟집 앞으로는 바닥의 모래알을 셀수 있을 만큼 맑은 물이 흐르고 가로는 항아리 따위가 놓여 있다. 개울 위쪽으로는 당집도 세워져 있다. 가겟집에서는 개가 짖어대고 아기가 흙보다도 바위가 많은 마당에서 세발자전거를 타고 있다. 마루를 비질하는 젊은 아낙네가 있어 김삿갓 무덤을 물으니 바로 집 뒤의 언덕을 가리킨다.

무덤은 그래도 누가 손을 보는지 제법 깨끗하고 앞에는 '난고(蘭皐) 김병연지묘'라는 비석이 서 있다. (『민요기행 2』, 231면)

주지하다시피 김삿갓은 조선조 사대부 계급 출신의 파격적인 시인이요 대표적인 반항아이다. 위 인용문에는 그러한 김삿갓의 무덤을 찾아가는 과정에 느끼는 정감과 외물의 풍광이 매우 화사하게 묘사되어 있다. 그 문장이 너무도 섬세하고 아름다워 우리는 우리의 가슴 안에서 하나의 정감있는 시적 화폭이 펼쳐지는 것을 느끼지 않을 수 없다. 그의 기행문학의 모든 부분이 이처럼 따스한 시적 정서로 가득 차 있는 것은 아니지만 말이다.

신경림 기행문학에 드러나 있는 우리 민족의 기층문화에 대한 깊은 애징은 물론 이에서 그치지 않는다. 앞에서 이미 민요 이외에도 재빈 민속에 대한 다양한 관심이 표출되어 있다고 했거니와 다음으로 살펴볼 수 있는 것은 그의 '놀이문화'의 유산에 대한 탐구이다.

'민속놀이문화'라고 했을 때 그것은 탈놀이, 사당패, 비나리패, 판소리 등 모든 것을 포괄한다. 신경림은 그의 기행문학에서 이러한 '민속놀이문화' 일반에 대해서도 매우 폭넓은 애정을 보여주는데, 몇가지 그 대표적인 것만을 들면, 우선 탈놀이로서는 하회 탈춤, 통영과 고성의 오광대 등이 있다. 그리고 남사당·여사당 등 사당패와 걸립패, 비나리패, 밀양 백중놀이, 죽방울놀이, 판소리 등의 고장에 대한 기행도 중요하게 취급되고 있음을 알 수 있다.

별신굿은 오구굿이나 씻김굿과 달리 귀신을 섬기기 위한 것이 아니라 사람들이 모여 한판 노는 데에 목적이 있다고 한다. 그러한 점에서 보면 은산 별신굿에 대한 기행도 민족 전래의 '민속놀이문화'에 대한 기행의 하나라고 할 수 있다. 물론 은산 별신굿에는 백제의 패장들을 위무하기 위한 종교적 제의의 속성도 깊이 내재되어 있지만 말이다.

다음은 은산 별신굿에 관한 기행의 한 대목이다.

옛날에 큰 역이 있던 곳으로, 지금도 교통의 요지이며 저산 8읍의 물산의
집산지로서 하루와 엿새에 큰 장이 선다. 마을은 면소재지로서는 엄청나게
큰 편이어서 400여 호에 이르고, 비농가가 20퍼센트나 된다.

마을 뒤에 당산이 있고 당산에는 토성이 있었던 유적이 있으며 당산 서쪽
아래로 내가 흐르는데 그 내가 은산천이다. 당산 남쪽에 숲이 있고 그 아래
켠에 당집이 있다. 이 당집이 별신굿을 지내는 당집으로, 한가운데 산신령
의 초상이 모셔져 있고, 그 양옆으로 복신(福信)장군과 토진(土進)대사의
초상이 모셔져 있다. (『민요기행 2』, 37면)

위 인용문에서도 알 수 있듯이 은산 별신굿은 이루지 못한 백제 재건
에의 꿈을 위한 그곳 유민들의 한풀이굿으로서의 성격도 함께 갖고 있
다. 은산 별신굿의 제사 대상인 복신(福信)과 도침(道琛)이 당시 일본에
가 있던 왕자 풍(豊)을 맞아들여 백제의 새 왕으로 세우고 임존성과 주
류성을 근거로 강력한 투쟁을 하지만 내분 등에 의해 끝내 뜻을 이루지
못하고 만다는 것은 잘 알려져 있는 바이다.

은산 별신굿이 갖고 있는 제의적 성격과 관련시켜보면 신경림의 이들
기행문학에는 사라져가는 기층문화로서 동제나 산신제에 대한 관심도 도
처에 산재해 있음을 알 수 있다. 추풍령 아래의 동제, 경북 북부 울진군
서면 일대의 동제, 영남의 서울 관문인 죽령 주변의 산신제, 동해안 후
포 바닷가의 성황제 등에 대한 기행이 그 예이다. 이들에 대한 기행에서
그는 맹목적인 과학주의에 의해 이들 민속문화가 점차 사라져가고 있는
현실에 대해 속깊은 아픔을 보여주고 있다. 우리 민족의 기층문화에 대
한 이러한 그의 애정은 장승이나 벅수, 그리고 무속의 하나로서 전라도
지방의 씻김굿, 서울 지방의 지노귀굿, 경상도 지방의 오구굿에 대해서
도 마찬가지의 모습으로 드러나고 있다.

또한 그는 여기서 자신이 기행하는 지역의 각종 설화도 빠짐없이 채록
하여 독자들이 상식과 교양을 증진하도록 돕고 있다. 선유도의 금돼지설
화, 변산반도의 도적설화, 충북 미원의 구녀성설화, 경북 밀양의 아랑설
화, 경기도 연천의 재인폭포설화, 충남 공주의 곰나루전설, 전남 담양의

돌장승설화 등이 그 구체적인 예이다. 이들 설화에 대한 이해는 그 자체로도 충분히 의미있는 일이지만 대부분 그것이 생성된 곳의 지역적 특성과 결합하여 그의 기행문학에 한결 높은 오락적 성취를 부여한다.

우리 민족의 기층문화에 대한 그의 탐구는 물론 이에서 그치지 않는다. 이들 기행의 과정에 그는 밀양의 영남루와 아랑각, 황희가 세웠다는 임진강가의 반구정 등 누정(樓停) 문화의 현장도 찾고 있고, 모악산의 금산사, 대구의 운문사, 밀양의 표충사, 가지산을 뒤로 업고 있는 언양 부근의 석남사, 부산에서 멀지 않은 통도사 등 사찰문화의 현장도 찾고 있다. 또한 그는 중원의 보련산성 및 장미산성, 구단양의 적성산성, 남한강 상류의 온달산성 등 산성에의 기행도 중요하게 취급하고 있다. 사실 그는 "기행 중 내가 가장 큰 감동을 받은 것은 강과 산 곳곳에 흩어져 있는 작고 큰 성들이었다"라고까지 말한 바 있다(『민요기행 2』, 257면).

민요를 찾는 데에 일차적인 목적을 두고 있지만 그의 기행문학에 드러나는 우리 민족의 기층문화 일반에 대한 관심은 이처럼 매우 폭넓고 다양하다. 그가 본래 민요 자체보다는 민요를 만들어내는 삶 일반에 대해 좀더 많은 관심을 갖고 있기 때문일 것이다. 『민요기행 2』에 실려 있는 「덕유산 둘레의 사람들」과 같은 글에는 단 한편의 민요조차 채록되어 있지 않다는 점을 주목할 필요가 있다. 그의 '민요기행'이 결국은 사람과, 사람이 만드는 삶을 찾아 떠나는 기행이었음을 알게 해주는 한 예라고 할 수 있다. 그가 이들 기행문학의 한 부분에서 "노래가 삶과 일을 만들어내는 것이 아니라 삶과 일 속에서 노래가 있게 된다"(『민요기행 1』, 96면)고 주장하고 있는 것도 실은 이와 무관하지 않다.

4. 기층민중의 삶의 실제

앞에서 말했거니와 신경림의 이들 책 속의 기행은 사람과, 사람이 만드는 삶의 실제를 찾아 떠나는 기행이기도 하다. 생각해보면 그의 기행문학은 단지 이러한 것의 기록만으로도 아주 중요한 성과를 이루고 있다고 할 수 있다. 말하자면 그의 기행문학은 우리 사회 기층민중의 구체적 사람살이를 찾아 형상화하는 것만으로도 충분히 가치가 있고 의미가 있다는 것이다.

근대화 혹은 산업화 과정의 역사가 짧은 우리 민족의 경우 기층민중의 한 모형을 기행의 과정에 만나는 평범한 사람들 속에서 찾는 것은 매우 자연스러운 일이다. 민요를 찾아다니는 형식을 취하고 있지만 기행의 과정에 그는 기층인물들의 삶과 그 전형을 찾고 있기도 하다는 것인데, 사실 이는 그 자신이 다른 무엇보다도 사람 만나는 일 자체를 좋아하기 때문에 가능했을 것이다. 그렇다. 그는 이들 기행문학을 통해 수많은 사람들과의 만남을 아주 실감나게 그려내고 있다. 민요의 가창자들뿐만이 아니라 길에서 만난 사람들, 버스나 기차, 배에서 만난 사람들, 술집이나 음식점에서 만난 사람들도 그의 기행문학 속에는 매우 섬세하게 포착되어 있다. 그리고 그뿐만이 아니라 그들을 둘러싸고 있는 삶의 여러 조건들, 기타 자연환경 및 풍광들도 그의 기행문학 속의 중요한 내용을 이루고 있다.

기층민중의 한 전형으로서 그가 자신의 기행문학 속에서 부각시키고 있는 인물들은 물론 아주 평범한 갑남을녀, 필부필부들이다. 떠돌이 책장수 김도연씨, 갯가에서 소라 고동을 따고 있는 아낙네, 정부의 농업시책에 사뭇 비판적인 젊은 농사꾼 이원규씨, 광복군 출신의 김수길 노인, 소리 잘하는 한양여객 버스기사 김영일씨, 뜨내기 톱장수 김두수씨, 장치기 신발장수 김인덕씨, 대부도에서 음식점을 하고 있는 정점례씨, 영흥도의 다방 아가씨 김소영씨, 소장수를 하는 대부도 토박이 신정섭씨 등이 바로 그들이다.

다음은 장치기 신발장수 김인덕씨와의 만남을 그리고 있는 부분이다.

강냉이 튀기 기계 여러 대가 한곳에 모여 쉴새없이 강냉이를 튀겨대고 있고, 그 둘레에는 많은 아낙네들이 모여 서 있다. 거기서 멀지 않은 곳에는 기성화 장수가 마이크를 잡고 노랫조로 소리치고 있다.

"날이면 날마다 오는 것이 아닙니다. 자, 와서 신어보고 사십시요. 발이

편해야 돈도 벌고 출세도 하고, 이 구두 신으면 서울도 한걸음이요, 부산도
한걸음이라."

　사진을 찍으려니까 이왕이면 이쁘게 찍어달라고 우스갯소리를 하며 새삼
스럽게 포즈를 취한다. 덕택으로 나는 자연스럽게 얘기를 꺼낼 수가 있었
다. 먼저 장사가 잘 되느냐고 물으니까 "이게 무슨 고생인지 이놈의 역마살
때문에!" 하고 한탄한 다음 내 사진기와 녹음기를 다시 눈여겨보고는, "선
생도 역마살 때문에 고생깨나 했겠소잉" 하고 위로하면서 옆에 내려놓았던
소주병을 들어 잔에 따랐다.

　"한잔 하시소."

　나는 사양하지 못하고 장거리에 서서 소주 한잔을 받아마셨다.

　"술 한잔 안 마시고는 기운이 안 나서."

　그러면서 그는 자작으로 소주 한잔을 더 마셨다. (『민요기행 2』, 24~25면)

　불과 얼마 되지 않지만 우리는 이 인용문에서 매우 친숙하게 형상화되
어 있는 떠돌이 장치기 한사람을 만날 수 있다. 한편의 소설을 읽는 것
이상으로 떠돌이 장치기의 형상 속에 내재해 있는 문학적 기쁨을 맛볼
수 있다는 것이다.

　그러한 점에서 보면 이들 인물들과의 만남과 그 기록은 그 자체로 기
층적 인물의 훌륭한 문학적 형상화라고 할 수 있다. 신경림 자신이 본래
후덕하여 만나는 사람들마다 경계하지 않고 쉽게 속내를 보여주었기에
가능했겠지만, 이러한 인물들에 관한 따뜻한 묘사는 그의 기행문학이 보
유하고 있는 또 하나의 미덕이다.

　하지만 그가 만나는 모든 사람들과 사물들에 대해 항상 이러한 마음을
보여주는 것은 아니다. 농민들이라고 하더라도 "농민이기주의라고 이름
붙일 만한" 것들, 약을 대로 약고 야박할 대로 야박해진 것들에 대해서
는 상당히 비판적인 것이 그이다(『민요기행 1』, 47면, 251면). 그뿐만 아니
다. 그의 이러한 비판적 시각은 당시의 시속이며 세태 등에 대해서도 가
차없이 보내지고 있다. 시골 다방의 한구석에서 할 일 없이 전자오락에
빠져 있는 젊은이들, 그곳의 여기저기에 흩어져 있는 '쓰탠다드 석유회

사'의 '미국 솔표 셔유' 딱지가 붙어 있는 낡은 궤짝들, 개울가 아무곳에
나 마구 널려 있는 빈 깡통이며 비닐조각들, 야구 글러브가 끼워져 있는
농촌 아이들의 손, 외국상표가 붙은 신발을 신고 있는 시골 젊은이들의
발, 굳세게 고스톱을 치고 있는 시골 사람들 등이 그의 눈살을 찌푸리게
하는 것들의 예이다.

　이러한 그의 시각은 이농 현상에 대해서도 크게 다를 바 없는데, 그의
견해에 따르면 이농 현상이 전적으로 빈곤에 따른 것만은 아니다. 실제
의 이농 가운데 상당 부분을 차지하는 것이 이른바 출세 이농으로, 이들
의 경우 도시에 진출하여 소시민 또는 중산층에 편입, 보수화의 경향을
재촉하고 있다고 그는 주장한다. 그런가 하면 기행문학의 서두부터 행락
공해, 관광공해를 지적해온 그는 전 국토가 휴양지, 유원지로 변하게 되
고, 그에 따라 퇴폐문화가 만연하게 됨을 몹시 걱정하기도 한다. 또한
줄곧 산업공해를 지적해온 그는 『강 따라 아리랑 찾아』에 이르러 한강,
낙동강, 금강 등 우리나라의 주요 강들이 보여주고 있는 오염의 실태를
심각하게 보고하기도 한다.

　기행자로서 신경림의 입장에서는 이렇게 변한 것이 시골의 참모습이기
는 하지만 참으로 낯설고 불쾌하지 않을 수 없었을 것이다. 이러한 농촌
의 실상과 관련하여 그가 정부의 제반 시책에 대해 비판적인 시각을 거
두지 않는 것은 당연하다고 아니할 수 없다. 농촌 총각의 결혼 문제, 부
재지주와 소작 문제, 농지세와 수세 등 세금 문제, 농촌의 의료보험 문
제 등에 대해서도 그는 날카로운 비판적 언어를 부여하고 있다. 요컨대
당시의 5공 군사독재의 정부는 '국민에 의한 국민을 위한 국민의' 정부가
아니라는 것이다.

　물론 농촌의 실상에 대한 그의 이러한 비판에는 정부의 근대화정책 자
체에 대한 비판이 내재해 있다. 그렇다고 하여 그가 산업사회로 요약되
는 근대사회 자체를 완전히 부정하고 있는 것은 아니다. 다른 글을 통해
서도 알 수 있듯이 그의 경우 흙으로 돌아가자는 식의 농본주의 혹은 자
연주의를 주장하고 있지는 않다. 근대화, 즉 산업화가 역사의 운명이라
면 그것이 남기는 피해를 최소한으로 줄여가며 다음의 사회, 즉 '자본주

의 이후의 사회'에로의 이행을 준비하자는 것이 그의 입장이 아닌가 한다.

이처럼 그는 우리 농촌의 신생하는 제반 삶의 문제들에 대해서는 기본적으로 비판적 자세를 견지한다. 그러나 이와는 달리 그곳의 점차 소멸해가는 여러가지 삶의 조건에 대해서는 좀처럼 연민의 시각을 거두지 않는다. 사라져가는 여러 고장의 특산물에 대해 그가 줄곧 관심을 표명하고 있는 것도 그의 이러한 정신자세와 무관하지 않아 보인다. 안면도의 김, 한산의 모시, 죽변의 돌미역, 덕유산 둘레의 장댐이와 인동덩굴로 만드는 소쿠리, 통영의 나전칠기·갓·연, 담양의 죽물, 하동의 재첩국 등이 그 실제의 예이다. 물론 그는 이들 특산물뿐만이 아니라 특산물을 생산하는 사람들에 대한 기행 또한 이들 책의 중요한 일부로 취급하고 있다.

사라져가는 삶이 터전이나 조건으로서는 장터나 나루 등도 그의 기행문학의 중요한 일부가 되지 않을 수 없다. 우선 장터로는 그의 시의 제재가 되기도 했던 목계장터, 물건이 풍성하기로 유명한 화녕장터, 소문에 비해 초라한 화개장터 등의 예를 찾아볼 수 있다. 그리고 나루로는 남한강의 목계·조포·덕포나루, 북한강의 목안나루, 낙동강의 뒷기미나루, 양진·적포·밤마리나루, 임진강의 독개·임진·두포나루, 금강의 용화·장계·곰나루, 산성·황산·입포나루, 섬진강의 화개나루 등이 그의 기행문학 중에서도 특히 『강 따라 아리랑 찾아』의 주요 기행대상으로 포함되고 있다. 이들 나루들은 과거에는 강항 혹은 하항으로서의 기능도 톡톡히 하여 소금이며 생선 등 이 땅의 모든 생산물이 집산되기도 하던 곳이다. 그러나 이제는 육로가 발달함에 따라 거의 그 기능을 잃고 말아 관심있는 사람들의 안타까움을 불러일으키고 있다.

이처럼 강을 따라 여행하다 보니 그는 현재의 우리 사회에서는 필수적인 요건이 되어 있는 각종 댐들도 기행하지 않을 수 없게 된다. 대표적인 것만 들어보더라도 한강의 팔당댐, 충주댐, 화천댐, 낙동강의 안동댐 임하댐, 금강의 대청댐, 섬진강의 운암댐, 주암댐 등에 대한 기행이 그의 기행문학의 일부로 포함되어 있음을 알 수 있다. 물론 이러한 댐들은

『강 따라 아리랑 찾아』의 「강을 따라서」에서 집중적으로 기행되고 있다.

점차 기능과 의미가 상실되어가고 있는 것으로는 각종 포구와 산길들도 마찬가지이다. 포구로는 폐항이나 다름없는 줄포항과 곰소항, 그밖에 영산포와 법성포, 중천포 등을 찾고 있고, 산길로는 조령·이화령·죽령·추풍령·박달재 등이 거론되고 있음을 볼 수 있다.

지금까지 살펴본 바처럼 그의 기행문학이 포괄하고 있는 세계는 너무도 크고 넓다. 따라서 그것을 체계적으로 정리하여 일목요연하게 논리화하기는 쉬운 일이 아니다. 어쨌거나 민요나 노래 이외에도 그의 기행문학이 이 땅에 거주하는 다양한 사람들과 그들이 일구며 살아가는 삶의 현장을 성실하고 진실한 언어로 보고하고 있음은 부인할 수 없는 사실이다. 그의 기행문학 자체가 자율적으로 갖는 의미를 우리는 다름아닌 바로 여기서 찾을 수밖에 없다.

5. 맺음말

새로운 문학의 출현이 그 일면에 있어서 변두리 형식의 주류화 과정을 통해 이루어진다는 것은 이제 하나의 상식이다. 기행 이후의 시작품과 관련해 보면 신경림에게 있어서 민요는 바로 이러한 측면에서도 매우 중요한 의의가 있다. 말하자면 그의 '민요기행'은 기행문학의 한 유형을 이루며 그 자체로도 충분히 성공하고 있지만 그의 시작품에 민요라는 자양분을 수혈시켜 새로운 지경을 개척하도록 한 데에도 적잖은 가치가 있다는 것이다. 민요를 청취하고 채록하겠다는 명분에서 비롯된 기행은 그의 시작과정과 관련해 보면 일종의 취재여행이었다고도 할 수 있다. 『달 넘세』 이후의 그의 시집들이 대부분 기행과정의 체험을 토대로 하고 있고, 또 강하게 민요의 가락을 의식하고 있기 때문이다.

지난 80년대 중반 우리 문단은 하나의 시적 경향으로서 민요에의, 나아가 전통형식 일반에의 관심을 강하게 보여준 바 있다. 물론 시인들 중에는 민요의 이월가치를 중심으로 천착했던 사람도 있고, 가사나 한시,

판소리나 굿사설 등의 이월가치에 주목했던 사람도 있다. 필자를 포함하여 신경림·민영·이동순·하종오 등이 그 예라고 할 수 있다. 그 중에서도 특히 민요는 민중형식에 토대를 둔 전통형식이고, 또한 대중형식이기도 하다는 점에서 더욱 그 이월가치가 주목되었음이 사실이다.

앞에서도 강조했거니와 민요는 이론의 여지없이 점차 소멸되어가고 있는 장르이다. 그러나 그것은 소멸되어가고 있기 때문에 오히려 전통형식으로서의 이월가치를 함유하고 있고, 그리고 오늘날 시인들의 관심을 끄는 것이 아닌가.

하지만 민요에 주목하여 제대로 시적 성취를 얻고 있는 시인은 별로 많지 않은 듯하다. 신경림과 민영 시인 등을 거론할 수 있겠는데, 그 중에서도 일부 시인의 시는 솔직히 말해 다소 낡아보이고 답답해보이는 감이 없지 않다. 필자가 보기에는 신경림 시의 경우도 민요의 자양분을 옳게 소화해 새로운 기경을 개척하기 시작한 것은 1990년 3월에 간행된 시집 『길』에서부터가 아닌가 한다. 물론 이들 시집에는 한시(漢詩)적 자양분의 수용도 적잖이 보이는데, 아마도 이는 이 시기에 이르러 그가 우리 문학의 제반 이월가치를 중용을 잃지 않는 가운데 제대로 소화해내기 시작했기 때문일 것이다.

『길』이며 그 이후에 간행된 『쓰러진 자의 꿈』 등의 시들이 대부분 그 소재를 이들 기행의 과정에서 얻고 있다는 것은 앞에서도 말한 바 있다. 가령 「낙동강 밤마리 나루」 같은 시는 『강 따라 아리랑 찾아』에서 보이는 기행체험이 없었다면 창작되기 어려운 시였을 것이다. 이러한 기행의 경험과 그의 시작품이 이루는 함수관계는 이 자리에서 제대로 밝힐 수 없는데, 아마도 이는 논고를 달리해야 할 것이다.

한국 현대 시사에서 민요 등 전통시가의 이월가치에 대한 재발견과 재인식이 1980년대 중반에 이르러 처음으로 이루어졌던 것은 아니다. 민요만 하더라도 이미 20년대 중반 김억·주요한·홍사용·김소월 등에 의해 일찍이 재발견되고 재인식된 바 있다. 물론 1920년대의 그것과 1980년대의 그것은 많은 유사성을 갖고 있다. 전자가 3·1독립항쟁 이후의 문화적 침체를 극복하기 위하여 시도되었다면 후자는 5·18광주민주화항쟁 이후의 문화적 침체를 돌파하기 위하여 시도되었다는 점을 상기해볼 필요가 있다.

　이러한 점에서 보면 1980년대 초중반 신경림의 민요에의 관심은 역사에의 명확한 참여였고, 민족문화운동에의 적극적인 헌신이었다고 할 수 있다. 칠흑 같은 암흑의 시절이었던 당시에는 민요에의 관심, 나아가 민요기행 그 자체가 민중의 각성을 불러일으키는 민족운동의 중요한 일부였다는 점을 염두에 두어야 할 것이다. 더구나 그당시 그는 '민요연구회'를 조직하여 그 회장으로까지 활동한 바 있다. 『민요기행』 등 그의 기행문학이 문학 외적인 면에서도 중요한 가치를 갖는 까닭이 바로 여기에 있다. □

서사성의 끝없는 확대
산문집 『한밤중에 눈을 뜨면』 『다시 하나가 되라』를 중심으로

한 만 수

1

신경림 산문집 『한밤중에 눈을 뜨면』(나남 1985. 이하 『한밤중』으로 줄여 씀)의 뒤표지에는 그의 사진이 표지의 삼분의 일쯤을 차지하도록 큼직하게 실려 있다. 눈을 내리깐 채 살멋 웃는 듯한 표정, 굳게 팔짱 낀 두 팔, 아무렇게나 쓸어넘긴 (지금보다는 훨씬 더 많이 남아 있는) 머리칼, 여행길의 어느 산중턱쯤일 흐릿한 배경…… 시인 신경림의 이미지를 찍은 사진으로서는 손꼽을 만한 작품이다. 굳은 팔짱에서는 그의 뚝심과 고집을, 이마로 흘러내린 머리칼과 짙은 색 점퍼에서는 소탈함을, 그리고 산중턱이라는 배경에서는 그의 기행편력과 자연친화적인 감성을 각각 느끼게 만드는 것이다. 더구나 이 사진은 천연색이 아니다. 표지가 컬러임에도 불구하고 사진만은 검정과 파랑의 더블톤으로 처리할 줄 알았던 북디자이너의 안목을 인정하지 않을 수 없다. 시인 신경림을 위해서라면 천연색은 천박하고 흑백이라면 지나치게 선명했을 터이리라.

韓萬洙: 문학평론가. 동국대 강사, 국문학. 평론으로 「신경림론」 「김해화론」 「박세영론」 등이 있음.

그 중에서도 백미는 그 표정이다. 웃는 듯 찡그린 듯한 얼굴. 팔짱에서 주는 굳건한 인상을 누그러뜨리는 웃음이면서도, 거칠 것 없는 파안은 아니고 뭔지 모를 아픔 같은 것까지를 느끼게 하는 웃음이다. 그의 미소를 보면서 혼자서 히죽 따라 웃다가 시 한편이 생각났다.

아편을 사러 밤길을 걷는다
진눈깨비 치는 백리 산길
낮이면 주막 뒷방에 숨어 잠을 자다
지치면 아낙을 불러 육백을 친다
억울하고 어리석게 죽은
빛 바랜 주인의 사진 아래서
음탕한 농지거리로 아낙을 웃기면
바람은 뒷산 나뭇가지에 와 엉겨
굶어죽은 소년들의 원귀처럼 우는데
이제 남은 것은 힘없는 두 주먹뿐
수제빗국 한 사발로 배를 채울 때
아낙은 신세타령을 늘어놓고
우리는 미친놈처럼 자꾸 웃음이 나온다

———「눈길」전문

1970년 가을 『창작과비평』에 실린 그의 '웃음'은 자못 비감하다. 억울하게 죽은 주인의 사진 아래서 음탕한 농지거리로 만들어내는, 가파른 삶을 견뎌내기 위한 웃음이다. 바람소리가 "굶어죽은 소년들의 원귀처럼 우는" 것 같이 들리는 속에서 실성한 듯이 웃는 웃음이다.

이에 비해 요즘 그의 얼굴은 웃지 않아도 늘 웃는 듯한 표정이다. '백제의 미소'로 널리 알려진 서산 마애불의 천진한 미소를 닮았다고 나는 느낀다. 70년 「눈길」의 웃음, 80년대 수필집 표지의 표정, 그리고 엊그제 만난 그의 웃음들을 불러와서 세 얼굴을 연대순으로 놓아본다. 고통스러운 웃음에서 점점 원만한 미소 쪽으로 옮아오고 있다.

이 세 웃음 사이의 간격을 신경림 시세계의 변천이라거나 무슨 시대 상황의 문제로 곧바로 연결시키는 것은 물론 위험하리라. 요즘 그의 실제 표정이나 사진 속의 웃음에 대한 느낌이란 다분히 필자의 주관이 섞인 것이겠고, 70년대의 웃음이란 시 속에 드러난 화자의 표정인만큼 시인 신경림과 직결시키기에는 무리가 있다. 하지만 그의 이런 웃음의 변화에서 묘한 상징성만은 읽을 수 있겠다. 그의 문학은 초기이건 최근작들이건 비극적인 면과 해학적인 면이 공존하는바, 그 중에서 비극적인 면모는 점점 줄어들고 있다는 평소의 느낌이 이 세 웃음을 떠올리면서 와락 피부에 와닿는 것이다(이 글의 주제와는 거리가 있는 대목이므로 길게 설명하지는 않겠거니와 『농무』과 『길』을 대비시켜 보면 이런 진술에 대해 고개를 끄덕일 수 있을 터이다). 오척 단구의, 부드럽지만 강한 남자. 부드러움과 강함을 공유하는 것은 그의 인간적인 미덕이면서 시적 특선 중의 하나이다. 그 중에서 부드러움이 요소가 점점 강하되면서, 웃음 속에 도사리고 있던 고통스러움의 요소는 점점 약화되고 있는 셈이라 …… 이는 무슨 의미인가.

물론 여기에 대해서는 많은 짐작이 가능할 터이겠지만, 중요한 원인 중 하나로 환갑이라는 나이에서 오게 마련인 원만함을 손꼽지 않는다면 그 설명은 만족스러운 것이 못 되리라는 점만은 분명하다. 환갑이 된 신경림, 머지않아 할아버지가 될 시인 신경림.

사진 하나를 놓고 너무 너스레가 길었다. 하지만 그를 가까이서 만나게 된 지 몇년 되지 않고, 따라서 웃지 않아도 늘 웃는 듯한 표정을 짓고 있는 요즘의 얼굴만을 기억하게 되는 필자로서는 80년 중반의 사진 속의 표정은 새로운 발견이었다. 그리고 그의 시를 통해서 70년대 그의 웃음을 추측하게 되는 계기 또한 그 사진을 통해서 가능해진 일이었다.

2

신경림은 환갑을 맞을 때까지 수많은 수필을 써왔다. 그것을 거칠게나마 분류해본다면 신문 시론류, 시작 해설류, 어린시절의 회상, 문학평론, 기행산문 등으로 나눌 수 있다. 이중에서 기행산문이나 문학평론은 다른 필자에게 맡겨진만큼 나는 나머지 셋에 대해서 생각해보기로 하겠다.

그의 수필은 무엇보다도 소재가 매우 다양하다. 「민중과 지식인」 「오늘의 지식인의 책임」 등 묵직한 것으로부터 술버릇, 글쓰는 버릇 따위 매우 개인적인 이야기까지 다루고 있다. 그 사이에는 「낙엽에 대하여」 「소풍에 대하여」 등 서정적인 것도 물론 있으며, 「아동급식과 교육의 문제」 「문화재와 사유욕」 등 다소 엉뚱하다 싶은 것도 더러 끼여 있다. 「왜 민요운동이 필요한가」 같은 글에서는 그의 민요시운동의 이론적 배경을 짐작할 수 있게 되며, '내 시에 얽힌 이야기들'이라는 장에 모인 글은 그의 시를 이해하는 데 큰 도움을 준다. 이같은 소재의 다양성은 물론 수필이라는 장르의 특장이기도 하지만 무엇보다도 언론매체의 칼럼으로 쓰게 된 것이 그의 수필 중에서 많은 부분을 차지하고 있기 때문이기도 하겠다(수필집에 수록된 글을 처음 발표했던 매체가 어디인지를 밝혀놓지는 않았거니와, 그가 계속 원고료 수입으로 생계를 유지해왔음을 고려할 때 이런 수필류가 처음 발표된 매체 역시 매우 폭넓을 것으로 짐작된다). 언론매체가 요구하는, 소위 시의성에 맞는 글감을 찾다보니 매우 폭넓은 영역을 다루게 되었으리라는 짐작이다.

하지만 그의 수필이 다양하다는 점을 이런 피동적인 이유만으로 설명하기는 어렵다. 독자와 함께 숨쉬는 글을 써야 한다는 그의 생각이 개입된 글로 보이기 때문이다. 무엇보다도 글감의 다양성 자체부터가 외부적 요인만으로는 이룰 수 없는 것이라는 점이다. 잘 알려진 비유대로 작가는 촛불이다. 자신의 불빛을 대상을 향해 던지고 그것에 반사되어 보이는 대로 사물을 인식한다. 대상이란 관심을 쏟을 때만 제대로 보이는 것이다. 쓰는 이 자신이 민중들의 삶과 생각에 대해 끊임없는 관심을 기울이지 않는다면 그들이 읽고 싶어하는 글감을 찾아낼 수조차 없는 노릇이다.

소재만이 아니라 문체도 다양하다는 점 또한 그 증거가 된다. 신경림의 수필은 대부분 민중들의 느낌을 자신의 말과 생각으로 담아내는 글이지만, 그 속에서 문체는 매체에 따라 다양하게 바뀐다. 때로는 독자의 귓가에 소근거리는 서정적 속삭임이고, 때로는 구수한 옛이야기이며, 혹은 노호하는 울부짖음이다. 그런가 하면 민중들의 생각을 그대로 좇기보다는 그들의 잘못된 생각을 깨우치려는 글도 있다. 이런 경우 선현이나 석학의 말을 인용하면서 차분한 설득에 나서며, 그러다 보니 거의 논문에 가까워지기도 한다. 매체에 따라서 독자 계층이 다를 수밖에 없다면, 그들의 요구와 기대지평에 걸맞은 글을 쓰려는 노력은 절실한 요구이다. 신경림 수필에서 주제와 문체가 매우 다양하다는 점은 바로 이런 요구에 부응하려는 노력의 산물이라고 보아야 할 것이다.

이렇게 소재와 문체는 다양하되 그것을 보는 신경림의 눈은 한결같다. 다시 말해서 민중주의적이며 서정주의적인 시각으로 일관하고 있는 것이다. 민중성과 서정성이란 수필만이 아니라 신경림의 문학 전체의 특성이기도 하므로 따로 실명일 필요조차 없겠거니와, 수필에서 이런 특성은 그가 사용하는 언어만 보더라도 유감없이 드러난다.

토박이 말에는 전통의 농경사회적 정서가, 또한 그것을 생성하고 간직해온 민중들의 삶과 생각이 녹아 있게 마련인바, 그의 수필은 우리말의 풍성한 곳간이다. 대충 훑어보아도 주릅(거간), 황아장수, 엄장, 청올치, 무싯날, 자싯물, 어리무던하다, 난달이 부엌, 매서리, 뙤알머리, 된장질, 따지기(해빙기) 등등 웬만한 사전에는 아예 실리지조차 않은 토박이 말을 그의 글에서는 얼마든지 만날 수 있다. 단어만 그런 게 아니다. 우리가 별로 의식하지 않은 채 사용하는 한자어투를 그는 의식적으로 우리말로, 입말로 고쳐 쓰고 있다. 보기로 '만화며 코미디' '여기다 대고', '일제의 찌꺼기' '영화도 맨 미국영화다' '상당한 정도로 묽게 만드는' '조금도 지나친 말이 아니다' '떠날 줄 모른대서' 등등 얼마든지 있다. 그야말로 '한자에 인이 박인' 사람들이라면 이런 말들을 활자화되는 글에 함부로 써도 되는 것인지 어리둥절하리라 싶을 만큼 우리의 입말버릇에 가까운 말투를 그는 애써 골라 쓰고 있는 것이다. 한자어와 영어 따위를 되도록 많이 섞어 써야만 유식해 보인다는 식의 착각 속에서, 글버릇뿐 아니라 말버릇까지도 번역투가 되어버린 사람이 적지 않다. 이젠 민중마

저도 지식인의 잘못된 글을 교과서를 통해 배워가고 있는 형편이다. 그런 속에서 토박이 우리말을 폭넓게 동원하면서 쉽고 정확하게 우리말을 부리고 있는 신경림의 수필을 만나는 일은 여간 귀한 노릇이 아니다.

귀한 것을 이루는 일은 어렵다. 그가 이만큼 우리말을 우리말답게 부릴 수 있게 된 것에는 아마도 농촌이 본격적으로 해체되기 전에 농민들과 몸 부비며 생활했던 10여 년의 체험이 크게 기여했을 터이다. 하지만 그것을 글말에까지 그대로 옮겨낼 수 있었던 데는 아무래도 신경림 개인의 노력을 인정하지 않을 도리가 없다. 단순한 체험에만 의존한 성과가 아니라 남다른 노력에 의해서 얻어낸 성취일 때 그것에는 목적성을 인정할 수 있고, 그리하여 우리말에 대한 신경림의 애착과 성취는 민중성과 서정성의 결합이라는 그의 문학적 성취의 한 표현으로 인정할 수 있게 되는 것이다.

사전을 찾아가면서 문학작품을 읽을 때의 마음이란 물론 즐겁기만 한 것은 아니다. 차라리 당혹스럽고 자괴스러운 일이다. 더군다나 토박이 우리말을 몰라서 사전을 뒤적여야 할 때, 과연 내가 우리말을 다루면서 먹고 살 만한 자격이 있기나 한 사람인지까지 의심스럽게 되는 것이다. 물론 김유정·채만식 등 2, 30년대 작가를 읽으면서도 실감하게 되는 일이지만, 그들과는 60여 년이라는 시대의 차이가 있고 보면 당연한 부분도 없지 않다고 자위할 수 있는 구석이 있다. 하지만 신경림의 수필을 읽으면서는 더이상 변명이 군색해진다. 스물몇 살의 나이 차이는 있는 대로 어쨌건 그와는 같은 시대를 사는 사람이 아니던가. 그리하여 신경림의 수필은 우리말의 곳간에만 그치는 것이 아니라 회초리 맞으며 깨우치는 서당이기도 하다.

이렇게 다양한 수필 중에서도 가장 관심을 끄는 부분은 자신의 시에 대해 설명하는 부분이다. 신경림의 시와 수필, 그리고 그리 멀지 않아 발표될 소설(그는 언젠가 소설을 써내겠다고 말한다)을 이어주는 접점으로 간주할 수 있기 때문이다.

3

신경림의 시를 읽는 재미는 주로 서사성을 만나는 데서 시작된다. 장르가 달라도 마찬가지이다. 물론 시보다는 수필에서 그 서사성은 당연히 강화된다고 보겠지만 그런 정도의 의미가 아니다. 특히 시를 쓰게 된 배경을 설명하는 수필을 읽으면 신경림 수필의 서사지향성을 뚜렷하게 인식하게 된다. '내 시에 얽힌 이야기들'이라는 장에 묶은 글감은 차라리 소설에 더 적합한 이야깃거리라고 느끼게 되는 것이다. 좋은 보기로 시「폐광」과 그 작품에 얽힌 이야기를 다룬 수필을 살펴보자.

> 그날 끌려간 삼촌은 돌아오지 않았다.
> 소리개차가 감석을 날라 붓던 버력더미 위에
> 민들레가 피어도 그냥 춥던 사월
> 지까다비를 신은 삼촌의 친구들은
> 우리 집 봉당에 모여 소주를 켰다.
> 나는 그들이 주먹을 떠는 까닭을 몰랐다.
> 밤이면 숱한 빈 움막에서 도깨비가 나온대서
> 칸데라 불이 흐린 뒷방에 박혀
> 늙은 덕대가 접어준 딱지를 세었다.
> 바람은 복대기를 몰아다가 문을 때리고
> 낙반으로 깔려죽은 내 친구들의 아버지
> 그 목소리를 흉내내며 울었다.
> 전쟁이 끝났는데도 마을 젊은이들은
> 하나하나 사라져선 돌아오지 않았다.
> 빈 금구덩이서는 대낮에도 귀신이 울어
> 부엉이 울음이 삼촌의 술주정보다도 지겨웠다.

이 작품 속의 '전쟁'이 한국전쟁을 말하는 것이리라는 점은 쉽게 짐작

할 수 있다. 하지만 "그날 끌려간 삼촌은 돌아오지 않았다" "전쟁이 끝
났는데도 마을 젊은이들은/하나하나 사라져선 돌아오지 않았다"는 설명
만으로는 삼촌과 젊은이들이 전쟁의 와중에서 어떻게, 왜 희생당했는지
를 알 수 없다. 다음의 수필을 읽으면 저간의 사정은 훨씬 명확해진다.

인민군 패잔병이 거의 도망쳤을 것으로 판단되던 어느날 한 대의 찝차가
광산에 들이닥쳤다. 태극기를 꽂은 헌병차였다.
여기저기서 숨어 있던 사람들이 모여들었다. 실로 3개월여 만에 보는 태
극기라고 자못 감개무량해들 했다. 그러나 찝차 위의 헌병 소위는 주민들의
이런 환영을 아랑곳하지 않았다. 그는 금을 찾기 위해 허겁지겁 이곳엘 달
려온 것이었다.
몇 갱구를 뒤진 헌병 소위는 굴 속에 숨어 있던 광부 셋을 끌고 나왔다.
금을 찾아내지 못한 그는 제정신이 아니었다. "이 빨갱이들이 금을 가지고
도망치려 했다"고 여럿 앞에서 이들을 신문하기 시작했다.
이들은 물론 부인했다. 도망치는 인민군 패잔병의 행패를 피해 굴 속에
숨어 있었다고 주장했다. 그들은 내게도 낯이 익은 삼촌의 친구들이었다.
헌병 소위는 더욱 약이 오르는 듯했다. 마침내 참다 못해 권총을 꺼내 셋
중의 하나를 쏘았다. 또 하나를 쏘았다.
이 뜻 아니한 사태에 사람들은 모두 새파랗게 질렸다. 두 사람을 죽이고
나서 그는 사람들에게 말했다. 이들이 빨갱이가 아니라고 보증할 수 있는
사람은 앞으로 나서라.
아무도 나서지 않았다. 사람들은 서로 눈치를 보다가 앞을 다투어 도망치
기 시작했다. 아직 총을 맞지 않은 나머지 한 광부도 사람들에 섞여 도망치
고 말았는데 이때는 이미 특별히 이 사람을 죽여야 할 필요를 느끼지 않았
는지, 헌병도 도망치는 그를 내버려두었다. (『한밤중』, 233면)

시 「폐광」만을 따로 읽을 때도 물론 독립된 시로서의 가치를 인정할
수 있긴 하지만 수필을 함께 읽지 않고는 아무래도 아쉬울 수밖에 없다.
한국전쟁이 충주지방을 할퀴고 지나간 상처의 깊이와 피비린내를 읽어낼

도리가 없다. 그저 어린이 화자의 눈을 통해서 막연한 피냄새만 맡을 뿐
이다. 물론 시라는 장르의 속성 자체가 변죽만 울리고 나머지 긴 여운의
울림은 독자의 상상력에 맡기는 것이긴 하지만, 그 수필을 읽지 않았으
면 모르되 읽은 마당에는 아쉬움을 달래기 어렵다. 그 시시콜콜한 사연
을 좀더 들었으면, 예컨대 소설 같은 장르를 통해 읽을 수 있었으면 하
는 바람인 것이다.

　비단 「폐광」의 경우만이 아니다. 시만 알고 있다가 그 시의 배경이 된
이야기를 밝히는 수필을 읽었던 사람 중에는, 수필 덕택에 그 시를 더
잘 이해할 수 있다고 말하는 이가 적지 않다. 또 그 수필을 읽은 뒤에도
뭔가 다 이야기되지 못한 미진함이 있는 듯하다고 느끼는 사람도 있다.
그런 독자라면 그가 소설을 쓰겠다고 말하는 것을 당연한 일이라고, 오
히려 때늦은 감이 있다고 환영하게 될 것이다.

　독자들뿐 아니라 시인 자신도 아쉬워하고 있다. "광산에 관해서라면
너무 할 얘기가 많아 몇줄의 시로써는 도저히 어쩔 도리가 없다"(『한밤
중』, 234면)고 신경림은 말하고 있으며, 결국 '시에 얽힌 뒷얘기'라는 좀
군색한 형식을 빌려서라도 그들의 절절한 사연을 옮기지 않고서는 배기
지 못한 것이다. 하지만 수필이 낫기는 나아도 그 얼키고 설킨 사연을
절절하게 드러내 보이는 데 불만스럽기는 오십보 백보이다. 이런 식의
서사란 아무래도 소설이라는 장르를 만났을 때에야 비로소 제대로 풀어
질 수 있을 것이다.

　이런 맥락에서 보면 그의 수필에 이미 소설적 기법을 도입했던 점도
예사롭게 넘기기 어렵다. 예컨대 「아우라지의 뱃사공」이라는 수필은 그
기법으로 보아 거의 단편소설에 가까운 글이다.

　　아침밥은 국민학교 5학년에 다니는 큰딸아이가 지어서 상에 차려놓고 간
　다. 그가 이렇게 독상 식사를 한 지도 이미 5년이 넘었다. 뱃일을 시작한
　지 얼마 아니해서 아내는 서울로 돈벌이를 간다고 나가 여태껏 돌아오지 않
　은 것이다. 편지도 소식도 없다. 그러나 그는 아내가 언젠가는 돌아오리라
　고 굳게 믿는다. 아내가 자기와 세 딸아이를 버릴 만큼 모질지 못하다는 것

을 그는 잘 알고 있기 때문이다. 아내는 다만 가난이 지겨워서 그것을 모면해볼 방법을 찾아 집을 떠났을 뿐이다.

…뱃일은 끝나는 시간이 없는 일이다. 밤 늦게까지도 강을 건너는 사람이 있기 때문에, 그 역시 늦게까지 나루나 아우라지집에서 서성거리다가 손님을 건네주어야 한다. 잠자리에 들었다가도 손님이 찾으면 강을 건너기도 한다. 강 건너에서 부르는 소리도 놓치지 않자니까 자연 그는 잠귀가 밝아졌다.

…그가 딸애들과 함께 저녁을 먹는 시간만은 아무도 이를 침범하지 않는다. 급히 배를 건너기 위해 그를 부르러 왔다가도 그가 딸애들과 저녁을 먹고 있으면, 슬그머니 물러나 기다린다.

"김 사공, 새장가 들어야겠더군."

저녁 식사가 끝나기를 기다렸다가 사공을 앞장세우고 내려가며 안되어서 한마디 하면 그는 펄쩍 뛴다.

"그런 소리 마세유. 안사람이 돈 벌면 금방 올 텐데유."(『한밤중』, 58~62면)

'김사공'의 아내가 집으로 돌아올 가능성이란 거의 없음을 독자와 마을 사람들은 모두 안다. 하지만 김사공은 철석같이 아내를 믿는다. 이 두 시각의 대립을 주된 긴장으로 삼는 것이 이 글의 얼개이다. 작가가 작중 상황에 대해 폭넓게 개입하고 설명할 수 있는 자유를 누리는 것은 수필이라는 장르의 특성이다. 하지만 이 글에서는 이런 핵심적인 해석의 대립에조차 작가는 직접 개입하지 않는다. 수필에서는 요구하지 않는 엄격한 자제이다. 객관적 묘사가 주종을 이루는 지문을 통해서 단지 짐작할 수 있도록만 해줄 뿐이다. 특히 끝까지 아내에 대한 믿음을 고수하는 주인공의 답변으로 글을 끝맺음으로써 아이러니를 강화시키는 것은 전형적인 소설적 기법이다. 한마디로 「아우라지의 뱃사공」은 비록 수필집 속에 묶이긴 했으되 소설과 수필의 접경지대쯤에 위치한 글로서, 소설을 위한 연습이라고도 생각할 수 있겠다.

물론 우리나라에서 장르를 넘나드는 일은 그리 환영받는 일이 못된다.

더군다나 소설을 써야 밥을 먹고 살 수 있게 되고, 누구누구 하는 문인
들이 잇따라 소설을 발표하는 일들을 '전향'이라는 말로 표현하는 데 익
숙해져 있는 요즘이라면 더욱 그렇다. 하지만 그가 소설에 대해 매력을
느낀 것은 그 연원이 퍽 오래된 일이라는 점만 보더라도 이같은 지레짐
작은 설득력이 약하다. 그다지 널리 알려지지 않은 사실이지만 그는 이
미 등단 초기에 소설을 탈고해서 발표를 시도했을 정도로 소설에 대한
집착은 오래된 것이라고 한다(『한밤중』, 234면 참조). 게다가 그의 시가 애
당초 서사지향성이 강한 것이라는 점, 또 수필 중에서도 거의 소설에 접
근하는 것이 없지 않다는 점을 보태서 생각하면, 그의 소설에 대한 애착
은 퍽 뿌리 깊은 것이었다고 할 수 있으며 오히려 너무 오래 독자를 기
다리게 해온 느낌마저 없지 않다. 그리고 무엇보다도 그의 시에 덧붙이
는 수필을 읽은 독자들이 좀더 서사적인 장르에서 그 이야기들을 다시
읽기를 원할 것이기 때문에 신경림의 소설을 기대한다.

그가 실제로 소설을 써서 발표하게 된다면, 후일 넓은 전체로서의 신
경림 문학을 이야기할 때 수필의 존재는 더욱 중요하게 평가될 것이라고
믿는다. 수필 자체의 가치에다가 시에서 소설로 이어지는 징검다리 구실
을 했다는 점이 덧붙여질 것이기 때문이다.

4

민요라는 것 자체가 여럿의 느낌과 생각을 여럿이 늘 쓰는 말과 가락
으로 읊는 것이 아니던가. 민요는 불리워지지 않을 때 생명을 다하는 것
이 아니던가. 그렇게 본다면 민요의 정신은 다양한 소재와 문체의 수필
을 신문 잡지에 정력적으로 발표하는 신경림의 생각과 다른 것이 아니
다. 여럿이 함께 느끼는 문제에 대해 널리 읽힐 수 있는 매체를 통해 이
야기하는 것이므로. 그렇다면 소설을 쓰려고 하는 신경림의 뜻 역시 민
요의 정신과 일맥상통한다. 그가 쓰고자 하는 대상에 알맞은 그릇을 찾
는다는 뜻만 있는 게 아니고, 독자들이 원하는 장르를 고른다는 뜻도 함
께 있으므로. 서정시에서 민요시로 서사시와 수필로 변천해온, 그리고

300

마침내 소설로 달려갈 그의 문학적 이력은 퍽 다양하지만 결국은 하나의 구심점을 고수하는 결과였다고 하겠다.

물론 새로운 시도는 그만한 위험을 동반한다. 예컨대 그가 요즘에서야 이뤄낸 '마애불의 미소'는 소설이라는 장르와는 어울리지 않는 표정이다. 세속도시의 쓰레기통을 들여다보아야 하는 소설가의 표정은 그런 것이 되기 어렵다. 마애불의 미소는 흑백이지만 산업사회의 웃음은 고혹적인 총천연색의 벌거벗은 욕망이므로.

그리하여 신경림이 소설을 쓴다면 젊은 시절의 표정, 저 고통 속의 웃음으로 되돌아가야 할는지도 모른다. 게다가 시를 통해 누구도 부인할 길 없는 업적을 남겼다고 해서 소설에서도 성공하리라는 보장은 없다. 오히려 지금까지 쌓아올린 문명(文名)을 훼손시키는 결과만을 가져올 수도 있다. 아니 좀더 냉정하게 말하자면 '손해보는 장사'가 될 가능성이 크다. 시를 통해서 당대 제일로 손꼽히는 일이 쉽지 않듯이, 장르를 바꾸어서 그만한 성과를 거둔다는 것은 어려운 일이다.

일가를 이룬 사람들은 좀처럼 새로운 시도를 하지 않는다. 아니 일가를 이루지 못한 사람, 지킬 만한 자산이 없는 사람들마저도 나이를 먹으면서 보수화되어간다. 이미 이룬 것에 머무는 일은 안전하고, 새로운 시도는 불안한 탓이다. 미지수로서의 인생이 점점 줄어들고 삶에 허용된 시간이 짧아지게 되는 황혼기에 사람들이 변화를 싫어하는 일은 자연의 이치라고 할 수 있다. 하지만 문학은 가혹하다. 끝없이 다시 시작해야 한다. 이미 이룬 것에 머물기만 한다면, '흘러간 노래'를 끝없이 재탕하기만 한다면, 문인으로서의 생명은 정지되고 단지 문학사 속의 기록으로만 남게 될 수밖에 없다.

이런 뜻에서 환갑의 신경림이 새로운 장르에 도전하려 한다는 소식은 눈물겹도록 반갑다. 인생에 어찌 성공하는 일만 있을 것인가. 신경림이라고 해서 어찌 문학적 성공만이 보장되어 있을 것인가. 하지만 그의 새로운 시도는 혹여 실패한다 치더라도 값지다. 아니 실패할 가능성이 있기 때문에 더욱 값지지 않겠는가. 더더구나 우리 문단의 조로화 현상에 비교해볼 때 더욱 반갑고 우러를 만한 일이 아닐 수 없다. 신경림의 소

설이 어떤 모습으로 나타날지, 그를 사랑해온 수많은 독자들과 함께 기
대를 건다. □

민중성, 민요정신, 현실주의

신경림의 평론에 대하여

김 윤 태

1

'평론가' 신경림이란 말은 낯설다. 왜냐하면 그는 시인으로 더 유명하기 때문이다. 물론 시인이라고 해서 시만 쓰라는 법은 없다. 소설도 쓸수 있고 평론도 쓸 수 있는 것이다. 그러나 아무래도 평론은 그의 본령이 아니다. 잘 알려진 바대로 그는 1956년 등단한 이래 30년 동안 7권의시집을 내놓으면서 시인으로서의 이미지를 세인들에게 강하게 각인시켜놓았다. 그는 민요에 대한 줄기찬 탐구와 가난하고 나약한 사람들의 삶의 형편에 대한 진지한 통찰을 통해 이미 우리 시문학사에서 독보적인위치를 굳힌 큰 시인이다.

필자가 보기에 신경림의 시세계는 우리 근대문학사에서 누구보다도 독창적인 영역을 확보하고 있다. 우리 시의 전통적인 측면을 계승하고 있는 듯한 그의 시세계에서, 민요적인 성격에 즉하여서는 김소월을 닮은듯하여 자세히 보면 그렇지가 않다. 사람살이에 대한 이야기나 민중설화

金允泰: 문학평론가. 아주대 강사, 국문학. 평론으로 「정희성론」 「농민시에 대한단상」 등이 있음.

적인 성격에 비추어서는 백석이나 이용악을 연상시키는가 하면 그것 역
시 아니다. 그들을 다 합쳐놓은 듯하여 다시 보면 어느새 그만의 독자적
인 세계가 슬그머니 다가온다. 그러한 그의 시세계를 한마디로 요약하여
김현은 일찍이 "학대받는 자들의 내면화된 정적 울음"[1]이라고 평가함과
동시에, 또한 그의 시적 공간이 '통개인적 공간'이라는 것을 밝혀내고 그
점에서 김수영이나 김춘수와도 구별되는 신경림만의 독특함을 지적하기
도 했다.[2]

  그러나 신경림은 시인으로서는 드물게 적지 않은 평론을 발표한 바 있
다. 이미 공간된 평론집만 살펴보아도 『문학과 민중』(민음사 1977), 『삶
의 진실과 시적 진실』(전예원 1983)[3], 『우리 시의 이해』(한길사 1986. 이하
『이해』로 줄임) 등이 있고, 시인 정희성과 공동집필한 시해설서 『한국 현
대시의 이해』(진문출판사 1981)[4] 외에도 이런저런 잡지들에 발표한 서평이
나 시해설이 상당 분량 있다.

  그의 평론 쓰기는 주로 1970년대 말부터 1980년대 조에 집중되어 있는
데, 필자가 알기로 최근에는 서평 정도만 쓰는 것 같다. 위의 시기는 사
회과학의 이론적 성과에 힘입어 문학이론에서도 그 논의가 과학적인 차
원에서 상당히 진척되어갔는바, 이른바 '민중문학론'이 문학운동론 혹은
현장문학론과 결합되면서 이론적 모색이 활발하게 진행되기 시작한 무렵
이었다. 시창작에서 누구보다도 민중성에 주의를 기울여온 그는 당시에
주로 강연(대학에서의 강연이 많다)이나 투고를 통해 자신의 창작방법이
나 체험을 토로하는 과정에서 자신의 문학관을 나름대로 이론적으로 정
리할 필요를 느꼈을 것이다.

  그러면 그에게 평론 쓰기는 어떤 의미를 갖는 것인가? 시인들 가운데

---

1) 김현, 「울음과 통곡」, 신경림문학선 『씻김굿』, 나남 1987, 424면.
2) 같은 글, 427면.
3) 이 책은 자주 인용될 것이므로 별다른 지시가 없는 한, 본문 속에 괄호로 그
   페이지수를 표시한다.
4) 이 책은 정희성과 공동집필한 탓에 어느 부분이 신경림이 집필한 곳인지가 명
   시되어 있지 않아 텍스트 확정에 문제가 있으므로, 본고에서는 단지 참고자료
   로 활용할 수밖에 없다.

창작과 비평을 동시에 수행하는 경우가 종종 있는데, 그들과는 달리 신경림은 본격적인 의미에서 시인과 평론가를 겸업한다고 보기는 어렵다. 왜냐하면 그의 평론은 대개가 자신의 창작적 체험과 직접 관련되거나 아니면 그것에 바탕하여 일반이론을 연역해내고 있기 때문이다. 바로 이 점에서 그의 비평행위는 본원적으로 '대가비평'의 영역에 속한다고 할 수 있다.

그의 평론세계는 크게 세 부분으로 구성된다. 첫째 문학의 이념이나 문학사상을 다루는 이론비평의 측면, 둘째 평론·서평·촌평·해설 등을 통한 구체적인 실제비평의 측면, 셋째는 자신의 창작배경이나 체험을 다룬 창작시론 등이다. 이 가운데 가장 눈에 띄는 것은 자작시 해설과 관련한 세번째의 창작시론이다. 이는 자신의 창작적 비밀을 독자들에게 공개하는 것으로, 대체로 '대가비평'의 성격을 띤다. 대가비평이란 예술가로서의 대가(大家)가 자기 작품 및 문학 일반을 비판하는 것을 말한다. 창작기교의 비밀을 푸는 비평의 특수한 형태를 지향하기도 한다는 점에서, 그것은 본질적으로 어쩔 수 없이 주관성을 띤다. 즉 이론적 검증 위에 이루어지는 치밀한 과학적 분석이나 체계적인 비평적 통찰에 의해 이루어지는 것이 아니라 대체로 인상에 의존하고 있고, 거시적인 시야 속에서 문학 일반에 대해 비평적 재단을 가하는 것이다. 물론 신경림의 비평행위가 모두 이 범주에 든다고 볼 수는 없지만, 본격적인 비평가가 아닌 작가에 의한 비평이라는 점을 미루어볼 때 적어도 그러하다.

2

신경림의 비평이론을 한마디로 압축하면, 그것은 '민중문학론'이다. 그는 민중문학론의 뿌리를 60년대 순수—참여논쟁으로부터 찾는다. 말이 가지는 사회적·역사적 성격을 중시한 것이 참여문학론의 도덕적 바탕이라고 보고, 이 참여문학론을 옹호하는 것으로부터 70년대의 리얼리즘 및 민족문학론이 발전해온 것으로 파악한다(14~18면). 백낙청과 염무웅 교수의 입론에 바탕을 두고 민족문학론과 리얼리즘을 옹호하던 그는 일찍

이 민족문학론의 민중적 성격에 주목하였던 것이다. 즉 백낙청 교수가
「민족문학 개념의 정립을 위해」에서 민족문학을 "민족의 주체적 생존과
그 대다수 구성원의 복지가 심각한 위협에 직면해 있다는 위기의식의 소
산"이라고 했을 때, 이 견해를 받아들이면서 신경림은 민족의 주체를 민
중이라고 파악하고 민족문학이 구체화된 바람직한 형태로서 민중문학,
농민문학을 들었다(19면).

그러나 그에게 있어 민족문학과 민중문학 혹은 농민문학의 관계는 그
리 선명한 편이 못된다. 대개의 경우 기본적으로는 후자를 전자의 하위
범주인 것으로 간주한다(민족문학 > 민중문학 > 농민문학). 그러나 때로는
양자를 동일선상에 놓이는 별개의 것으로 인식하는 것처럼 보이기도 하
고, 때로는 등치시키는 듯한 뉘앙스를 풍기기도 한다. 민중문학과 농민
문학의 관계에 대한 인식도 비슷한 양상을 취하고 있다. 이같이 관계가
다소 모호한 채로 두고 민중문학론을 개진해나가는데, 그는 민중문학의
구체적 내용이 어떠해야 하는가를 다음과 같이 제시하고 있다.

첫째로 문학은 민중의 삶 속에 깊이 뿌리박은 것이 아니어서는 안된다. 그
러기 위해서는 문학은 민중의 사는 모습을 구체적으로 드러내야 하며, 민중
적 정서가 형상화되지 않아서는 안 된다.

둘째로 문학은 민중으로부터 이해되고 사랑받는 것이 되지 않아서는 안 된
다. … 민중으로부터 이해되고 사랑받기 위해서는 문학은 역사의 주체로서의
민중, 민족의 중심세력으로서의 민중과 그 슬픔과 기쁨을 함께 해야 하며,
이는 나아가 이들에게 깊은 애정을 지불함으로써만 가능하다.

… 셋째로 정말로 훌륭한 문학이라면 그것이 결과적으로 일반 민중의 사상
과 의지를 결합시키고 승화시킬 수 있는 것이 되지 않아서는 안 된다. 이는
오로지 작가가 올바른 역사인식, 올바른 사회의식을 가질 때만 가능하다.
(20면)

요컨대 이상은 각각 민중의 삶에 대한 묘사, 민중의 예술적 수용(Volkstü-
mlichkeit), 문학의 민중결속성(Volksverbundenheit)을 의미하는 것인데,

이는 민중문학 개념을 구성하는 핵심적인 미적 원리인 것이다. 미학이론에 따르면, 예술의 민중결속성은 민중의 존재와 의식에 대한 예술의 관계를 표현하는 미학적 개념이다. [5] 즉 민중결속성은 민중창작, 민중의 삶에 대한 묘사, 직업예술과 민속과의 결합, 예술작품에 대한 민중의 수용 및 이해 가능성과 대중성뿐만 아니라 예술 속에 반영된 민중의 역사적 진보성과 이에 기반한 예술적 진리성이라는 의미를 지닌 다층적 개념이다.

이렇듯 '민중'이란 말은 신경림 비평에서 요체가 되는 개념이다. 이것은 그의 시에서도 가장 빈번히, 그리고 가장 중요하게 취급되는 대상이듯이 평론에서도 그는 '민중적인 것(민중성)'에 이념적·미학적 바탕을 둔다. 그러면 신경림은 민중 개념을 어떻게 파악하고 있는가?

우선 그는 민중에 대한 정의를 세 가지 측면에서 접근하고 있다(29~31면). ①특권층과 대립되는 개념으로, 민중은 지배계층에 대한 피지배계층 전체를 지칭한다. 이에는 농민·노동자·중소 지주 및 자본가·도시의 중산층 등을 포함시키고 있다. [6]

②지식인에 상대되는 개념으로서, 대중과 등치되는 것으로 파악하고 있다. 여기에는 엘리뜨에 의한 민중의 지배라는 관념이 배어 있고, 우중(愚衆) 혹은 우민(愚民)이라는 민중 경멸의 사고가 깔려 있다는 것이다.

③근대주의에 대한 반대개념으로서, 이 경우는 농민과 대체로 일치하는 것으로 보고 있다. 즉 이들은 시골에 거주하며 공동체적 또는 목가적 생활습속을 지닌 존재로서, 이들에 대한 관심은 합리주의와 이성주의를 극복하고자 하는 데 그 목표가 있음을 지적하고 있다. 이상의 민중 개념 파악은 어느 것이나 일면적임을 면치 못하고, 역사적인 맥락 위에 민중을 위치지울 때만이 통일적인 개념 파악이 가능하다는 것을 부연하고 있다.

---

5) M. S. 까간, 『미학강의 2』, 진중권 역, 새길 1991, 253면.
6) 신경림이 포괄하고 있는 민중의 사회적 구성 가운데 중소지주 및 자본가, 도시의 중산층은 엄밀히 보자면 민중 범주에 넣기에 난점이 많다. 최근의 이론에서는 이들 대신 도시빈민층을 넣는 것이 보통이다.

이같이 민중 범주의 역사적 가변성을 전제하고서 문학에 접근해야 민중성의 의미는 분명해지는 것이다.

사실 민중문학의 개념은 그리 단순하지가 않다. 아놀드 하우저는 민중문학을 도시화·산업화되기 이전의 교육받지 못한 계층의 사람들이 벌이는 문학이라고 규정하였다.[7] 그리고 그것의 특징으로 창조자와 수용자의 일치, 집단적인 성격, 아마추어리즘과 전통의 보존 등을 지적하였다. 이러한 특징들은 도시의 하층계급의 문학인 대중문학이나 지식인 중심의 엘리뜨문학에 대해 민중문학을 뚜렷이 구별지우는 징표들이다. 이 경우 민중은 개념 ③에서처럼 대개 문맹이며 시골 거주자들을 가리키는 성층적 개념이 된다.

그러나 오늘날 민중 개념은 개념 ①과 같이 흔히 계급연합적인 것으로 파악된다. 민중의 구성과 내용은 고정된 것이 아니라 사회의 발전단계에 따라 변한다. 민중을 구성하는 각 계급들은 피시배계급으로서 공통의 이해관계와 존재의 유사성을 갖는 것이다. 민중문학 속에는 이러한 민중의 사상과 감정, 투지, 그리고 좀더 나은 사회체제와 참된 인간관계를 향한 민중의 휴머니즘적 염원 등이 담겨 있다. 이같은 민중의 민주주의적이고 휴머니즘적인 지향성이 민중문학에서는 가장 본질적인 요소가 된다. 신경림이 민중문학에서 역사의식을 강조하는 것도 민중 범주가 역사적으로 변화한다는 것을 올바로 전제하고 있음을 의미한다.

1980년대에는 한때 일부에서 민중문학을 민중에 의한 창작 정도로 협소하게 이해하려는 경향이 없지 않았다. 문학의 주체로서의 민중에 대한 강조가 창작자의 신원을 고집하는 잘못된 경향으로 나타났던 것이다. 사실 민중이 창조한 것이라고 해서 무조건 민중문학이라고 말할 수는 없다. 왜냐하면 민중 가운데는 지배계급의 이데올로기에 물든 반민중적인 측면이 존재할 수 있기 때문이다. 신경림의 민중문학 개념 속에서는 적어도 이런 혐의는 찾아보기 어렵다. 그는 민중성을 내세우면서도 민중주의는 경계하였던 것이다. 그렇기 때문에 오히려 그가 민중문학에서 우려한 것은 이들 작품이 지니는 도식성이나 비대중성이다. 즉 그는 작가의 인

7) A. 하우저, 『예술사의 철학』, 황지우 역, 돌베개 1983, 281면.

식이 피상적인 데서 오는 창작상의 천편일률성 혹은 소재주의적 입장을
비판하고, 또 한편 민족문학의 성과가 대개의 경우 재미가 없다는 점에
대해 뼈아픈 일침을 가한다. 그리고 이러한 한계를 극복하기 위해서 장
르의 확산이나 전통양식의 활용 등 다양한 창작방법을 제안하기도 하였
다(23~27면).

　민중문학론에서 신경림이 특히 주목, 강조하는 영역은 농민문학이다.
이와 관련하여 그는 「농촌현실과 농민문학」「왜 농촌문학이 우리 문학에
서 중요한가」「농민문학의 새로운 길을 위하여」 등의 글을 썼거니와, 첫
번째 글에서 식민지시대 이래 한국의 농촌 사정을 역사적·과학적으로
분석하고, 농촌현실에 올바르게 접근하는 농민문학의 성과를 문학사적으
로 검토한다. 그가 농민문학에 대해 특별한 관심을 기울이는 것은 농촌
문제의 문화적 탐구를 통해 근대화가 추진된 이래 파괴되고 왜곡된 농촌
현실, 더 나아가 한국의 사회현실의 모순을 구체적으로 파악하자는 데
있다. 즉 농민문학이 "그릇된 근대화를 올바른 길로 되돌려놓는 작업과
깊은 관계가 있는 일이며, 순수한 우리 것을 간직하고 되살"(93면)리는
일이기도 하다는 것이다. 게다가 그는 농민문학이 민족문학에 대해서 전
술·전략적인 몫을 맡고 있다고 보고, 농민문학을 통해 민족문학의 구체
적이고 모범적인 제시가 가능하기 때문에 농민문학이 여전히 유효하고
중요한 것이라는 주장을 편다(『이해』, 98면). 이같은 농민문학에 대한 역
사적·사회적 접근은 농민문학을 올바로 이해하는 데 관건이 된다. 농촌
에 대한 소재주의적 접근이나 농촌계몽소설을 비판하고 민중성에 입각한
참다운 농민문학을 제시하는 그의 관점은 타당하다.

　그러나 농민문학에 대한 강조가 시의성을 얼마나 갖는 것인가 하는 의
문이 없을 수 없다. 농민의 감소와 농촌의 파괴 등으로 인해 농민이나
농촌이 갖는 사회적 중요도가 그만큼 낮아졌기 때문에 농민문학 역시 그
중요성이 사라진 것이 아니냐는 의구심을 신경림 스스로도 제기하고 또
그에 대해 반론을 펴고는 있지만(『이해』, 99면), 오늘날 시대 조류의 대세
는 더이상 농민이나 농촌이 사회의 중심일 수 없는 상황으로 되어버렸
다. 1960년대 산업화정책이 실시된 이래 공장을 중심으로 한 노동자들의

존재가 마침내 우리 사회의 전면에 부상하기에 이른 것이다. 이제 우리 사회의 성격에 대한 가장 강력한 규정력은 노동자의 사회적 존재와 활동이다. 그것은 1980년대에 들어서서 문학에서도 두드러지게 떠올랐다. 농민문학이 이제는 주변적인 것으로 전락해버렸다고 꼭 말할 수 없지만, 노동문학의 새로운 등장으로 민족문학 논의의 중심이 이동하게 되었던 것이다. 이 점을 감안할 때, 그의 농민문학적 편향은 상황논리에 비추어 다소 뒤쳐지고 중심이탈적인 면이 없지 않다. 물론 농민문학에 대한 그의 집요한 천착은 당시 민족문학에 대한 논의 전체에서 볼 때 보완적인 의미를 충분히 지니는 바이다. 농민이 노동자와 마찬가지로 여전히 민중 범주로서 유효한 의미를 지니고 있고, 또 그러한한 양자의 조화로운 관계 위에서 사회의 발전을 고려해야 하는 것이 더 바람직한 일임은 말할 나위 없기 때문이다. 그러나 아무래도 그의 민중문학론이 농민적인 것에 경사되어 있다는 인상을 시우기 어렵다.

3

신경림 비평의 대상이 되는 주된 장르는 시양식이다. 아마도 그의 전문분야가 시라는 것이 가장 큰 이유일 것이다. 필자가 확인한 바로는 「농촌현실과 농민문학」(1972) 「문학과 민중」(1973), 이 두 편 정도의 글이 주로 소설을 다루고 있는데, 그것들은 농민문학 혹은 민중의식에 초점을 맞추어 씌어진 일종의 소략한 소설사인 셈이다. 그나마 이 글들은 그가 본격적인 문단활동을 시작하던 초기에 씌어진 것들로서, 본격적인 소설평이라기보다 차라리 독서단상에 가깝다. 이후로는 시 이외의 분야에 대한 글이 거의 발견되지 않듯이, 대부분의 글들이 시비평에 해당한다.

그의 시비평에서 가장 중요한 평가척도는 창작에서와 마찬가지로 '민중성'을 꼽을 수 있다. 우선 그 자신이 지향하고 있는 이른바 '민중시'에 대한 세간의 비판을 정리하고 있는데, 그것은 첫째로 목소리가 모두 같다는 것, 둘째로 삶의 인식이나 시적 처리가 상투적이라는 것, 셋째로 시어가 한정되어 있고 상상력의 부족이 느껴진다는 것, 그리고 넷째로 시의 세계가 한결같이 어둡다는 것이다(33면). 이러한 비판에 대해 부분적으로는 근거가 전혀 없지 않다고 보면서, 이같은 한계를 극복하기 위해서는 먼저 시인에게 "자기의 가락을 찾아내는 일"이 중요할 뿐만 아니라 시인이 "인식의 피상성"으로부터 벗어나려는 노력을 게을리하지 말아야 한다고 지적한다(34면). 또 세번째 비판에 대해서도 부분적으로 타당성이 있음을 인정하면서 동시에 이를 넘어서기 위해서는 생생한 생활의 체험이 밑바탕이 된 수사(修辭)의 탐구가 필요하다고 하여 문학의 형식적인 측면에까지 배려하고 있다. 그리하여 그는 올바른 시의 방향을 역시 민중성에 기반하여 나아가야 한다고 주장하였다.

참으로 훌륭한 시라면 나아가서 일반 민중의 사상과 의지를 결합시키고 그것을 승화시킬 수 있는 것이 되지 않아서는 안될 것입니다. 이것은 오로지 시인이 올바른 역사인식, 올바른 사회의식을 기질 때만 가능할 것입니다. 예컨대 그 시가 아무리 민중의 삶 속에 깊이 뿌리박고 있고, 또 민중에게 이해받고 사랑을 받는 것이라 해도, 그 시가 본질적으로 역사를 올바로 인식한 데서 나온 것이 아니라면 그것은 일반 민중의 정서생활에 독소적으로 작용하고, 마침내 그들의 사상과 의지를 타락시킬 수도 있는 것이기 때문입니다. (54~55면)

여기서 그의 비평적 기준이 민중성에 놓여 있음을 새삼 확인할 수 있거니와, 이외에도 시인의 역사인식 혹은 사회의식을 강조하는 역사주의 원리가 중요한 미학적 준거로 제기되고 있다. 이는 그가 "우리 시가 시 본래의 기능을 회복하기 위해서는 시인이 투철한 역사의식을 가지고 오늘의 현실에 대응해야 한다"(83면)라고 언급한 데서 다시 확인된다. 「시정신과 역사의식」이란 글에서 고은의 「화살」, 정희성의 「이곳에 살기 위하여」, 그리고 신동엽의 「껍데기는 가라」 등 3편의 시를 분석하면서, 시인의 역사인식이 반외세·반봉건의식에 자리하고 있음을 강조함으로써, 참다운 민중성이란 역사성과의 결합을 통해 하나의 완전한 것이 된다는

것을 넌지시 암시하고 있다. 이처럼 시에서의 역사적 현실인식을 강조하
는 것은 그가 "시는 일단 변혁운동에 복무해야 한다"(『창작과비평』 1990년
가을, 41면)라고 주장한 바와 상통한다.

민중성의 강조는 '공동창작'의 문제를 제기하는 곳에서도 나타난다. 신
경림은 공동창작을, 민중이 주체로서 문화창조에 적극적으로 참여하는
방법의 하나로 파악하고 있다. 즉 "시가 일부 전문가와 지식인의 손에서
놓여 민중에게 되돌려지기 위해서는, 또 시가 잃어버린 공동체적 사랑을
되찾기 위해서는"(『이해』, 112면) 시의 공동창작이 필요하다는 것이다. 원
래 공동창작은 근대사회에서 사적 창작이 갖는 임의적이고 무정부적인
성격을 일정한 세계관에 입각하여 집단적 의지와 유대로써 극복한다는
의미를 담고 있다. 따라서 공동창작에서 중요한 미적 원리는 집단성과
현장성·운동성이라고 할 수 있는데, 그 점 또한 부가적으로 지적하고
있다.

실제비평에서도 민중성은 비평의 중요한 잣대가 되고 있는데, 가령
「우애와 사랑과 시 —— 김광섭의 시세계」에서 김광섭이 종래의 관념성을
극복하고 「성북동 비둘기」 같은 시를 통해 격조 높은 문명비평의 경지에
이를 수 있었던 것은 "이웃 또는 서민과의 일체감"(111면)에 의해서라고
지적한다. 이 서민과의 일체감이란 민중성의 다른 이름이다. 이러한 관
점 위에 그는 시인의 인간적 성실성, 정직성을 강조하고 또한 삶의 현장
성을 내세움으로써 리얼리즘의 관점을 지향한다.

리얼리즘 이론에 기반한 그의 비평적 기준의 세목들을 살펴보자면,
"세상을 정확하게 보고 바르게 살려는 노력, 자기의 삶과 생각의 성실한
형상, 생활 속에서 겪는 좌절과 갈등과 고통의 정직한 표백"(『창작과비평』
1993년 가을, 363면) 등이 거론되고 있다. 이 언급에서 '정확(바름)·성
실·정직'과 같은 어휘들이 주목되지만, 아무래도 이 속을 관통하고 있
는 핵심적인 말은 '생활'이라고 할 수 있다. 문학론에서 생활을 중심에
놓는 태도가 다분히 리얼리즘과 상통하는 바 있음은 상식에 속하는 것이
거니와, 이같은 기준에 따라 그는 동시대 시인들의 작품과 대면한다. 이
를테면 '반시' 동인들의 시세계를 평가하면서 그 제목부터 「삶의 현장에

선 고통의 언어」라고 붙인 것은 그의 비평이 갖는 리얼리즘적 특징을 쉬
이 짐작하게 한다. '삶의 현장성'을 유독 강조하는 그 근저에는 그가 적
어도 '시의 진실'이 '삶의 진실'과 동일하다는 전제를 깔고 있는 것이다.
다시 말하면

　　생각건대, 시에 있어서의 인식이란 삶과 생활을 통한 직접적인 인식이어야
　할 것이다. …거듭 말해서 시인은 자신의 삶과 생활을 통해서 역사와 현실
　을 인식할 때 거기 자기 목소리가 있게 되며, 비로서 그 시는 살아있는 시가
　될 수 있다. (278면)

라는 것이 시에 대한 그의 생각이다. 생활의 강조는 시의 리리시즘(Lyricism)
을 설명하는 데서도 거듭된다. 그는 시가 그 기원에서부터 리리시즘과
불가분의 관계에 있는 것임을 우선 밝히고, 리리시즘이 "삶에서 얻어진
생활의 얼룩이 묻은 감정의 모임"이라는 점에서 "생활과는 동떨어신 설
익은 감정의 표백인 센티멘털리즘과는 엄격히 구별된다"(221면)고 함으로
써 건강한 생활감정을 중시한다.
　　적어도 리얼리즘 이론에서는 삶 혹은 현실의 어떤 본질적인 영역이나
보편적인 가치에 대해 시인이 현실을 파악하는 평가의 척도를 최대한 일
치시키는 것이 중요하다. 따라서 그는 시인의 정직성 혹은 성실성 문제
를 중대하게 부각시킨다. 물론 여기에는 시와 시인의 일치라는 관념이
알게 모르게 전제되어 있다. 즉 "시인의 거짓 없는 목소리 속에서 자기
목소리를 확인하고 사람의 살아가는 모습을 보며, 참다운 삶의 길을 찾
아내려는 독자들의 간절한 요구"(188면)에 부응하는 것이 시인의 임무라
는 것이다.
　　이로써 그는 반영론적 인식론을 넘어서서 교화적이고 윤리적인 비평론
으로 나아간다. 그가 시에서 이미지 못지않게 '메시지 전달의 기능'을 강
조하고 있음(207면)도 이와 무관하지 않다. 또한 그것은 평론 일반에 대
한 그의 인식에서도 그대로 드러난다. 그는 강단비평의 지적 현시나 난
해함을 비판하는 자리에서 "문학평론의 첫째 목적은 독자로 하여금 글을

똑바로 읽고 이해하게끔 하는 데 두어야"(257면) 한다고 주장하였듯이, 그의 비평은 기본적으로 독자의 수용을 염두에 두는 효용론적인 관점에 입각해 있다.

뿐만 아니라 교과서의 시에 대한 그의 비판적 통찰도 생활을 강조하는 리얼리즘적 태도에 기초해 있다. 가령 교과서의 시에 담겨져 있는 토속적 정서나 시골 풍경을 보자면, "사람의 삶이 배제된 정서, 일하면서 사는 모습이 빠진 시골이 진짜 우리 것일 수는 없다"(『이해』, 17면)고 평가한다. 또 "시가 삶의 현실, 삶의 진실과는 아무 상관도 없는 말장난이요 손끝장난에 지나지 않는다"(『이해』, 23면)라는 인식을 학생들에게 심어줄 우려가 있는 작품이 무성의・무정견하게 교과서에 선정된 것을 강하게 비판하고 있음도 같은 맥락에서 제기된 것이다. 이러한 관점 위에서 그는 중고등학교 국어교과서에 실린 시들에 대한 분석을 통해 우리 문학교육이 지니고 있는 문제점을 날카롭게 해부한다. 그것은 ① 일반 수준에 못 미치는 시의 수준, ② 전통서정시에 대한 편중, ③ 한정된 시인 선별, ④ 잘못된 참여시의 개념, ⑤ 가짜 애국시 소개, ⑥ 친일분자의 시 상당수 수록, ⑦ 모작(模作) 수록, ⑧ 인생시 또는 생활시의 누락, ⑨ 편협한 문학사관 등으로 요약된다(53면). 아울러 민족적・민중적 그리고 현실주의적 관점에서 대안을 제시함과 동시에 공정하고 양심적인 인사(人士)가 교과서 편찬에 참여할 것을 덧붙이고 있다.

그러나 현실주의적 비평관과는 관계없이 실제비평에서 그의 비평언어는 인상의 차원을 크게 벗어나지 않는데, "그의 시는 어느 것을 보아도 단정하다. 눈에 튀는 몸짓이 없고 귀에 거슬리는 목소리가 없다"(『창작과비평』 1993년 여름, 375면)라는 평가는 그 좋은 예이다. 그리고 위에서 보았듯이 '바름・성실・정직' 같은 말들이 중요한 비평기준으로 곧잘 제시되는데, 이것들은 미적인 것이라기보다 윤리적인 자질인 것이다. 시와 시인을 일치시키는 한 이같은 평가는 불가피한 것이지만, 예술적・미적 세계가 윤리로 반드시 환원되는 것은 아니다. 대가비평의 주관적 성격을 앞에서 지적하였거니와, 그같은 윤리비평은 따라서 추상적이고 주관적인 경향으로 곧잘 흐를 위험을 안고 있다.

4

신경림의 민중문학론은 민요에 대한 각별한 관심 표명으로 나타나기도 한다. 오늘의 시인들 가운데 그는 누구보다도 민요에 대한 관심이 높다. 이미 많은 평자들이 신경림 시의 민요적 성격에 주목한 바 있거니와, 그 자신도 민요와 관련하여 「나는 왜 시를 쓰는가」 「시와 민요」 「내 시의 뒷이야기」 「왜 민요운동이 필요한가」 등의 글을 썼다. 그는 1984년 '민요연구회'를 조직하고 초대 회장직을 역임하였으며, 뿐만 아니라 민요기행을 기획하여 전국을 주유하면서 민요채집에 힘썼다. 그 성과가 두 권의 『민요기행』(한길사 1985 · 89)으로 나타났으며, 시집 『달 넘세』(1985) 역시 민요시에 대한 실험적 창작의 소산이다.

그가 민요에 주목하게 되는 계기는 장시 「새재」를 쓰기 위해 남한강 일대를 답사하면서 전해 들은 전승민요에서 감동을 받은 데서 비롯된다. 그는 민요에서 "민족의 한과 설움, 견딤과 참음, 끈질긴 생명력"(53면)을 발견하고서, 오늘날의 시가 민중의 사랑을 받으려면 민요의 계승이 필수적이라고 주장한다. 오늘날 시가 독자로부터 외면당하는 이유를 그는 시인과 민중의 일체감 상실에서 찾는데, 그것은 시가 민요적 바탕을 상실하였기 때문이라고 한다. 이로부터 그가 민요를 민중성의 역사적 발현태로 간주하고 있음을 알 수 있다.

그러나 사회의 역사적 발전에 기초하여 파악되는 민중문학이 현실적이고 객관적인 의미를 띠려면 근대성이라는 문제와 결부될 수밖에 없다. 그런만큼 민중성은 참다운 근대화를 지향하는 것과 맞닿아 있는 것인데, 이 점을 고려할 때 과연 민요가 얼마나 근대성과 조화를 이룰 수 있을 것인가? 이에 대해 그는 우리 것에 대한 추구와 참다운 민중성의 회복을 위해 마당극 · 판소리 · 민요 등과 같은 전통적인 문학양식의 현대적 변용을 강조한다. 민요의 계승에서 정작 그가 중시하는 것은 민요의 양식적인 측면이 아니라 민요 속에 담겨진 민중의 삶과 정신이다. 민요의 가락을 기계적으로 수용하는 것, 다시 말해 글자수나 맞추거나 음풍영월의 한시를 흉내내거나 하는 일이어서는 안되고, "가난하고 억눌린 사람들의 보편적 느낌과 의지와 저항"(69면)이 곧 오늘에 계승되어야 할 민요의 정신이라는 것이다. 그의 시에서도 민요의 형식이나 가락 자체를 좇을 경우, 『달 넘세』에서처럼 대개 평작에도 못 미치는 수가 많고, 민요의 형식적인 틀에서 해방되어 민요정신을 올바로 추구할 때 오히려 그의 시는 『길』에서와 같이 절창에 도달함을 볼 수 있다.

이러한 민요정신에 대한 강조는 그의 창작시론에서도 여실히 드러난다. 그가 민요에 대해 느끼는 남다른 매력을, 시 「목계장터」의 창작배경을 설명하는 자리에서 다음과 같이 밝히고 있다.

첫째는 내 시가 또 한번 껍질을 벗기 위해서는 민요에서 그 가락을 배워와야 하고 또 참다운 민중시라면 민중의 생활과 감정, 한과 괴로움을 가장 긔정겨이고도 폭넓게 表現한 민요를 외면할 수 없다는 매우 의도적이요 실용적인 동기에서였으나, 민요가 보여주는 민중의 참삶의 모습, 민중의 원한과 분노, 지배계층에 대한 비판과 풍자는 원래의 동기와는 관계없이 차츰 나를 깊숙이 민요 속으로 잡아끌었다. (308면)

여기서 보듯이 그에게 있어 민요정신은 민중성과 동질적인 것임을 어렵지 않게 짐작할 수 있다. 그는 무엇보다도 가난하고 억눌린 사람들의 의지와 저항을 민요정신의 핵심으로 간주하고 있다. 시가 본질적으로 "버려진 사람들, 천대받는 것들, 비천하고 못난 목숨들에 대한 따뜻한 사랑과 깊은 정"(『창작과비평』 1990년 여름, 305면)을 표현한 것이라고 보는 한, 민요정신은 그의 비평론에서뿐만 아니라 창작방법론 내지 시론(詩論)에서도 중요한 미적 자질이 될 것이다. 즉 '비천한 것, 버려진 것, 작은 것, 보잘것없는 것'들에 대한 남다른 애정과 관심, 즉 본질적으로 휴머니즘을 지향하는 민중성은 그의 창작시론의 뼈대를 형성하고 있다.

시의 값은 오히려 본질적으로 작고 하찮은 것, 못나고 힘없는 것, 보잘것없는 것들을 돌보고 감싸안고, 거기에 그치지 않고 스스로 낮고 외로운 자리에 함께 서고, 나아가서 그것들 속의 하나가 되는 데 있는 것이 아닐까. 또 그것이 시의 참길이 아닐까. 그렇다면 시는 잘나고 우쭐대고 설치는 사람들의 몫이 아니라 못나고 겸허하고 착한 사람들의 몫일는지도 모를 일이다.[8]

나는 아무래도 쓰러지고 깨지는 것들 속에 서 있을 수밖에 없을 것 같다. 어차피 시는 괴롭고 슬픈 자들, 쓰러지고 짓밟히는 것들의 동무일진대 이것이 크게 억울한 것은 없다. 최근 나는 시는 궁극적으로 자기탐구요 시의 가장 중요한 주제는 자신일 수밖에 없다는 생각도 많이 하지만, 쓰러지는 자들, 짓밟히는 것들의 상처와 아픔을 어루만지고 흩어지는 것들, 깨어지는 것들을 다독거리는 일, 이 또한 내 시의 숙명인지도 모르겠다.[9]

자신이 시를 쓰게 된 이유와 시에 대한 기본 인식이 잘 드러난 이 두 글들은 그의 시집의 후기에서 인용한 것이다. 그의 이 시론을 우리는 민중시론이라고 이름붙일 수 있겠는데, 그러나 그의 시론은 방법적인 면보다는 정신적인 면에 경도된 느낌이 없지 않다. 사실 기교라든가 형식이라든가 하는 것들은 시적 정신이나 내용이 외화된 것이다. 이것들은 서로 별개의 것이 아니라 동전의 양면과도 같은 것이다. 실제비평에서 기교나 형식에 대해 다소 언급하고는 있지만, 비평 과정이 대체로 인상에 기대고 있는 탓에 전체적으로 볼 때 그의 비평이나 시론은 시인의 정신이나 태도 쪽으로 균형추가 기울어진 듯하다.

이상에서 본 바 신경림이 주장하는 민중문학론은 그의 문학적 이념이자 비평적·미학적 준거이고 동시에 창작방법인 것이다. 이것들이 그에게 있어 엄밀하게 과학적으로 분화되어 있지 않고 통합된 채로 제시된 데는 무엇보다도 그가 창작자(시인)라는 사실 때문이라 보인다.

끝으로 한가지 첨언하자면, 그의 시론이 지향하는 미적 특성은 '질박함'으로 요약될 수 있다. 위 인용에서처럼 그가 왜소하고 비천한 것들을

---

8) 신경림, 「후기」, 『길』, 창작과비평사 1990, 117면.
9) 신경림, 「시집 뒤에」, 『쓰러진 자의 꿈』, 창작과비평사 1993, 105면.

향해 있다고 해서 그것이 곧 비속함의 추구로 떨어지는 것은 당연히 아니다. 민중성은 통속성과 다르기 때문이다. 비속함은 통속적인 재미만을 추구하는 대중문학의 몫인 것이고, 반면 민중문학은 소박하되 건강한 정서를 미학적 자질로 삼는다. 그러나 그렇다고 해서 질박함의 미학이 소인주의(素人主義) 정도로 오해되어서는 안될 것이다. 그는 민중문학이 빠지기 쉬운 함정이 도처에 있음을 결코 간과하지 않는다. 그 함정의 하나는 사투리의 지나친 사용으로 표출되는 지방주의이고, 다른 하나는 '가난타령'류의 상투성이라고 꼬집고 있다(39~40면). 특히 후자는 소재주의적 경향이나 소인성(素人性)과 관련되는 경우가 흔하다.

질박함은 오히려 참다운 민중성, 생활에 기반하는 현실주의적 태도에 의해 획득될 수 있는 예술적 가치인 것이다. 그 질박함의 미학은 다음 한 줄의 시구 속에서 빛나고 있다.

"못난 놈들은 서로 얼굴만 봐도 흥겹다". □

가난한 사랑 노래

이 문 구

1

목계(牧溪) 신경림(申庚林) 선생은 화갑을 맞은 올에도 다섯 신문사의 신춘문예 행사에서 시부문의 본선 심사위원을 지내었다. 이것은 보통 일이 아니다. 여러 소리 할 것 없이 목계선생이 늘 꺼려온 자본주의식 독과점의 본보기를 몸소 모양한 셈이니, 평소 당신의 주장과도 앞뒤가 두동이 져서 여간 사람이 아니면 갈피가 헷갈리기 십상인 것이다. 물론 선생에게는 이 역시 어디까지나 몸 밖의 일에 지나지 않을 따름이지만.

그러나 이에는 반드시 그만한 이유가 있을 것이다.

그렇다면 선생은 몸 밖의 일에 몸이 고단한 노릇을 내심으로 즐거이 여겼던 것인가. 무릇 그렇다고 해도 과히 어긋나는 짐작은 아닐 것이라고 생각한다. 선생은 일찍이 '박씨유신(朴氏維新)' 말기에 자유실천문인협의회의 대표간사를 지낸 이래 허다한 단체의 책임자를 역임하였다.

"요새도 감투가 퍽 많으실 텐데요."

"구찮어 죽겠어."

李文求: 소설가. 소설집으로 『海壁』『관촌수필』『우리 동네』등, 장편으로 『장한 몽』『산너머 남촌』『매월당 김시습』등이 있음.

"같잖은 것까지 치면 아마 두 죽도 넘으실 걸요."

"더 될지두 몰라. 셀 수도 없다구."

"생기는 것 없이 지저분만 한 감투, 왜 싹 벗어버리고 두 손 탁 터시지 않고 그러슈."

"냅둬유."

감투 좋아하는 문인일수록 글이 보잘것없고 발도 마당발은 군대에서조차 넣어주지 않는데, 문인된 이로 바깥 활동이 비록 훌륭하다 한들 글도 아울러서 그와 같기가 어찌 예삿일일 수 있을 것인가. 보면 대개 서재에서 한가롭던 사람일수록 감투라면 으레 욕심을 내어 집을 잡혀가며 분주한 나머지 앉을 자리는 있어도 설 자리는 없는 이가 되어 마침내 문학하고 남이 되던 것이 문단 일각의 진부한 풍속일진대, 여러 사람이 억지로 지겨맡기는 통에 헐수할수없이 쓰고 쓰고 한 선생의 감투야말로 그냥 감투다끼보다 오로지 이러운 길에 무리를 이끌어가기 위해 쓴 행수(行首)의 투구라고 함이 옳은 것이었다.

그러므로 다섯 신문사에서 신춘문예의 심사를 선생에게 맡겼던 것은 선생이 두 죽도 넘게 쓰고 벗고 한 감투의 다채로움이나 역사성(歷史性)과는 전혀 무관한 일이었다.

그러면 무엇이 선생으로 하여금 응모작품에 순·통·약·조·불(純通略粗不, 수우미양가)을 주초(朱草)하게끔 해온 것인가. 선생이 이 시대의 문형(文衡)이기 때문인가. 그렇다고 생각한다. 선생의 위인과 문업이 천의무봉이란 것은 나 같은 졸자까지 덩달아서 곁다리를 들지 않아도 무방하지만, 선생의 존재를 세상이 먼저 증언할 때는 맹상군(孟嘗君)이 아니더라도 계명구도(鷄鳴狗盜)와 비슷한 경우 또한 피할 수가 없는 것이다.

(이런 복고적인 언사를 분리수거와 종량제 이상의 처방으로 어서 무덤을 지어야 할 공해물질처럼 미워하는 이가 바로 선생이지만, 선생에 대한 이야기라 하여 첫자부터 끝자까지 청정문자로만 늘어놓으란 조항도 없거니와, 앞으로 나올 실언에 따른 낙담과 낭패감을 약간이라도 누그려드리기 위해서는 이냥 미리 주접을 떨어둘 필요도 없지 않은 것이다.)

선생의 문학에 대한 엄격성, 특히 후배 문인들의 문학적 품질과 문단적인 태도에 대한 엄격성은 본격적인 평론보다도 선생이 회장으로 있으면서 집필한 「민족문학작가회보」의 권두언에서 가장 수월하게 엿볼 수 있다. 그 권두언의 내용은 햇내기 회원에게 이르는 말에 그친 것이 아니었다. 사방에서 글공부를 하고 있는 후생들도 모름지기 저마다 사숙(私淑)을 하여 마땅한 빗돌 없는 금석문이 아닐 수 없는 것이었다.

한번은 나더러 이러면서 웃었다.

"이봐, 조선낫이 대체 어떻게 생긴 게 조선낫이여, 조선낫이!"

선생이 낫 놓고 조선낫과 왜낫을 몰라서 웃었겠는가. 대도시에 살면서 시만 썼다 하면 꼭꼭 조선낫이 나오는 한 교수 시인의 인기관리시(人氣管理詩)를 보다 못해서 웃은 것으로, 문학에 대한 엄격성을 다시금 느끼게 한 말이었다.

그 엄격성은 소소하게 장구(章句)나 행간의 여운 같은 것을 자로 재고 치와 푼을 따지는 작법론자의 유가 아니었다. 조선낫이면 조선낫이 생긴 대로 시늉을 한 그림과 쓰이는 대로 흉내를 낸 가락이 묻어나오지 않으면 시어에 채 이르지 못한 췌사나 허사로 쳐서 흘겨볼 만큼 그 기준이 예술성에 있는 것이었다. 이는 물론 나 같은 말류(末流)의 백지장 같은 소견일 뿐이다. 그러나 말류의 소견으로는 엄격을 바탕으로 하지 않으면 소소하지 않은 대범이 나올 데가 없을 것 같으니 어이할 것인가. 말류에게는 선생의 모든 시가 그렇게만 보이기에 감히 사족을 달아보는 것이다.

선생이 인사동 일대에서 유유상종하는 소인(騷人) 가운데에는 선생처럼 박혁(博奕)을 취미로 하는 인사가 많거니와, 도량에서는 대국(大局)이 여실해도 바둑판만 마주했다 하면 금방내 소국(小局)이 되어서 접바둑이니 맞바둑이니 하고 실랑이를 하거나 서로가 흰돌을 탐내어 곁고트는 일로 시작을 삼는데 바둑돌을 자갈 보듯 하는 쪽에서 보기에는 언년이들의 공깃돌 다툼질이나 진배없어서 그야말로 흑백을 가리는 짓조차 우스운 일이었다.

조선조 세조 때의 권신이었던 홍윤성(洪允成)은 세도가 포악하고 재물에 비루하여 생각이 있는 사람들은 다들 돌아서서 침을 뱉았지만, 한 벼

슬아치가 백성의 이익을 가로채는 짓이라 하여 집안에 차린 베틀을 풀고
텃밭의 아욱을 뽑은 일에 비하면 부끄러운 노릇이나, 생산과 저축에 힘
씀이 빈들빈들 노느니보다는 낫다는 말을 듣기도 했다고 한다. 이 홍이
하루는 백성 두 사람이 길가에서 바둑판에 정신이 팔려 있는 것을 보았
다. 홍은 말에서 내려 그들을 꾸짖었다.

"게 뭣들 하는 게냐, 게서 옷이 나온다는 게냐 밥이 나온다는 게냐,
자나 깨나 부지런하여 깜냥껏 살아야 할 터수에 이러고 있으니, 네 능히
이것으로 먹고 살 수가 있는 까닭일 터인즉 어디 지금 한번 먹어보이렷
다."

그들은 바둑돌을 죄다 먹지 않을 수가 없었다고 한다(李陸의 『靑坡劇
談』). 일설에는 개똥부터 먹인 다음에 장기짝을 먹이려고 하였으나 장기
짝이 씹히지 않으매 그만두었는데, 나중에는 박혁의 재미에 반하여 "늙
미의 심심풀이로는 이만한 짓이 없다"고 하면서 서 빈서 를섰나고노 한
다(成俔의 『慵齋叢話』).

선생도 한때는 관철동의 한국기원에서 정근상의 물망이 된 적이 있었
다. 삼백예순한 집을 다 차지해도 하나 시원할 것이 없으련만 시절이 뒤
숭숭한 탓으로 시내 나들이에는 으레 시가 나오는 것도 아니고 시조가
나오는 것도 아닌 바둑판을 찾아서 종로를 바삐 건너다니곤 하였다. 그
러나 바둑집을 찾는 걸음걸음이 매양 바쁘던 것과는 달리 바둑판을 붙잡
는 시간은 생각보다 그리 늘어진 적이 없었다. 정석에 밝으니 포석을 할
때까지는 상대방의 반만이라도 궁리를 하는 것이 예사지만, 그밖의 수순
은 바둑을 두는 판인지 오목을 두는 판인지 모르게 속전속결로만 휘몰아
서 내기 바둑이건 심심 바둑이건 장고를 하는 판이 없었다. 낚시꾼 옆의
낚시질 구경꾼과 바둑꾼 옆의 급바둑 구경꾼을 기중 따분한 사람인 줄로
알면서도 유독 선생의 바둑은 그런대로 옆에서 구경을 할 만한 것도, 선
생이 매양 지딱지딱 임기응변식으로 바둑을 두어 일쑤 하품 한번 해볼
겨를도 없이 시들부들 판이 나버리곤 하기 때문이었다. 무슨 까닭일까.
짐작컨대 애시당초 아무하고도 통 경쟁의식이나 승부의식이 없이 살아온
탓이라고 생각한다. 아니면 가령 보리바둑밖에 못 두는 사람도 아는 오

궁도화를 들여다보면서 장고를 하는 식의 잰 체하는 고답준론주의나 저만 아는 과대망상증 환자들에게 넌더리가 나서, 민주화운동을 하거나 문학운동을 하거나 간에 툭하면 티를 내어 꼬이고 비끼고 곰피고 하지 않도록, 당신의 그 수더분하고 후더분한 품성과 여유작작한 풍신을 바둑으로 보여주는 것인지도 모를 일이었다. 두말하면 선생의 바둑은, 누울 자리 봐가며 발을 뻗지 않아 발붙일 데가 없던 고답준론 따위와는 비길 수도 없이 생산적인 것이었다.

선생의 품은 천성으로 푼더분하다. 그러므로 사람을 안는 품도 문학을 안는 품도 누구보다 넉넉하고 너그러운 편이었다. 사람은 허릅숭이지만 문학이 야무지거나 사람은 됐는데 문학이 부실하거나, 선생이 그러안는 데에는 별 상관이 없었다. 인간에 대한 신뢰가 인적 담보 이상이기 때문일 터이었다. 그렇지만 바둑 잘 두는 이가 장기 잘 두는 이는 아니듯이, 인간이나 문학이 모질거나 흉하거나 틀린 것들까지 품어주는 내전 보살하고는 척진 듯이 달랐다.

작년 가을이었다. 어느 계간 문예지에 공사장에서 기능공으로 일하여 사는 한 시인의 시가 여러 편 실려 있기에 읽어보니, 편편이 시를 욕되게 하더라도 정도가 있게 했으면 싶을 지경으로 천박하기 짝이 없는 내용이었다. 그것은 시가 아니었다. 만약에 그것을 노동자의 울분을 대변하는 노동시랍시고 썼다면 우선 한국의 노동자는 모두가 그렇게 악에 받쳐서 인성이 마비된 채로 사는 것이 아닌가 하는 오해를 살 수도 있다는 점에서 시라고 할 수가 없었다. 그런데도 이것을 시라고 실어놓았으니 이것도 시라고 한다면 무슨 시라고 해야 할는지 알 수가 없었다. 불량배도 막된 불량배가 아니면 입에 담기가 부끄러워서 못 담을 상스러운 욕설과, 더러운 악담과, 흉악한 증오와, 소름이 돋는 저주를 가득 늘어놓은 데에 놀라 반도 안 본 잡지를 뱀 지나간 물건 치우듯 얼른 쓰레기통에 던지고 진저리를 칠 수밖에 없이 썼으니, 이런 것도 시라면 욕설시? 악담시? 증오시? 저주시? 쓰면서 이를 갈지 않을 수가 없었을 테니 절치부심시? 얼마를 그래도 무슨 시라고 해야 할는지 그럴듯한 말이 나서지 않았다.

며칠이 지났다. 뉴스 시간에 맞추어 텔레비전을 켜니 살인자 일당의 살인 사건에 대한 보도 가운데 살인자 일당의 명칭이 지존파라는 소리가 들리는 순간 텔레비전에서 느낌표 하나가 튀어나와 가슴에 박히는 것이 아닌가. 나는 나도 모르게 비명처럼 말했다. "아, 지존파 시!"

시를 팔아서 발악을 한 그 '지존파 시'를 징그러워하면서도 행여 나만의 편견은 아닐까 하여 선생에게 묻기로 하였다. 그 시인이 세칭 '민족문학진영'으로 분류되는 시인만 아니었더라도 하필 선생에게 묻지는 않았을 것이다.

선생은 앞으로 백년을 더 살아도 그 얼굴과는 영 어울리지 않을 분노의 표정을 정리하지 못하면서 내 말을 한마디로 자르는 것이었다.

"그 자는 인간도 못돼먹었다더구먼."

나는 그 말을 들으면서 "가난하다고 해서 사랑을 모르겠는가／내 볼에 와 닿던 네 입술의 뜨거움／사랑한다고 사랑한다고 속삭이던 네 숨결／돌아서는 내 등뒤에 터지던 네 울음. ／가난하다고 해서 왜 모르겠는가／가난하기 때문에 이것들을／이 모든 것들을 버려야 한다는 것을." 하고 중학교 2학년용 국어교과서에 실리어 청소년들에게까지 큰 감동을 준 선생의 시 「가난한 사랑 노래」를 생각하였다.

선생의 문학에 대한 신념은 만패불청(萬霸不聽)이다. 그런만큼 문인된 자의 태도를 보는 시선 역시 말로 멥쌀을 될 적이나 됫박으로 찹쌀을 될 적이나 되질을 하는 데는 어느 한 귀퉁이도 긂거나 넘침이 있을 수 없는 평미레의 둥글면서 곧은 선엔 변함이 없는 것이었다.

2

우연히 어떤 외국 영화를 보고 있었다. 글을 써서 먹고 사는 사내 하나가 생각지도 않은 우여곡절에 연달아서 시달린 나머지 기진맥진하여 바닷가의 모래밭에 퍼더버리고 앉아 있는데, 난데없이 저만치에서 수영복 차림의 팔등신 하나가 환상적으로 다가와서 사내에게 말을 거는 것이었다. 사내는 그 바람에 환상에서 깨어나 얼떨결에 한다는 대꾸가 "저,

당신은 그림 속에서 나온 사람이죠?" 운운이었다.

영화 속의 그 대목을 아무리 재미있게 봤다고 해도 선생을 두고 그림 속에서 나온 사람 운운할 수는 없는 노릇이다. 첫째로 선생은 팔등신이 아니니까. 그러면 선생은 어디에서 나온 사람 같다고 해야 근사할 것인가. 어리둥절하여 그림 속에서 나온 사람이냐고 물었던 그 영화 속의 사내를 머릿속에 되살리자 문득 선생에게 "저, 선생은 영화 속에서 나온 사람이죠?" 하고 실례를 했으면 싶어지니, 이는 순전히 내 무식한 장난기 때문인가.

선생은 체수에 비하여 화통하기가 무릉도인이다. 각인 각색이 떼지어 다니는 무리 속에서 "우리 같은 난쟁잇과는 뒷줄에 따라다니는 게 낫어" 하고 기탄없이 웃어젖히는 모습, 유년 시절에 살았던 보련산 골짜기의 금정골을 지나갈 때 버스 안에서 마이크를 잡고 "아버지가 금광 덕대여서 석금(石金)을 찧는 금방앗간을 집안에 차려놨는데, 할머니가 매일 마낭을 쓸어서 모은 금가루가 하루에 한 돈짜리 금가락지 하나였다구. 할머니가 그걸 팔아서 충주 시내에다 국숫집을 냈지. 별볼일없는 집안이었다구. 하지만 우습게 보진 마. 한 십년 전엔 당내간의 딸내미 하나가 미스 코리아에 뽑힌 적두 있어. 국색(國色)이 나온 집안이라구 다들 어깨를 재구 다녔다구" 하면서 거리낌 없이 집안을 소개하는 모습, 충주를 안고 흐르는 남한강을 굽어보며 "어려서부터 강가에서 살다시피 했어두 헤엄은 한 뼘을 못 치니 탈여. 어려서 대갈장군[柳宗鎬]이 꼬셔서 강에 오면, 대갈장군이 홀랑 벗어놓구 저 아래로 헤엄쳐가면서 야, 내 옷 갖구 따라와 한다구. 그러면 대갈장군 옷을 들고 십리씩이나 달려다녔어. 땀을 뻘뻘 흘려가며 말여" 하고 옛날을 추억하면서 어린아이처럼 웃어쌓는 모습 등은 하릴없이 딴 데서 온 성싶은 사람, 곧 '영화 속에서 나온 사람'이랑 마주하고 있는 듯한 착각을 유발하기에 십상이었던 것이다.

그러한 착각을 유발한 일화는 수도 없이 많지만 여기서 이루 다 늘어놓을 수는 없는 일이다. 기억나는 순서대로 간추려서 서너 가지만 옮겨본다.

6공 시절 어느해 여름의 중복 무렵이었다. 그늘에 앉아서 부채질만 하고 있기에도 숨이 막힐 지경인데, 볕이 벗어지게 뜨거운 대낮인데도 선생이 쑥색 양복에 넥타이까지 자신 정장 차림으로 시내에 나타났다. 점잖은 집안의 혼인잔치에라도 다녀오는 길이려니 하고 그냥 넘어가려는 참인데 선생이 먼저

"이봐, 내가 왜 이렇게 입고 다니기로 했는지 알어?"

하고 당신의 말쑥한 옷차림에 다시금 주의를 환기시키는 것이었다.

"입고 다니기로 하시다뇨?"

"했지. 앞으로는 꼭꼭 목댕기를 매구 댕길 작정이라구. 웃겨서 말여."

"누가 웃겼는데요?"

"누구는 누구여, 내가 맨날 그 앞으로 지나댕기는 동네 시장골목 기름집 아줌마지. 아 어제는 시내에 나오는데 기름집 아줌마가 보고 쫓아나오며 나를 부르잖어. 무슨 인인가 했더니 나를 붙들고 하는 말이, 젊으나 젊은 아저씨가 이냥 맨날 하는 일 없이 왔다갔다 하면서 세월하면 어떡하느냐, 저 윗골목에 있는 봉투집에서 사람을 구하는데, 일당 8천원 벌이는 되니 거기라두 댕기는 게 어떠냐…… 가만히 생각해보니 허름한 잠바가 유죄더라구."

역시 6공 시절의 어느해, 바야흐로 신록이 짙어가는 초여름 어간이었다. 비록 낮술이기는 하지만 선생이 술을 사양하는 일은 후천개벽이 되기 전엔 못 볼 줄 알았는데, 그날은 웬일로 술을 다 사양하는 것이었다. 하도 어이가 없어 눈만 까막거리고 있자 선생은 5공 때 성명서를 읽는 듯한 어조로

"나 당분간 술 못 마셔. 보라구."

하면서 남방셔츠의 단추를 풀고 앙가슴을 열어 보이는데, 아무 구호도 안 쓰인 하얀 어깨띠를 겹겹이 두르고 있었다. 이상해서 자세히 보니 어깨띠가 아니라 친친 감긴 붕대타래였다. 선생은 웃으면서 설명을 곁들였다.

"굉일날 젊은것들하고 산에 갔었지. 그런데 이 민요연구회패는 산을 가도 꼭 술을 먹어요. 다들 얼근해서 내려오는데 젊은것들이라 그냥 안

326

내려오구 바위를 뛰어내려. 그러면서 나를 놀리는겨. 노인네는 저리 돌
아서 내려오라구 말여. 내가 그것들한테 질 수 있어? 야, 나도 뛰어내
린다 허구 뛰어내렸지."

"고소공포증으로 의자 위에도 못 올라가신다는 분이?"

"눈 딱 감구 몸을 날린 거지 뭐."

"그래서요?"

"병원에 가봤더니 갈빗대가 두 대나 나갔더라구."

"기절해서 업혀 내려오시느라구 아픈 줄도 모르셨겠군요."

"뭔 소리여. 내 발루 걸어 내려왔어. 아픈 줄도 몰랐어. 취했는데 뭘
알어."

선생은 93년 8월 하순에 생전 처음 백두산을 구경하였다. 함께 간 사
람은 이시영(李時英)·이동순(李東洵) 시인이었다. 한날 한시에 한 비행
기로 떠났으나 패가 다르고 선생의 일정이 하루씩 앞서는 바람에 선생을
다시 만나게 된 것은 북경과 장춘을 거쳐 연길에 이르러서였다. 한 호텔
에 묵게 된 덕분이기도 하지만, 북경 공항에 내린 이래 소위 당간부(黨
幹部)가 아니면 기본권은커녕 인간적인 의식조차 부인되고 거부되는 중
국적인 엉망진창의 사회생활 수준에 따라 선생이 겪은 기막힌 위선과 자
심한 고초, 그리고 그것을 이해할 수도 용납할 수도 없는 '문명적인 상
식'과 민주적인 분노 때문에 잠이 오지 않는 선생의 청으로, 자다가 말
고 선생의 방으로 건너가 함께 갈증을 풀고 부아를 삭이고 걱정을 나눌
겸하여 조촐한 술판을 벌이게 되었다.

선생은, 이미 이태 전에 며칠 동안 다녀봤던 장단으로 이 인민의 나라
아닌 당간부의 나라에 대해 어떤 기대도 벌써 포기한 채 40년 전으로 되
돌아가서 한국의 자유당 시대를 여행하는 셈 치고 숫제 입을 봉하고 싶
어하는 나에게 잔을 거듭 건네면서 몸서리를 쳤다.

"장춘역에서는 말여…… 누가 적선하는 셈 치고, 제발 덕분에 내 가방
이나 집어갔으면 싶더라구. 그 핑계로 백두산이고 천지고 다 집어치고
서울로 가버리게 말여. 오죽했으면 그랬겠어. 이게 사람 사는 사회여?
엉터리여 엉터리. 엉망여 엉망. 개판이라구 개판."

"보시는 것도 재미가 하나 없었겠네요."

"보긴 뭘 봐. 움직이는 자체가 지겹고 돌아댕길수록 지옥인데. 또 보면 뭐해 그까짓 놈의 것. 북경에서는 시내버스를 탔는데, 시내 한복판천안문광장께서 버스가 아무 이유도 없이 30분이나 서 있어. 거리마다차고 사람이고 완전히 통행금지여. 높은 놈이 지나가서 통제를 한다는거여. 지나갈 때 세보니까 앞에 여덟 대, 뒤에 여덟 대, 경호차량만 열여섯 대여. 뭐냐니까 북경지구 사령관이라나 뭐라나, 우리나라로 치면별 두 개짜리래. 싸가지없는 놈들."

"그래도 따님도 있고 하니 기념품은 한 가지 사갖고 가셔야 할 텐데."

"사는 거 좋아허네. 안 사, 안 사. 십원(한국돈)짜리 장난감 하나두안 팔어줄 거여. 안 팔아줘. 안 산다구."

선생은 술판을 치울 때까지 고개를 설레설레 저었다. 사회주의체제에대한 첫 경험인데다가 안내인마저도 잘못 만났던 거였다. 그러나 그 뒤로열두 달도 지나지 않아 재차 중국 여행을 하였다. 먼젓번의 안내인은 말로만 조선족이지 조선말 하는 중국인에 불과했던 데에 비하여, 그 다음의 여행은 한국에서 간 진짜 한국인, 선생이 작가회의의 책임자로 있을때 상임이사로서 고생을 같이했던 극작가 안종관(安鍾官)씨의 초대에 따라 산둥반도 일대를 제대로 보고 올 수가 있었던 것이다.

선생이 퍽 어려웠던 것은 60년대의 끝머리와 70년대의 첫머리 어름이었다. 당시 선생의 주소는 서대문구 홍은2동 산1번지 8통 10반 육모정이었다. 이 육모정은 느낌 그대로 소인 묵객의 서식처임에는 틀림없었으나, 소인 묵객의 별업(別業)으로서 육각의 추녀가 날아갈 듯이 치솟은정자가 아니라, 해가 열두 발씩이나 오른 벌건 대낮에도 인공 때 팠던방공호처럼 어웅하기 짝이 없는 납작한 무허가 주택으로 집주인은 시인인 김관식(金冠植)씨였다. 설명을 약간 곁들이자면 4·19 덕으로 치르게된 7·29선거 즉 제5대 민의원 선거에 김관식씨가 '대한민국 김관식'이란명함을 찍어 들고 다들 제2공화국의 수상 후보로 물망했던 장면(張勉)씨의 선거구인 용산 을구에 출마했던 인연으로, 민주당 정권 때 장총리 하나 믿고 홍은동 일대의 시유지 산비탈에 닥치는 대로 말뚝을 박아 수십

필지를 분양(?)한 다음, 겨우 가파른 언덕빼기 위에 납작집 한 채를 자기 집이라고 짓고, 사제지간의 의리를 지켜 육당 최남선을 사모한다는 뜻으로 육모정(六慕亭)이라 이름한 집이었다.

"얼마에 사셨지요?"

"나야 거저 살았지."

"무허가 주택이라 무료로 빌려줬다는 겁니까?"

"아니지. 나는 가난뱅이라구 방세를 안 받더라구."

"그때는 조태일(趙泰一)이도 하루 한끼 볼가심만 하면 먹었다고 할 때였는데."

"아녀. 조태일은 젊구 시꺼멓구 잘 모르구 해서 방값을 받았어. 사글세루 살았다구."

"그럼 천상병(千祥炳)씨는?"

"천상병이는 주민이 아니라 뜨내기 식객이었구."

"세 사람이 다 실업자였는데 누구 식객으로요?"

"그래서 자러 오면 다들 안 재우려구 비상한 노력들을 했었지. 귀찮아서 말여."

이 산1번지 8통 10반 육모정에도 툭하면 도둑이 들었다. 그래서 육모정의 주인은 신경성 두통으로 갈수록 술이 늘어갔다. 그러나 선생에게는 그 도둑이 도둑놈이 아니라 도둑님이었다. 가끔 가다 막걸릿잔이라도 구경을 할 수 있었던 것은 순전히 그 도둑님 덕분이었으니까.

하지만 꼬리가 길면 밟힌다고 하지 않았던가. 드디어 그날이 오고야 말았던 것이다.

그날도 선생은 육모정의 주인네 방에서 자고 나온 천상병씨를 따라 어슬렁어슬렁 인사동에 들어섰다. 천상병씨는 서슴없이 한 헌책방으로 들어갔다. 단골 장물아비네 집이었다. 천상병씨는 옆구리에 끼고 온 책보따리를 장물아비에게 넘겼다. 장물아비는 책보따리를 끌렀다. 아뿔싸. 도둑님과 개평꾼은 그런 낭패가 없었다. 보따리 속의 장물은 책이 아니라 책으로 위장해놓은 원고지 뭉치였던 것이다.

"그래서요?"

"육모정으로 되돌아갔지 뭐."

"천상병씨도?"

"그러니께 천상병이지."

"가서?"

"싸우는 거여. 도둑님은 책을 왜 원고지로 바꿔치기 해서 점잖은 사람을 골탕먹이느냐구 대들구, 책 주인은 도둑놈이 감히 누구한테 와서 큰소리냐구 호령이구, 막 싸우는겨. 적반하장두 그만하면 문화잿감이더라구."

"목계선생은?"

"나? 나야 술은 굶었지만 구경하는 재미로 술 고픈 줄도 몰랐지 뭐."

선생은 이 산1번지 시절 이후에도 불우를 미처 못다 졸업하였다. 선생이 첫시집 『농무』를 준비할 때이니 아마 72년' 섣달이었을 것이다. 하루는 내가 다니는 문협에 와서 하는 말이, 문단에 나온 지 십오륙 년이 지나도 웃느라고 시집 한권 내주마고 하는 출판사 하나가 없는 것이야 그렇다고 해도, 이대로 가다가는 발표한 시고마저 잃고 흩어지고 할 판이라 자비로나마 일단은 엮고 싶어도 간행처로 명의를 빌릴 만한 출판사조차 마땅치가 않더니, 생각해보니 차라리 내가 일하는 『월간문학』지의 명의를 빌리는 것이 기중 만만할 것 같더라는 것이었다.

그리하여 오늘날 이 나라의 문형 신경림 선생의 처녀시집 『농무』는 한국문인협회의 기관지로 정기간행물 등록은 되어 있어도 출판사 등록은 없어서 조선 천지에 있지도 않은 '월간문학사'라는 무허가 유령출판사의 간판을 달고 고고의 메아리를 울리게 되었다.

세월이 이만큼 흐른 뒤에 그 『농무』 이야기를 다시 하게 되었다.

"참 아득한 옛날 얘기네요."

"암. 300부를 찍었는데 쌓아둘 데가 있어야지. 할 수 없이 내가 다니던 동화출판공사 창고에다 두었는데 창고가 온통 『농무』로 가득한 것 같어. 직원들 보기에 미안해서 혼났다구."

"쌓아두다니요?"

"나눠주고 싶어도 줄 사람이 있어야 주지."

331

"줄 사람이 없다니요?"

"문단에 아는 사람이 있어야지."

"서점에도 안 내봤더란 말씀이네요."

"왜 안 내놔. 내놓자마자 매진됐지."

"몇부나 내봤기에 내놓자마자 매진입니까?"

"열 부."

그 내놓자마자 매진 소동을 벌였던 열 권도 동화출판공사의 영업부 직원이 창고에서 자꾸 거치적거리는 것이 성가시므로 거치적거림을 다소라도 줄여볼까 하고 가는 길에 에멜무지로 갖다놓은 것이었다. 독자의 반응은 생각 밖으로 좋았다. 독자의 성화에 못 견뎌 서점에서는 출판사(?)인 문협으로 수도 없이 주문 전화를 하였으나 끝끝내 반응이 없었다. 당연하였다. 문협의 대표가 갈릴 때 나도 함께 밀려나서 문협에서는 『농무』가 무엇인지조차 누구 하나 아는 사람이 없었을 테니까.

"얼마 후에 종로서적 사장한테서 들었지. 『농무』를 찾는 사람이 줄을 서는데 출판한 데서 책을 안 갖춰서 못 팔았다구."

"나는 그 『농무』 초간본만 없어졌는데, 구할 수 없나요?"

"나도 없어. 나도 못 구해."

3

선생은 엄격할 데서 엄격하고 단호할 데서 단호하여 문득 서슬이 퍼렇지만 보통 때에는 부드럽기가 봄바람 같아서 아무에게나 호호야(好好爺)로 통한다. 미아리 너머 길음시장의 기름집 아줌마는 젊은 아저씨라고 불렀지만 국어책에서 「가난한 사랑 노래」에 감동한 소녀들은 늙은 오빠 정도로 짐작할는지도 모른다. 어떠랴. 호호야로 통하는 것도 옳고, 젊은 아저씨로 부르는 것도 옳고, 늙은 오빠쯤으로 어림하는 것도 옳을 것이다. 연세는 여섯 질(秩)이 됐어도 신관이 연세보다 젊고, 신관이 동안이라도 동안보다 동심이 더 맑으매, 선생에 대한 호칭 하나만은 선생을 이야기할 때 가장 자유로울 수 있는 부분이기도 한 것이다.

선생의 대범이 엄격에 바탕한 것이라면 그 엄격의 장본이 혹 겁나(怯
懦)했음은 아니었을까.

"어려서부터 되게 겁쟁이였어유."

선생의 노모께서 이르신 말씀이었다.

박씨유신 시절에 기관에서 선생을 데려가 이틀째나 기별이 없자 자유
실천문인협의회의 임원 몇이 안양에서도 비산동의 언덕빼기에 있던 자택
으로 노모를 찾아뵙게 됐을 때, 노모의 말씀 가운데 백미가 바로 그 말
씀이었던 것이다. 임원들이 자택을 방문한 것은 노모를 위안해드리는 것
이 목적이었다. 그런데도 임원들은 인사성이 밝은 것과 달리 한두 마디
의 인사말 다음에는 죄다 사랑에 좌정한 바깥사돈처럼 입을 꿰맨 채 점
잔만 빼고 있을 뿐이었다. 하기야 바깥 공기가 장차 어떻게 돌아갈는지
모르게 뒤숭숭한 터에 누군들 무슨 기분으로 실없는 말치레나 늘어놓고
싶었을 것인가.

집안 공기가 바깥 공기에 밀려 새로운 기압골이 형성되는 듯한 기미가
보이자, 화투짝에 멍든 놈 빨랫줄에 양말짝만 널려도 국진띠로 보고 걷
으러 나서듯, 말주변이 없는 내가 먼저 사투리 섞인 소리로 입을 떼게
되었다.

"신선생이 키는 작아도 통은 커서 아마 잘 지내실 겁니다."

"우리 애가 통이 크다니유. 어려서버팀 겁이 많아 온동네 애들이 죄
와서 감나무 대추나무에 올라가 다 훑어가도, 그애는 나무를 못 타 감
하나 대추 하나를 못 따먹구 큰 앤디유. 맨날 나무 밑에서 구경만 허다
가 말은 애유."

"원제 나무에 올라갔다가 떨어져봤던 게지유."

"원제 올러가나 봤으야 떨어져두 보지유. 저 앉아서 공부허는 걸상두
못 올러스던 겁쟁이라니께유. 그냥 겁 많은 애가 그 겁나는 디 가서 어
떻게 허구 있는지 걱정스러 죽겠구먼유."

노모의 증언은 노파심을 듬뿍 덤했던 것인지도 모를 일이다. 소년 신
경림은 소심한 겁쟁이라기보다 짓궂은 개구쟁이로 놓여 자란 혐의가 훨
씬 더 짙다.

남한강이 목계나루 쪽으로 달리기 바쁘다가 주춤하여 생긴 흐르눕 옆 댕이는 국보 제205호 '중원 고구려비'가 서 있었던 중원군 가금면 용전리 선돌배기이며, 그에 잇대어 있는 곳은 국보 제6호 '중원 탑평리 7층석탑' 이 우뚝하게 서 있는 탑들인데, 이곳은 또 중학교 1학년부터 충주 시내 에서 자취를 한 소년 신경림이 토요일이면 쌀이며 반찬을 가져가려고 집 에 오는 길목이자 피곤한 다리를 쉬어가는 장소이기도 하였다. 그러나 고이 쉬고 간 적이 거의 없었다. 일명 중앙탑이라고도 하는 7층석탑의 외코같이 살짝 들린 상대갑석(上臺甲石)의 모서리를 귀가 떨어지게 돌멩 이로 실컷 두들기는 장난이 쉬는 것이었다. 특히 1979년에 '발견'된 이후 '글자의 마멸이 심하여 정확한 글자 수는 알 수 없으나 희귀한 고구려 금석문이며, 광개토대왕비 발견 이후 가장 큰 고구려비로서 423년 장수 왕 때에 세운 것'이 학계의 정설인 선돌배기의 네모난 자연석 모양의 고 구려비는 중학생 신경림이 아예 장난감으로 주물렀던 '국보'였다. 이 국 보는 글자를 4면에 가득 새긴 것도 특징의 하나였다.

"글자의 마멸이 천고의 풍우에 있었던 게 아니라 바로 인재였군요."

"돌덩이에다 웬 봐두 모를 글자들만 이렇게 잔뜩 새겨놨냐, 모르는 글 자를 봐두면 뭣허냐, 하여간 오기만 하면 자갈로 갈고 쪼고 했으니께. 봐두 모르는 글자라 볼 때마다 신경질이 났던 거여. 중학생이나 돼가지 고 문화재에 대해서 그렇게 무식했으니…… 아마 내가 갈아 없앤 글자만 도 여러 잘 거여."

이 개구쟁이가 자라서 시인이 될 무렵에는 어떠했을까.

선생이 시인으로 태어난 『문학예술』 1956년 4월호에 "충주고등을 거쳐 현재 동국대학교 영문과에 재학, 본명 신응식(申應植)"이란 약력과 함께 실린 추천소감의 제목은 「슬픈 나무」였다. 그 일절은 다음과 같다.

… 나무를 생각해본다. 슬픔이며 괴로움이며 모든 것을 끝내고 몇개의 열 매로 맺는. 그리고 바람이 불고 눈발이 치면 슬픈 몸짓을 하며 우는 그런 나무를. 왜 나는 나무와 같은 조용한 세월을 보내야 하는 것인지 모르고 있 다. 나무가 가진 슬픔이 내게도 있는 것일까. 그러나 나에게는 뚜렷이 슬픔

이라고 부를 그런 것이 없다. 슬픔도 다른 아무것도 없다는 그러한 안타까
움만이 내게는 있을 뿐이다.

선생은 "나무가 열매를 기다리며 사는 모습으로 나도 그렇게 기다리고
있어야 하는 것"이 소감의 결론이었다. 그리고 그로부터 40여 성상이 흘
렀다. 여기서 내가 할 수 있는 말은 그 '슬픈 나무'가 어느덧 거목이 되
었다는 이야기뿐이다. 그밖에 무슨 객설이 필요할 것인가.

선생은 중원군 노은면 연하리의 장터[立場洞]에서 개명이 일렀던 아주
신씨(鵝州申氏) 가문의 금광 덕대를 아버지로 하여 태어났다. 이 동네에
장이 서기 시작한 것은 마을의 뒷산인 보련산(764m)에서 1920년대부터
일본사람에 의해 금광이 열려 평안북도 운산 금광에 버금가는 노다지판
이 되고부터였다. 선생의 시제에 장터가 많은 것은 이 노은장이 '노가다
상'으로 출발한 닷에 요리집·주막집·기생집·삭시집·뇌관집·하숙집·
노름집·객주집·송방집·마방집 따위가 늘어서서 주야로 흥청대는 것을
지켜보며 자랐기 때문이었다.

그러나 충주장보다 큰 장터에서 남부럽지 않은 귀둥이로 자랐어도 물
산이 뻔한 산골이라 산해진미는 구경도 못한 까닭에 미각(味覺)만큼은
아직도 개명이 안 되어서, "목계선생은 중국집 짜장면에 따라 나오는 다
꾸앙도 맛있네 맛있네 하더라"(이시영의 말)는 소리를 듣고 있으니, 90년
대의 문명으로 시는 컴퓨터로 써도 식성은 여전히 30년대에 머문 채 우
거지와 시래기와 산나물의 수준을 면치 못하고 있는 것이다. 그와 비슷
한 예의 하나로 선생은 시중의 추어탕을 좋아하지 않는다. 선생이 치는
추어탕은 토방 툇마루에서 민물새우가 끓어넘는 시 「목계장터」의 풍경처
럼, 뜰팡에서 뜬숯이 끄느름하게 핀 풍로불로 오갈뚝배기에다 미꾸라지
를 통째로 넣고 찌개를 안쳐서 끓인 것으로, 예전부터 충청도에서 먹어
온 시절 음식이었던 것이다.

선생이 동네의 노은장터보다 더 사랑했던 장터는 목계장터이다. 목계
나루를 보고 장이 섰던 목계장터는, 노은장터가 광부들의 등골을 빼먹던
장터였다면, 뗏목을 몰며 남한강을 흘러다닌 떼꾼들의 진을 빼먹던 장터

였다.

선생은 목계장터를 '꿈의 고향'이었다고 말한다. 예전에는 영남지방의 세곡을 나르는 조운배와 소금배, 젓갈배의 돛대가 숲을 이루었던 나루였으나, 선생이 자주 놀러다녔던 시절에는 그럭저럭 파장머리에 이르러 겨우 강원도의 떼몰이꾼들이나 주머니를 뒤집어 보이며 떠나가던 강바람만 스산한 장터였다. 그래도 빗장이 걸린 객주집 앞에 색주가는 열렸고, 주막거리 나그네 드문 봉놋방에도 투전꾼은 붐볐다. 또 옛날부터 하던 풍속이라 나루터에서나 볼 수 있는 온갖 굿판이 잦았다. 선생이 꿈의 고향처럼 그리워했던 이유였다.

목계장터는 조선조에서 영남의 세곡을 쌓고 나르고 한 가흥창(可興倉) 터의 건너편이지만, 목계는 이제 나루나 장터보다도 선생의 아호가 되어 더욱 널리 알려지고 있다.

올 정초에 의병 100주년을 기념하는 의병 전적지 순례단이 제천시 봉양면 공전리와 중원군 일대를 둘러본 뒤에 수안보에서 묵었다.

수안보는 박태순(朴泰洵)씨가 집필실을 두고 있는 곳이었다. 선생은 박태순씨의 집필실에서 주객지의(主客之誼)로써 밤을 꼬박 새워가며, 맥주를 안주로 삼아서 소주를 마시고 소주를 안주로 삼아서 맥주를 마셔대었다. 그러고도 그 다음날 피로한 기색이란 조금도 없이 웃으면서 말했다.

"그전에는 닷새씩이나 밤을 새운 적도 있었어. 지금도 이틀밤은 문제없이 새워. 이 나이에 비정상적이지 뭐."

"나이를 잊고 사시니 그러시겠지요. 평생토록 그렇게 잊고 사십시오."

덤으로 선생의 문자를 보탠다.

가난하다고 해서 나이를 모르겠는가. 가난하다고 해서 왜 모르겠는가. 가난하기 때문에 이 나이를, 이 나이부터 버려야 한다는 것을. □

참고문헌

『신경림 문학앨범』, 웅진출판 1992.

고 은 외, 「내가 생각하는 민족문학」(좌담), 『창작과비평』 1978 가을.

고형진, 「서사적 요소의 시적 수용── 백석과 신경림을 중심으로」, 고려대 한
        국어문교육 1988.

구모룡, 『앓는 세대의 문학』, 시로 1986.

구중서, 「농무, 고향의 한」, 『민족문학의 길』, 중원문화 1979.

_____, 「역사 속의 우리말 가락── 신경림론」, 『현대문학』 1980. 2.

_____, 「신경림의 시세계」, 『소설문학』 1982. 2.

_____, 「1970년대와 80년대의 민중시학」, 『현대시』 1994. 5.

구중서 외, 「한국 시의 반성과 문제점」(좌담), 『창작과비평』 1977 봄.

권영민, 「민중시와 민중적 상상력」, 『한국현대문학사 1945~1990』, 민음사
        1993.

김광섭, 「시집 『농무』에 대하여── 제1회 만해문학상 심사를 마치고」, 시집
        『농무』(증보판), 창작과비평사 1975.

김명수, 「두 중진시인들의 새 시집」(『쓰러진 자의 꿈』 서평), 『창작과비평』
        1994 봄.

김성영, 「문학과 민중」(서평), 『기독교사상』 1977. 10.

김영호, 「농민시의 가능성」, 『삶의 문학』 제8집, 1984.

김우창 외, 「시인과 현실── 신경림 시집 『농무』의 세계와 한국 시의 방향」
        (좌담), 『신동아』 1973. 7.

김윤식, 「문학에 있어 전통 계승의 문제── '질마재'와 '농무'를 발단으로 살
        펴본」, 『세대』 1973. 8.

김영현 외, 「새로운 년대의 문학을 위하여」(좌담), 『창작과비평』 1990 가을.

김이구, 「이제 겨우 먼동이 터오는데── 신경림 시집 『농무』를 중심으로」,
        『강남학보』 1993. 8. 23.

김재홍, 「한국 현대시사와 민중의식의 전개」, 『현대시와 역사의식』, 인하대 출판부 1988.

_____, 「하늘과 땅의 변증법」(월평), 『현대문학』 1994. 1.

김종철, 「새로운 세계의 발견과 일상성——『농무』」(서평), 『문학과지성』 1973 가을.

김준오, 『시론』, 문장사 1982.

김 현, 「울음과 통곡」, 신경림 문학선 『씻김굿』 해설, 나남 1987; 『분석과 해석』, 문학과지성사 1988.

김흥규, 「문학·개인·현실」(『문학과 민중』 서평), 『창작과비평』 1977 가을.

민병욱, 「신경림의 '남한강' 혹은 삶과 세계의 서사적 탐색」, 『시와 시학』 1993 봄.

박윤우, 「민중적 상상력의 양식화와 리얼리즘의 탐구」, 『시와 시학』 1993 봄.

박태순, 「신경림 시인에 대한 13개의 단상」, 시집 『달 넘세』 발문, 창작과비평사 1985.

백낙청, 「발문」, 시집 『농무』, 월간문학 1973; 『민족문학과 세계문학 I』, 창작과비평사 1978.

_____, 「문학적인 것과 인간적인 것」, 『창작과비평』 1973 여름; 『민족문학과 세계문학 I』, 창작과비평사 1978.

_____, 「민족문학의 현단계」, 『창작과비평』 1975 봄; 『민족문학과 세계문학 II』, 창작과비평사 1985.

서준섭, 「현대시와 민중——1970년대 민중시의 세 가지 목소리」, 『감각의 뒤편』, 문학과지성사 1995.

신현춘, 「신경림 시의 민중적 서정성과 그 방법론」, 서울교대 초등국어교육 1994.

염무웅, 「시에 있어서의 정직성」(『새재』 서평), 『창작과비평』 1979 여름.

_____, 「서사시의 가능성과 문제점」, 『혼돈의 시대에 구상하는 문학의 논리』, 창작과비평사 1995.

_____, 「'시와 리얼리즘'에 대하여」, 『혼돈의 시대에 구상하는 문학의 논리』, 창작과비평사 1995.

염무웅 외, 「80년대의 문학」(좌담), 『창작과비평』 57호, 1985.

유종호, 「사화집 두 개」(공저 『한국 현대시의 이해』 서평), 『세계의 문학』
　　　1981 여름.
＿＿＿, 「슬픔의 사회적 차원」, 『동시대의 시와 진실』, 민음사 1982.
＿＿＿, 「쓸쓸한 삶과 시적 상상력——『농무』의 작가 신경림의 시세계」, 『정
　　　경문화』 1982. 3.
＿＿＿, 「시력 30년——지천명의 시」, 시집 『가난한 사랑 노래』 발문, 실천문
　　　학사 1988.
＿＿＿, 「고향의 노래」, 시선집 『여름날』 해설, 미래사 1991.
윤영천, 「민중시의 시대적 의미——『가난한 사랑 노래』의 경우」, 『문학사상』
　　　1989. 11.
＿＿＿, 「지식인의 사회적 역할——신경림론」, 『한국현대시연구』, 민음사
　　　1989.
윤호병, 「치열한 민주의식과 주열한 서사의 힘」, 『시와 시학』 1993 봄.
이건청, 「시적 현실로서의 환경오염과 생태파괴」, 『현대시학』 1992. 8.
이경수, 「70년대 한국시의 방향」, 『상상력과 부정의 시학』, 문학과지성사
　　　1986.
＿＿＿, 「우리 시대의 사랑 노래」(『가난한 사랑 노래』 서평), 『문학과사회』
　　　1988 가을.
이광호, 「시적 어조와 사회적 상상력」, 『문예중앙』 1988 봄.
＿＿＿, 「『농무』의 세 가지 목소리」, 『문학과 비평』 1988 여름.
이기철, 「 '농무'와 '남사당'의 상상력」, 『시문학』 1989. 8.
이동순, 「신경림론」, 영남대 국어국문학연구 1992.
＿＿＿, 「우리 시대의 시정신과 시적 진실」, 『신경림 문학앨범』, 웅진출판
　　　1992.
이병훈, 「슬픈 내면의 탐구——절제와 질박함의 미학」, 시집 『쓰러진 자의
　　　꿈』 발문, 창작과비평사 1993.
이승훈, 「현실인식의 두 경향」, 『현대시학』 1972. 2.
이시영, 「오늘의 지성인과 그 소리——신경림의 『문학과 민중』」(서평), 『대
　　　화』 1977. 9.
＿＿＿, 「고은과 신경림」, 『창작과비평』 1988 가을.

_____, 「70년대의 시──신경림과 김지하 시를 중심으로」, 『동서문학』 1990. 11.

_____, 「'목계장터'의 음악적 구조」, 『곧 수풀은 베어지리라』, 한양출판 1995.

이은봉, 「신경림 시인을 찾아서」, 『시와 시학』 1993 봄.

_____, 「'낮고 작은 보잘것없는 것'들의 세계」, 『실사구시의 시학』, 새미 1994.

이재무, 「우리 시대의 민족시인」, 『신경림 문학앨범』, 웅진출판 1992.

이한직, 「詩薦記」, 『문학예술』 1955. 12, 1956. 2, 1956. 4.

임헌영, 「신경림의 시세계──『남한강』을 중심으로」, 장시 『남한강』 해설, 창작과비평사 1987.

장백일, 「'농무'의 정한과 그 의미」, 정한모 외 『한국대표시평설』, 문학세계사 1983.

전도현, 「신경림 시 연구──시세계의 변모양상을 중심으로」, 고려대 국문과 석사학위논문 1993.

정효구, 『존재의 전환을 위하여』, 청하 1980.

조남현, 「다원적 방법론의 성과와 문제」(『삶의 진실과 시적 진실』 서평), 『세계의 문학』 1983 여름.

_____, 『문학과 정신사적 자취』, 이우출판사 1984.

_____, 「『농무』의 시사적 의미」, 『문학과 비평』 1988 여름.

조태일, 「민중언어의 발견」, 『창작과비평』 1972 봄.

_____, 『시창작을 위한 시론』, 나남 1994.

최두석, 「1950년대 후기의 시인과 시」, 『한국현대대표시선 Ⅲ』, 창작과비평사 1992.

최재봉, 「민족문학의 어른 신경림」, 『현대문학』 1994. 3.

한만수, 「신경림, 왜 널리 오래 읽히나──『남한강』에서 『길』까지」, 『창작과비평』 1990 가을.

현기영, 「내가 아는 신경림」, 『시와 시학』 1993 봄.

홍기삼, 「새로운 가능성의 시」, 『세계의 문학』 1979 가을.

홍신선, 「『농무』 기타」, 『현대시학』 1973. 5.

_____, 「우리 근대 자유시의 성립과 내력」, 『현대시』 1994. 5.

홍홍구, 「민요의 詩化운동과 신경림의 민요시」, 『신동아』 1988. 3.

鴻農映二, 「韓國の戰後詩人たち 7──申庚林の四月革命の歌と, 申東よぶ, 朴喜」, 『アジア公論』 1984. 6.

「제1회 만해문학상 발표」, 『창작과비평』 1974 여름.

「제2회 이산문학상 수상작 발표」, 『문학과사회』 1990 가을.

「시는 무엇을 위해 쓰는가──80년대 문학을 향하여」(대담: 김우창), 『한국문학』 1978. 11.

「신경림의 시세계와 한국시의 미래」(대담: 김사인), 『오늘의 책』 1986 봄.

「우리 시의 정체성을 생각한다」(대담: 이희중), 『현대시학』 1991. 2.

「쓰러진 자의 꿈」(대담: 정종목), 『실천문학』 1993 겨울.

엮은이 약력

具仲書

1936년생. 문학평론가. 수원대 국문과 교수.
평론집으로 『한국문학사론』(1978) 『문학을 위하여』(1978) 『민족문학의 길』(1979) 『분단시대의 문학』(1981) 『한국문학과 역사의식』(1985) 『자연과 리얼리즘』(1993) 등이 있음.

白樂晴

1938년생. 문학평론가.
서울대 영문과 교수. 계간 『창작과비평』 편집인.
평론집으로 『민족문학과 세계문학』 I, II (1978, 85)
『인간해방의 논리를 찾아서』(1979) 『민족문학의 새 단계』(1990)
등이 있음.

廉武雄

1941년생. 문학평론가. 영남대 독문과 교수.
평론집으로 『한국문학의 반성』(1976) 『민중시대의 문학』(1978)
『혼돈의 시대에 구상하는 문학의 논리』(1995) 등이 있음.

창비신서 · 136
신경림 문학의 세계   ⓒ 창작과비평사 1995

1995년 7월 15일 인쇄
1995년 7월 20일 발행

엮은이 구중서 · 백낙청 · 염무웅
펴낸이 김   윤   수
펴낸곳 (주)창작과비평사
120-070 서울 마포구 용강동 50-1
전화 718-0541 · 0542(영업)
718-0543 · 0544(편집)
716-7876 · 7877(독자관리)
FAX. 713-2403
지로번호 3002568
대체구좌 010041-31-0518274
등록 1968. 8. 5 제10-145호
조판 동국전산주식회사／인쇄 경문인쇄

ISBN 89-364-1136-5   값 8,000원